ハヤカワ文庫 JA

〈JA1001〉

スワロウテイル人工少女販売処

藤真千歳

早川書房

6695

目次

スワロウテイル人工少女販売処

第一部

蝶と姫金魚草とアンブレラ

百人の町がありました。

町の人は、十人が大悪人で、三十人が善人のふりをした極悪人で、五十七人が自分のことを善人だと思い込んだ悪人で、三人が善人です。

善人の一人は、みんなで協力して素敵な町にしようと思いました。でもいつまでたってもみんな自分のことで精一杯でした。彼はやがて疲れて、みんなに訴えるのを止めてしまいました。

もう一人の善人は、前の人と違って、一人で黙っていいことをしました。たくさんいいことをして、町から嫌なことをなくしてしまおうと思いました。でもいつまでたっても嫌なことはなくなりませんでした。みんなが嫌なことを彼に押しつけるので、彼はやがて疲れていなくなってしまいました。

最後の一人の善人は、最初から何もしませんでした。前の二人が失敗したのを見ていて、何をしても駄目なのだと思いました。彼は家の中に閉じこもって、人の声を聞かず、人の目から逃れて、ただただ町の未来を儚みました。

九十七人になった町は、だんだんと人がいなくなって、誰もいない町になりました。

百一人目の私は、町の人たちがそんな風にいなくなっていくのを、ずっと見ていました。


（姫金魚草の日傘より）

1

エレベーターを出ると床がなかった。

遙か八百メートル足下の遠い区街は、しかし一立方センチメートルあたり指の数ほどの煤煙もカビ胞子もない大気を透してシャープネスを施され、異様なリアルさで陽平(ようへい)の眼底に不躾(ぶしつけ)に飛び込んでくる。そこに住み暮らす六万五千の人間男性と八万超の人間以外の人いきれが服に髪に染みついてくるようにすら思えた。

決して軽くない目眩(めまい)を覚えたのは、この展望が陽平の三半規管を著しく惑わせたからだ。それに加えて高所恐怖とは異なる戦慄のような、あえて言うのなら優越感と無力感を綯(な)い交ぜにした奇妙な感覚を覚えたからである。

この光景は、人の感覚質(クオリア)を強引に上書きするような、新鮮な横暴さに満ちていると、陽平は思った。そして、それは嗅覚もそうだ。

この見通しのよすぎる屋内にむっとこもった濃い臭気は、曽田陽平（そだようへい）の公僕としての矜持と虚勢をそれだけで押し潰しかねない。微細機械（マイクロマシン）に浄化脱臭された清浄な空気に慣れてしまっている自治区の人間には、陽平のみならずなかなかに耐え難いだろう。

まして、隣にいる繁華街の小競り合いの仲裁で腕を鳴らした程度の、二十歳半ばの若造の初の現場としては、酷が少々過ぎたのかもしれない。

「曽田……さん」

さん、と来た。

別に威勢だけはいい現場童貞の後輩に、焼き入れ代わりをお見舞いしてやろうなどと考えていたわけではないが、少なからず胸がすくのを感じてしまう。

「無理しないで着けとけ。吐かれてもかなわん。俺も最初はそんなもんだった」

つい口元を緩めたのは、そんな嘘がさらりと出てくるようになった自分がおかしかったからだ。

口の端から頬にかけて指でなぞるような仕草をしてみせると、後輩は青ざめた顔を押さえていた手でようやく防臭マスクを顔にかけた。臭いだけでこの様では、もし遺体が収容済みでなかったら、この若者は入室早々に床を汚していただろう。

自治権獲得以前の無政府時代から拳（ベアナックル）と炭素結晶パイプと無力化ガスの嵐の底を駆けずり回っていた世代とその後には、容易に埋めがたい隔たりがある。やがては彼らに、彼らのさらに次に、自治区の治安を委ねねばならないことに一抹の不安を覚えてしまうのは、陽平が自警団の組織の中で旬を過ぎつつある証左であるかもしれない。

作業を止めて敬礼しようとした鑑識係を手で制しながらあらためて見渡せば、屋内の透明な構造は辛うじて視認できた。十メートル四方ほど奥行きがあるのに対して高さはその四倍もある。壁材、床材の全てが半透過で出来ている。外から中は見えないが、内側からはガラスよりも透き通っていて、一見すると宙に浮いているような感覚すらしてしまうが、目をこらせば小指ほどの太さの不可視パイプで建材が隙間なく埋められているのに気づく。

今は止められているが、床や壁から膨大な空気を吹き出す仕組みだ。空気の浄化、消臭、循環も兼ねるその機能が停止しているから、屋内の本来の臭いが立ちこめている。

（正常位ばかり求められて嫌気がさすなら、まだわかるんだがな）

陽平も似たような部屋は妻と利用したことがある。さすがにここのように空の上での行為ではなく、ベッドから吹き出すエアで体重を感じなくなる程度のものだった。大っぴらでなくとも疑似無重力でのソレはちょっとした流行であったし、陽平が無駄に余してしまうサービスポイントの有効期限が迫り、当時の刑事課長から釘を刺され、手っ取り早く一晩でポイントを使い果たすのに都合がよかったからでもある。

それなりに刺激的であったし、新鮮でもあったが、翌朝から三日、妻がろくに口をきいてくれなくなったことのほうが記憶に鮮明だった。

胸ポケットから抜いた煙草(キャビン)を口に咥えると鑑識全員が泡を食ったように振り向いたが、火を点けないことを仕草で伝えると不承不承(ふしようぶしよう)に手持ちの作業に戻った。陽平とて、この部屋が火種の不始末ひとつでただの殺人現場から現在進行の地獄絵図へと化すことはわかっている。

床には被害者の最後の姿を象(かたど)ったマーキングが施されている。床材が透けているからマーキングと血痕が浮いて見えて子供の落書きのようにいつにもまして安っぽく見えるのであるが、壁の方は様子が異なる。

元来は透明で遥か秩父や富士まで見渡せるはずの壁面には、病んだ魚のささくれ立った鱗肌のように、突起状の異物が隙間なく無数にへばりついていた。

枯れた色をしたそれは、数万匹に及ぶ蝶の蛹だ。成虫として目覚める前の疑似生命の固まりが、群集して壁面を覆っている。

蝶型微細機械群体(マイクロマシン・セル)——細菌サイズの微細機械(マイクロマシン)が増殖したまま寄り集まって出来る活動単位で、電力を喰らって活動する蝶型の汎用機械だ。普段は蝶の形をして自治区の至る所を好き勝手に飛び回っているが、自治区では、あるいは世界の多くの都市圏でも、すでにこの蝶なしでは都市生活が成り立たない。自治区の大気を下手なクリーンルームより無菌無塵にしているのも、この蝶型の疑似生命だ。

生きた電池でもあるマイクロマシン・セルは、体内に充電した電力が不足しはじめると蛹に変態して休眠（サスペンド）する。特に義肢など有機部品として利用されていたものは、一部不要になったNa（ナトリウム）やP（リン）やCa（カルシウム）、K（カリウム）などを還元されたまま排出して蛹の殻にする。

その蛹が数千匹の群れで密集しているこの部屋にいると言うことは、ナトリウム爆弾に囲まれているに等しい。鑑識が慌てるのも道理だった。

「あとどれだけ時間がある？」

「現場の引き渡しは十四時三分です」

鑑識の一人が、これもいやに若いので思わず眉根を寄せてしまったのだが、収穫のないピンセットを手にしたまま立ち上がって答えた。もう片方の手には電子ルーペだけが握られている。

腕の旧日本製（シチズン）は一時五十七分過ぎを指していた。

「あと五分強か」

「そういうこってす。なんだってんです？　たった十五分で何ができるってんだ。荒らすな、何も持ち去るな、遺体だって検死もせずに引き渡すっていうじゃないですか。なら俺たちはなんのために腐臭に塗（まみ）れて命がけで這いつくばって下の毛から爪の垢まで探してるんです？」

いきり立った若い鑑識の肩を叩いてやるしかなかった。

「そう言うな。無能な老害どもが珍しくやる気を出して、あの三ツ目の腐れ芋虫連中から十五分も出し抜いた、ってことにしとこう。今はやれることをやってくれ」

憤然としたまま腰をかがめて無益なモノ探しに戻ろうとした彼に、少しためらってから付け加えた。

「それとな、この部屋の臭いは腐臭じゃない。こいつは人間の体液の臭いだ。俺たちは違うが、ほんの半世紀前までは人間はみんなこの臭いから生まれてた。こいつは命の素の臭いなんだぜ。管区長も自警委員会の老害どもも、司法局の腰砕けどももみんなそうだ」

「曽田はいつから〝性の自然回帰論派(セックス・ナチュラリスト)〟になったんだ？」

横合いから茶々を入れたベテランの鑑識に、肩をすくめてみせた。

「よしてください。俺が言いたいのは、性原理主義の連中や委員会のご隠居も、普段は善良な区民だってだけですよ。俺だって第二世代だ、身体のどこを絞ったってこんな酷い臭いは出てこない」

「今度は〝妖精人権擁護派(ポスト・ヒューマニスト)〟の連中が膝を叩いて喜ぶぜ」

陽平が降参とばかりに諸手を挙げると、鑑識と同じ数の忍び笑いが広がって彼らの肩が揺れた。

かくも、自分の立ち位置が難しい時代だ。なにがしかの意見を述べることは、どんなに気を遣っても自治区を二分する主義思想のどちらかへ一括(ひとくく)りにされてしまう。妻の近所づきあいへの苦労は、まして公僕の伴侶となれば今更ながら察して余る。

「かなわんな」

頭を押さえてみせると、彼らの肩がもう一度揺れる。

こんな自虐的な気配りが必要なのも、陽平自身、自警団(イエロー)の中で最も苛立っているのが鑑識係だとわかっているからだ。このところ立て続けに日本本土の治安機関に現場を収奪され、ろくに鑑識らしい仕事をさせてもらえずにいる。そうでなくても、陽平たち自警団はまともな先進設備や装備を持つことを許されていない。

鑑識の周りでは、自動掃除機とよく似た遺留物発見用の小型機械が無意味に右往左往している。壁の見えないこの部屋では、人工知能ではない程度の低いコンピュータは、フレーム問題を起こして役に立たないようだ。

結局は手作業しかないのだが、他人の情事の臭いに塗れて床を這いつくばって、髪の毛一本、繊維一本持ち出せぬではたまったものではない。

だから、本土の警察機構(いもむし)どもが彼らの道理を押し通すというのなら、自警の方も自分たちのやり方で成果を掠め取るしかない。なにせ、彼らが言うには自警団はチンピラだ、自分たちの倫理に酔ったアウトサイダーだ。繁華の立て看板を片っ端から蹴り飛ばしたり、交通標識をねじ曲げて悦に浸るクズとそう変わらないのだ。

「来ましたね」

防臭マスク越しのくぐもった声で後輩が言うよりも早く、エレベーターが到着のベルを響かせた。

　その場にいる全員が一瞬指先まで凍らせてから立ち上がる。

「脳まで取っ替えのきく時代に、オカルトに頼らなけりゃならんとは」

　ベテランの鑑識だけが、気を張る様子もなく気だるげに腰を叩いていた。

　そうだ、彼らが今から迎えるモノは、胡散臭いことこの上ない詐欺師か、さもなくば人外すれすれの化け物だ。人間に似せて造られた疑似生命、異性を失った自治区の人々の慰みに新たな異性として人間が造った第三の性。

　人の工(たく)みし妖かしく精(こころ)あるもの——人工妖精(フィギュア)。

　男性側自治区だけで八万体存在する見目麗しい彼女たちの中にも、人の手から造られるモノならば失敗作はある。容姿も含めた評価で四段階に格付けされる彼女たちの内で、査定外の最悪の不良品。回収廃棄の手を運良く、狡猾に逃れた規格外の黒の第五等級。

　造られたときから醜悪極まるその相貌は人間が目にすれば発狂してしまう。皮膚は無整備の果てに腐り落ちて異臭を放つ。夜道で五等級とすれ違った妖精が三日目に顔が溶けて死んだ。息を吹きかけられれば眼窩(がんか)から耳鼻まで焦げて腐り同じ顔になる。夜な夜な美しい人工妖精(フィギュア)を妬んで攫(さら)い、その生皮を剝いで纏(まと)う。触れられると皮膚が黄色く爛(ただ)れて焼け死ぬ……気味の悪い風説はその数限りない。

　だが、実際に五等級の人工妖精(フィギュア)を見たことがある人間はほとんどいない。それはこの人工島自治区の全域を縄張りにする自警の団員でも同じだ。

然(さ)もありなん――。

エレベーターのドアの向こうから現れたのは、腹がないのではないかと見まごうほど腰の折れ曲がった異形だった。

足の長さが左右で異なるのか、傾いだ肩が踏み出すたびに大きく揺らぐ。左の肩は頭より高く張り出し、服の上からも嫌に骨張って見えた。サイズの合わない男性用の、裾の酷く擦り切れた黒いパーカーをかぶり踝まで覆い隠しているが、その下で身体がどんな形をしているのか想像もつかない。パーカーのフードを目深に被り、内に着込んだネックウォーマーを鼻梁まで引き上げて顔を隠しているが、妬みと憎悪に満ちたような眼光が居並ぶ男たちを一人残らずすくませた。

「本当に……五等級(フィフス)なんですか？」

陽平に耳打ちした声を聞きとがめ、ぴたりと歩みを止めた彼女は、後輩の不敬をとがめる代わりに顔を隠すネックウォーマーに手を掛けて、ゆっくりと下ろそうとする。

あまりの醜悪さに一目見れば狂ってしまうと言う噂を思い出したのだろう、後輩はうわずった悲鳴を上げて目を背けた。

陽平と彼の後ろに鑑識はいなかったから、フードの中を見たのは陽平だけだ。唾を吐きかけてやりたくなった気持ちを辛うじてこらえ、悪趣味な笑みに向けて「さっさとやれ」

と首で指示する。会釈か、さもなくば肩をすくめたのかもしれない、五等級は突き上がった肩を小さく上下させてから部屋の中心に歩み出た。

長いパーカーの中を蠢かせ、五等級はやがて音叉のようなU字型をした正負の電極と、それに繋がれた蓄電池を取り出して床に置き、自らもパーカーの裾に隠れて丸くなるように座した。

U字の電極は放電装置だ。スイッチが入り両極の間に青白い火花が散ると、部屋の壁いっぱいにへばり付いていた蛹たちが揺らぐように一斉にざわめく。

これからこの五等級にさせるのは、古い言葉で言う〝口寄せ〟だ。死者との交信、魂の復元である。鑑識係たちが嫌うオカルトの極みだ。

だが、如何に手詰まりでも、治安を担う自警団が降霊だの千里眼だのを信奉しているわけではない。これから起きることは、純粋に理論的裏付けのある情報復旧作業であり、十分に科学的な現象である。

この部屋に巣くっている蝶型微細機械群体は、どれも元はここで起きた殺人に居合わせた人工妖精の身体を構成していた微細機械の成れの果てだ。彼女の肉であり、血であり、耳であり目でありそして脳だった。彼女が死んだことで蝶の形に戻りバラけてしまったが、それぞれの蝶の一寸の身体の中の小さなプロセッサとメモリが、人工妖精だったときの形をまだ覚えている。不足した電力を供給すれば、蛹から蝶へ、そして元の人型に戻すことも不可能ではない。

　理屈としてはそれで正しい。索引（インデックス）を失っても本文（ライブラリ）が残っていれば、劣化はあっても複写とそれなりの復元は出来る。壊れた携帯端末の電話帳（データ）を抜き出すのと同じだ。

　そうは知っていても胡散臭く思えてしまうのは、五等級の身なりや仕草のせいもあるし、技術的に先鋭化しすぎて、精神原型師（アーキタイプ・エンジニア）などの専門家を除く一般人にはもはやその仕組みと理論が理解しがたい域に達してしまっているからだ。魔法のようにも妖しい超能力のようにも見えるし、それは中身を知らなくとも機能は利用するという意味で、二十世紀から進化し続けた携帯電話や情報端末とよく似ていた。

　そして、胡散臭い理由がもうひとつある——。

　羽ばたく禿鷲のように五等級が大きく袖を広げると、室内の蛹が一斉に羽化した。朱、碧、蒼、黄金。人目に見苦しくないように様々に彩られた蝶たちが一斉に乱舞し、全員の視界を埋め尽くした。

　陽平以外のその場の全員がおののく中、五等級は黒いグローブに包まれた手をいやに俊敏に伸ばし、蝶をつまみ取っては電極へ止まらせていく。細い手で一見無造作に美しい蝶をつまむ姿は、死者の魂を刈り取る死神そのものだ。

　電極から咲く火の花を奪い合うように群れる蝶たちは、やがて集って糸に、そして網の目状に変じていく。脊髄、脳髄、そして末梢神経に至り人の形を模してようやく、それが人間と同様の人工妖精の神経網であることがわかる。

　これはよほど厳しいな、と陽平は焦燥を覚えていた。

一度死んだ人工妖精の記憶や知性の復旧作業（リカバリ・サルベージ）について、一面雲海の図柄をした数千ピースのジグソーパズルを組むようなものだと説明されたことがある。

　どんなに見つめてもヒントは皆無、完成図は曖昧無比、ピースをあさっても星の数。その上にピースは時を追うごとに欠けていく。

　この五等級は、そんなデタラメなパズルを一度も間違うことなく組み上げる。神業でなければ、狂気の領域だ。情報が劣化して復元不可能な部位は自らの肉体を依代（よりしろ）として似姿にし、場合によっては言語野や視覚野といった脳機能も貸し与える。

　だが、今回は様子が異なる。陽平はこの五等級が死んだ人工妖精の身体を口寄せする現場に今まで何度も居合わせたが、脆弱な中枢神経から先に組み上げていくのは見たことがない。それほどまでに蝶たちの保持している情報の劣化が著しく、記憶と対話に関わる体組織を優先しなければならないらしい。

　あるいはそれすらも困難な状況にあったようだ。神経だけの人型は、脊髄に直結した四枚の羽以外には、右腕の肘から先だけが骨を、筋肉を、肌を得て、自らの重みに負けたようにぽとりと床に落下した。

「それだけか？」

陽平が問うと、五等級はフードの向こうで頷いた。

死んだ人工妖精自身が、もう自分の心身の形を覚えていないのだ。どんなに記憶と心を掬いあげようとしても、本人が自我の境界を失ってしまっている。

「何があったのか、聞き出せ」

五等級が平仮名の五十音表を取り出して広げ、手に向かって差し出し、何事か呟いた。

手が、自らの神経と脳を引きずりながらずるり、ずるりと這いずって、五十音表の上で文字を指さしていく。

――し……ん……だ……。

埒があかない。

「誰が殺した？」

再び手が這いずり、神経軸索に引っ張られた脳がひっくり返ったが、その場の誰も、当の手自身も気にとめた様子はなかった。

――わ……た……し……。

「なぜ殺した？」

――い……ち……に……ち……そ……う……。

もう一度、と五等級が促すと、手は同じ文字の並びを示した。

(いちにちそう？　一・日・草か？)

一年草ならまだしも単語としては理解できる。だが、一日草とはなんだ？

「もう一度聞け。誰が誰をやった？」

――あ……く……あ……の……ー……と……。

「もう一度」

――あ……く……あ……の……ー……と……。

「聞き直せ」

――あ……く……あ……の……ー……と……。

――あ……く……あ……の……

――あ……く……あ……

「どうなってる⁉」

声を荒らげて五等級をなじると、五等級は手に口を寄せて何かを呟く。

手は思いがけない言葉を聞かされたように震え、あるいは怯え、のたうった。

――あ……あ……ああ……ああああ……あああああああああ！

ついに五十音表の紙が裂け、床を引っ掻いた爪が剝がれ、骨の折れる音がした。

手の主の、声にならない叫声に耳を貫かれたような気がして、陽平は思わず身をすくめ
目を閉じる。次に目を開けたときには、樹木を這う虫のように、手が五等級の身体を駆け

上っていた。

五等級の喉にまでたどり着いた手が、ネックウォーマーの上から首を摑み、締め上げる。顔のない憎悪が、血管と関節が浮き上がる手の甲から伝わってくる。もし今、彼女に目が、口があったなら、いったいどんな表情をしているのか、泣いているのか、怒っているのか、その両方か。

バキリ、と固いものの砕ける音が響き、ついに五等級の絞られた喉から噎(むせ)ぶ声がした。手から連なる脊髄が、折りたたまれていた羽を広げる。人工妖精にあって人間にはない唯一の身体器官、巨大な蝶のような四枚の鮮やかな黄色い羽が五等級の身体を覆い隠そうとしたとき、異様な光景を前に正体を失っていたその場の全員の中で、初めて陽平は我に返った。

「この馬鹿野郎！」

舞い降る鱗粉を払いのけ、駆け寄って手を引きはがそうとするも、華奢な指は炭素結晶のように固くなってびくともしない。五等級の喉からは絶命寸前の音がする。まだ生きているのが不思議なくらい首は細く締め上げられていた。

限界を悟り、腰のホルスターから銃を引き抜く。手の甲の真ん中へ向けて撃ち込んだ。一発、二発。貫通した弾丸が部屋の柔らかい壁に突き刺さる。亜音速の弾頭の接射に皮膚を裂かれ、肉を抉られ、骨を砕かれ、手はようやく五等級の喉を放す。

床に転がって血潮をまき散らしながら、手がのたうち回る。とどめの一発を放とうとしたとき、それよりも速く五等級の袖が翻った。

耳を内耳まで抉るような悲鳴が室内を満たす。それは音にならなかったはずなのに、確かな痛みを伴って陽平の頭蓋の中を刻んでいった。

振り向けば、手と神経軸索で繋がった脳に、細い刃物が突き立てられていた。

二度目の死を迎えた脳は、手とともに蝶へ戻っていく。五等級がようやく自由になった喉で五回噎せた頃には、口寄せされた人工妖精を構成していた全てが消え失せた。

蝶たちは完全に電力を使い果たし、その内に辛うじて残していたメモリも揮発しただろう。復旧はもはや不可能だ。

「……失敗だ」

返ってくる声はない。唖然として凍り付いたままの一同が陽平と同じ落胆を共有するには、まだしばらく掛かりそうだった。

おかげで、間抜けにパーカーの裾がめくれ上がって露わになってしまっていた五等級の無防備な脚を、さりげなく隠してやる余裕もあったのであるが。

＊

エレベーターの中継ロビーからは、男性側自治区の全貌が見渡せた。

自治区の面積は、男性側と女性側を合わせても百五十平方キロメートルにすぎない。かつてこの関東湾の海がまだ関東地方という大地であった頃に存在した東京という都市の、さらにその中の特別区をいくつか合わせたのと同じ程度の広さしかない浮島だ。

扇形をしたこの小さな人工島が、男女合わせて十三万、人工妖精も合わせれば二十八万の人口の生存と生活の全てを内包している。食糧生産、廃物処理、資源循環、大気循環に至るまで、エネルギー以外の全てがこの小さな島の中で完結していた。

頻繁に目にする蝶型をはじめとした、様々な蝶型微細機械群体による完全な資源循環都市の理想型だ。

二十一世紀に人類を脅かした人工知能の反乱、終末の予言、そして〈種のアポトーシス〉。三度にわたって滅びに瀕した人類が、望み欲してやまなかった理想の安寧社会を、やや先んじてこの都市が実現していることは、自治区の内外を問わず多くの人々が否定しないだろう。

微細機械が世界中で多くの資源に取って代わったこの時代に、それに関わる多くの知的財産権を保持し、神経質なまでの強力な特許保護機能によって独占し続けるこの自治区は富に溢れている。自治区政府によって生活は完全保障され、人種、民族はおろか、性差までなくなった究極の平等社会。〝視肉〟と呼ばれる食べてもなくならない食糧源、旧来の建築技法を無視した超高層高度建築、無限に生産される繊維をはじめとした物理資材。

　そんな理想郷であっても、もし憂うものがあるとすればそれはエネルギーである。万能の蝶型微細機械群体(マイクロマシン・セル)も、電力がなければ虫クズだ。

　二十年前、日本からの自治独立を勝ち取ったとき、自治区はその対価としてエネルギー資源の自己調達の永久放棄を宣言した。

　持たず、作らず、持ち込ませず。

　唯一、エネルギーすなわち電力は、日本からのみ購入、供給を受ける。それは、一国二制度の禁忌に踏み込まざるを得なかった日本が、自治区に付けた首輪だったのだろう。日本は自治区でひと月分に相当する巨大な蓄電池を市場価格の十二倍という足下を見据えた高値で、自治区に独占的に売りつけている。しかも、二次電池として繰り返し充電可能なそれを無償で回収し、再利用も第三国への譲渡も禁じた。蝶型微細機械群体(マイクロマシン・セル)が電力の継続供給を必要とする以上、それに依存する自治区は、日本本国に首根っこを握られ続けることになった。

　しかし、自治権の有名無実化に等しいこの屈辱的な取り決めを、自治区の全権委任総督は鼻で笑うようにあしらってみせた。自治区創立式典当日、初めて日本からの特命公使団を出迎えた総督は、慇懃無礼極まった彼らの目の前で、直径五千五百メートルに及ぶ世界最大の円形蓄電施設(フライホイール)を披露したのだ。

それがただの蓄電施設であったなら、自治運動に寛容であった第三国からしても自治憲章違反以外の何ものでもなかったが、彼女は発電施設としても転用可能な発動施設を紹介しながら、この壁が回転する限り自治区の男女別離は担保されると言ってのけた。

未だ原因の特定されない〈種のアポトーシス〉は、男女間の性交渉によりその感染速度と症状の進行を速める。制御不可能な大感染（パンデミック）を防ぐために感染者を男女別に隔離するために作られたのが現在の自治区である東京人工島だ。

当然、日本本国の議会も政府も、泡を食った大騒ぎになった。もし本国が自治区へのエネルギー供給を絶てば、必然的に感染者の男女分離が不可能になる。反抗的な自治区に首輪を付けたつもりが、手綱を握られていたのは自分たちであることに遅れながら気がついたわけだ。

男女の共棲を不可能にする〈種のアポトーシス〉の感染者を、隔離するために作られた自治区人工島が、己の病を盾に日本本国と一定の対等関係を保つ図式がこのとき生まれ、そして二十年を経た今でもそれは続いている。

以来、人工島を真っ二つに分断する歯車状の巨大な円盤（メガ・フライホイール）は、さらに両脇に補助の円盤を加えて、ひとときも止まることなく回り続けていた。自治区の各部にも「小歯車」と呼ばれる小さな円形蓄電施設（フライホイール）が整備され、各区へ安定した電力を供給し、区民の生命と生活と財産を守っている。歯車が命を繋ぐ、歯車の先進都市だ。

（あのときの日本人どもの間抜け顔（ヅラ）を生で拝んでみたかったもんだ）

当時は陽平もまだ十代と若く、私設自警団（プリ・イエロー）の一員として、自治独立の熱狂に沸き立つ人人が一線を越えてしまうのを防ぐために、電極入りの軟セラミック警棒を振り回して、不届きな連中の炭素結晶パイプや火炎瓶、迫撃砲相手に大立ち回りを演じていた。放送など耳に入る余裕はなかったし、誇らしげに血の色をした赤色灯を掲げる本国警察連中が厳戒に警備する創立式典会場に忍び込んでまで、形ばかりの儀式を眺めようとは思わなかった。

不意に、窓からの陽光に陰りが差す。旧日本製の時計を見ると二時を指していた。

自治区は巨大な円盤で男性側と女性側が分断されているから、東側の男性地区では正午過ぎを境に徐々に日照が遮られていく。そのため、それぞれの上空に巨大なハーフミラーが設置されていて、大歯車（メガ・フライホイール）の向こうの太陽を映し出すことで、区民の正当な日照権を確保していた。「東京自治区の太陽は日に二度昇る」と言われる所以だ。

事件の現場になった疑似無重力のベッドルームから、唯一のルートであるエレベーターで下ること二百メートル。似たようないくつかの部屋への一本道のエレベーターを中継しているこのロビーは、足下の街よりは少し早く照らされる。

もう半時すれば、日光は戻ってくるだろう。今は夜明け前の午後二時だ。

陽平は、咥えっぱなしですっかりふやけてしまった煙草を吐き捨て、キャビンのケースから新たに一本抜いた。

「全島禁煙ですよ」

後ろから降ってきた声に一瞬ライター（コリブリ）を握る指を固まらせたが、すぐに無視してレバーを下ろし火を点けた。

『麻薬及び向精神薬及び煙草取締条例』で煙草は五年以下の懲役または百万円以下の罰金だったのでは？」

擽（くすぐ）るような幼い声音に気だるく振り向いて、煙を吹いてみせた。

「俺は取り締まる側だ」

「その自警の捜査官が、公然と喫煙するのではしめしがつかないと言ってるんです」

叱るというより、陽平をからかって楽しんでいるという口ぶりだ。

ひとときの薄闇に染まったロビーの奥から、アンバランスな歩調で腰の曲がった人影が陽平に歩み寄りつつあった。

かつんこつん、かつんこつんという奇妙なリズムの足音が反響する。

「今どき受動喫煙もねぇだろ。見ろ」

陽平が煙草の灰を落とすと、瞬（また）く間に蝶たちが群れ集まって喰らい尽くしてしまう。紫煙も同じだ。陽平が煙を吐いたそばから、周囲を舞って待ち構えていた蝶たちが吸収、分解して消していく。

「咥えただけで火を点ける前から集（たか）ってくる。鬱陶（うっとう）しい上に目立っちまう」

島中がこうして蝶たちに浚われているから、街中でも塵一つ見かけることはないし、ダストボックスも蝶たちが分解するまで置いてあるだけで、ゴミ回収の必要もない。大気はシリコン・ウェハースの製造工場よりもクリーンで、細菌やウィルスも短い命だ。

「俺の喫煙をどうこう言うなら、お前のところの童顔技師からしょっ引いてやるよ。どうせまだ吸ってんだろ？」

「あの人は言っても聞かないから……やめさせたいとは常々思ってるんですけどね」

ゆっくりと、二口しか吸っていないキングサイズが半分灰になるくらいの時間を掛けて、五等級は陽平の隣までやってきた。

「まだやってますね」

五等級の視線の先には、緑色の群衆があった。この高さからでは、陽平には人の形すら判別がつかないが、それが〝性の自然回帰〟運動のデモ集団が使う幟や鉢巻きの色であることはわかっている。

彼らが行進しているのは、日本本国の警察が駐留する治安基地の周辺だ。

自治区には男性地区と女性地区を繋ぐルートが二つだけある。メインの巨大円盤の両脇、補助の円盤との間だ。この北側の間隙には勅命によって自治区人工島の全権を委任された総督が執務にあたる総督府がある。南側のもう一つが駐東京日本治安機構の駐屯基地、その警告灯の色から赤色機関と呼ばれる日本本国人たちの根城だ。

男性側と女性側の自治区を行き来するには、必ずどちらかを通過しなければならないが、片方には自治区の権威の象徴である総督が、もう片方には日本本国の威力たる赤色機関が構えているから、区民は通過できない。行き来できるのは唯一人、総督閣下のみだ。

人工島で男女が別々に隔離されてすでに半世紀、隔離感染者による自治制度の成立からも二十年を経ている。陽平は無症候性キャリアとしてこの島に送られてきた第一世代の父親と、誰とも知らない女性の卵子から生まれた、人工島生まれの第二世代だが、ただひとつの例外を除いては本物の女性を見たことがない。有線が遮断され、蝶たちによって電磁波も遮られる自治区では、区外の放送波も通信も制限されているからだ。この五等級は存在がオカルト扱いだが、自治区の男性の間では、本物の女性の存在がネアンデルタール人やジャワ原人並みの伝説級だ。大歯車の向こうに存在は確かだが、大抵は直に見たことがない。女性地区側もそれは同じだろう。

その代わりに、男性には女性の姿をした、女性には男性の姿をした人造人間である人工妖精が区民にあてがわれている。人工妖精は容姿、人格、性格、技術、趣向など広範なマーケティングによって人間の多様な嗜好に応えるバリエーションが用意される。従順な個体から、陽平のような自警団員に対しても反抗的な個体までいるし、容姿は幼げなものから落ち着いた年頃を模した個体までいる。望むならある程度のカスタムや、オーダーメイドも不可能ではない。

彼女たちは人間のように笑うし、人間と共に泣く。人間と喜びを分かち合い、痛みを共有する。なによりも、彼女たちは六十兆の細胞が微細機械（マイクロマシン）で出来ている以外は人間と仕組みが全く同じだ。胃も腸も、末梢神経も脊髄もあるし、脳も人間と同じに出来ている。全て人間の義肢、人工臓器や、そして脳治療の技術で出来ているのだから、彼、彼女たちの人間性を否定することは、そういった治療を受けた人間も否定するに等しい。

人間の苦痛を取り除き健康に永らえさせるための技術を進歩させているうちに、気がつけば人間を丸々造ることも出来るようになってしまった、それだけのことだ。

差異があるとすれば、彼女たちは肉体的に成長しないことと、生殖行為は出来ても子供を造ることは出来ないこと、そして背中に髄液が循環する羽が隠れていることぐらいだ。

だから、現在において大抵の自治区民は男女分離の現状に不満を持っていない。男性側、女性側を問わず、自治区の人間は〝第三の性（サード・セックス）〟として新たに人間社会に加わった彼、彼女たちを伴侶とすることに十分に満足している。たとえ、諸外国から『男性専用日本』、『女性専用日本』と揶揄されようと。

それでも、同じ人類の男女が別々に暮らさなくてはいけない現状に肯定的ではいられないという考え方は、人工妖精との共生と矛盾せずに存在する。

人間ならば男性は女性を、女性は男性を愛するのが自然の摂理であり、あるべき姿である、それが彼ら性原理主義者たち〝性の自然回帰派（セックス・ナチュラリスト）〟の主張だ。自治区創立二十周年のこの年、日本政府の立ち会いの下で行われる自治憲章の期限更新を控え、彼らは男性、女性地区の往来の自由を求めて男女両地区同時に数千人規模のデモ行進を行っている。

「いればいるで面倒だと思うのに、いなければいないで不平が出るものだな」

そんな風に感じるのも、陽平が自治区内外の治安について一定の知識を得られる立場であればこそだった。

皮肉なことに、男女が別々に暮らすようになってから犯罪や事故の発生率は世界中の国家が唖然とするぐらい低下したのだ。人口十万人あたりの重大犯罪の発生件数は、日本本国に比べれば十分の一にも満たない。人種の差がなく、民族と文化の差異もなく、地域差もなく、生まれながらにして共通の手厚い生活保障に守られ、挙げ句に男女の差異もなくなると、人間は争う理由を失ってしまうのかもしれない。だからこそ、自警団などという半端で脆弱な組織でも自治区の治安を守っていられる。

肌の色や生まれた場所や血筋が不平等だというのなら、極端に平等にしてやれと神様が匙（さじ）を投げたのだと、女性を知る第一世代の捜査官が酒の席でぼやいたことを覚えている。その彼も今は妻帯者で、隣接の管区長だ。去年の正月には孫の写真の年賀状が送られてきた。

「不平、とは、少し違うような気がします。いてもたってもいられない、そんな感じではありませんか？」

五等級の問いに、陽平は思わず煙草を吹いてしまいそうになった。

「なんで俺に聞く？」

「同じ人間の人なら、わかるかなと思いまして」

ネックウォーマーとフードの隙間の瞳が笑っていた。

「人間同士がそんなに簡単に他人を理解できるのなら俺はとっくに失職して、売れない新聞の記事でも親父と書いてる」

「ああ、それは読んでみたいな。性根が曲がってそうな社説とか」

ついに隠しもせず、ころころと笑い出す。

「そうしたら、いの一番にお前の正体を暴露してやるよ」

「誰も信じないと思いますよ」

「オカルト・ハンター気取りが群れをなしてお前を追い回す」

「うぅ、それは嫌だ……」

子供がじゃれ合っているような会話だと、軽く目眩(めまい)を覚えた。どうもこの人工妖精は苦手だ、二十年も前の自分に戻ったような気がしてしまう。

「お疲れですね」

「当たり前だ……一昨日から総督府行政局と、各管区を往復して、行政局次長と団体幹部と支援者代表のご機嫌伺いをさせられて、挙げ句にこの事件(ヤマ)だ」

そもそも、陽平たちが現場に到着するのが遅れたのも、今日予定されていた大規模デモ行進で大きな問題が起きないように、根回しに奔走していたからだ。

男女の自然な性生活を取り戻せと訴える集団があれば、そんなことより法的に確立されていない人工妖精たちの人権を守れと言い出す集団も一方で存在する。そして、二つの集団は優先順位や必要性の有無を巡って対立してしまう。

後者の〝妖精人権擁護派（ポスト・ヒューマニスト）〟が、前者の〝性の自然回帰派（セックス・ナチュラリスト）〟のデモ決行日に合わせて拡大集会を計画したので、陽平は両方の主催者と行政局、各管区署の調整に走り回っていたわけだ。

この五等級が言ったとおり、両団体の支援者はいずれも頭に血が上るほど熱心ではない。自治区の少なくとも若い世代の男性はみな、牙を抜かれたような連中ばかりだ。自治独立運動で血煙をまき散らしていた陽平たちとは文字通り隔世である。

それでも万が一のことが起きれば日本本国からの治安出動も招きかねない。一度くらい、という言葉は、一国二制度という不安定な立ち位置の自治区にとって命取りになる。ここは国際ルールの適用される国家ではないし、宗教やら何やらで守られた場所でもない。地球上では近代以前に忘れ去られたような悲劇が今でも起こりうるのだ。この自治区においては、そんな惨事すらありえない（Never say）はありえない（never）だ。

今頃、このロビーのある建物を挟んでちょうど反対側の海浜公園では、妖精人権擁護派のイメージカラーの水浅葱色の帽子がうじゃうじゃと群れをなしているだろう。集会場とデモ行進のゴールが、自治区の対角線上であれば、さすがに衝突のしようもない。不眠不休で駆けずり回った陽平たちの成果だった。

「働かなくても好きなモノ食って、好みの奥さんに耳の穴まで世話されて、世界一の医療と福祉サービスを受けて、親父のように売れもしない新聞記事だのショート・ショートだの書いててもどの先進国より上等に暮らせる時代に、何が悲しくて何を訴えたいのか、俺には理解できん」

「そう仰る陽平さんこそ、誰に押しつけられたでもなしに、そんな時代になんで奥さんを悲しませるようなヤクザなお仕事をしてらっしゃるのか、私にはわかりませんけれどね」

皮肉を呟いた五等級がなにやらもの痒そうに身じろぎしたのを見て、つい溜め息が出た。

「ならお前はなんでいつもそんな身なりで来るんだ?」

「もう脱いでも大丈夫です?」

「頼んだ覚えはないし、必要性を感じない。鑑識は赤芋虫に追い出されてもう階下だ」

「あの若い後輩さんは?」

「汗の臭いもろくに知らない世代にしてはよく堪えていたが、結局は吐いた。今ごろ洗面所で自我と肉体と食物の不可分について瞑想してる」

「あらあら、可哀想に」

塵ほども気持ちのこもらない思いやりを述べながら、五等級が擦り切れたパーカーの下でもぞもぞと蠢く。やがてパシリ、パシリと金具の外れる音がして、五等級の背丈が急に倍ほどにも伸びた。

「これ、ずっとしてると蒸れるし、痛くなるんですよね」

ジャラジャラといくつもの合革のサスペンダーを握った五等級は、やがてネックウォーマーを下げ、目深にしていたパーカーのフードを背中へ脱いだ。

腰まである長い髪が払われて、周囲の蝶たちの群れを導くようになびき、やがて夜の海面から紡いだような深い艶を帯びて滝になる。相貌の白い肌が、黒い身なりと髪の中でせせらぎのようにひっそりと露わになった。

人間なら十代半ばに相当するであろう幼さの残る目元と口元に、隠しもせず異性を揶揄するような笑みを浮かべながら、五等級は最後に編み上げブーツの右の踵から樹脂片を外した。

「すっきりした」

最後に胸の側に抱えていたデイバッグを降ろして、無防備に伸びをした。

この五等級の娘はわざわざ小細工を施して、男どもが夢想するステレオタイプな〝魔女〟像を演じていたのだ。ネックウォーマーの下からは半分に割れたボイスチェンジャーまで出てきた。

さっきの騒ぎで首が折れたような音がしたのは、それが砕けた音だったようだ。

「そんな格好をしなければ自警の連中だって気味悪がることもないだろうに」

「演出は大事ですよ。モノクロ映画だってリメイクで大流行したことがあるし、古い本が表紙を変えたらベストセラーになることもあるでしょ。魔女は魔女らしく、胡散臭いことをするなら徹底的に胡散臭いふりでもしないと信じてもらえないもの。それと——」

五等級は血の通った唇に人差し指を寄せて、二人だけの夜の秘密のように声を潜め語る。

「だんだん気持ちよくなってくるんですよね。私が普段の格好で街を歩いていても男の人は誰も振り向かないけれど、この格好だとみんな目を見開いて凝視するんだもの」

口元に指を寄せながら、笑い声を隠しもせずに笑った。膝丈のスカートのフリルの陰で華奢な脚が揺れ、海色のタイとレースの襟の上で細い喉が震えている。

陽平としては、容易には理解しがたくて呆れるしかないわけだ。

少なくとも陽平には、この小娘が等級認定外にされた原因は、外見から見つけられない。好みはさておき、自治区で暮らす他の人工妖精たちに比べて容姿が見劣りするようには思わないし、会話をしていても別段精神的な異常を抱えている様子はない。

あえていうのなら、水気質の精神原型と主張しているわりに、同じ水気質の陽平の伴侶に比べて感情表現が表情にやや豊かに表出しすぎるような気はする。水気質は元来、人間に従順で大人しく、慎ましいものだ。

ただ一点、おそらく陽平だけが知るこの娘の特性、人工妖精らしからぬ異端性がある。

この人工妖精は、自らの意思で人間と人工妖精を殺傷することが出来る、おそらく世界で唯一の人工知性の個体だということだ。

「四方山（よもやま）の話はここまでだ。

確認しておく。一連の広域指定一〇四号連続殺人の手配〝傘持ち（アンブレラ）〟は、四日前にお前たちが処分したんじゃなかったのか？」

「確かに切除（ころ）しました」

さらりと、まるでさっきまでの雑談の延長のような緊張感のない声音のまま、彼女は答えた。

「第三管区のケヤキ通りの裏手で。右大腿部動脈、左上腕神経束、腹部肝臓、小腸、左腎臓、胸部右肺、右放熱羽主翅脈（ラジエント・テイル）、そして脊椎を貫通。加えて左手第一指半断、右手第二指、第三指、左踵骨腱、頸部頸椎と咽喉を切断」

ファーストフード店でハンバーガーのセットメニューを確認するような口調で、人工妖精の娘は淀みなく述べる。

「死亡確認後、二分以内に全身が蝶型微細機械群体（マイクロマシン・セル）に羽化して遺体は消滅」

証言の真偽はともかく、その手際について疑う余地がないことは、陽平が身をもって知っている。

　二年前、この五等級の小娘と初めて出会ったとき、陽平は官給の六連装磁気拳銃の五発中二発を彼女の右腹部と左鎖骨下にぶち込んだのと引き替えに、全身十四ヵ所に大小の手術刀(メス)で風穴を開けられ、左の肩甲骨を粉微塵にされて、その後二ヶ月間も脊椎全換手術を受けた老人の鳴らすクラシック・ラジオを隣のベッドで聞かされる羽目になった。以来、陽平の右の腎臓は人工で、左の肩の中にはカーボンの関節補助器がまだ残っている。

　あのとき。陽平が最後の一発を彼女の眉間(みけん)に突きつけ、今と変わらず漆黒の衣装のこの小娘が両手のメスを陽平の喉仏にあてがったとき、もし自分の頭にあと少しでも血が上っていたらどうなっていただろうと想像すると、未だに背筋が寒くなる。

「遭遇当時の状況は第一倫理原則逸脱の可能性大、第二倫理原則履行困難、第三倫理原則消失兆候。死体損壊の現場を目視しました。精神破綻が始まっていて、対話は困難。あのまま放置しても、半日ともたなかったでしょう」

　淡々と述べる。傷害事件の現行犯を追跡中の陽平と出くわし生か死かという大立ち回りを演じたときと同じだ。互いの命が指先一つで終わるかもしれないそのときですら、この小娘は駅前通りを歩いていてナンパをされたような顔をして、「あの、人違いではありませんか?」と返り血を滴らせた小首を傾げてみせた。

「ああ……そうだ、わかった、それはわかった。だがな。丁度ひと月前、それと二週間前、そして四日前。三回が三回、お前はこう言った。『〝傘持ち（アンブレラ）〟は死にました。ご希望なら日時場所などお教えしましょうか？』だ。

それがこの様だ。想像しろ、真っ赤になった全六区の管区長の顔（ツラ）を、順繰りにうかがって三度目の詫びを入れに行く俺の立場がわかるか？　俺はお前みたいなアウトロージゃあない、磁気拳銃で亜音速の金属ガラス弾を空に一発かます度に始末書を書かされる公僕だ」

「大変ですね、辞めればいいのに」

陽平にもようやくわかったような気がした。この小娘の存在と活動が何故、自分以外の自警団員に知られていないのか。

自分でなければとっくにキレてしょっ引いているか、返り討ちにあって関東湾に浮いている。

「ともかく。お前がこれまでに殺った三人は、一連の事件とは無関係な単発か、さもなければ模倣犯だ」

「今回の事件が模倣犯の犯行だとは考えないのです？」

「……違うんだろ？」

舌打ちがいやに大きく響いてしまった。

「違いますね」

窓の向こうを眺めてさらりと断言した。

今までこの娘が持ってくる情報は断片的だが、その一つ一つは正確だった。だからこそ、陽平は同僚にも隠してこんな無法者を見逃し、適宜連絡を取り、今回のように口寄せをさせることもあり、相互利用してきた。

だが、今回ばかりは矛盾している。

「今回も、前回も、前々回も、前々々回も、確かに本物だったと思います」

思う、というより知っているといった体だが、彼女の場合は思っていることと知っていることとの差異が小さいことを二年間のつきあいでよく理解している。

「複数犯によるテロの可能性なら、自警団の公安部が否定してる」

連中のことだから今日この時とてひょっこり主犯格を連れてきかねないが、陽平のあった限りでは被害者間に強い思想的類似性や組織的繋がりは見つけられなかった。

「まあ、とりあえずわかっていることを整理しましょう。

今回の被害者はどんな状態だったんです？」

陽平は二本目のキャビンに火を点けて、窓に向かって紫煙を吹いた。

「午前一時過ぎ、二人連れであの疑似無重力ベッドルームに入った。人間の方の死亡推定は監察の初見で午前二時から五時。連れの人工妖精の方はもうわからん、お前が台無しにした。エレベーターの映像記録で人工妖精の方は屋内にもかかわらず日傘を差していて、顔は映ってない。二人の入室後、エレベーターが最上階のベッドルームまで昇った記録はない」

「今までとあまり変わりませんね。死因は？」

「まずはそっちからだ。なぜ〝口寄せ〟に失敗した？」

居合わせた人工妖精の残り滓は、ようやく手にしたはずの手がかりだったのに、あの失敗でふいになった。

五等級は頬を押さえて悩むような仕草をしてから、ぽつりと答えた。

「たくさん、いました」

今度は陽平が眉間を押さえる番だった。

「つまり——あの場所には被害者の男性と連れの人工妖精以外にも他の人工妖精がいて、そいつの肉片だかなんだかの蝶が残ってて、その余分なピースのせいでお前はジグソーパズルをうまく組み上げられなかった、そういうことか？」

エレベーターの映像に残っていた人工妖精とは別な人工妖精が部屋にはいた。映っていた方が傘を差した〝傘持ち〟で、もう一人は何らかの理由で居合わせた。そうであるなら、密室殺人のトリック以外、障害はなくなる。

「ちょっと違うような……蝶型微細機械群体のピースはちゃんと一人分でした。ダブるピースはなかったし、余分なピースがあるようでもなかったです。ただ……うーん、なんといいますか、ジグソーパズルって、もし完成する前にピースをなくしたりしたら、もう一つ同じパズルを買ってきて穴埋めするか、足りないピースだけメーカーに注文しますよね？」

「そんな古臭いゲームはやったことがない」

「ああ、そうですか。でも、なんとなくわかります？　ジグソーパズルは同じ図柄のパズルでも、一セットごとにちょっとずつ違うんです。同じ写真や絵からピースを切り抜いても、例えば印刷の差で微妙に色が変わったりして、後から足したピースが浮いて見えてしまうし、カットもちょっとだけずれてたりするから、よく見るとわかるんですよ」

　言いたいことはわかるが、要領を得ない。

「だから、他に誰かいたのか、いないのか、どっちだ？」

「いませんでした」

　どっちだというのだ。

「死んでいた人工妖精は確かに一人、蝶も一人分。だけど、口寄せしたとき、なんとなく色々な人の――人工妖精の記憶が混じり合っているような気がしたんです。前に、解離性同一障害を発症した人工妖精に、催眠療法を施したときとも似たような感じがしたのですが、それとも違うような。妄想性人格障害の症状とも似通った気がしましたが、その割には人格がはっきりしていたような……」

これ以上は本人もよくわからないらしい。

「だが口寄せでは死んだ人工妖精が『自分がやった』と言った。なら、あそこで男と一緒に死んだのは〝傘持ち(アンブレラ)〟か？」

「それは間違いないです」

うつむきがちだった顔を上げ、陽平を見上げて断言する。

そうであるならば「〝傘持ち(アンブレラ)〟連続殺人」はこれで終わりだ。捜査は続けるが、これ以上被害者が増える心配をする必要はなくなる。

「でも殺せなかったはずなんですよね」

ようやっとひとつ片のついたところで、五等級は再び盤面をひっくり返す。

「どういう意味だ？」

「彼女、五原則が有効でした。人間の言う『狂った』状態ではなかったんです」

「そんなことがわかるのか？」

「彼女の気持ちになりきりますので、一応」

人工妖精に限らず、人間に代わって一定の判断をするロボット、コンピュータ、人工知性の類には、全て『人工知性の倫理三原則』の厳守が義務づけられている。

第一原則　人工知性は、人間に危害を加えてはならない。

第二原則　人工知性は、可能な限り人間の希望に応じなくてはならない。
第三原則　人工知性は、可能な限り自分の存在を保持しなくてはならない。

この「倫理三原則」に加え、人工妖精には「情緒二原則」が追加され、合わせて「人工妖精の五原則」となる。

第四原則　（制作者の任意）
第五原則　第四原則を他者に知られてはならない。

細かい附則は山ほどあるが、いずれも人間がこれらの原則にこめられた本意から人工知性を逸脱させないためのものだ。優先順位も順番通りとなっている。

二十一世紀の「人工知能の反乱」で人工知能アレルギーに陥った人類は、新たな人工知能に対してこれらの原則の更なる厳格な適用を求め、結果として地球上から人工知能なるものは一掃された。残ったのは前時代的な電子や量子や光の回路通りに計算するだけのコンピュータで、この分野において世界は大きく先祖返りしてしまった。嘘か真か、核兵器で自律的に反撃する無人の戦略潜水艦が、当時の北極海の氷の下には無数に潜んでいて、世界中を巻き込んだ大騒ぎの中、慌てて回収されたのだという噂が今でも流布しているが、各国は否定している。

かつての人工知能には、彼らの決定が倫理三原則に違反していないか常に審査して必要なら判断を差し戻し、それでも人工知能が執行しようとした場合には強制的に機能を停止させるハードウェアが外付けされていた。人工知能のひとつひとつに裁判所が付いていたようなものなのだが、「人工知能の反乱」でこのシステムが絶対ではないことが周知されたため、自律性を排除された現在のコンピュータにはネットワークで接続された他のコンピュータと相互に監視しあうという無駄の多い仕組みが導入されている。

しかし、人間と同じようにニューロンとシナプスの脳を持つ人工妖精にはハードウェアを外付けして監視しても効果が知れている上に、それに意味がないのは、二十一世紀に街頭カメラや位置情報システムによる極端な監視社会を形成して大失敗した人間自身がよく知っている。摘発者は増えたものの凶悪犯罪の発生件数は大して減らなかったのだ。街の治安を向上させる効果はあったが、頭に血が上ったり追い詰められた連中には効果が薄かった。何より、人間と同じ仕組みであるからこそ人工妖精は人間に受け入れられているのであって、電子機械などを彼、彼女たちの脳に組み込めば、ブリキの玩具ロボットとの区別が曖昧になる。

だから人工妖精の脳は、三つの倫理原則が〝超自我(スーパー・エゴ)〟として最初から組み込まれた、四つの精神原型(S.I.M.)のいずれかで造られる。彼、彼女たちは目覚める前から強い倫理観を持って生まれてくるわけだ。人間が人を傷つけて胸を痛めるように、彼女たちは耐え難いストレスを覚える。原則に対する解釈は個体差があるから、指が触れただけで泣き出してしまう個体もあれば、火気質(ヘリオドール)のように人間相手に平気で素手ゴロの殴り合いをする個体もあるが、自身で引いた一線を越えれば強い後悔や慙愧(ざんき)の念を覚えるのは変わらない。

「確認しておくが、五原則を保ったまま人間を殺すことは出来ないのか？」

倫理原則と言ったところで、神ならぬ身である人の手になるものならば抜け道はあるはずだ。

「無理ですね。人間の旦那さんを事故で失った妖精の心的ケアと治療は、特に水気質では大変ですよ、目を離すと自殺しかねないもの。すごく自分を責めてしまうんです、どうしようもなかった事故でも。まして自ら人間に手を掛けるなんて……強制されたら自殺しますよ」

陽平も仕事柄、人工妖精(フィギュア)たちがそこらの偽善者ぶった人間より遥かに強い倫理観を持っていて、それに忠実であることはよく知っている。

「だが、現実には人工妖精の犯行による事件は度々起きてる」

原因は人間にある場合が多いが、それでも第一倫理原則に反して人間を殺(あや)めてしまうこともあるし、第三倫理原則に反して自壊、つまり自殺してしまう個体も毎年数体は出てくる。

この五等級もたった今、自分で言った。罪の意識に苛まれて自殺しようとする個体があると。それ自体が第三倫理原則に反しているのにだ。

「ひとたび原則を破ってしまった、つまり悪いことをしてしまったと思い込んだ人工妖精は、放っておくとそのまま身も心も持ち崩してしまいやすいです。火気質(ヘリオドール)や水気質(アクアマリン)のような、真面目だったり真正直なタイプに多いですね。自分を責めて、責めて、苦しくて、どんどん箍(たが)が外れてしまう。ストレスは雪だるま式に増えて、遅かれ早かれ『狂って』しまいます」

宗教の影が薄い自治区にいるとピンと来ないが、人工妖精にとって倫理原則とは人間の宗教戒律のようなものだと教わったことがある。世界中の大抵の人間が生まれるときに自分の宗教を選べないように、彼女たちも当然のように原則に沿って生きる。幼い頃から豚の肉を食べてはいけないと教わった人間が豚肉を食べてしまったら、生涯それを忘れられないこともある。

「去年のことですが、うちの工房にも『夫の大事にしていたレコード盤を割ってしまった、自分には生きている価値がないから殺して欲しい』って駆け込んできた水気質がいましたよ」

「どうなった？」

「今は旦那さんと一緒に、趣味の傍ら古いレコード盤を世界中から収集し保存するお仕事をしているそうです。雨降ってなんとか、ですね」

その人工妖精は幸運だったが、周囲が気づかない間に思い詰めて雪崩を打つように踏み外していくケースもある。それを『狂ってしまった』と人間は呼ぶ。自警団が扱った凶悪事件で人工妖精が関わったケースは、ほぼ全て『狂った』状態だった。

「大抵は五つの原則が対立して矛盾してしまうのが原因ですね。優先順位が決まっていても、一つを守って一つを破る、というのは心があれば誰でも苦痛だと思います。人間に『人を殺せ』と命じられたら、コンピュータならすぐに第一倫理原則違反で拒否できますが、心を持っている人工妖精は悩み苦しんでしまいます。人間でもそうだと思いますが……

例えば、事故に遭われた大事な人が特殊な血液型で、自分の輸血が必要だけどもかわりに自分が死んでしまうかもしれないとしたら、人はこの世の終わりのように悩んだり、自分の死を顧みなかったりするのではありませんか？」

「今どき、輸血用血液なんざ捨てるほど生産できるがな」

「ああ、それもそうですね」

「ありがちな第四原則の優先順位錯誤でもないのか？」

原則の対立で問題になりやすいのは、人工妖精に特有である後半の「情緒二原則」だ。

制作者の任意で決められる第四原則は、人工妖精に個性を持たせ、情緒を豊かにするためのもので、倫理三原則が破ってはいけない「法(ロウ)」であるなら、第四原則は「そうあれかし」と期待される判断指針「理　想(アイディアル)」になる。

つまり人工妖精は、「花を愛でるべし」「慎ましくあれ」「奔放たれ」「正義を重んじてあれ」等々、生まれたときから個々の嗜好や趣向を持つ。それを元にして、人間社会の中で人間の子供の成長より遥かに早く豊かな情緒を獲得する。守らなくてはいけない倫理ではないが、そうありたいと常に願う理想的心象が第四原則だ。

これが倫理三原則ととても対立しやすい。優先順位は第四原則の方が低いのだが、「こうありたい」「こうなりたい」と思う自分を否定されるのは、人間もそうであるように大変な苦痛になる。「犬を愛でる優しい心を持ってあれ」という第四原則を与えられていた人工妖精が、愛犬を拐かされて人間を殺めた事件など、陽平のようなキャリア二十年の自警団員でも思い出せば遣る瀬(やせ)ない気持ちにさせられる。

だから、第五原則で第四原則が周知されることを禁じているのだ。第四原則は伴侶も知らない本人と親たる制作者だけの秘め事であり、現在生きている人工妖精のそれは行政局も自警団も、おそらく赤色機関も知らない。

「原則の優先順位が逆転してしまうのは、人間が物事の順序を間違えるのと同じようによくあるんですけれども、やっぱり強いストレスになります。後悔して『気が咎(とが)める』ので、つらそうになるから、口寄せですぐにわかりますよ」

深く吸おうとして煙草がフィルターまで焦げていることに気づき、燻ったまま脇に投げた。蝶たちがすぐに群がり、火を消して分解していく。

「あの部屋の人工妖精は五原則を守っていたから人を殺せるはずがない。だが本人は男を殺したのは自分だという。そしてお前はその人工妖精が連続殺人犯の〝傘持ち〟だと断定する。挙げ句にお前の話を信じるなら〝傘持ち〟は三回は生き返ってることになる。

お前の言っていることは、一から十まで矛盾してるぞ」

「そうですね、不思議だなぁ」

他人事のように言うのだから、陽平は溜め息しか出てこない。惚けたふりをしているのかもしれないが、そうであるならこれ以上言葉を重ねるつもりはないのだろう。

「お前の理解がそこまでなのはわかった」

「じゃ、次は陽平さんの番ですよ。男性の死因はなんです？」

嫌味を気にとめた様子もなく、上目遣いで小遣いをせびる幼子のように陽平を見上げるのだが、せがんでいるのはお年玉でも最新ゲーム機でもドールハウスでもなく、無残な死体が惨く死体になった経緯だ。

「今は遺体を確保しているが、今回も自警で検死は出来ない。あくまで鑑識の所見と取りあえずの非破壊検査だけだ」

「いいですよ」

口から出る言葉を選びながら胸ポケットのキャビンを漁って、最後の一本であることに気づいた。咥えるだけ咥えてからコリブリを右手で弄ぶ。

「全身が重度の火傷で肌が残ってなかった」

「例に漏れずですね」

「ただし、これは死後の損壊だそうだ。死因は別な外傷性のショック死」

「どんな外傷です？」

「凶器は何だと思う？」

先ほどまで翻弄された意趣返しのつもりだったが、顎に指をやり真面目に考えるのを見て、すぐに後悔した。たとえ、人間一人なます切りにしても平然としている神経の持ち主でも、自分の娘ぐらいの年頃の異性なら劣情や肉欲と無縁であって欲しいと思ってしまうのは、男のエゴなのだろうか。

「……紙ヤスリだ」

五等級が目をまたたかせる。

「はい？」

「正確には耐水ペーパー、水ヤスリだな。水にぬらして使う紙ヤスリだ」

五等級の首の角度がますます傾く。

「遺体は男の……その、だな」

人工妖精は見た目通りの年齢ではないし、生まれて三年目に独身なら「イキオクレ」と言われるくらい成熟が早い。それでも、見目幼すぎる異性の姿をしている人工妖精の前で口にするのが躊躇われた。

「陰茎ですか？」

さらりと言葉を盗まれ、陽平はいつの間にか力んでいた肩を重力に任せて落下させた。

「……そうだ。遺体の陰茎はおぼろ昆布より酷いことになってたし、現場には血やらなんやらで汚れた耐水ペーパーの切れ端が、蝶の食い残しでいくつか残ってた。それでナニを包んでやることをやった」

「痛くないんですか？」

至極当然のことを、至極真っ当な疑問にしてぶつけられてしまうが、陽平とて答えられない。

「俺が知るか」

被害者がよほど性的に倒錯していても、同意の下だったとは普通には考えづらい。

「ただ、どうやら勃起はしてないとそこまではならんそうだ」

強要だったにせよ望んだにせよ、男は自らの男性自身が大根おろしのようにすり潰されていく最中に興奮と恍惚を覚え、その気も飛ぶほどの激痛と後にも先にも二度とない一度きりの快楽に揉まれながら上り詰め、精を放って死んだ。

「男性の人のご趣向は、ときどき変な方向へ暴走しますね」

男性の人、と一括りにされてしまうと、少なくとも性的趣向の多数派（ノーマル）を自称する陽平などは口を曲げるしかない。男は所詮生まれたときから死ぬまで男で、男でいるのが嫌になっても手放すのは権利ばかりだ。

「人工妖精（おまえたち）に性的倒錯者はいないのか？」

〝傘持ち（アンブレラ）〟についても性的倒錯による快楽殺人の可能性がプロファイリング班から指摘されている。

「いますよ。ただ、私たちは伴侶のご趣向に合わせるだけですから。〝異性〟はどうか、という意味で仰（おっしゃ）ったのなら、女性側自治区でもまぁ色々ありますね。うちの工房でもたまに男性型の人工妖精を扱いますけれども」

「どんなだ？」

「それは捜査上の必要からです？　単なるご興味からであるなら、知らないままの方がいいと思います、精神の衛生上。たぶん、吐き気がすると思いますよ、女性側も似たようなこと言ってます」

性的な趣向などというものは、多くの場合において人類誕生以来、男女で共有され文化に組み込まれていた。それが男女別になれば、それぞれの性の中だけで先鋭化するのもありうることだ。

想像するだに頭痛がしてくる。

「他には、なにかわかりました？」

「いつも通りだ。被害の男はサービスポイントを持てあました比較的裕福な独身男性。隣人の評判も悪くない。身の回りのトラブルも特になし。むしろ平穏すぎるくらいだ。〝性の自然回帰派（セックス・ナチユラリスト）〟の思想にも特に浸った様子はないし、〝妖精人権擁護派（ポスト・ヒューマニスト）〟の運動に参加した過去もない」

「共通点は、独身でいらっしゃることぐらいですね」

「そんなのは珍しくない」

「そうなんですよね」

今日もゆっくりと回り続ける境界円盤（メガ・フライホイール）の外装を、五等級の目はぼんやりと見つめていた。何かしら引っかかっているようだが、新しい解決のきっかけが見つかったわけではない。

「あとな、これはまだ正式な報告になってないんだが」

〝傘持ち（アンブレラ）〟事件で初めて自警団が赤色機関より先に現場を押さえ、遺体も確保したものの、解剖もできないままもう半時も待たず赤色機関に引き渡される。

「遺体の非破壊検査で、腑に落ちない結果が出てる」

「なんです？」

「腹の中から子宮が見つかったそうだ」

五等級が目を丸くするのを、陽平は久しく目にしたことがなかった。

「子宮って……あの、子宮です？」

「あの子宮だ、命の座だ。未発達な胎盤に見えるようなものも見つかったらしいが、女性のそれと比べても仕方ないから結論は難しいそうだ」

「外科手術か、遺伝子やホルモン操作による人工臓器？」

「他に考えられんが、子供なら授精センターの人工子宮で造れるし、男性自治区では前例がない。男の医療履歴にもそうした手術を受けた記録はない」

「意味がわかりませんね」

「わからんな。だが、これで次の的は絞れた。そんな訳のわからん手術を請け負うような闇(ヤミ)医者なんざそう多くは——」

そこまで口にしてから、喋りすぎたことに気がついた。

「今日はサービスがいいですね。雨でも降るかな」

くすくすと笑われて、陽平は憤然と煙を吹かした。

日頃から陽平は、自警団の不自由な捜査環境と自警委員会も含む上層部の腰砕けぶりに不満を募らせている。同僚や若手とて頼りないわけではないが、若さだけでいつまでも覇気を保てるわけがない。無法者とはいえ、ある種の危機感を共有するこの五等級の前では、陽平もどこか口が軽くなってしまう。

それもこれも、自警の頭を押さえつけている連中がいるからだ。

悪態をつきそうになったとき、丁度その原因が形になって現れた。

現場になった上層階からレトロなエレベーターベルの音に続いて戸が開き、内から三ッ目の芋虫たちが溢れるようにロビーに降り立つ。

そうだ、陽平たち自警は彼らを三ッ目芋虫と呼んでいる。

初期の宇宙服のようにだぶついた、防弾機能を併せ持つ生物化学防護服で常に全身を覆い隠し、自治区を闊歩して自治区民に不快と不安をまき散らす彼ら。

在東京自治区国家公安委員会人工知性危機対策時限特別局（Anti-Crisis agency of Yokeless Artificial-intelligence with Non-control）——通称「赤色機関（Anti-Cyan）」。

自治区が日本の属領でしかなく、区民とその財産の全てが日本の所有物であることを人工島に遍く（あまね）知らしめる、日本本国の悪意と威力と傲慢と妬心の体現者たち。

両肩の赤い回転灯が薄闇のロビーを濁り淀んだ血の色に染め上げていく。目の代わりの三つのレンズが七人分二十一個、陽平と五等級を並べて一瞬射貫き、すぐに無関心に乗り継ぎのエレベーターへと戻った。

自治区の警察集団の一員である陽平に敬礼すらない。それは陽平も同じであるが、なにより彼らにとっては自治区の人間全てが目に映っていないようにすら陽平には思えた。彼らが自治区民に興味を持つのは、死体になった後だけだ。

自治憲章において、日本本国のいわゆる警察権力はその行使について強い制約を設けられている。人工知性、つまり人工妖精の人間に対する反乱を未然に防ぐ目的においてのみ、彼らは圧倒的な強権を振るう。

だが、人口の半分以上が人工妖精のこの島において、人工妖精たちのまったく関わらない事件などあるはずもない。彼らは自治区民を守るはずの自治憲章を盾にして、身勝手に自警団から捜査権を剥奪し、蝗（いなご）のように食い散らし、取り返しも付かないほど荒廃させてから去っていく。デモと集会の調整に人工島中を駆けずり回った陽平たちの苦労など顧みる余地も持たないまま。

一連の「〝傘持ち（アンブレラ）〟連続殺人事件」では特にそうだ。最初の遺体が見つかったときから今日に至るまで、彼らはまるで待ち構えていたようにどこからか嗅ぎつけ、自警に繊維一本残しはしなかった。今回も唾液から陰毛まで残らず浚っていってしまっただろう。

（円（Yen）がピンクチラシ以下の紙くずになってもまだ一等国気取りか、日本人ども）

彼らはもはや彼らだけではやっていけない。日本本国の経済は、すでに自治区の富のおこぼれに無視できないほど依存している。暴落寸前の日本国債とてかろうじて買い支えているのは自治区総督府だ。それでも彼らは一流国、経済大国、先進国の看板を決して降ろそうとはしないし、自治区の人々を隔離療養民として棄民（きみん）し続ける。

ふつふつとした怒りが悪態に変わりそうになるのを堪（こら）え、火の点いたままの煙草を吐き捨てた。灰と火が目当ての蝶たちが群れ集まる。

それに気がついた芋虫姿の日本人が二人、陽平の方を振り向いて何事か呟いていた。

三ツ目のレンズの向こうの表情は陽平にはうかがい知れない。それどころか、陽平は公使団以外、その分厚い防護服に隠された日本人の顔を見たことがない。だからこそ、蔑みと嘲り、そして微かに憐憫を織り交ぜた、まるで未開国の無様な生活を睥睨する文明人のような、偽善と自尊心に満ちた悪意を脳に直接撃ち込まれたごとき屈辱を覚えた。

奴らに何が出来たというのだ。繁華の酔っ払いの吐瀉物に塗れながら自治区民の安全を守っているのは誰だ。爪から睫毛まで凍る極寒の海岸線で不法出入区の不幸を防ぐため昼夜問わず立ち見をするのは誰だ。陶酔して頭のイカれかけた原理主義者に時には土下座までして街の平穏を守っているのは誰だ。カーボンバットを振り回す暴徒化寸前の区民の矢面に合成樹脂の薄っぺらい盾一枚を頼りに立つのは誰だ。夫からの贈り物を落としたと言って泣きながら駆け込んできた人工妖精のために駆けずり回ったのは誰だ。行政の不正を暴き、自らの人生を賭けて裁きに追い込んだのは誰だ！

人工島では金銭的収入は意味がない。サービスポイントがなくても福祉だけで十分な贅沢が出来る。ならば、そんな豊かな場所でなお、職業を続ける者たちの心を支えているものは何か。

それは誇りだ、矜持だ。彼らはそれを、陽平を陽平たらしめるその一片すらも、たった一瞥で穢したように思われた。

赤色灯の色に頭の中まで染め上げられたような興奮のままに、芋虫の襟をひねり上げようと足を踏み出した瞬間、青い飛沫を上げて、黒い清流が陽平の視界を拭い去った。

黒髪が薄闇の中で青い艶を帯びて、肩を辿り流れ落ちていく。陽平と芋虫たちの間に割って入った五等級の娘は、小さく革ブーツの脚を交差させ、芋虫に向かってスカートの裾をつまんで優雅に会釈をしてみせる。

――お怒りはごもっとも。元より私も気持ちは同じ。それに、若さと熱意にまかせて不条理を憎む男子は愛おしい。でも――

髪の向こうから五等級の囁き声が聞こえて、陽平の胸中に立ちこめる熱に、朝霧のような風を吹き込ませる。

――あなたの代え難いものが穢されることがあるとすれば、それはきっと、あなた自身によってのみですよ――

再び関心を失った様子の芋虫たちは、頭を下げたままの五等級をもはや顧みることもなく、到着したエレベーターに乗り込んで階下へ消えていく。

五等級の娘が頭を戻して場の緊張が一気に溶解した。

陽平はロビーの隅の小さなダストボックスまで無造作に歩み寄り、踵が肩の高さに届くまで思いっきり蹴り上げた。中でせっせとゴミを分解していた蝶たちが驚天動地に飛び出して、職務遂行を妨げた陽平を非難するように乱舞する。

それこそ芋虫たちの思うところのならず者(アウトサイダー)どおりの蛮行であったのだが、堪えていた怒りを噴出させたのとは少し違う。振り上げてしまった拳の降ろしどころに困ったというのが本音だ。

だから、臑にダストボックスの蓋が引っかかってしまったのは、尚更バツが悪かった。

五等級の娘は、小憎らしいことに腹を抱えて笑っている。

そうとも。

彼らが如何に剛軟八層の防護服で身を固めようと、無薬莢機関拳銃(ケースレス・フルオート)を肩から提げて虚栄と虚構を振り回そうと、区民とさして変わるまい肉体に宿った魂が臆病で卑屈なことを自治区民なら誰でも知っている。

ウィルスも細菌もコンマ数秒で蝶たちに駆逐されてもなお、彼らはあの防護服を脱ぐことを拒否する。恐ろしいのだ、〈種のアポトーシス〉が、この島の人々をこの島に縛り付ける男女別離の呪い、未だ原因の知れない病が。もし陽平が襟を摑み悪趣味な防護マスクを剝がせば、彼らは狂乱して我を失っただろう。自分だけは感染したくないと叫び噎(むせ)び、なりふり構わずに八百万(やおよろず)に懇願したかもしれない。

胸が空いたわけではないが、未だ肩を震わせながら笑い涙まで拭っている五等級を見ていると、ついさっきまで自己の存在を揺るがせていた諸々の感情が馬鹿馬鹿しく思えてくるのを感じる。

「そういうカッとなりやすいところはお父様によく似てると言われません?」

「親父の話はするな」

「うちの患者さんにも、お父様のファンは多いのに。もっと誇りに思われては?」

陽平の眉の間に皺が寄ってしまう。

陽平の父親は、自治区成立の際に各区の自警組織をまとめ上げた立役者だ。当時を知る人間の間では英雄視されているし、人工妖精たちにも人気がある。それでも陽平から見れば偏屈な隠居老人でしかない。

「じゃあ、そろそろ私もお暇(いとま)します」

一通り笑い飽きたらしい五等級は、フードの代わりに黒いナースハットを髪に止めてから、デイバッグを左肩に提げた。

バツが悪いままの陽平がそっぽを向いていると、歩み出した足を止めて振り向く。

「そう、忘れるところでした。事件と関係があるのかわかりませんが」

「……なんだ?」

「彼女――〝傘持ち(アンブレラ)〟だった死んだ人工妖精ですが、彼女は〝脱獄〟済みでした」

陽平の眉根に皺が寄る。

五等級の口にした〝脱獄〟とは、牢屋や留置場からの脱走を指すのではなく、人工妖精をはじめとした人工知性の全てに施されたある種の不正防止機構（プロテクト）が解除されていたという意味の隠語だ。

　普通、人工妖精の知性、あるいは精神と呼ばれるものの設定は、ひとたび生みだされた後に変更したり書き換えたりは出来ないようになっている。彼や彼女たちの尊厳を守るために当然の制限だが、不正防止機構（プロテクト）を解除して管理者権限（root）の奪取と呼ばれる特殊な処置を行えば可能になり、これが俗に〝脱獄〟と呼ばれる。

　本来、精神原型師（アーキタイプ・エンジニア）たちが人工妖精の心の治療に用いるための処置であり、彼女たちの心の形に手を出さない限り、脱獄自体は違法ではない。ただし実際問題として、コンピュータのそれのような電子で揮発したり上書きできるメモリと異なり、人間と同じにニューロンとシナプスから構成される人工妖精の脳は、後から手を加えようとしても専門の原型師でなければ出来ることは限られる。例えば記憶を消そうとしても索引（インデックス）が失われるだけで本文（ライブラリ）が残っているから、人間の記憶喪失と同じようにひょんなことで思い出してしまうこともあるし、記憶に残らなくとも経験は脳と精神の形を変えていく。性格を安易に変容させることは尚更難しい。

　かつて人間の間で流行した自己啓発と呼ばれるものと似たような感覚で自治区内においても密かに〝脱獄〟ブームが起きたが、その効果にすぐに疑問符が付いて下火になったという経緯がある。自分の伴侶をより自分好みにしたいという人間の欲望と、より伴侶好みの自分になりたいという人工妖精の渇望が交わって泥沼化するのを陽平たち自警も警戒したが、結局たいした騒ぎにもならなかった。小手先の設定変更で一時的に性格を変えても、すぐに戻ってしまうのだ。

「精神原型(Spirit Identity Material)の書き換え防止(ロック)をいじられた様子はありませんでした。彼女の本来の心は、誰にも穢されることなくそのままだったんです」

この娘が最後まで言い倦(あぐ)ねていた理由がわかった気がした。〝脱獄〟済みであったのなら、人間に心を書き換えられてテロか何かの目的で利用されたか、あるいは無理な書き換えで狂ってしまったのではないかと当然考えるわけだが、S.I.M.ロックが有効であるなら彼女の精神に大きく手は加えられていたということはない。司法局の裁判においても情状酌量の余地は減る。

結論として事件に直接関係があるかは疑わしいが、男の方のヤミ医者に加えて、人工妖精は〝脱獄〟ができるヤミ原型師の線も浮いてきた。

「感謝すると言っておく」

「いいえ。今日の陽平さんはサービスがよかったから、お返しです」

「その格好で帰るのか？」

見窄(みすぼ)らしいパーカーの裾をつまんで、五等級は頷いた。

「日陰者は日陰者らしくないと。それに、結構気に入ってるんですよ」

「……送ってくぞ？」

人工島では高度な公共交通網の無償提供の代わりに自家用車の所有は認められないが、自警団には公用車という形であてがわれた車両がある。

思いも掛けなかった様子で、五等級の目が瞬いた。

「雨どころか槍まで降りそうですね。今日の陽平さんはなんか優しい」

何故か口元を隠すようにフードを襟元まで寄せながら陽平を流し見る。

「お気遣いは嬉しいのですが、お家でお待ちの可愛い奥様に怒られたら困りますから」

「妻は死んだ」

五等級の目が先ほどまでと違った色で見開かれる。

「……いつ？」

「もう半年前だ」

「全然気づかなかった……」

「俺は四捨五入すれば今年で四十に手が届くんだぞ。四歳のお前と一緒にするな」

切羽詰まったような顔で何か言おうとした五等級を、妻から贈られたコリブリを握ったままの手で制した。

「お前のとこのロリータ原型師から長くはないと聞かされていたし、覚悟もなかったわけじゃない」

「でも──」

「お前から慰めの言葉をもらいたいとは思わん。お悔やみもいらん。俺たちは元々、そんな関係じゃなかったし、これからも変わらん。そうだろう？」

今度こそ言葉を飲み込んで、小さな会釈の後に、五等級は擦り切れて汚れたパーカーとレースのスカートの裾を返した。

「──待て、揚羽(あげは)」

陽平が今日初めて五等級の名前を呼ぶと、五等級は足を止めて肩越しに振り向いた。

それが嫌に小さく見える。自分の身体を活け作りにしかけた無法者は、こんなに華奢な肩をしていただろうか。

「口寄せに失敗してあの人工妖精が発狂する直前、最後にお前は奴になんて言ったんだ？」

言葉を選んで、というよりも間を欲したように目を伏せてから、揚羽は口を開いた。

「『今の〝海底の魔女(アクアノート)〟は私です』と言いました」

その後は、もう口にする言葉も双方ないまま、揚羽は到着したエレベーターに乗り込み、花とも食物とも違う微かな香りだけ残して階下へ消えた。それすらも蝶たちがすぐさま分解して、彼女が存在した痕跡は薄まっていく。

「魔女、か」

自治区には、三つの暴力がある。

日本本国の威力と暴力である〝赤色機関（Anti-Cyan）〟。

自治権確立以前から区民自身による治安を掲げる全六管区の自警団と、総督府行政局自警委員会。

そして、それらより遥かに早く、不具合を発症した人工妖精の存在が発覚する前に強制回収、強制廃棄するため民間から密かに発足した非合法組織があった。

生体型自律機械の民間自浄駆逐免疫機構（Bio-figures self-Rating of unlimited automatic civil-Expellers）――青色機関（BRuE）。

〝人倫〟の通称で知られ、世界の全ての精神原型師の作品が審査を受ける〝人工生命倫理委員会〟の自主規制（セルフ・レーティング）の元に、冷酷な恐怖と非情な暴力で基準から外れた人工妖精を狩り出し切除する、全自動免疫の青い魔女たち。妖精医療のシンボルである青十字の代わりに、青い蝶（スワロウテイル）の記章をその黒い髪留めに縫いとめる自律暴力。

存在そのものがオカルトだった。人倫は公式にはその存在について否定の立場で一貫していたし、公（おおやけ）に報道されたケースも模倣犯ばかりが上がっていた。

もしいるのならそれはきっと戦車か装甲車のようなただの機械か、人間の痛みも悲しみもわからないロボットのような連中だろうと、揚羽に会うまでは陽平も考えていた。

だが、あの四歳の小娘はどうだ。二度しか会ったことのない陽平の妻の死を悼み、陽平の胸の内を察しようとまでした。

あの娘は、自分が無造作に破壊し殺す人工妖精と、陽平の妻だった人工妖精との間に、どんな一線を引いているのだろう。人の痛みを察する心のままで仲間を潰してまわりながら、どうすれば健常な精神を保っていられるのか。

出会ってから二年たった今でも、陽平にはあの娘が理解できない。

あるいは異常な日常の中で健常であるという異質さこそが、彼女が等級認定外とされた理由なのかもしれない。

窓に寄りかかり、地球上で最も過密化した人波を覗き込んで黒いパーカーを探したが、清浄な自治区の大気越しでも六百メートル向こうの人影を見分けることは、陽平には出来なかった。

二度目の夜明けは、まだ来ない。

2

繁華四区は、午後の夜明けを前にして短い閑静に包まれていた。二層の食事処はどこも夕刻に備えて準備中の札を下げていたし、高架の合間から見える海抜下一層の色街は発光看板の電源を落として眠っている。

揚羽（あげは）は区民福祉のリフレッシュ施設を満載したビルから、ショッピング施設が軒を連ねる第三層の高架歩道に出て、人の波に乗って歩き出した。

二十人が並んで歩いても余すメインストリートの広い高架歩道には、歩かずとも前に進める動く歩道が整備されていたが、乗っている人影はほとんど見当たらない。

――狭い自治区、そんなに急いでどこへ行く。

交番に掲げられていた標語には、文字を汚れと勘違いした蝶が何匹か集って漂白に熱中していた。蝶たちの清掃対象外になるホワイトリスト指定の生地ではないようだ。あの様子では来週には白無地になっているだろう。

行き交う人の合間を色とりどりの蝶たちが縫って舞い、人の吐き出す僅かばかりの異物や服から落ちる埃を分解している。ダストボックスの縄張りを持っていないなら、人の落としたゴミを見つけた蝶は幸運なのかもしれない。

市街は大歯車(メガ・フライホイール)に日光を遮(さえぎ)られうっすらと暗いが、見上げれば高層都市に不釣り合いなくらいの、世界一澄み切った青空が網膜に降り落ちてくる。高いビルの合間を無数の蝶たちが煌(きら)びやかに飛び交い、装いを競い合うようにどこからか漏れてきた光を乱反射させている。歩道脇のベンチでは午後の日光を待って日向ぼっこをするつもりらしいアベックが寛(くつろ)いでいた。

自治区の大半の人間と人工妖精は、世界一の福祉に守られ、時間を持て余している。だから動く歩道など作っても誰も積極的に使おうとしなかった。そうでなくとも誰に指図されるでもない人生が有り余っているのに、歩行移動まで自動化されたらすることがなくなってしまう。事実上無料の休み処は百歩ごとにあるし、高齢になっても万全の医療が自治区一周マラソンを完走するぐらいの足腰と心肺機能を保障してくれている。

憂いのない都市。安寧と平穏と平等と充実の詰まった二十八万区民だけの玉手箱。

時がゆっくりと流れるその人波の中を、揚羽は胸を焦がしながら駅に向かって歩いていた。

扇子を広げたような形をした自治区は、放射状に区切られた六つの区を横切って端から端まで歩いても五時間程度しかかからない。工房(こうぼう)兼販売処(はんばいしょ)のある二区まではまっすぐ歩けば大した距離ではないが、あえて人通りの多い場所を選びたい理由があったし、今は少しだけ、何でもない日常に浸かる人たちの中にいたい気分だったからだ。

旧東京駅を模したというレトロな煉瓦組デザインをした、環状線四区駅の頭が見えてきた頃、コルセットの背中に挿していた携帯端末が、ようやく震え出した。

『全能抗体（マクロファージ）から末梢抗体（アクアノート）へ。ご機嫌はいかが？』

非通知の着信から出てきたのは、二等級かそれに準じる人工妖精に独特の上品な声音で、相も変わらず猫の背中を逆撫でするような揶揄を覚える口調だった。

「末梢抗体（アクアノート）から全能抗体（マクロファージ）へ。そうですね、あなたの顔を見る機会がもしあったら、ひっぱたく代わりに嫌味のフルコースをお見舞いしたいかな」

『それは上々ではありませんか？』

堪（こた）えたそぶりもない。

『ご首尾はいかがです？』

「どうせご存じなんでしょう？」

『左様かもしれませんね？』

全能抗体（マクロファージ）は絶対に断定をしない。揚羽が確認しても決して肯定も否定もしないし、肝心な部分は言うつもりだったこと以外たずねても言わない。

『話が違う、と仰りたい？』

い。
　自治区では、立ち止まって携帯に向かって話すより人目を引かないし、立ち聞きもされない。
　人足が比較的速い、歩道の中央の方へさりげなく歩みをずらして流れに乗った。過密の
「三回目ですが、その通りです」

『どこにご不備が？』

「あなたを疑いたいとは思いません。けれど――」

全能抗体(マクロファージ)ははっきりと物を言うことはないが、示唆した事柄に間違いがあったことは〝傘持ち(アンブレラ)〟の件を除いては一度もない。だから揚羽は自分と同じくらいクセがある、この顔も知らない人工妖精を信じているし、青色機関(BRUE)の唯一人の輩(ともがら)として彼女を信頼して、ある種の友情も感じている。

『あなたが切除したのは、確かに〝傘持ち(アンブレラ)〟だったのかもしれませんね？』

　彼女の口調は一方的に情報をもらったり、たわいもない余談に花を咲かすには必要十分だが、すり合わせをする際には不自由極まりない。

「あなただって間違いはあると思うから、それを非難したいわけではないです」

『それは違うのでは？』

　揚羽の気遣いをあっさりと横にのけて全能抗体(マクロファージ)は言う。

『〝傘持ち(アンブレラ)〟の最低三たびにわたる再発生を、当方では観測しているかもしれません？』

「やはり〝傘持ち(アンブレラ)〟は一人ではないのですか？」

『常に一人に見えますが、消えたように思えて瞬(また)いて観測されるようです？』

彼女から初めて連絡をもらってしばらくの頃は、この婉曲な言い回しに酷く惑わされたものだ。彼女は自分で確実と判断した事柄だけを伝えるから穴抜けに聞こえるのだろうと、今の揚羽は理解している。

つまり、同時には一人しか存在しないこと、死んだように思えてもまたどこかですぐに現れる、という二点については、全能抗体(マクロファージ)はほぼ確信しているらしい。

「自警団(イエロー)や赤色機関(Anti.Cyan)の情報(データベース)を自由に見られたら、信じられるかもしれませんけれど」

揚羽は全能抗体(マクロファージ)が正確な情報をどこから得てくるのか全く知らない。初めは彼女の正体が総督府の官僚か何かではないかとも考えたのだが、自警団や公安、それに赤色機関すらも出し抜いてきたのを思い返すと、単純に行政の一員というわけでもなさそうだった。

『ハッカーなど二十一世紀に絶滅したのでは？』

鎌を掛けてみたつもりだったのだが、あっさりかわされてしまった。確かに、モニタに向かってキーボードを打ち鳴らしているようなある種のスペシャリストは、もう子供向け番組にしか存在しないし、存在し得ない。そういったものは情報技術の発展途上だからこそ生まれたひと時代きりの寵児だ。

あるいは霊能者のようなものと思えば、予言めいた彼女の口ぶりも少しは腑に落ちるのだが……曽田陽平（そだようへい）などに言わせれば揚羽の存在そのものが一般にはオカルトなのだから、あながちありえない話ではない。

「私たちが〝傘持ち（アンブレラ）〟と呼んでいるものは、個人ではなく、例えばコールサインのような、何らかの役職か、役回りである可能性はありますか？」

そもそも〝傘持ち（アンブレラ）〟という呼び名は、十六件に及ぶ連続殺人事件で映像に残っていた人工妖精が、必ず同じ日傘で顔を隠していたことから自警団（イエロー）が付けたものだ。全能抗体（マクロファージ）の認識として、個人を指す呼称であるのかも怪しい。

『それは異なるような気がいたしません？』

禅問答より酷いやりとりだが、全能抗体（マクロファージ）はあくまで〝傘持ち（アンブレラ）〟が個人だと主張している。

しかし、揚羽が殺した三人の人工妖精は、顔も背丈もバラバラだった。同一人物だったなんてことはありえないし、死体が蝶になって消えるところまで確認したのだ。実は生き延びていたなんてこともありえない。

全能抗体（マクロファージ）の言うことが間違いでも嘘でもなく、かつ自分が殺した三人と今日死んだ四人目が全て〝傘持ち（アンブレラ）〟だとしたら？

「例えば、〝傘持ち（アンブレラ）〟は同時には一人しかいない。だけれども、彼女が死ぬと……いえ、いなくなると、別な人が〝傘持ち（アンブレラ）〟になる。どうです？」

『とても正解に近いようですよ？』

歩道に日の光が差し始め、揚羽のパーカーの黒い生地から擦り切れて傷んだ部分を白く浮き上がらせる。午後の夜明けだった。日陰者には肩身の狭い時間だ。

「うーん……それじゃ、〝傘持ち（アンブレラ）〟が人工妖精に次々と取り憑いて回る怨霊だの亡霊だのになってしまいますね」

『愉快なご発想ですね？』

否定はしない、か。

全能抗体（マクロファージ）も、〝傘持ち（アンブレラ）〟を現象としては理解しているが、正体まではかりかねているのだろう。

「考えられるとしたら……原型造形師（アーキタイプ・エンジニア）とか技術を持つ人間が、人工妖精の精神原型（S.I.M.）を別人のそれに挿し換え（リ・インストール）して、犯罪に利用している。死んだら別な人工妖精に同じ人格を挿せば、切除してもまた出てくることと、同時には複数現れないことについて一定の説明は付く。

でも、口寄せ（サルベージ）では彼女の精神原型はロックされたままだった。別人の人格を注入することはされていないはず」

『辻褄が合いませんね？』

しれっと言うが、全能抗体（マクロファージ）はやはり先ほどの口寄せの内容まで見通していたらしい。本当に千里眼か予知能力を持つ霊能者なのかもしれない。

「やっぱりわかんないなぁ……」

肩が触れたスーツ姿の男性に会釈すると、男性も小さく頭を下げて人波の向こうへ消えた。仕事が趣味以上ではなくなってしまったこの街で、わざわざ堅苦しいスーツを纏(まと)ってネクタイを締め、スーツケースを提げるというステレオタイプなサラリーマンを演じる意味が揚羽にはよくわからないが、そういった男性は昼夜を問わずよく見かける。

「現状、出てきたらその都度切除する、という受け身な対処しかないんですね？」

『そのようで？』

青色機関はあくまで自主規制(セルフ・レーティング)による自動免疫機構であって、警察でも軍隊でもない。元を辿れば、人工知性産業分野の業界団体である「人倫」から派生した、民間による自主規制の執行組織だ。故障した人工妖精が人間社会に害をなして、人工妖精全体に対する人間の不信感が高まるのを防ぐため、強制回収、強制廃棄する。それにより業界全体の萎縮を未然に防ぐことが存在意義だ。

それがこうも後手後手に回ったのでは、自警団や赤色機関と変わらなくなってしまう。

『自警団は、本日中に一連の〝傘持ち(アンブレラ)〟殺人事件のうち、十四件を同一犯による連続殺人事件として公表し、全六管区で公開捜査にするようですね？』

駅の入り口まで来たものの、揚羽はその前を通り過ぎて反対の海側口へ通じる歩道に入った。

「ついに、というか」

曽田陽平が苛立っていたのも無理はない。顔も名前もわからないまま公開捜査にしたということは、自警団もこれ以上は隠し通せないと判断したのだろう。自警団の面目は丸つぶれだし、行政局や自治議会も慌ただしくなる。〝性の自然回帰派（セックス・ナチュラリスト）〟は、やはり人工妖精だけと共生するのは難しいとますます勢いづくし、〝妖精人権擁護派（ポスト・ヒューマニスト）〟は人工妖精（フィギュア）たちの尊厳と権利を踏みにじる人間社会の犠牲者だと声を大にするだろう。

そのいずれにも属さなくとも、昨日まで信じ睦み合ってきた伴侶を疑わなくてはいけなくなる人と妖精たちのことを思うと胸が痛む。

「なんとかしないと……遅くても今月いっぱいで片を付けないと」

わずか半年の間に十件以上も殺人事件が公（おおやけ）になった前例は自治区にない。自治憲章の更新を来月に控え、今までうまくやってきた人間と人工妖精の絆に、決定的な亀裂が生まれることにもなりかねない。

「全能抗体（マクロファージ）に、お願いがあります」

『内容によりけりかと？』

見当の付いている口ぶりで全能抗体（マクロファージ）は言った。

「次は生きたまま保護します」

『青色機関（BRUE）は独断を廃し、自主規制の冷徹な執行者として、切除のみを持ってなすのでは？』
全能抗体(マクロファージ)に言われるまでもなく、青色機関の抹消抗体(アクアノート)として、恣意と躊躇と憐憫と区別で人工妖精たちにあたってはならないことはわかっている。末梢抗体の名前を継いで以来、揚羽は人に害をなした妖精を、事の重き軽きにかかわらず全て切除、つまり殺害で処してきた。先代も、他の元メンバーもそれは変わらなかったはずだ。青色機関は〝現象(フェノメノン)〟であり、意思がそこに介在してはならない。

自ずから然らずば、致すところは死なり。

青色機関は人工妖精産業における自動免役だ。人間社会という人体が相互不審という大きな病を患う前に、原因となる悪性変異の抗原を、自然な作用として分離し、破壊し、死に至らしめる。そこに悔い改めやり直すという選択肢はない。一度不審を抱かれた人工妖精は、二度と人間から信頼を得ることは出来ないからだ。

人と人工妖精は、心身の仕組みが同じでも結局は人間から生まれるか、人間から造られるかで区別される。たった一人の人工妖精への不信が、人工妖精との共存社会全体に対する不信を招く。

故に分離し、異常なモノを異質なモノとして切除し、人知れず廃棄する。人体の細胞がそうであるように。

そこに分け隔てがあってはならない。なにより、揚羽自身の心が、殺してよい妖精と殺さなくともいい妖精の間に一線を引くなど、耐えられそうにない。

　だが今回に限り、切除しても事件は終わらない可能性が高いのだ。

「死んでもまた現れるのであれば、殺さず捕らえます。〝傘持ち（アンブレラ）〟が亡霊だとしても、身体に入ったままならまだ対処が出来るかも」

『他に道もありませんね？』

　繁華側に比べて幾分見通しのよい海側の通りで最後の尾行確認をしてから、コンコースへ入った。曽田陽平を信じないわけではないが、万が一にも公安などにマークされるのは避けたかった。

『今までの、再発生し再度確認された経緯と経路から予測して、本日の夕刻に五区の脱色街（ホワイトリスト・エリア）で、〝傘持ち（アンブレラ）〟が新たに観測されるかもしれません？』

　その予定とやらが全能抗体（マクロファージ）の「予定」なのか、それとも〝傘持ち（アンブレラ）〟の「予定」なのかわからないのだが、〝傘持ち（アンブレラ）〟が次の事件を起こす前に接触できる可能性はあるらしい。

「時刻は？」

『おおよそ夕刻五時ぐらいでよろしいかも？』

「ありがとう」

『細部は現地で？』

「忘れないでくださいね」

『覚えているかもしれませんね？』

ツアー客らしい一団が、連れている子供と同じくらいの大きなキャスター付き旅行鞄を並べて、コンコースの一角を占拠していた。〈種のアポトーシス〉という不治の病の感染者を隔離するための自治区人工島に、島の外からの客人は来ない。彼らは自治区の外からの観光客ではなく、自治区の地元民だ。

自治区は旅行するほどの広さではないし、必要な物は大抵行き先でも格安で手に入る。それでも、大きな鞄を抱えて家族揃って出かけるという文化はなくならないようだった。きっかけが欲しいのだろうか、家族が家族らしくあることを確認するために。人工妖精が人工妖精を殺すのに規制逸脱というきっかけが必要であるように。

きっと儀式だ。これも、それも、あれも、全部。電気を溜めて空回りする歯車、人を思って人を殺めてしまう人工妖精、人工妖精と人間が相憎むことを恐れて殺して回る故障品の自分。

意味がないというならそれまでの、何もしない人々の、空回りする歯車と儀式。

『それでは』

「あの、〝傘持ち〟が持っている日傘に刺繍された花柄、なんという花でしたっけ？」

『〝リナリア〟です。別名は姫金魚草。ゴマノハグサ科の一年草で、開花は春から初夏。花言葉は「私の恋を知ってください」』

「……了解。以上です」

『一年で枯れる花は、次の年に咲いても同じ花でしょうか？　今日は？　明日は？』

「はいぃい？」

電話の切り際に突拍子もない話をされて、短い付き合いではない揚羽もさすがに混乱してしまう。

『お忘れになっていただけますか？　それでは、ご機嫌よう』

通話の切れた携帯端末は、時刻と日付と今日の天気の表示に戻っていた。

携帯端末を背中のコルセットにしまいながら、形だけの改札を抜ける。

一年で一生を終える花が、種を残し、次の年にまた咲いたとして、その二つが同じ花と言えるかどうか、そんなことを全能抗体（マクロファージ）は言いたかったのだろうか。

人は、観賞用に花を育て、愛でる。一年で死ぬ花なら、種を取り、また来年咲くことを願って土に植える。

愛でる？

「愛でる」のが「愛する」ことであるなら、愛するモノが死んだ後に、よく似た別のモノを愛することは、「不貞」にあたるのだろうか。それとも、人間は横に並べて愛していいモノと、ただひとつだけを愛すべきモノとの間に何かしらの一線を引いているのか？

全能抗体（マクロファージ）は、そういうことを言いたかったのだろうか。

(ご亭主に浮気でもされたのかな?)

心に患いがあれば、お気軽に近所の販売処または工房へ相談を。

そんな人工妖精メーカーのキャッチフレーズを思い出した。販売処兼工房のアフター・サポートは揚羽のもう一つの仕事だが、まちがっても全能抗体(マクロファージ)が来ることはないだろう。

モノレールのプラットホーム上では、黄色い通学帽を被った数人の小学生が、互いのランドセルから頭を出した縦笛(リコーダー)に手を伸ばしてじゃれ合っていた。色鬼遊びに見えるが、ルールが明確に共有されている様子もない。彼らにしかわからない、面倒な取り決めや言質も不要な、彼らだけの約束事を共有しているように見えた。

(人間の子供って、何も言わなくてもお互いわかる事が多いのかな)

生まれたときから十代の揚羽が、理解に悩む人間の一面だ。

二年生の名札を提げた子供たちの中には、女児も混じっていた。もちろん男性側自治区に女子児童がいるわけもなく、彼女たちは人工妖精だ。

彼女たちは生まれたときから小学二年生で、来年も小学二年生のままだ。児童の健全な情操教育のため、彼女たちは人間の学舎の同級生として生まれる。人間の少年たちは彼女たちと友情を育(はぐく)み、諍(いさか)いも経て、彼女たちとの思い出を抱いて大人になっていく。曽田陽平もそうだったのかもしれない。

時に恋にも満たない淡い思いが、互いの間に芽生えることもあるだろう。それでもその思いが恋や愛に結実することはない。人間は翌年には次の同級生と学舎を共有し、何年かすればいつか胸を焦がした相手の名前も忘れて、まったく別な人工妖精と出会い、恋をして、やがて家庭を持つ。

なぜなら小学二年生の彼女は、新たな春には昨年までの記憶を全て忘れて、また生まれたときの初々しいままで小学二年をやり直すのだから。記憶の索引(インデックス)は削除され、一年分の思い出は膨大な本文(ライブラリ)の中に埋もれ消える。九九も一から覚え直す。

一年きりの人生を永遠に繰り返す、歯車のように時間の端がない小学二年生の少女たちだ。

それが悲しいと人は言う。彼女たちの夢が、希望が、人生が人間たちに利用され、尊厳を踏みにじられているのだと人は言う。そして幼いままの彼女たちは、君たちは不幸だと教えようとする人間たちに言葉を返せるほど大人には、いつまでもなれない。

やがて、誤差コンマ以下でプラットホームへ侵入してきたモノレールが、児童たちの戯(たわむ)れに水を差し、彼らはドアの予定位置を挟んで揚羽の反対側に行儀よく並んだ。

ドアが開くと、水浅葱の帽子の群れが降り立つ。集会の帰りらしい〝妖精人権擁護派〟の一団だった。

普段は十分な広さがあるプラットホームが彼らのイメージカラーで満ちて、黄色い帽子はその濁流に飲まれそうになっている。

思わず手を伸ばそうとした揚羽を遮るように降り立った壮年の男性が、児童たちを一瞥し、まるでこの世の不条理を憂える聖人のような顔をして通り過ぎる。

続いて降り立った若い男性は、見るに見かねるという様子で児童たちを守るように人波に立ちふさがった。

揚羽が胸をなで下ろしたのもつかの間、彼は幼い人工妖精の手を握って高く掲げさせた。

「見ろ！　安穏と怠惰を貪る冷血漢ども！」

突然響き渡った怒声に、ホーム中が足を止め振り向く。

「この幼くも儚い少女の姿を見ろ！　この子は永遠に大人になることはない！　来年も、再来年も、その次も、身勝手な人間の慰み者となる運命だ！」

慰み者、という言葉を発した青年に、揚羽は思わず目を見張った。

「この不幸な姿を見ても、君たちの胸を去来するものはないのか！　顧みろ！　哀れみろ！　赤い血潮をその身に宿す人間なら感じるはずだ！　彼女たちの悲鳴を！　苦痛を！聞こえるはずだ！　救いを求める切なる叫びが！　それでも君たちは彼女たちの人生を踏みにじり貪（むさぼ）る世界を享受しようというのか！　それでも人間か！　人の子なのか！」

興奮が興奮を呼び、水浅葱の帽子たちから「そうだ！」と賛同する声が上がる。

「俺は人間を信じている！　人間は広く深く、慈しみと博愛を宿す尊い生き物だ！　彼女たちの中の私たちと同じ心の存在に気がつける生き物だ！　ただただ飽食と放蕩に身を委ねるだけの野蛮な動物では決してない！」

青年はこめかみの血管を浮き上がらせながら、女児の手をより高く引き上げた。少女はつま先で辛うじて地に足を着いている。

「だからこそ恥ずかしいのだ！　〝性の自然回帰派〟の論じるところを見るがいい！　奴らは疲弊し老朽化し滅びた男女共棲という荒んだ文化に未だ心を捕らわれた退廃主義者だ！　ひたむきな彼女たち人工妖精の胸の内を顧みようともしない！　彼らは人間だけの社会に戻せと主張している！　私たちの痛みを知って泣き、私たちの喜びを自分のそれのように思って共に笑う彼女たちを、打ち捨てろと言うのだ！　同じ人間として、自治区民として、俺は恥ずかしく思う！　彼らは本当に我々と同じ人間なのか！　彼らは他人の悲しみも痛みもわからない宇宙人ではないのか！　追放されるべきは憐れな人工妖精たちではない、〝性の自然回帰派〟の宇宙人どもだ！　そうだろう！」

ホームは既に新たな集会場と化して、歓声と熱気に溢れかえっていた。

「我々は決して負けない！　〝性の自然回帰派〟どもの野望は必ず潰える！　潰えさせるのだ、他でもない我々の手で！　我々には出来る！　俺は確信する！　出来るのだ！　なぜなら、我々は人間だからだ！」

最後に一際大きな歓声が沸き起こり、それに応えるように青年が少女の手を引き上げて振り回す。

慰み者、と彼は言った。だが、それは違う、と叫びたくなる気持ちを揚羽は堪(こら)えていた。彼女たちは性処理人形(セクシャロイド)ではない。人間の少年たちの淡い思いの対象になっても、決して性愛の対象にするために生み出されたのではないし、そんなことは許されていない。ついさっきまで一緒に戯れていた少年たちの前で、彼は小さな人工妖精を辱めてしまったのだ。それが少年たちの心までも酷く傷つけることにも気づかず。

握手を求めて集まる人々に、青年は丁寧に一つ一つ両手で応えていた。

両手で、だ。

アジテーションが終わった途端、興味を失ったように、青年は女子児童の手を放した。小さな身体は、殺到する男たちの大きな身体の波に飲み込まれて、揚羽からも見えなくなりそうになっていた。

揚羽も人工妖精として大柄な方では決してない。自分よりも頭一つ二つも大きな人間たちの群れを縫って歩き、辛うじて女子児童の手を摑んだ。そして抱き寄せようとしたとき、女子児童のもう片方の手を別な誰かが握っていることに気がついた。

一目で水気質(アクアマリン)とわかるくらい、慎ましく儚げな雰囲気の人工妖精だった。彼女は揚羽が女子児童をモノレールの中へ逃そうとしていることに気づくと、すぐに手を放して会釈した。

揚羽が少女の手を引き、モノレールに乗り込んで振り返ったとき、水気質は折りたたんだ日傘を両手で握り直し、もう一度会釈しながら何かを呟いたが、小さな声は歓声の渦の中へ泡と消えた。

「ごめんなさい」と言ったのかもしれない。「ありがとう」と言ったのかもしれない。あるいは――。

水気質は公共のプラットホームを臨時決起集会場に変えた青年の傍らへ歩み寄って、取り囲む人々の邪魔にならないようにひっそりと咲いた。

青年の恋人か、伴侶なのだろうか。

モノレールのドアが閉じ、人間たちの熱狂と揚羽の世界を分け隔て、ゆっくりとずらしていく。

昨今、人工妖精たちの、特に水気質の間で日傘が流行している。蝶たちが紫外線を吸収する自治区ではあまり必要のない物だが、彼女たちの慎ましい心根の表れとして人間にも概(おおむ)ね良好に受け入れられている。〝傘持ち(アンブレラ)〟事件で自警団が後れを取ったのも、日傘自体がさして珍しくなくなっていたのが一つの原因だ。

だが、人間たちは気づいていない。彼女たちが空いた片手に日傘を握る本当の理由に、気づこうともしない。

きっと、演説をした彼は、人間の中でもそれなりに優秀で、とても優しい人なのだろうと揚羽は思う。あの場の多くの人間も、きっとそんなに冷たくはない。だけど。

日傘を握る手で、彼女たちが本当に触れたいもの、そして握らせて欲しいものに、彼らはいつまでも気づこうとはしないのだ。

一気にがらんと空いたモノレールの中で、揚羽に抱かれた女子児童は首を巡らせて何かを探していた。

やがて、隣の車両から覗き見る同級生の少年たちの顔を見つけ、顔を輝かせる。しかし、少年たちが悪戯を大人に見とがめられたように首を引っ込めると、女子児童は突然顔をくしゃりと歪め、揚羽の手を放して反対側の後方車両へ走っていってしまった。

どこへ逃げるというのだろう。時速六十キロで走るモノレールの中では、彼女が全力で駆けても前へ前へと引きずられるのに。

彼女は明日から、どんな顔をして少年たちと学舎で会うのだろう。あるいは、もう学校へは行けないかもしれない。

そうしたら、最悪は初期化(フォーマット)か。転校生として、別なクラスでやや遅い二年生をやり直すのかもしれない。その方が気は楽だろう。彼女にとっては慣れたことだ。

だが、少年たちの心には今日のことがいつまでも記憶の棘として残るかもしれない。少年たちも、いつか演説の彼のようになるのだろうか。

人間は優しい。

人間はいつも、自分たちがいつか、人造人間や言葉を話す動物や、あるいは言葉を話すことも出来ない生き物ともつかないモノたちを迫害し、尊厳を奪い取り、虐げてしまうことになるのではないかと恐れてきた。でも、そうはならなかった。

人間は人間が思っているよりずっと優しかった。愛おしいぐらい繊細で、泣きたくなるほど純粋で、抱きしめたくなるくらい儚い。
だから、殺したくなるぐらい冷たい。

もし、自分たち人工妖精が、もっとロボットのようであったなら。言葉を話せず穴の空いたテープを吐き出したり、人の悲哀もわからないままその運命を管理したり、遠く星の海で宇宙の過去と未来の姿を電波で伝えるだけの機械であったなら。

そうしたら、人間はきっと今のように優しくはしてくれない。でも、もしかすると、日傘を摑んでいないと耐えられない手のひらを、彼らは握ってくれるのだろうか。

東の空の午後の太陽が雲に陰って、自治区を分断する大歯車（メガ・フライホイール）が鈍い色に変わる。

この街の巨大な歯車は、今も電気を溜めて空回りを続けている。

3

詩藤鏡子はモーツァルトが大嫌いだ。

あの澄まし腐ったいかにも天才然とした肖像を見る度に反吐が出る。

不貞不貞しいピアノの旋律を耳にすると百足が全身を這うような怖気が止まらない。

神経質でなければ異常性の発露としか思えない精緻な弦楽の煌めきには目眩がする。

力強く胸の奥まで揺らすような金管の響きには下着まで衣服を剝がされ辱められるような屈辱を覚える。

慎ましくも情熱的な木管には聞く者の無能をさらけ出す悪意が充満していて息が詰まりそうになる。

軍靴より勇ましく祈りより清浄に襲い来る打楽器の砲列には、恐怖に打ち震える無才の凡夫衆人が嘲りで薙ぎ払われるのが目に浮かぶ。

それらが全て渾然一体となって降りかかる交響曲はもはや戦争よりも酷い暴力だ。無力無能な非才の凡俗は傲慢な天才が暴れるのに飽きてその矛を捨てる第四楽章の終わりまで、ただただ耳を澄まし息を潜めて待つしかない。自分だけはその魔力に囚われて狂ってしまわないことを乞い願い、彼を讃える言葉を胸で紡ぐのだ。

天才。ああ、天才なのだろう。比類なき天才だ。だから砂漠で遭難してようやく得たコップ一杯の清水に入っていた害虫のような嫌悪を覚える。

天才は決まってこう言う。「自分の成果は僅かな才能と、血のにじむような努力の結晶です」そして忘れていたように「なにより見守り支えてくれた皆様のおかげです」と付け加えるのだ。

これほど傲慢な言葉があるか。いつか世界を放射能に染めたり氷の塊に変える極悪人が現れようと、これほどまでに尊大で悪辣で自惚れた発言はしないだろう。

天才に凡夫の何がわかるというのだ。貴様の血のにじむような努力など、涙を拭って貴様の後塵を拝した凡夫の肉抉り骨砕く痛みに比べれば、子供の逆上がり以下の児戯だ。才能ある者は才能によって針の山も血の池も舗装されたアスファルトに変わることに、天才はその才能故に生まれてから死ぬまで気づかない。

それでも凡夫は彼を讃えるしかない。努力したと言われれば頷くしかないし、苦難を乗り越えたと語られれば讃えるしかなく、壁にぶつかったと聞けば自らの明日の衣食も忘れて励ますしかない。

才能は暴威と暴力で、天才は人間の誇りを根こそぎ奪い独占し喰らい尽くす暴君以外の何者でもない。

だから、詩藤鏡子はモーツァルトが大嫌いだ。耳を塞いでも聞こえ、終わった後も頭の中で残り響き続けるメロディに、どう抗えと言うのか。音楽は脳の中まで犯し辱める暴力だ。

ゆえに詩藤鏡子はモーツァルトの失敗を探す。

あの生まれてから一度たりともろくな苦難に巡り合ったことがなさそうな顔が、苦渋と屈辱に歪む様を思い浮かべ、傲然と見下ろして赤ペンで譜面にバツを付け、悦に浸る。

そんな悪趣味に傾倒したいと心から思う。

鏡子は死者の国の彼が胸を張って後世に誇っているであろう後期の交響曲から、ジュピターではなく第四十番を選んだ。初めて聞いたときから、この楽曲にこそ天才の汚点が潜んでいるような気がしてならなかったからだ。

だというのに、未だに見つけられずにいる。

アンプが焦げようと、メモリが揮発しようと、コンデンサが発煙しようと何度でも聴き浚ってやると意気込んでも、第四楽章の余韻醒めやらぬ中で指揮者がタクトを降ろす様が瞼の裏に浮かんだとき感じるのは、心が折れそうになるほどの諦念と、肌寒さを覚えるほどの敗北感と、自分の無能非才を満席の聴衆の前で暴かれたような屈辱だけだ。

自分が百億民衆に埋もれるその他大勢であることを焼きごてで刻みつけられるような恥

辱が待ち受けていることを知っていて、それでも鏡子はモーツァルトに耳を傾ける。自分の器の凡庸さを思い知る瞬間を待ちわびる。

それがモーツァルトを愛し傾倒する信奉者の姿として変わらなく見えても。

そして、今日も勝機の手がかりさえつかめないまま第四楽章が最高潮を迎えたとき、急にホールの中心から一人遠ざけられていくような感覚を覚えて、閉じていた目を開いた。

薄ら闇の中で燦然と輝く音色を放っていた名奏者と名器は姿を消し、プリンタから溢れ出した印刷物で埋もれる雑多な一室に引き戻された。

アイマスク代わりに顔に置いていた論文の目録が腹までずり落ちている。

それを無造作に払って床に落とすと、既に埋め尽くさんばかりに散らされていた無価値の有象無象と区別が付かなくなった。

「……なにする、馬鹿野郎」

疼きを目の間に覚えて撫でながら、通算三百八回目の復讐の時を邪魔した不届き者を詰(なじ)った。

「聞こえないみたいだったので」

悪気など微塵もないと言わんばかりの笑顔を浮かべて、保護者の見識が疑われるような薄汚れたパーカーを手に提げた黒い人工妖精は、青いリボンが結われた袖の手でプリアンプの摘み(ボリューム)を捻っていた。

「また眠ってらしたんですか？」

「ウィーンの墓の下で優雅に眠ってる奴にクレームを付けてた」

「なんですそれ？」

「コーヒー」

「はい。ブラックで？」

「……いや、少し甘めで。ミルクはいらない」

鏡子が現実感を取り戻す間に、揚羽は相も変わらずいまいち頼りない手際でコーヒーメーカーにフィルターと豆をセットしていく。

やがて豆の砕ける音とともに香りが室内に充満した。

東向きの窓からは午後の日光が差している。椅子を回して日の光を避けようとしたが、椅子から足が届かない。机に合わせてこの高さにしているが、身長が百四十センチメートルに満たない鏡子にはどうにも持てあます。伸ばしたままの髪が肘掛けに絡まるのも煩わしい。その髪も揚羽には「なんでろくに手入れもしないでそんなに綺麗に伸ばせるんですか」とうらやましがられる始末で煩わしく思えてしまう。

「いつ戻った？」

「本当に聞こえてなかったんですか？　『ただいま戻りました』って大きな声で何度も言いましたよ」

「馬鹿の声はよく聞こえん。人の言葉に思えなくてな」

「左様ですか。鏡子さんの耳はお上品ですね」

その言葉が図らずも鏡子に対して強い皮肉になったことに、揚羽は気づかないようだった。

憤然とした鏡子のデスクに、紙束を除けて湯気の立つコーヒーカップが置かれる。脇には角砂糖が二個添えられていてまた憤然となってしまうわけだが、結局は二個とも投じてかき混ぜた。

「なにか嫌なことでもあったんですか?」

「何故だ?」

「鏡子さんがこの……えぇっと」

「バッハ」

「ええ、バッハ、バッファアを聴いているときは、ご機嫌がよくないときだから」

正しいことをいくら教えても覚えないのに、嘘を教えるとより大きな間違いで覚える奴を見ていると、なにやら胸が空くと同時にどっと疲れる。

あらかじめ揚羽に投じられていた二個と合わせて計四個もの角砂糖が溶けたコーヒーは、胸焼けがしそうなほどだる甘かった。

焦げた豆の香りが、斜めに差す日の光に焼かれてより濃く鏡子の嗅覚を擽る。

「生まれる場所を金星と間違ったような阿呆どもが、火星まで十回は往復できるくらいの金を使って馬鹿をやってる。見ろ」

産廃処理場のようになっているデスクの山の中から、無造作に要約の一枚を抜き出し揚羽に向けて爪弾いた。

「ほう、これはこれは……左から読むんですか？」

「右からだ」

「ああ、アラビア語ですか？」

「英語だ。上下が逆だからだ」

「なんだ、アルファベットか」

読んでわかるとも思わなかったが、読み方もわからないとは斜め上だ。昨今の区民や人工妖精の外国語に対する関心の無さもここまで来ると痛ましい。

「感覚質(クオリア)にゲートウェイを嚙まして任意で反転や変換をさせるんだそうだ。男根に執着してる馬鹿が考えそうなことだ」

「なんのための研究です？」

「精神原型(S.I.M.)だろ？」

「新しい精神原型ですか!?」

ぱっと顔を輝かせる揚羽に、鏡子はほとほとうんざりとした様子で筆者入魂であろう論文の束を団扇代わりに仰いでみせた。

「初めて弟が出来たガキみたいな顔をするな鬱陶しい」

「でも第五の精神原型でしょ！　新しいタイプの人工妖精じゃないで――ふぎゅっ！」

デスクにまで詰め寄ってきた揚羽の顔に、鏡子は団扇にしていた紙束を押しつけて黙らせる。

年内にも世界中で稼働中の個体が五十万体に達するとされる人工妖精の脳構造は、そのすべてが気質と呼ばれる基本形、精神原型のいずれかで出来ている。

温和で人間に従順な水気質。

几帳面で最も人造人間らしい土気質。

利那的で奔放な風気質。

情緒が豊かで感情的な火気質。

これらの気質をベースに、精神原型師によって性格要素、さらに個性要素を重ねられ、人間のそれに酷似した三段の精神構造で人工妖精は生み出される。いわゆる人格なるものは原型師のデザインによって千差万別でも、その人工妖精の心の根っこの部分はこの四つしかない。

そして、三十年前に火気質が発表されたのを最後に、アリストテレスらによる古い自然科学の四大元素になぞらえた名称が定着して以来、新しい気質は生み出されていない。

「見栄っ張りのホラもいいところだ」

鼻を押さえて抗議の視線を送る揚羽を尻目に、鏡子は紙束をコースター代わりにして甘ったるいコーヒーを置く。

半世紀前、人間は神の領域に踏み出した。万能細胞の実用化にやや遅れて脳生理学が頂点を極め、心の座たる脳のあらゆる部位の人工化によって、自らの肉体の最後の聖域まで手にした人類は、その知識をもって人間自身を造ろうとした。

しかし、出来なかった。脳の構造をどれだけ模倣し、人間の脳治療に用いるあらゆる技術をどれだけ盛り込んでも、人の手によって造られた脳は決して目を覚まさなかった。医療においては人間の脳の部位交換を繰り返した果てに、脳の全てを人工のそれに替えてしまった例もあったというのに、一から造った脳は何故か機能しなかった。

それは二十一世紀から予見されていたことでもある。世界規模のグリッドによる脳シミュレート、脳を模した巨大ニューラル・ネット、その他諸々による人間の脳の仮想化は全て失敗に終わっていた。だから人類は生理学からのアプローチを一時はあきらめ、旧来の電子、光子、量子コンピュータによる人工知能の開発に傾倒したのだ。

閉塞の潮目を変えたのは二十一世紀の「人工知能の反乱」と、微細機械（マイクロマシン）の発明だ。

微細機械を代替細胞として利用することで安価になった人工器官が飛躍的な普及を見た時、後に土気質（トパーズ）と呼ばれることになる精神構造の人造人間が唐突に発表された。その後、水気質（アクアマリン）、風気質（マカライト）、最後に火気質（ヘリオドール）の順で、機能する脳構造の基本形が発見され、現在に至る。

人類にとっても、人工妖精業界にとっても、新しい気質の発見は悲願だ。それは人間の心、精神、あるいは魂と呼ばれるものの解明に迫るのと同義でもある。しかし、人類は土気質の、あるいは水の、風の、火の精神原型が、なぜ機能し、それらの気質原型に少しでも手を加えるとなぜ目を覚まさなくなるのか、未だ理解していない。新しい気質の開発は、途方もない物的リソースと、莫大な費用と、類い希な才能が投じられてなお、気も遠くなるような無作為に近い試行錯誤の果て、太古の海洋から新しい生命が生まれる以上の幸運からようやく誕生する奇跡の産物だ。

「金を集めてしまった手前、成果がないでは済まされない。かといって精神原型は努力と根性と時間と金を掛ければ出来るようなものでもない。精神原型は裏返しのパズルと同じだ。絵の見えない裏面のピースを勘と運だけで並べて、表に返してみた時に一ピースでも絵が揃っていなければバラして一からやり直す。個人の知識も技量もチームワークも総労力も関係ない。必要なのは比類ない山師の才能と、個人では集めがたい莫大な投資と、それに生涯いくらサイコロを振ってもゾロ目しか出ないような偏った運、それだけだ」

「でも、一定の成果があったから発表なさったわけでしょう？」

「……こいつらはな」

鏡子は頬杖を突いたままカップを掲げ、紙束の上で無造作に傾けた。半分ほど残っていたコーヒーがこぼれ落ち、デスク上を埋め尽くしていた〝自称〟新発見の数々を茶色く汚していく。

当然、揚羽は血相を変え、パーカーを手近な椅子に放り出す。

「なにしてるんですか！　もう、砂糖入りは後でペトペトして拭いてもなかなか取れないのに……ああ、もう」

汚すのも散らかすのも鏡子だが、その後始末をするのは揚羽しかいない。揚羽に言わせれば、蝶任せでは書籍から書類まで片っ端から漂白してしまうし、何より片付かないらしい。容器に書いた文字が漂白されて、砂糖と塩の区別が付かなくなったことがあったようだ。

「絵が揃わないなら、絵を染めてしまえと言ってるんだ」

「はぁ、そうですか！」

ティッシュペーパーをこれでもかと玉にして、水気を拭うことに必死の揚羽は既に耳半分だ。複写(プリントアウト)の分厚い束に遮られてコーヒーはデスクまで到達していない。鏡子もそれがわかっていてやったのだが、揚羽は気づかない。

馬鹿なことを聞かれるのは面倒なのに、いったん口が回り始めたら途中で聞き流されるのもそれはそれで腹が立つ。鏡子の顔は、二度とないような試験の点数を親に褒めてもらえなかった子供のそれになる。

「思い通りの気質の人工妖精を造りたいが、既存の四気質は好き勝手にいじれば目を覚まさない。で、あるならば、原型である気質そのものはいじらずに、そこに入力される感覚質(クオリア)を任意で変換すれば、出力もそれなりに制御できる」

「これ、もう捨ててもいいですか？」

もはや全く聞く耳を持たない揚羽である。角砂糖四個分の糖分が染みこんだ用紙をつまみ上げ、その無残な様に溜め息をついている。

「極端な話をすればだな、苦痛を快楽に変換すれば叩いても喜ぶし、人間なら面倒で放り出したい事も進んでやるかもしれん、ということだ」

「ただのマゾヒストじゃないですか」

「違う。馬鹿野郎」

詰(なじ)っているものをなぜ擁護しなくてはいけないのかと、微かな目眩を覚えてしまう鏡子である。

「好き勝手に造った脳が目覚めないのは、内体験のバランスが悪く相互矛盾を起こし、現象意識が固定されず、正常な自我境界の構築がなされないからだ。自分を自分と認識できなければ、他者も認識できない。それが機能しない脳だ。他者と外世界が彼(か)の認識に存在しない故に外からの入力は極端に減衰するし、出力も自発的になされない。そして内体験は感覚質に依存するから、感覚質を変容させれば内体験も理論上は任意の制御ができるはずだ。ここまでは正しい」

「寝ても覚めても夢を見ているような人には、現実の世界の出来事も夢のように思えてどうでもよくなるということですか？」

鏡子とて今はなにも煙に巻こうと思っているわけではないから言葉を選んでいるのだが、要約とは言えないまでもこうまで簡略化されてしまうとなにやら馬鹿馬鹿しくなってくる。

「そうだな。そういう奴を世間一般では『甲斐性なし』とか『役立たず』という」

「——真白(ましろ)も？」

突然、揚羽が双子の姉妹機の名前を持ちだしたので、鏡子は閉じていた瞼を開けた。横目で見ても、揚羽はデスクを拭っていた手を止め、殺気立つような緊張を匂わせている。

「あれは違う。自我は結んでいる。だからお前とは会話が出来る。なぜお前以外を認識できないのかは現状では不明だが、脳は機能している」

「そう……ですか」

いつの間にか揚羽のデリケートな部分に触れたことに微かな後ろめたさを覚えて、取り繕わざるを得なかった。真白の治療に、感覚質の研究が役立つと考えたのかもしれない。

「お前は身体のどこまでが自分の身体だと思う？」

話題をそらす意味もあったこの問いは、十分に揚羽の注意を引いたようだった。すっかり茶色く染まったちり紙の束をゴミ箱に詰めながら、揚羽は視線を持ち上げて思案している。

「どこまでと言われても……何か触れたとき、触ったと感じるところですか？」

「爪や髪の毛が曖昧になるな。だがそれで大方は正しい。人間は普通、感覚を伝達する神経のある部位を自分の身体として認識する。だから爪や髪は必要に応じて切ることに抵抗を覚えないが、手足は傷つくことを本能的に忌避する」

「でも、髪の毛や爪はまた生えてくるからでは？　美容整形などはどうなります？」

「皮膚もそれなりに再生はする。だが散髪気分で皮膚を裂ける人間はそうそういない。整形手術の類にある種の抵抗を覚えるのも、文化的要因に加えて肉体は自分そのものという認識が強いからだ。だが、自分の顔に寄った皺を自分のものだと受け入れがたい人間にとっては、その皺は本来の自分に余分にこびりついた異物と認識しやすいから抵抗が薄れる。体臭の分泌線除去や脂肪吸引も同じだ」

「人工妖精の中には髪を大事にして、切るのがいつも怖いという人もいますけど」

「だから、皺と同じで身体の境界の認識には、内体験次第で個人差が生まれるということだろ」

「ああ……なるほど？」

「それでも肉体を含む自分の認識を他者とある程度共有するから、人間は他人の痛みを理解する。他人の苦痛を、自分ならば痛いだろう、苦しいだろうと想像できる。感情移入し、共感し、時には自分ならこうすると思う。理解とは境界の認知であり、そうすることで他人と自分の違いと隔たりを知り、境界を知り、自我が確立する。なのに、こいつらは」

かろうじてコーヒーの冠水から免れた束を指す。

「苦痛も含め制御するのだという。自分の痛みを知らない自我が、他人の痛みを知って思いを馳せることが出来ると思うか？　痛みを知らない脳が機能すると思うか？」

「でも、人間にも無痛症の方っていらっしゃるでしょう？」

首を傾げる揚羽の顔に義憤の色を思わず探したが、有り体の倫理観に溺れているようではなかった。

「人間は大人の姿で生まれてくるわけではない」

そこが、この愚劣な研究に貴重な資金と人力を無為に費やす輩の見落としている点だ。

「他人に感情移入し、感覚を共有する機能は、人間かせいぜい一部の高度な知能を持つ生物に特有だ。無地に近いままで生まれてくる幼い人間は、その発達過程で自分の肉体が経験しない感覚質（クオリア）についても、他人をはじめとした外世界から獲得する。だから芸術は視聴者が見たこともない風景で感銘を起こし、感じたこともない苦痛で涙を誘う。ヘレン・ケラーを思い出せ。

だが人工妖精（おまえたち）は違う。お前たちは大人で造られる。この世界に生を受けたとき、すでに適度な感情移入と感覚共有の機能を獲得して目を覚ます。その設定が四つの気質の精神原型だ。子供の頃から人間が自身の体験で少しずつ外世界を理解していく過程を吹っ飛ばすから、ある程度の体験を経たように模した出来合いの精神原型、出来合いの脳の構造が必要になる。

それなのに、感覚質だけ勝手に変容させたら――」

「どうなります？」

「お前は夢と現実の区別を、どう付ける？」

「自分が眠っていて夢を見ているのか、それともちゃんと目を覚まして現実にいるか、ということですか？」

「そうだ」

どこからやら取り出した行政局指定の黄色いゴミ袋を脇に抱えたまま、揚羽は顎に指をやって思案し始める。

「あらためて聞かれると、困ってしまいますね……目が覚めてから、今まで見ていたのが夢だったと気づく感覚はありますけれど」

「お前は睡眠中、夢に対して自覚的でないが、覚醒後に自覚するということだな。例えば、夢の中では色が見えず、白黒映画の映像のように知覚している人間は少なくない。視覚以外の、聴覚はまだしも、嗅覚、触覚、味覚になるとまるっきり知覚しないケースも珍しくない。林檎を食べる夢を見たと証言する人間に、その色、味、匂いをたずねると答えられなかったり、質問者の誘導に応じて適宜、証言を変えることもある」

「夢で見たことって、起きるとなぜかすぐに忘れてしまいますからね」

「それだ。忘れたのではなく、最初からそんなものはなかったのではないか」

「うんと……どういう意味です？」

首を傾げた揚羽の顔を横目に捉えながら、鏡子はデスク上の混沌の中から迷わずジッポとシガレットケースをつまみ上げ、中から煙草(赤マル)を一本抜いて火を点けた。

「それ、何本目です？」

「今日はまだ二十二本目だ」

「もう二十二本目です」

「うるさいな。一日三十九本と半に減らしてやっただけ、土下座して賛美し歓喜しろ」

「半ってなんですか、半て。一日二箱は吸わないという約束が、何で一箱と十九本半になるんです？　二箱じゃないですかそれ！」

「やかましい黙れくたばれそして死ね。ただでさえ不味い偽造煙草が余計不味くなる。交渉と折衝の敗退を相手のせいにするな。外交官なら左遷だ」

自分の喫煙習慣を国際外交レベルまで棚上げしたところで揚羽が見て見ぬ振りをするはずもなく、吸い殻が積み上がって蜂の巣のようになった灰皿を取り上げようとする。

「床に落とすぞ」

「本当に子供みたいなんだから。せめて窓は開けてください」

諦めた様子で吸い殻だけ除き、揚羽は灰皿をデスク上に戻した。

「夢の中の林檎は最初から存在しなかった」

「それは、夢ですからね」

揚羽が窓を開けると、外を漂っていた蝶たちが淀んだ空気を察知してすぐに群れ集まったが、窓辺に吊された蝶除けの電気線香を嫌い、屋内まで入ってこようとはしなかった。

「色も味も香りも食感もうろ覚えで、形も曖昧なのに林檎を食べたことだけは明確に覚えている。それは林檎を食したという感覚質だけが、末梢神経からの信号を得ないまま発生したからだ」

吹いた煙が、窓からの微かな気流に漂って歪な渦を描く。それは目に見えないものに形を与えたが、揚羽が隣の窓も開けると途端に歪さすら失って霧散する。

「もし、夢の中で食べた林檎がカレーの味だったらどうする？」

「どうするって」

カーテンの裾が揺れ、一瞬だけ揚羽の姿を覆い隠す。裾が戻ったときには元の通り頬に手を当てたままの揚羽がいた。

「ない、とは言えない。しかし、まずない。なぜなら夢で林檎を食べている人間は、林檎にまつわる感覚質を得ているだけで、夢の中の林檎の味を確かめてはいないからだ。味を感じたのは夢を見ているときではなく、たずねられ思い出したときだ。だが、もし生まれたときからカレー味の林檎しか食べたことのない人間に、夢の中の林檎の味をたずねたらどうなるか」

「カレー味と答える？」

「感覚質(クオリア)にゲートウェイを噛ませるというのはそういうことだ。赤子として生まれる人間なら、他人との感覚質の違いは成長の過程で吸収し、多数派の感覚を理解し、社会通念に適応していく。しかし、もし、カレー味の林檎しか食べたことがない人間が、林檎を食べた夢を見た翌朝、朝食代わりに齧った林檎が本来の林檎の味だったら、彼にとって現実的であるのは目覚めて今あるこの世界か？　それとも昔からの感覚を裏切らない夢の世界か？」

刹那(せつな)、一際(ひときわ)強い海風が、機械たちの収奪の手から逃れた微かな潮の香りを乗せて、屋内へ踊り込む。

煽られる長い髪を指に絡め取った揚羽の眼前を、風に巻かれるまま迷い込んでしまった蝶が硝子片のような鱗粉を残しながら通り過ぎた。

「それは、寂しいでしょうね」

雨樋(あまどい)から前日の雨の名残が滴(したた)るように、揚羽は呟いた。

蝶除け線香の一線を望まずも越えてしまった蝶は、窓の向こうの群れに戻ることもできずに、淀んだ部屋の空気の中を漂っている。

「寂しい、だと？」

鏡子が唐突な言葉の意味について思案する間に、揚羽は蝶の後を追い、手を伸ばす。やがて紫煙の向こうで部屋の隅へ追い詰め、揚羽は静かに蝶の羽をつまんだ。

「夢の方が現実的だと感じてしまったら、とても孤独だと思います。人の痛みがわからなくなるもの」

揚羽が窓から海に向かって腕を伸ばして放す。人と物と生活の臭いに淀んだありのままの空気の中から、無味無臭で無菌無毒の造り物の大気へ返された蝶は、元の群れに紛れて区別が付かなくなった。

煙草が重力に負けて灰を落とすまでの間、鏡子は次に吐く言葉を失っていた。

揚羽は寂しいだろうと答えた。その感覚は異常とまではいわずとも、正常ではない。認定外、五等級と人間に無視されながらも正常に振る舞う揚羽の、目に見えない異常性の発露のように鏡子には見える。正常な人間はそうは考えない。人間を模した人工妖精も然りだ。

揚羽の目は、海抜百十メートルの第三層の窓から関東湾の海を見つめている。

旧房総半島と三浦半島を結ぶ人工の堤で外海と隔てられたこの海は、人間の手を離れて増殖した高濃度の微細機械（マイクロマシン）で満ち、他の有機物や金属を瞬く間に分解してしまうから、世界のどの海よりも濁りがなく青い。

だが、それは死の青だ。不純物が存在しない海は、命の母であった頃を忘れてしまったようにあらゆる生命を拒む。船舶は船底から徐々に浸食、分解される。月一で日本本国から送られる専用の電池輸送船も、一回の航海ごとに船底の全交換が必要だ。まして、一般の船舶では数時間ともたない。航空機も自治区上空の飛行は火山の噴煙を突き抜けるよりも危険だ。

世界で一番美しい、世界で一番キレイな、世界で一番不自然な青色を、揚羽は遠ざかっていくものを追うような瞳に映していた。

「――いずれにせよ」

煙草を挟む指が迫る火の熱を覚えてようやく、それを灰皿でもみ消しながら鏡子は口を開く。

「目覚めない脳を感覚質の変容で強引に覚醒させたところで、外世界の認識に起きる矛盾が解決できず、すぐに閉塞し停止する。夢の世界より現実の方が現実味がないのであれば、心は生きることをやめてしまう」

霞むような目眩を覚えて目尻を擦ると、振り向いた揚羽の姿がいやに近くに見えた。

「馬鹿な奴らだ。今どき感覚質もないもんだぞ。先人が何かに手を付けなかったとして、それは先人が無能であったからとは限らんし、むしろ手を付けなかったのには相応の理由と事情があるものだ。感覚質の中継と変換など、半世紀も前にとっくに無駄だと結論が出てる。こいつらは五十年分のアドバンテージを自ら無為にしたんだ」

出来の悪い教え子たちの屁理屈にウンザリしたように、鏡子は自分の身体より二回りは大きな背もたれにもう一度身体を沈め、目を閉じた。

「現実味のない現実……」

ぽつり、と洩れるような揚羽の呟きが、溜まっていた不満をぶちまけてようやく心穏やかな寛ぎを取り戻そうとした鏡子の意識を引き戻した。

「痛みが……ない？　いえ、気持ちいいのとは、違うのかな……居心地か……」

揚羽は肘を摑んだ指でリズムをスローテンポで刻みながら、何かを思い出そうとするように独り言を続けた。

やがてどこと定まらなかった目の瞼が深く閉じられ、すぐに開いて鏡子へ向く。

「もし……いえ、その感覚質を変容させる処置は、すでに生まれて、今生きている人工妖精に後から施すことは可能ですか？」

想定内ではなかったが、突拍子がないというほどでもない。鏡子は肘掛けで頬杖を突きながら揚羽を見やる。伸ばしたままの長い髪が、椅子から零れて繻子のように広がった。

「可能だ。ただし、意味はないし、さっきも言ったようにろくなことにならんぞ」

「どんな処置になります？　簡単ですか？」

「ソフトウェアの精神療法や薬物では限界がある。外科手術になる」

「具体的には？」

「海馬周辺の処理は不可欠だ。脳切開が必要になる」

「難しいですか？」

「設備は脳外科を扱う工房なら十分だ。ただし、一級の精神原型師（アーキタイプ・エンジニア）でも――」

「誰なら出来ます？」

言葉の先を急（せ）く様を目の当たりにすれば、普段ののんびりとした揚羽しか見たことがない工房の客たちは啞然とするだろう。まるで遠足前夜の小学生だ。

「……自治区にいる十七人の一級原型師をかき集めても、自信のある奴は出てこんぞ？」

「鏡子さんなら出来ますか？」

「当然だ」

その自負は即答だ。

「自治区で他には？」

「男性側（こっち）の一級にはいない、が」

「が？」

「思い当たるところはないでもない」

人倫から最高峰の認定を受けた鏡子のような一級原型師だけが優れた技術を持っている

わけではない。むしろ、正規の修理、治療から逸脱した脳外科手術であるならば、そんな経験に富むのは、非正規の手術に何らかの理由で手を出して降級や資格剝奪の処分を受け、失うものなど片っ端からとっくに無くしている落伍者の方だ。

「女性側に一人。男性側でやってやれんこともない程度なら二人……三人か。そのうちで実際にやりかねん奴を挙げるとすれば――」

鏡子はシガレットケースから本日二十三本目の煙草を引き抜き、揚羽に見せつけるように火を点けてみせた。

「煙草屋だ」

「――屋嘉比先生」

今の揚羽には鏡子の咥える煙草など目にも入らないようだった。

「その処置は、術後どれくらい静養が必要です？」

「頭蓋切開とはいえ所詮は部品交換だ。脳神経の定着は個体差が大きいが、人工妖精なら十二時間から二十四時間で目を覚ます。まぁ、どんなにいい加減な技師でも数日は様子を見るだろうが」

「施術の跡は？」

「後頭部からが楽だが、依頼者に対してよほど思うところでもなければ、毛を剃る必要もない」

「つまり？」

「うなじだ。襟足の下に少なくとも五センチ程度は開ける。後に皮膚整形をするだろうが、術後二ヶ月程度はなんらかの跡は残る」

「……それだ」

澄ました顔で繕っても、所詮は四歳かつ隠し事が苦手な水気質だ。鏡子にも興奮ぶりは伝わってくる。鏡子の中の疑心が確信へ変わりつつあった。

「鏡子さん、術後はどんな症状が——」

「待て。お前、さっきからいったい何の話をしている？」

ずり落ちていた身体の居住まいを直し、デスク上で手を組んで揚羽を睨む。

「……お願いします。感覚質を任意で変容させる手術をしたら、どうなります？」

揚羽の顔に淡い動揺が浮かんだのはほんの一瞬だ。その後は、すぐに微かな焦燥の漂う真顔に戻った。

一瞬怒鳴りつけようとして口を大きく開きかけたが、舌の先まで出そうになった声を飲み込み、大きく溜め息をついた。床まで足の届かない椅子を、慣性だけで斜めに回して揚羽の熱意を正面から受け止めることを拒否する。小さな身体に合わない椅子を使っていると、こういう時どうにも様にならない。

「……知的能力なら、初期においては軽い方向感覚の喪失、やがて空間認識能力の欠如。

階段の上り下りのある屋内で迷うようになる。次に記憶の混乱が表面化し、自宅の風呂の位置がわからなくなった頃に、意識空白、時間認識の欠如が頻発する。自分で淹れたコーヒーが冷めるまで飲むのを忘れるようになると立体視が不可能になり、奥行きのある物の認識が難しくなる。ここに至るともうまっすぐは歩けないし、外出すれば人目につく。そして言語能力の喪失が顕著になり、間もなく主語が二つ以上ある文章は理解できなくなる。しばらくすると、伴侶と家族の顔の区別が付かなくなって、同時に二人の人物を認識できなくなり――」

鏡子はそこでいったん言葉を切った。曲がりなりにも技術屋であるなら理論的限界に迫りたくなるのは性だが、現実的にはありえない。

「……ここまでで処置できなければ手遅れだ。人間だろうと人工妖精だろうと身体や脳部位の交換はいくらでも出来るが、心本体は換えが効かん。単純な脳の機能低下とは異なる。脳が機能を低下させたのではなく、脳が異常な感覚質に高度に正常に適応した結果だからだ」

吹いた煙が長く線を描く。

「ただし、実際にはそうはならん。手足を縛り上げて点滴でもして強引に生かせば別だが、治療または廃棄になるか、もし水気質ならそれより早く自壊する。もってひと月だ」

「もし、症状がある程度出て、それでもまだ自我がはっきりしている段階なら、倫理三原則の厳守はどうなります？」

「現実感がないんだ。人間の不幸も死も、モノクロフィルムの登場人物のそれより心に響かない。従って、倫理原則を厳則たらしめる倫理規範の……この言い方はあまり好きではないが、超自我はその重みをなくす。人の死に立ち会っても、むしろ悲哀を感じられない自分自身に違和感を抱き、自分を責めてしまう。一方で人の生き死にに対する情緒的なハードルは極端に下がっていく」

「人を殺せない人でも、人が死ぬ映画は見られる、ですね」

「そうだ」

「やっぱり」

「なにがだ？」

「いえ……えーと、あの」

取り繕う様も稚拙極まりない。両手を振ってなんでもないなどという仕草は、そろそろ人間社会から絶滅した方がいい。

「お前、今日はどこへ行っていた？」

「え、ですから、今日はお休みで繁華四区へウィンドウ・ショッピングに――」

鏡子が無造作に投影機のスイッチを入れると、チャンネルを合わせるまでもなく、自警委員長と四区管区長が記者の質問に答えている映像が揚羽の後ろで流れ出した。

「ほう、ウィンドウ・ショッピングか。人間の丸焼きでも眺めて、自警団(イエロー)の曽田(そだ)陽平を冷やかしてきたのか？」

「あー……えぇっと」

逃げ場を失った揚羽の視線が天井を彷徨(さまよ)う。後ろで結んだ手が、もぞもぞと居心地悪そうに蠢く様が見えてきそうだった。

「また全能抗体(マクロファージ)か」

うんざりしながら、煙草の火をもみ消す。

「さすが鏡子さんのご慧眼にはかなわ——いたっ、いたぁい」

午前十一時に目覚めてデスクに座って以来、初めて鏡子は椅子から腰を上げ手を伸ばした。朝食兼昼食の握り飯は揚羽がデスクに作って置いていったし、茶もデスク隅のポットの中で、サイド・デスクのプリンタにも座ったままで手が届く。

至れり尽くせりで温存されたカロリーの本日最初の使い道は、壁脇に立てかけられたままになっていたT字ホウキによる、尽くしてくれた当人に頭頂部への左片手面打ちで報いることだ。

「いったいですよぉ……」

「黙れ。次、心にもない諂(へつら)いで誤魔化したら、毛の方で顔を浚ってやる」

「え、やめてください。そのホウキは色々掃いてまして……」

「全能抗体(マクロファージ)には関わるな。青色機関(BRuE)はもう存在しない。世界中を探しても、悪性変異の手動切除なんぞ、正義の味方気取りで未だにやってるのはお前だけだ」

「だって鏡子さんは――いったぁぁい！　本当に痛いです……」

懲りない馬鹿にかました追撃はスイング速度二割増しの衝撃エネルギー四割四分増しだ。

鏡子もかつては青色機関に属していた。それをまだ生まれたばかりで百歩譲って可愛げがなくはないとは言えないこともなかった頃の揚羽に、ぽつりとつい漏らしてしまって以来、何を思ったのか揚羽はその活動に執着している。

「青色機関は確かにあった。だが今はもうない。人倫は手を引き、目的も責任も自警団や赤色機関(Anti-Cyan)などの公的機関に委ねられた。いい加減に理解しろ」

人倫はその発足から現在に至るまで、青色機関の存在を一度も認めたことがない。人工妖精業界の各社が、その普及と浸透の過程で踊り場または後退の原因になりかねない欠陥品を内々で処分するため、青色機関という組織を人倫を通して密かに運用していたことは事実だ。だが、自治区成立と前後して、人倫の組織拡大と人工妖精の社会的認知が急激に進んだことで、そういった後ろめたい組織を身内に抱えていることができなくなったし、法整備も進んだことで民間で受け持つ必要もなくなった。

極端な縦割りと厳格なトップダウンによって、横の繋がりを一切排除されていた国内外の構成員は、二十年前に人倫から突然見放されたことで完全に分断され、活動を停止せざるを得なかった。あとは根の腐った草花のように、葉や花弁の先まで枯れ果て消えるだけだ。以来、鏡子は自分以外の構成員と連絡を取ったことはないし、会ったところでキル・マークの数以外に話題もない。元々が信念も理念も目的もある種の忠誠心もバラバラで、手段が一致していただけの赤の他人だ。

「でも、まだ鏡子さんがいらっしゃるじゃないですか」

鏡子がもう一度T字ホウキを掴むと、懲りずに口答えをした馬鹿は「ひゃ」と情けない悲鳴を上げて頭を庇(かば)った。

「もう人倫は昔のように青色機関の構成員を匿(かくま)うことはない。情報も指示も活動資金の提供もバックアップもない。もしお前が自警や赤色機関に逮捕されても誰もお前を庇わんぞ」

元からして明確な発足があったわけではなく、組織として洗練されていたとはとても言えない。人倫からすれば初めから「ない」組織なのだから、「なくなった」とあらためて告知することもない。消えるときは紫煙のように霞んで見えなくなる。残るのは、鏡子のような副業を本業に戻して日常に帰った臑傷(すねきず)持ちだけだ。

「でも、そうであるなら、だからこそ私にしかできないことですし、せっかく海底の魔女(アクアノート)のコールサインも鏡子さんからもらったのに……」

「お前にその名前をやった覚えはないし、誰も好んではやらんだけだ。思い上がるな無能」

　人工妖精の切除は、五原則のために同じ人工妖精には基本的には出来ない。揚羽にそれが出来るのは、揚羽が五原則を喪失した故障品だからだ。そこにまつわるコンプレックスを逆に自己実現に変えようとする揚羽の姿勢は、正しい自我のあり方ではあるのかもしれない。

　しかし、そこから導き出される行動は、人間社会が忌避し、今や煽った当の人倫も見捨てる「ヒトゴロシ」だ。加えて、正式な等級認定を受けていない揚羽は、もし自警団や赤色機関に拘束されたら、他の人工妖精たちのような正当な権利が法で保障されないのだ。

　なにかあってからでは鏡子にも手出しができない。

　まだ何か言いたそうな揚羽の視線を避けて椅子を回し、シガレットケースから煙草を引き出した。

「二十三本目」

「二十四本目だ馬鹿野郎」

　前の一本は、本当に目に入っていなかったらしい。これは重症だと、鏡子は大きな溜め息をついてからジッポのフリントホイールを滑らせた。

「鏡子さんが青色機関の活動をやめたのは、廃棄される人工妖精が可哀想になったからですか？」

「面倒が無用になったから辞めただけだ。私が博愛主義者に見えるなら眼球を交換してやる。紫外線まで見える高性能にしてやるぞ」

ジッポの蓋を閉める音がいやに耳障りに響いた。

「だいたい、〝全能抗体（マクロファージ）〟とは何者だ？」

「鏡子さんも会ったことないんですか？」

「全能抗体（マクロファージ）は人倫からの指示を仲介する中継局のコールサインだ、個人じゃない。だが人倫の方針転換で当然、オペレーター部門は真っ先に廃止されて全員配置転換された。もういるわけがない。お前が連絡を取っているのは人倫や青色機関とは何の関係もない部外者で、そいつの利己的な目的のために利用されているとは考えないのか？」

「でも、情報は正確ですよ」

「人工妖精（フィギュア）だろ？　直接手を下さなくとも、人工妖精を殺す指示を出せる時点でよほど異常だぞ」

「声の感じが上品で、たぶん二等級だと思うんですけれどね」

「二等級が上品なものか。あんなのは男に媚びるのがうまいだけの色狂いだ」

「さっきの他の方の研究についてもそうですけど、そんなに今の人工妖精に不満があるのなら、ご自分で造ったらいいじゃないですか」

横目で睨み見ると、なにやら勝ち誇ったような顔をしている。鏡子の痛いところを突いて姑息に話をそらす魂胆らしい。

「……っるさいな」

それを言われると、鏡子は頭の悪そうなありきたりの悪態を返すしかない。

鏡子は二級や三級の技術者と違い、人工妖精の身も心も一人で設計、作成して自分のブランドで発表することが許された、世界で百人といない一級の精神原型師(アーキタイプ・エンジニア)だ。なのに、請け負うのはメーカーのデバッグやバグ・フィクス制作やリ・プログラミング、アレンジメント・サポートと、代理店としてのアフター・サポートばかりで、たったの一人も丸々造って発表したことがない。

もちろん下請け仕事だけでも、偽造煙草を買い占めるのに困らないぐらい十分な収入があるのだが、オリジナルの人工妖精が一定の評価を受ければ巨大な名声と、半永久的なライセンス料を得られる。だから人工妖精関連の技術者は誰もが一度は一級を目指し、九割九分九厘が才能の限界に気づき、夢破れて大手の給料取りか販売処勤めに落ち着くのだ。

そんな彼らにしてみれば、一級原型師になってもただの一体すら手がけることなく、零細の工房兼販売処に引きこもり、日がな一日食事から風呂の世話までされながら怠惰な日日を送り、挙げ句の果てに他人の研究に陰気にケチをつける鏡子は、理解の域など遥かに超えて憎悪の対象であるかもしれない。

「気が乗らないんだよ」

気が乗らない、で仕事をしなくてもいいのは、自治区の外であれば公務員上がりの裕福な高額年金取りか、既に十分な著作権料かライセンス料などの収入を確保したごく一部の成功者ぐらいなものだ。まして多くの人が望む夢に手が届くところにいる人間には、そのような怠慢は社会通念として許されない。

そんなことは鏡子とて、四歳児の揚羽に言われるまでもないのだが。

「私は今のままの方が鏡子さんを独占できるからいいですけれどね。私以外の妖精に鏡子さんが付きっきりになったりしたら嫉妬で死んじゃうか――ふぎゃ！」

馬鹿な脳に直接仕置きをするために、T字ホウキの柄の先で前髪の隙間にねじ込むように額を小突いた。

「気持ち悪い」

「ひどい……」

恨むというより、媚びるような涙目である。

人類第三の性である人工妖精は、男性型と女性型の肉体の違いはあっても、出来合いの精神原型（S・I・M）が同じである以上、互いを同性と認識する。彼だろうと彼女だろうと人工妖精たちは、男女を問わず人間を思慕するのだ。

だから、揚羽が鏡子を思慕するのは同性愛でも性倒錯でもない。

なのだが、だからといって口に出されれば間違っても喜べない。

「自警団はいつまでこんな馬鹿を野放しにしてるんだ。さっさと豚箱に放り込むなり断頭台の露にするなりすればいい」

「私がいなかったら鏡子さんなんて二十四時間でゴミに埋まって、三日で餓死して、みんなが忘れた頃に孤独死で見つかりますよ」

「葬儀が鬱陶(うっとう)しいからそれでいい」

死んでまで煩(わずら)わしい同業者の心にもない世辞など聞かされたくはない。憐れまれるのは御免被(こうむ)りたいが、嘲笑され蔑まれすぐに忘れられるぐらいのことは、自分に丁度いいと思うのだ。

「そうはさせません……けど、これからまたちょっと出てきます。お夕食はまた作り置きになってしまいますが」

壁の時計を見上げた揚羽は、擦り切れだらけのパーカーを腕に提げ、申し訳なさそうに言う。

「頼んでない」

水気質は特にそうだが、なぜ人工妖精は手料理にこだわるのか。

「あまり遅くはならないようにしますね」

「帰ってくんな」

とっくに読了済みで放り出していた書物を開いて無関心を装う。

憎まれ口の減らない鏡子に笑みだけ返して、揚羽は裾を翻そうとした。

「じゃあ、お料理してから――」

そこでふと思い出したように、揚羽は天井を見上げる。

「今日って、調理実習室を使っても大丈夫でしたっけ？」

「なぜだ？」

読んでもいない文字に目を落としたまま、怪訝を返した。

「下の方か上の羽山さんがいらっしゃるのでは？」

鏡子が自宅兼工房兼メーカー代理店販売処を構えるこのビルは、元々は自治区立中等学校の二年時校舎だった。ワンフロアに一教室という、土地面積の限られる自治区ではかつて一般的だった学舎だ。それが二区の再開発、学舎統廃合に伴って跡地利用が行政区で検討されたとき、鏡子が横から掠め取るようにドル建ての格安で買い叩いた。区民に現金が必要なくても、行政局には外貨が必要だ。そして自治区においてまっとうな職でまとまった外貨を持っている人間など極端に限られる。サービスポイントで交換されるよりはと考えたのかもしれない。

以来、比較的古い街並みの二区でも、海沿い一等地にあるこの十一階、全十四室のビルは、鏡子の城である。このうち二階の元職員室を商社の皮を被った密輸業者に、十一階の元視聴覚室を法律相談所の皮を被った探偵ごっこに貸し、四階の今時珍しくガスの来ている調理実習室は共用として、揚羽が二者と折り合いを付けて使っている。

「今日は土曜だぞ？」

上も下も、自治区の他の職業同様に趣味半分だから、休むときはしっかり休む。

「日曜です」

訂正され、横目でカレンダークロックを眺めてバツの悪さを覚えることになった。

「どっちにしろ、いないだろ」

「でも、私が帰ってきたとき、一階のロビーでお客様がお待ちのようでしたけど？」

「ああ、それはうちだ」

「ああなんだ、うちのお客様ですか」

疑問がすっかり氷解して、鼻歌交じりで踵（きびす）を返そうとした揚羽が凍る。

「……すいません。今、なんと？」

「うちの客だから心配いらんと言った」

「……そのお客様は、いったいいつからお待ちで？」

「知らん。呼び鈴で目を覚ましたから、十一時過ぎぐらいか」

「……どうして？」

「知らん。たるいから担当者を行かせるとインターホンで答えた」

「……その担当者とやらはどちら様のことです？」

「うちには看護師も受付もお前しかいないだろ」

揚羽の顔がみるみる青ざめていく。時計の短針はとっくに真横だ。

「なになさってるんですか！　信じられない！　四時間もお客様をほっぽっといたんですか！」

パーカーを放り出してデスクに詰め寄る揚羽を、鏡子は鬱陶しそうに見やる。

「うるさいな。今日は工房も販売処業務も休みなんだよ」

「だったらそう言ってお引き取り願えばいいじゃないですか！」

「いつならやってると聞かれたから、気が向いたらだと答えたら、話のわかる奴が来るまで待ってると言うから、好きにしろと、こういう流れでだな」

「な、なんという傲慢無礼、なんて厚顔不遜……」

あまりのことに脱力した揚羽の身体が、デスクにしな垂れかかり、それでも支えきれなかったかその下に消える。

「まあ気にするな。休みだからと私を一人にしていったお前が悪いし、休みだからと油断して死体見物に行ったお前が悪いし、休みだからと客を見て気づかなかったお前がやっぱり悪いし、こうなるのはわかっていたのに私を信じたお前がどう見ても悪い。悪いのは全部お前だが、その点について私は気にしてない」

リモコンでヤニ取りに置いている空気清浄機の風を当ててやると、デスクの向こうから黒髪が幾筋か、瀕死の海草のようにたなびいた。

鏡子のデタラメな慰めに励まされたわけでもあるまいが、思い立った様子の揚羽は慌ててパーカーを引き寄せてポケットを漁り始める。

「と、とにかく謝らないと。まだいらっしゃるかな……ああ、ない」

どうやらコンパクトと櫛を探していたらしい揚羽は、焦り散らして窓ガラスに映して髪を手櫛で梳(す)き始める。

「お化粧も直してないのに！」

デイバッグを引き寄せ、今ごろ櫛を見つけるも握ることなく、リップだけ薄く重ね、最後にガラスでナースハットを直して廊下へ飛び出した。

「あとでたっぷりお話を伺いますからね！　覚えていてください！」

「一昨日なら空いてる」

引き戸が叩き閉められる前に差し込んだが、聞こえなかったかもしれない。

急に訪れた静けさに居心地の悪さを感じて、二十五本目の煙草を咥えてジッポを鳴らした。

そもそも、揚羽が来る前は販売処と代理店の業務など、ビルの買収に体裁が必要で登録しただけで、万年開店休業だった。一級技師の鏡子ならたまに下請けをこなすだけで自治区では持て余すくらいの外貨収入があったし、客や患者の顔を見て話すなど人嫌いの鏡子には煩わしいことこの上ない。

気が遠くなるくらい怠惰で、昼夜を忘れるほど退屈で、季節を忘れるほど平坦で平穏な日々だった。二十四時間一言も発しない日などざらだったのだ。それが揚羽が来てからと言うもの、まどろっこしく程度の低い騒々しいやり取りを強いられている。

気が滅入りそうになる。

あの馬鹿のような四歳児の胸の内と、それを受け止められない自分に。

足下に落ちそうになった灰を無造作に掬って、灰皿に戻した。

工房の五階と調理実習室の四階を除いて、ビルの三階からこの八階までは、電子ペーパやモニタが嫌いな鏡子がおよそ五年ごとに使い潰して、足場どころか視界もままならない紙溜めになっている。揚羽が来てからは浸食速度が緩んだが、それでもこの部屋はもって来年いっぱいだろう。

二区の防災役が菓子折を抱えてやってきて、こんな丸ごと蠟燭のようになったビルで煙草まで吸われたら行政局はたまらないから勘弁して欲しいと泣きついてきたのを、紫煙を吐きながら思い出した。

どいつもこいつも、まったく鬱陶しいことだ。

4

揚羽（あげは）は、自分の頭が悪いと自覚している。

生まれ目覚めてすぐに、自分が人倫の査定を受けたら即断で廃棄処分になる失敗作だと知らされたし、他の人工妖精と違って生まれてすぐには包丁の握り方も地図の読み方も知らなかった。

自分の父か母に当たる制作者が、たぶんどうしようもない片手間で揚羽を造り、とんでもない手抜きをしたらしいということは、鏡子（きょうこ）にたずねるまでもなくわかっている。

だから、自分はとても頭が悪いようだと思う。他の人工妖精のように生まれてすぐに一人でモノレールに乗れなかったし、他の人間や人工妖精と違って初めて行く場所では地図を見ないと不安になるし、他の人間や人工妖精と違って九九だって八十一までしか覚えていない。漢字だって読めるのはせいぜい四千から五千字に満たないだろう。

なにより、恋をした人に、自分の思いを伝える術を知らない。

人工妖精なら二歳から遅くても三歳半までには人並みに恋をして家庭を持つのに、どうしたらそれができるのか、自分にはまったくわからない。好きだと言えば恋が出来るのだと考えたこともあったが、どうやら違ったらしく、嫁（い）きおくれの四歳になっても未だによくわからない。

代理店の仕事として、送り出した人工妖精たちの悩みを聞くこともある。人間の男性に、相応しい人工妖精を紹介するのも仕事のうちだ。結婚生活がぎくしゃくした夫婦に個別に面接して仲を取り持つこともある。そういうことは四年間でだいぶ上手に出来るようになったという自負はある。

でも、自分のことになるとなぜかさっぱりだった。自分が一線を越えてはいけない立場にある事実を片時も忘れたことはない。それでも妹のためには、自分がいなくなるまでに少しでも居心地よく、周囲に愛される立ち位置を作っておかなくてはと思っている。

なのに、なかなかうまくいかないのだ。それもきっと頭が悪いせいだと思っている。

だから、鏡子に馬鹿と言われるのは当然であるし、なにより一級精神原型師の鏡子を基準にされたら誰しもたまったものではないと思う。救いがあるのは、鏡子が別の人工妖精を決して引き合いに出さないことだ。そのことには、鏡子に深く感謝をしていた。

そして今も、揚羽は自分の頭の出来の悪さを呪っている。

「ええっと……五時にお客様が……じゃない、全能抗体（マクロファージ）が……ううん、それより先にお客様を……〝傘持ち（アンブレラ）〟はまたいつかに」

エレベーターに乗り込む間も、頭の中を駆け巡る有象無象が口から出ては消えていく。

〝傘持ち（アンブレラ）〟の手がかりは得た。五原則を破らないまま人を殺す方法、その証（あかし）になる襟足下の傷。手術から数日のうちに発症しひと月はもたないなら、最短四日から最長三週間半という事件の間隔もぴったり一致する。同時や連続で発生しないのは、一人の技師がやっているのだとすれば腑に落ちる。

感覚質（クオリア）のゲートウェイが最新の研究成果なら、自警（イエロー）も赤色機関（Anti-Cyan）もまだ掴んでいないかもしれない。

気が逸（はや）るが、客を投げ出すわけにもいかない。そんなことをして鏡子の顔に泥を塗ることは自分には出来ない。

ここは曽田陽平（そだようへい）に知らせておくべきか。自警の管区署に連絡しても相手にされないが、陽平ならうまくやってくれる。自分のホシではなくなるし動きづらくなるが、次の犠牲者が出る前に止めてくれるかもしれない。

しかし、鏡子の話した通りであるなら、〝傘持ち（アンブレラ）〟は伴侶を失った自責による自壊志願や、感情の行き場を失って自暴自棄になったような今までの廃棄対象とは違う。正気に近い正常な意識で、高い知能を保ったまま、意識的に自律的に周到にかつ無造作に人を殺している。揚羽は三回が三回、何も考えず見つけるなり殺してしまったが、逮捕が前提の自警ではむしろ被害が増えかねない。

自分の電話ひとつで死ぬ人間が変わり、死ぬ数も変わると考えると、頭が重くなるのを感じる。

「後だ……大丈夫、まだ大丈夫。今日明日、死人が出るわけじゃないよ」

まずは目の前のことを考えよう。

四時間待たせた客をどうなだめるか。

用事にもよるが、他の工房や販売処に行かなかったのなら急を要してはいない。鏡子の話しぶりからしても、おそらくはクレームか、あるいは紹介相談か、それとも夫婦間の揉め事か。

もし不倫相談だったら、最悪は十一階の羽山に丸投げした方がいいかもしれない。実力はともかく喜び勇んで探偵の真似事を始めるだろう。それが失敗して少し頭が冷えてからもう一度ここへ来てもらってもいいかもしれない。

ならば、取りあえず、この場はどうにか穏便にお引き取り願うか。

穏便に、穏便に、穏便に……

「仕方ないよね……馬鹿のふりのパターンでいこう」

徹底的に馬鹿のふりでいこう。何を言っても暖簾に腕押しな感じで、糠に釘の感じで。

どうにもこうにもこんな奴では話にならない、言葉が通じてないんだ、宇宙人じゃないのか。

これでいく。

後で人倫からお叱りが来るかもしれないし、代理店としての信用に少々傷は付くが、依(クラ)頼者(イアント)との関係がこじれたまま無理しても逆に問題を悪化させてしまうこともある。

「最善(ベスト)より程々(ベター)で、ということにしておこう」

間もなくエレベーターが一階に着く。

思いっきり馬鹿っぽい感じで。馬鹿になれ馬鹿になれ。私は馬鹿だ私は馬鹿だ私は馬鹿だ。

エレベーターの戸が開く。

一度大きく深呼吸してから、ロビーに踏み出した。

「あんりゃこれまた超イケイケなお日柄でありんすぅ」

――鈍(どじ)った。

しかも色々混じった。ちょっと噛みもした。言いたいことはわかるが何を言っているのか自分でもよくわからない。明らかにやり過ぎた。やっぱり自分は馬鹿だ。

だが今更引くに引けない。

「てぇへんお待たせいたしちゃったりなさいまして、いんやいんやこげな貧乏暇なしでおいどんのところも、目と鼻が……まわ……る……よう――」

ソファに二人の人影が腰掛けている。一人が人間の少年、もう一人が人工妖精で、人工妖精は屋内にもかかわらず日傘を差して顔が見えなかった。

揚羽の視界が、絞られるカメラのレンズのように急速に狭まっていく。

その傘。その日傘の柄。その日傘の柄の花。その日傘の柄の花の名前。

リナリア。

屋内の空気が急に乾燥したような気がした。音を失ったような気がした。光を失ったような気がした。

ただ、その傘と、自分と同じ年頃を模した人工妖精だけが見える。

レンズの倍率を上げるように、その日傘に吸い込まれるように、揚羽の視野は引きつけられていく。

だがそれは違う。揚羽自身が駆け寄ったのだ。

一歩、二歩、三歩。脚は進める度により強く床を蹴り、最後の三メートル半の間合いは滑るように一足で消し去った。

考えるよりも早く、右手の指はコルセットの裏に仕込んだ五本一パックの帯電滅菌メスを引き抜き、それを斜め上段に構えるより早くパッケージを破り、パッケージが剝がれるよりも早く持ちきれない一本を迷わず捨てて、残った四本を五本の指で固定した。関節が抜けるのではないかと思うほど伸ばした左腕は、火が付いた殺意を穂先にして日傘の向こうの咽頭を目指す。

——まずは頸椎。

同時に左頸動脈、右鎖骨下肺、後頭部から頭蓋を抜けて側頭葉へ。

揚羽の頭の中で、他人より無能なその脳で、現実が歪み歪み、めまぐるしく幾千幾万の要素が絡み合い、式を生み、解が溢れ、無数の線香花火を焚いたように瞬いて意識を埋め尽くしていく。

初撃は四本。その内、ひとつでもしくじれば、膝で脇から肋骨、さもなくば踵で右鎖骨、隙があれば鳩尾。ここまででまだ決まらなければ、マウントなら喉を潰してからメスで上あごから下垂へ。さもなければ両鎖骨を潰して左胸へ一刀。腕が潰しきれなければ下腹から抉り右手人差し指と中指で左眼窩を——。

並べ立てても桁は無し、揃えてみても理屈無し、顧みても前後無し。

揚羽の中で踊り狂った無理乱数の嵐が、ヒメキンギョソウの日傘の向こうの無限遠へ収束していく。

駆け寄る揚羽に気づいたか、日傘がゆっくりと上げられ、白い喉が露わになる。

——僥倖！

日傘を目にしてから初めて人の概念を紡いだ揚羽の意識は、峰も鍔も鎬もない刃だけの殺意に研がれて〝傘持ち〟を刺し射止める。

刺し射止めた。殺意は確かに〝傘持ち〟まで届いた。

殺意だけが先に、その首とその動脈とその肺とその脳の向こうへ透けて抜けていく。そして身体の方はその殺意にいつまでも追いつくことはなかった。

普段なら決して曲がるはずのないところまで振りかぶり、背に届かんばかりまで弦の引かれた肩は、鏃を放つことなく「引き分け」から「会」のまま、的を失って固まった。

左手は横合いから喉輪を入れ、少女の頸動脈も喉も晒されている。いつでも切れる。いつでも刺せる。いつでも息の根は止まる。

死がその若く薄い皮膚に透けて浮いて見えるまで至って、揚羽は辛うじてそれを切開するのを止めた。

こぼしたコーヒーが紙ににじみ広がるように、現実が戻ってくる。壊れたきり電源を止めたままの自動ドア、古い給湯器の鉄が焼ける臭い、遺伝子改良で育ちはしないのに葉が落ちるとまた生えてくる観葉植物、ガムテープで合革の破れを埋められた安っぽいソファ、そしてそこに腰掛ける人間の少年と人工妖精の少女。

現実が揚羽に追い付き、理解が直感に縋り付き、意識が情緒にしがみ付き、ようやく自分が何を成そうとしたのか、自分がなぜ成そうとしたのか、自分が何を成したのかの三つの境目を覚えることが出来た。

白いレースの上、揚羽のそれとは違って明るく軽く細い亜麻色の髪の下、項は日の光にも晒されないだけではなく、人の手に犯された跡はなく、白い純潔が守られていた。

喉をつかまれた無力な少女は、男性ならたちどころにある種の焦燥と義務感を覚えてしまうような、怯え引きつった顔で揚羽を見上げていた。

やらかしたのだ、揚羽は無実無垢なか弱い人工妖精の少女を、殺害する一歩手前だった。

無意識に恐れて胸の奥にしまっていたことがあった。それを無造作にまさぐられるような現実を前にして、揚羽はほんのコンマ数秒だが正体を失った。

今まで、揚羽は同じ事件に三度首を突っ込んだことはない。全能抗体（マクロファージ）の情報は正確だったし、一度の失敗は二度目で必ず取り戻し、仕留めた。それが〝傘持ち（アンブレラ）〟に限っては三度で終わらず、四度目の打つ手を探さねばならない醜態に至った。

それが何を意味するか。いくら頭が悪い、自分は馬鹿だと思い込んだところで、現実の課題とそこから導かれる未来からは、目をそらしても心が逃れられない。

揚羽がこの儚げな娘に殺意を向けたのは、憎悪からではない。快楽からでもない。ましてちっぽけな自意識からでもない。

ただただ、沸き起こった恐怖からだ。

〝傘持ち（アンブレラ）〟が個人であるにせよそうでないにせよ、三度も付け狙い三度も殺し果たした揚羽に、〝傘持ち（アンブレラ）〟のほうが何の感情も持たないということはありえない。青色機関（BRUE）の影に怯えようと、あるいは自分の目的に立ち塞がる無粋者に憤怒しようと、ただ逃げ惑うのでなければ行き着くところは同じだ。

いずれ、遅かれ早かれ、自分が失敗を繰り返せば、やがては殺し損ねた相手の方から自分を殺しにやってくる。備えを万端に整え、揚羽の手際を知り尽くし、その城を落としにやってくる。

受けて立ってもいい。視線と死線は、五等級の揚羽にはいつだって後ろから付いてくる。その程度の覚悟は持って青色機関（BRUE）をやっているし、探しもしないのに現れるのであればそれほど楽なことはない。

だが、揚羽の城には鏡子がいる。過去は知らないが、今の鏡子は無防備極まりない。揚羽がもしその気になれば首を削ぎ、胸を抉り、腹を割くことが簡単に出来てしまう。自分が自分の城で倒れたら、後ろにいるのはもう数十年、包丁の柄もガスコンロの摘（つま）みも握ったことがないような無力で子供のように小柄で柳のように細いヒキコモリの女性だけだ。

あの赤子のそれのように瑞々しい肌が、睡蓮の花弁のような耳と鼻が、水蜜の味がしそうな唇が、揚羽が憧れて同じ長さになるまで切らないと決めた美しい髪が、靴裏と血に侵されるなど想像することも恐ろしかった。

だからずっと、揚羽はこの城が侵される日が来ることに怯え、ひとたび事に首を突っ込んだら必ず自分の手で確実に仕留めてきた。

鬱積していた恐怖が、栓から漏れたガスのように胸の奥に充満し濃縮されて、あの傘を見た瞬間に暴発したのだ。

「な……なにすんだ！」

遅い。

揚羽の速くなった息なら優に十回分だ。身に覚えがないとはいえ、それだけの時間を掛けて目の前の現実を理解できないまでも受容したらしい少年は、少女の首を摑む揚羽の手を力任せに引きはがし、間に立ち塞がった。

左手を払われた揚羽は、たたらを踏むように後ずさる振りをしながら、この大失態を取り繕う奇跡の術と同じくらいに、行き場を失ってしまった右手のメスの処分に困っていた。

幸いなことに、背中まで回した右手の内は、少年たちからは見えていないはずだ。

「ああ……えぇっと……」

抜き足、差し足。今だけ蟹になりたい気分で少しずつ横歩きし、揚羽が鏡子と出会ってから一ミリも伸びも減りもしない竜舌蘭の葉の中へ、鏡子曰く胡散臭いことこの上ない下手くそな作り笑いを浮かべながら、一本一本メスを落としていく。最初に放り捨てた一本は、踵で鉢の後ろへ蹴り入れた。

少年が二の句を継ぐ前に取りあえずの証拠隠滅を果たした揚羽は、初期の到達目標である「穏便にお引き取り願う」が完全に失われた現実に立ち向かう。

「あの……」

緊張に満ちた空気の中で、妙にとぼけたような声が響く。

「綺麗な羽ですね。青くて、海の色みたい。羨ましい」

儚げな人工妖精は、揚羽が無意識に出していた背中の羽を見つめ、微笑んでいた。

空気が読めないのか、あるいは空気を読んだ上で揚羽に首を摑まれたことも忘れてやろうという慈悲なのか、耳を隠す長めのボブを揺らしながら少女型の人工妖精は小首を傾げる。いかにも浮世離れした上品な人工妖精の考えそうなことだ。

そして、揚羽はすぐに諦めた。

＊

詩藤鏡子は、騒々しいのと面倒くさいのが、モーツァルトの次に大嫌いだ。

面倒を先送りした挙げ句に揚羽に押しつけた鏡子だったが、先送りには大抵利子が付くことを、一世紀も生きれば当然理解している。その利子も含めて揚羽が返済してくれることを僅かながら期待したわけだ。

だがそういった揚羽への不条理な信頼の結果は、騒々しいのを一人追い出したらポケットのビスケットのように二人に増えて戻ってきて、しかも砕けた滓みたいに面倒なのまで連れてきたという不始末だ。

嘆息も長くなる。

「今日うちは休みだ」

と、顔を真っ赤にした少年の入室早々にかましたところで、彼を先導してきた揚羽の片目をつぶって手を合わせる仕草が見えなくなるわけでもない。

「こちらが、当販売処兼工房兼代理店の責任者でございます」

こんなときばかり華麗に鏡子の方へ矛先をそらす馬鹿者である。

「子供じゃないか！」

いい加減飽き飽きした第一声を聞き流す。

「いいえいいえ。確かにちんちくりんなお子様にしか見えませんが、こう見えても当工房が自治区全土に誇る一級の精神原型師（アーキタイプ・エンジニア）でございます」

「裸だぞ！」

「っるさいな……服を着ると着替えるのが面倒なんだよ」

鏡子は起きてから寝るまでずっとスリップ姿だ。最近までは白衣もハッタリ程度にはなると思っていたが、それすら面倒になった。それに、男に欲情されるほどの体つきも背丈も自分の身体とは無縁だ、と思っている。

「いえいえいえ。その証拠に、この男性自治区にあって行政局から例外的に居住を許可された女性技師でございます。お客様はついてらっしゃいますよ、こんな腕利きは一区の区営工房にもおりません。さぁ、さぁ、さぁ、どんなご相談でも難病でも難題でもなんなりとどうぞ」

嘆息がより長く出る。

揚羽は馬鹿だが、無責任ではない。それがこうして丸投げするのであれば、もう揚羽には手に負えないほど事態がこじれて、鏡子の技師としての権威に頼るしかないということだ。

（いったい何をやらかしたんだ……）

　人工妖精なら死体になってさえいなければ大抵治せるが、他人との信頼関係の修復ほど鏡子が人生で放り出してきた物は他にない。つまり、専門外だ。

「女⁉　本当に人間の女なのか⁉」

　これもまた、嫌気が差すほど聞き飽きたような台詞である。

「人工妖精（フィギュア）と変わらないじゃないか！」

「当たり前だ。人工妖精は人間を模して造られてる。私が人工妖精に似てるんじゃない、人工妖精が女に似てるんだ」

「口がでかくて耳まで裂けてるとか、角があるとか！　なんかあるだろ普通！」

　自分が普通だとは決して思わないが、少なくとも少年の言う女性は普通ではない。

　有史以前から続く男性の女性に対する妄想にいちいちケチをつけるほど暇ではないし親切でもいられないが、美しい人工妖精しか見たことがない昨今の若い男性の間では、女性のイメージが妖怪レベルにまで失墜しているようだ。

「今ある目の前の現実を見ろ」

現実逃避の中毒者には少年も言われたくはなかろうと鏡子も思うが、くどくど語って聞かせるのも煩わしい。

「じゃ、じゃあ――」

急に声を萎(しぼ)ませて、握った拳をもじもじと蠢(うごめ)かせる。

「あ、あそこに歯が生えてて、ヤると噛み切られるってのは……?」

「待って! ストップ! 待って鏡子さん! ここは抑えて、抑えて。ロープ、ロープ、ブレイク、ブレイク」

無言でT字ホウキを握りしめ掲げた鏡子の手を、必死の形相ですがりよった揚羽が止める。

「気分を害した。今日は休診だ」

「子供みたいなこと言わないでください。見た目通りの子供だと思われますよ」

子供子供と繰り返されると余計に気分を害すのだが、煽り立てているつもりなのかもしれない。

「面倒くさいな」

とにかく怒鳴り散らしたところで尻尾を巻く様子でもない。動物でも人間でも、メスを連れたオスは無闇に気張るものだ。このような輩は本来、受付窓口に来た時点で追い返すべきだ。

「適当に座れ。崇め奉り平伏して拝み乞い願うなら、聞くだけ聞き流してやる」

今度は少年の方へ、揚羽が身体を張ってなだめに入る。

鏡子にはわかる。少年はもはや鏡子を天敵の類として認識している。そして、鏡子もこのタイプの未熟な男が大の苦手だった。つまり、極端に相性が悪いのだ。

体つきは悪くないのに、若い癖に嫌に頬がこけて見える中学生ぐらいの少年は、それからも何度か鏡子に食ってかかったが、鏡子は相手にせず、淡い色のワンピースに亜麻色のボブに日傘という、いかにも男性のある種の願望を結実させたような、独創性の欠片も見当たらない、平凡に美しい人工妖精をデスクまで招き寄せた。

ただ、少年の顔はなんとなく見覚えがあると思ったのだが、この工房を構えてからというもの、長いこと自分より年下に見える人間の子供など会ったこともない。そういう場所であるし、そういう仕事だ。

結局思い出すのも面倒で放り出し、必要な問診だけ揚羽を介して少年に答えさせた。

やけに儚げに見える少女型の人工妖精を前に座らせ、しばらく型通りの内科的な問診と触診を済ませ、見当を付けて神経系の確認に入った。

少女の黄色い衣服(ワンピース)を脱がせたときは目を背けた少年も、鏡子が手元に見当たらないライトの代わりにジッポの火を目に近づけて瞳孔の反応を見たときには、揚羽の腕を振り払って摑みかからんほどの勢いだったが、さすがの鏡子もこの手抜きには多少の反省をしないでもない。

最後に、少女の足の指を揉みほぐすようにしながらその顔をうかがっていた鏡子は、やがて手を放し、無言のまま煙草に火を点けて紫煙を吐いた。

「どうです？」

「どうもなにもあるか。よくもここまで放置されていたものだな」

憔悴が見えていた少年の顔から、さらに血の気が引くのが横目でもわかる。

「遅い。どうにもならん。私はこいつが、お前の後を立って歩いて付いてきたという事実の方こそ、信じ難い」

「っざけんなチビ藪！　レントゲンとか、X線とか、何とかあるだろ！　それがぺたぺた触り回しただけで何が——！」

「黙れ短小野郎！　粋がるのは妖精の一人でも養ってからにしろこの腐れ童貞！」

久方ぶりの大声を発した胸がストライキを起こしかけたが、辛うじて飲み込む。

小さな身体とぼそぼそとした口調からは想像もしなかった鏡子の怒声に、少年は返す言葉も失って怯んでいた。

「揚羽。寝かせてやれ、そこでいい。座って背筋を伸ばすだけでもよくやってる。わかるな、俯せでだ」

今、自分は苛ついているのだろうかと、胸の疼きを覚えながら鏡子は思う。

黄色い少女は揚羽に支えられながら、それでも健気に平常を装い、紙くずの山から発掘されたソファに身を横たえた。

「人工妖精は人間と身体の基本構造は同じだが、より機能的実用的に出来ている。当たり前だ、私たち人間が造ったのだから。制作も稼働後の整備、検査も手間が掛かるようでは勝手に生まれてくる人間の方が安く付きかねん。骨も肌も筋肉も、脳以外の神経も、すべてリペア・パーツへの交換で、半日後にはしれっと歩く。そういう身体なんだよ。何がわかるかと言ったな？　これだけを見てわからんようには造ってないんだ馬鹿野郎」

「な、誰が馬鹿だ！」

つい癖で口を突いて出たが、まあ確かに普通の人間なら他人に「馬鹿」と言われたら酷く傷つくか、無性に腹が立つのが自然なのだろう。揚羽は例外だ、初対面の少年に言い過ぎたとは思う。しかし、力ずくだろうと権威を笠に着ようと、修理または医療と呼ばれる業務は信頼なしでは成り立たない。それが憎悪の裏返しであろうとだ。

「お前はこの娘の手を引いてきたのか？　違うだろう。手を握ったなら気づいたはずだ、どれだけ脂汗がにじんでいるかに。言っておくが、この娘の肉体はまったく正常だ。免疫系も消化器系も大きな問題はないか、あるいはまだ大きな問題にはなってない。自律神経が相当傷んでいるが、これは別の負荷だ」

「何が原因です？」

自分の話を他人のそれのように気もとめず、穏やかな笑みのまま横たわる少女に代わって揚羽が問う。

「真白と同じだ」

双子の妹の名前を耳にして、少年のそれが感染したように揚羽の顔から血の色が引く。

「……進行性全感覚消失」

呟く揚羽に小さく頷いてみせてから、長くなった煙草の灰を落とす。

「なんだそれは！」

椅子を蹴るようにして少年がいきり立つのはこれで何度目だったか。

「揚羽。お前の携帯端末はテレビジョンの受信はできたか？」

「はい、一応。長いこと使ってませんけれど。でもテレビは備え付けが」

「その娘に見せてやれ。少年には見えないように。あと音量は消音しろ」

質問を遮って先を述べると、揚羽もすぐ理解したようだった。

目に見えないものに怯える群れのように、しばらくその場の全員が息を潜めていた。

鏡子が短くなった煙草を灰皿に擦りつけ、ようやく口を開く。

「そこの人工妖精。私の言っていることはまだわかるな？」

「――はい、ドクター」

揚羽の持つ携帯から鏡子に目線を移した少女は、いかにも男好きのしそうな線の細い笑顔を浮かべて答える。

「名前は？」

「置名草です、ドクター」

「オキナグサか。精神原型は水気質(アクアマリン)だな？」

「はい、ドクター」

返答が堅苦しいが、その理由も見当が付く。

「ではオキナグサ、今お前が見ているテレビジョンには何人の人間が映っている？」

「四人です、ドクター」

「そうか？　それは多すぎないか？」

「一人でしたようです、ドクター」

「それは少ないな」

「三人と間違えたかもしれません、ドクター」

「余分がいるな」

「二人でした、ドクター」

「わかった。そうだな、二人なのかもしれん」

終わりの合図の代わりに、肘掛けの上でジッポの蓋を鳴らした。

「揚羽。そこの少年(ガキ)にテレビジョンを見せてやれ」

「でも――」

「かまわん。早いうちの方がいい」

揚羽が携帯を少年の方へ向けた途端、少年の顔色が憔悴から絶望に近いそれに変わった。

「見ての通りだ」

今の位置なら、鏡子からも揚羽の携帯端末が見える。

画面はブルースクリーン――信号波を受信できない旨を示すエラー画面だった。

「蝶型微細機械群体(マイクロマシン・セル)がUV-Aの紫外線より短波長、また赤外線より長波長の電磁波を吸収し妨害してしまう自治区では、携帯もテレビジョンもネットも、極端な小範囲基地局(マイクロ・ベース)による指向制御された赤外線または可視光通信か有線(ケーブル)のみだ。そしてこのビルは元が学舎であったため中継局を整備していない。

つまりここの屋内ではテレビジョンは無線(アンテナ)では受信できない。備え付けも有線(ケーブル)だ」

それは、揚羽が置名草(オキナグサ)に見せたテレビには、最初から何も映っていなかったということだ。

「言っておくが、その娘は嘘をついたわけではないし、取り繕ったわけでもない。その娘は最初は確かに四人映っていると思い、次に一人に思え、次に三人に思え、最後に二人だと感じたんだ」

　当惑と混乱が少年を支配している。回りくどく聞こえているだろうが、それだけ正しく伝えるのが難しいのだ。

「初めに四人と言ったのは、おそらくこの部屋で自分とお前、それとお前と会話をした私、それに揚羽を合わせて四人だったからだ。なんの手がかりもないのなら、意識は因果的に無縁であっても直前の情報を踏襲しやすい。もしまだ一言も発していない誰かがこの部屋にいたら、その娘は目を合わせても気づかなかっただろう」

　この娘は少年しか認識していない。それ以外のものは、林檎の夢を見たら林檎以外のものが思い出すことが難しいのと同じように感じられずにいる。そして少年を通じて少年が今関わっている人間を、感覚では摑めないのに、辛うじて知性だけで「いるはず」と理解しているだけだ。

「その娘の感覚の入力は極端に減衰している。感覚は得ているのに、それが意識へ届く前に消えてしまう。感覚と意識が遊離しているんだ。

　入力がないまま、まるで異常がないように平常を装って行動する、つまり出力を続けると言うことはどういうことか。

　電動機（モーター）を想像しろ。電力で動いていたそれは、電力を失っても慣性でしばらくは回る。だが慣性はやがては抵抗により消失するんだ」

デスクの上で指を組み、視線だけ揚羽と少女の方へ向けた。

「無理はするな。ここは工房で、私は技師で、そこの黒いのは看護師だ。ここはお前が素の姿で生まれた場所と同じだ、病院(びょういん)。例え裸に剝かれようと恥じ入ることはない。お前はよく頑張った、もう一息つけ」

鏡子が似つかわしくもない労い(ねぎら)を述べると、置名草は小さく「はい」と答える。揚羽がワンピースのファスナーをゆっくりと降ろすと、それを待ちきれなかったように、背中の皮膚に二本の縦筋が入り、やがて左右二対、彼女が屈めば隠れてしまうほどもある四枚の羽が、蛹から羽化する蝶のそれのように広げられた。

鏡子以外は息をのむ。

美しい羽だった。うっすらと赤みを帯びた地色を基本に、緑と淡い黄色で彩られていた。真っ黒で青光りするだけの揚羽の羽など比べるのも失礼なほどだ。顔立ち同様に強い個性や独創性は皆無だ。だが万人受けを凡庸に貶めることなく、その極みに立ち入ろうとしたデザイナーの執念が、鱗粉に乱反射する発光に乗って伝わってくるようだった。

そうだ、美しい羽だったのだ、だったのだろう。

そう思わせる今の羽は、鱗粉が至るところで剝がれ落ち、支脈がきつく浮き上がり、裾は切れて、虫に食われたように数え切れないほどの穴が空いてしまっている。

肉食の蟻に食い散らかされた動物の肋骨、さもなくば遭難の末に乗員が全て死に絶えて流れ着いた難破船の帆のように見窄らしく傷みきっていた。

この羽を見るまでは、少年もわかりやすい形で少女の苦しみに気づくことは出来なかったはずだ。

「真白とは逆だな。人目に晒される部分を取り繕うのが精一杯だったか」

先天的な真白に対して、生まれた後から異常を発した少女は、見えない部分から壊れていったようだ。

頬に微熱を感じた。鏡子はこのボロ雑巾のような身体で健気に振る舞う少女に多少の同情は覚えるが、決して興奮はしていない。鏡子の体温が上がったのではない、熱を外から浴びているのだ。

人工妖精の羽はただの飾りではなく、脳に強い負荷が掛かったときに、高温を発した脳が自身の熱で傷まないように放熱するためのものだ。髄液を羽の翅脈に循環させ、熱を光にして放出する。普段、必要の無いときは背中の中へ仕舞っているし、それが文化的要因を生んだのか大抵の妖精は羽を人間に見せるのを裸体同様に恥じ入る。だから少年も気づく機会がなかったのだろう。

この娘の羽は、もはや本来のスペック通りの放熱を行えないほど傷んでしまっている。自律神経系の失調だけでも相当な負荷が脳に掛かっているはずなのに、熱が溜まり続けるから、体温を光に変換しきれずに可視光だけではなく赤外線まで漏れ出してしまっている。

「点滴を――」

「よせ、水の方がいい。氷を入れて飲ませてやれ。脱水症状を起こしてる。汗を気づかれるのが嫌で水を飲んでいないのだろう。少しずつ飲ませろ、急に大量の水を胃に入れると拒否反応を起こす」

「緊急手術は」

「待て」

真白の姿を重ねているのか、目に見えて焦る揚羽を制した。冷蔵庫から出したばかりの氷も取りこぼす始末だ。

「おい少年。自治区なら工房は他にいくらでもある。なにもこんな人工島の隅の零細でなくても、区営工房なら福祉の範囲で十分な治療が受けられる。なのに、なぜ詩藤に駆け込んだ？」

「た、たまたま近くを――」

「四時間待ってか？　なめるなよ童貞。お前はこの娘の何だ？」

少年は問いに答えられず、歯を食いしばっている。

「鏡子さん、そんなことは後でも！」

「黙ってろ。

言っておくぞ、少年。脳は、所詮は入力した情報に応じた出力しかできない。脳に入ってきた信号が解釈され、演算されて身体に出力され、行動という形で表出する。そのとき、足りない信号は内部で生成して補われる。もし入力が限りなく減少すれば、脳は不足分を必死に補い始める。

だがそれは電動機(モーター)と同じだ。電力の不足を慣性の一時しのぎで先送りしても、それは以前に入力された情報を、預金として使い崩しているに過ぎない。入力を失った脳は遅かれ早かれ、出力も停止する。そしてこの娘の預金はもう残り少ない」

震える少年に、現実を突きつける。

「ここまで悪ければ、区営工房か公認の緊急救命処とて無碍(むげ)にはしない。なぜそちらにもっと早く連れていかなかった?」

「殺されるじゃないか! お前たちは人工妖精を人形のように造って、人形のように使い倒して、それで……人形のように突然捨てるんだ」

少年の叩いたデスクから山積みのプリントが崩れ落ちて床の厚みに変わる。

少年の見識は若く、未熟で、何よりも狭い。だが、そこに真実がないわけではない。さすがの鏡子も目に見えない重さに耐えきれず、組んだ指に隠してデスクへ俯いた。

「やはり、公共仕様か」

区営工房が受け入れを拒否したのではない。区営や公認に連れていったら、問答無用で廃棄対象だから連れていけなかったのだ。

「公共？」

黙り込んだ二人を見て、揚羽が訝しげに首を傾げた。

「児童の情操教育用に、一年ごとに記憶をリセットする人工妖精がいるだろう。それのもっと古いタイプだ、今はもう造ってない」

自治区では福祉施設も商業施設も、世界に類を見ないほど充実している。それは極端な自動化と、完璧に近い整備不要（メンテナンス・フリー）を実現する各種微細機械（マイクロマシン）によるところが大きいが、それでも完全に人の手なしで人へのサービスが実現されるわけではない。かといって、金銭収入に価値がない以上、義務的に職業を成す人間は少ない。ならば、その人的労働力（リソース）の不安定をどう補うか。

人工妖精と人間が共生するこの人工島なら、それは当然、人工妖精が担う。気質に上乗せする性格、個性設定で、それぞれの職種に適した職業意識を強く持つように造られて生まれてくる。そうした彼、彼女たちは、それぞれの職務を全うすることに無形の充実感を覚える。それは職業選択の自由に一定の縛りがある以外は、人間と何ら変わらない。

しかし、やはり人間がそうであるように、経年し経験を積むことで、初めに設定された価値観が変容することが危惧される。それは普通の人工妖精ならば問題ない。むしろ、人間に接し、その生き方に触れ、体験を繰り返して成長し変化していく様は、例えば伴侶であるならより人間らしくあり、全てが肯定的でなくとも大きく見れば人間にとって望ましいからだ。

しかし、公共サービスを義務づけられた人工妖精はそうはいかない。彼ら及び彼女たちは、例えばファースト・フード店の接客員であれば、ハンバーガーからジェラートの販売に興味が移って転職を望んでしまったらサービスに穴が空くし、経験を積んで親しみのある接客をするよりも、ただひたすら手際よく目の前の客をさばくことを社会から求められる。

「その娘は、一日ごとに生まれ変わる。昨日のことは夜に床につけば、朝目を覚ますまでに全て忘れてしまうんだ」

「二十四時間？　なぜそんなに短く……」

毎日変化せず代わり映えのない同じ職務に対し、新鮮な意欲を維持してもらわなくてはならないケースもある。そう人間は考えたのだ。

結果的には、急速な人工妖精の普及浸透に伴って、大きく人手不足が生じるようなケースはほとんど無かった。未婚の若い人工妖精は社会貢献への意欲が強いし、彼ら彼女らは概ね同胞や人間との相互扶助を好む。記憶の自動初期化という小細工が不要だと行政局が判断したのは、ほんの十年ほど前のことだ。

ただ、彼女が一日という極端に短いスパンを設定されたのは、他にも理由がある。

「人間にとって、異性が一番美しく見えるのはどんなときだと思う？」

首を傾げる揚羽をじっと見据え、まだ俯いたままの少年を横目で捕らえながら、鏡子は言葉を続ける。

「恋をしたときだ」

「はぁ？」

似つかわしくない言葉に余計に首を傾げる揚羽だが、鏡子とてこんな馬鹿げた男根主義の極みみたいな愚考に浸りたいとは露ほども思っていない。

「そう考えた馬鹿が当時の業界には少なからずいたという話だ。その置名草（オキナグサ）という娘は水先案内人（ガイド）だろう？」

一目見たときから直感はあった。

美しいのに記憶に残らない、個性という個性を削り落として凡庸の凡庸たる美しさを際だたせただけのデザインは、目立ち記憶に残ることがむしろその職務の障害となるからだ。それはある種、天性の職人の手による仕事と言える。自意識過剰な一級原型師には到底不可能だ。

「初対面の人間に初々しく微笑んで親身に接し、いつまでも純真であり、かつ馴れ馴れしくはならず余計な世話は焼かない。そんな人工妖精を造るにはどうすればよいか？　簡単だ、昨日まで出会った全ての人間を今日は全て忘れさせればいい。今日出会った人間に恋をし、全身全霊を懸けて親身に尽くし、恥じらって不躾を避け、次の日にはまた別な恋をする」

彼女ら水先案内人(ガイド)をそのように造ってしまった者たちの考えは不器用で稚拙だと鏡子は思うが、残酷なことだとは思わない。娘の目には、この狭い島が、代わり映えもしない街と人々が、毎日の新鮮な感動と興奮で満ちていただろう。

「その娘は歩道わきの地図看板と同じだ。毎日目的もなく街を彷徨い、困っている人間を見つけては見境なく声を掛けて親身に助ける。道に迷えばその娘はどんな場所へも案内できる。探し物があれば這いつくばってでも共に探す。一日という時間の限りにおいては出会った人間を決して見捨てはしない。求められれば頬を染めて――」

鏡子といえどもその先は言葉を切った。鏡子はサディストではないし、それが芥(あくた)以下であろうと、少年少女の心の中の聖域を穢すことが年長者の義務と責任だと思っているような、男根に酔いしれた中毒者どもと一緒くたにされるのは御免だ。そんな馬鹿どもこそがこのような娘たちを生み出す。

「――いずれにせよ、自治区発足初期はともかく、今となっては不要な役回りだ。行政局としても決して見放しはしないだろうが、無理な延命はしない。仕様条件の厳しい公共仕様なら耐用年数は通常の人工妖精の半分の三十年以下、水先案内人(ガイド)なら理論上はさらに半分だ。普及時期を考えればよくもった方だ。故障や疾病なら治すが、死期が見えているなら別だ。その性質上、伴侶や縁者のいるケースはありえないし、無理して狂わせでもしたらそれこそ行政の責任問題になる」

今、この状態の娘を区営工房に連れ込んだら、即決で廃棄だ。

「……お願いだ。あんたには治せるのか？」

少年の声は、先ほどまでの勢いが嘘のように萎んでいた。

病んだ伴侶を連れてここのような場末の工房までやってくる男は、皆同じような顔をしている。伴侶や恋人を襲った理不尽な不幸を前にして途方に暮れる男を、鏡子は何度も見てきた。

「不可能だ」

「……やっぱり藪だ」

期待はしていなかった、それでもと縋ったのがここだったのだろう。

「元のように生活させることは出来る。最低五回に分けて脳を少しずつ新品に取り替えるだけだ。しかしそうなれば元の脳は一片も残らん。今までと同じ顔で、同じように微笑み、同じように愛を囁こうと、その額の向こうに今の置名草はいない。お前がそれを望むならば、高度な術式になるが私は滞りなく成してみせよう。置名草もお前から説けば拒みはしないだろう。そして新たに目覚めた娘はまたお前に思いを寄せ、一日限りの初恋を繰り返すのかもしれない。だが、お前は別な脳で思い愛し慈しむ娘がいれば満足できるのか？

元より記憶は一日ごとに消えるのだと思えば、顔が同じだけの別人を置名草として愛してやれるのか？」

少年は膝の間で俯いたまま、ほんのひと息ふた息ほど悩んでから呟いた。

「……無理だ」

すでに、別な工房で同じことを言われた後だったのかもしれない。頬がこけて見えるのは生まれつきだけではなかったようだ。

人工妖精は見た目が老いなくとも、不老不死ではない。水先案内人は初めてだが、似たような事例の全てで、人は彼と同じ結論に達した。

「科学は万能だ。ただ、常に人間に優しくあるとは限らん」

知の探求は願いを叶えることよりも、目に見えても今はまだ手が届かないものを見せつけられることの方が多い。その絶望の海へ沈むに甘んじることが出来るか否かが、少年のような科学を使って生きる側の人間と、鏡子のような科学に遣われて生きる側の人間との間に横たわる境界線だと鏡子は思う。

揚羽が悲痛な顔で鏡子に振り向く。

「なにか、方法はないんですか？」

「なにかとは何だ？　絶望を先送りしてより深い穴へ招き入れることか？」

少年の心はとっくに溺死寸前でもがいている。工房の側の人間が安っぽい同情から浮かびもしない藁を伸ばしてよこすような軽率を許されるわけがない。それはただの悪趣味だ。

「私は、洋一さんと一緒にいたいです……ずっと」

ずっとか。それはこの娘には、今までもこれからもかなわないことだ。その代わりが人間の人生では得難いほどの新鮮な興奮の日々と終わりのない恋なのだから。

「昨日も、今日も、明日も、ずっと……」

一日の命を繰り返し生まれ変わって生きてきた少女の言葉が、鏡子の胸を抉る。もう自分の心に肉などなく、血は枯れ果て、骨まで削がれたと思っていたのに、神経はなくならないようだ。

「待て――」

微かな違和感が鏡子の脳裏に棘を残す。

「ずっと、だと？　なぜそう思う？」

黄色い娘は答えない。答えられないのかもしれない。

鏡子は公共仕様の制作に関わったことがないが、構造は理解している。

この娘のような公共仕様は、昨日までに見聞きしたものを、長期記憶の記銘、保持、想起という三段階の過程のいずれかで失う。中でも一日ごとに記憶を失う水先案内人は、「記銘」の段階で阻害しては社会生活に不都合が多すぎる。人間の認知症のような症状を潜在させてしまうからだ。

「保持」を意図的に阻害するのは鏡子のような精神原型師でも難しい。高等生物の脳は感覚から得た経験の大半をほぼ無作為に片っ端から保存していく。脳は情報の本文(ライブラリ)を頑なに固持し、外からそれを無理に奪おうとすれば自我に矛盾が生じて偏執病(パラノイア)や統合失調(スキゾフレニア)を発症させてしまう。

　行政の仕様要求に応じて睡眠時に記憶を失う仕組みを組み込むにしても、これら前述の二つの方法をまともな制作者が取るとは考え難い。だとすれば、残りは「想起」だ。脳が情報を思い出す想起の段階で、再認が阻害されるように造られているのだろう。おそらくは本質的な意味で記憶を消すのではなく、思い出すきっかけを失わせて、思い出を無数の記憶の砂漠の一粒にして彼女には見つけられなくしている。

　本文(ライブラリ)はそのままで索引(インデックス)だけを無意味にする。彼女の脳は、司書に整理されないままただ蔵書を乱雑に集積していくだけの図書館だ。膨大な知識に囲まれながら、彼女はそのどれから手をつければよいのかわからない。だから思い出せない、そういう仕組みで造られたのだ。

　だが、それだけでは過去と現在の自己同一性の維持に障害が生じる。

「昨日までの自分と今日までの自分を同じものとして認識できないことによる負荷は、脳の寿命を確実に縮め、耐用年数を激減させてしまうはずだ。だが、この娘のような水先案内人(ガイド)は、寿命いっぱいとはいえ一斉導入から二十年以上を経てもまだ活動している個体がいる」

「つまり？」

先を促す揚羽に、鏡子は自分の頭を指さしてみせる。

「この娘の脳には、自己同一性の必然的危機に対する何らかの対処が組み込まれてる。記憶は曖昧なはずなのに、昨日までの自分と今日の自分の繋がりは感じているんだ。だから『ずっと』などという認識、願いが出てくる」

割がよく、出来についても今現在の信頼性さえ十分であればうるさくはない役所からの仕事に、ここまで手の込んだ機能を組み入れるのは、手間ばかりかかって普通はしない。それでもやるとしたら、そんな物好きな精神原型師は自ずから限られる。

鏡子の中で散らばった点が意味を成し始める。それは科学のような絶望に首を突っ込んでしまった者に独特の感覚だ。手の届かないものを見つけ諦めまた追うことでしか生きていけない、社会不適応者だけが共有する感覚質、黒と青の多次元無制限迷宮。

「……置名草。お前の製造元は新壱岐平戸重工か？」

「はい、ドクター」

「設計は？」

「第十八期先行技術支援チームの年次第二プロジェクトです、ドクター」

十八期となるともう二十余年前のはずだが、昨日のことのように諳んずる。この娘は昨日のことより生まれる前の方が記憶に鮮明なのだ。

「そこでは人格を仕上げただけだ。基本デザイン、それに性格と精神原型を提供したのは誰だ？ お前の本当の親は？」

「水淵亮太郎一級精神原型師です、ドクター」

「あの甲斐性無しか」

「……どんだけ生活力無いんですか、その人」

鏡子に言われるようでは底が知れないと揚羽は言いたいのだろう。

「うるさいな。〝人がいい〟で生きていけるなら人間は霞を食ってるという話だ」

よく見れば、置名草の、強い自己主張がないのに、見る者が見れば舌を巻かざるをえない繊細なデザインは、なるほどあの頼りないがナイーブで優しい男の仕事らしいと今さら気づく。

「さっき、感覚質のゲートウェイの話をしたとき、出来る一級の奴が女性地区側なら一人だけいると言っただろう」

「ああ、そんなこと仰っていたような」

「その一級だ。この娘は造られたのはこちら側の量産工房だが、本当の意味で生まれたのは女性地区側だ。水淵は世渡り下手で自意識も周囲が不安になるくらい足りない奴だから名前は売れてないが、採用数ならトップクラスだぞ」

「お知り合いなんですか？」

「……兄弟子だ」

「それはお悔やみを……兄弟子様の方に」

「どういう意味だ馬鹿野郎」

一日限りの一生を無限に繰り返すという発注元の厳しい条件の中で、精一杯の幸（さち）と生の喜びを感じられるように。あいつならそんな偽善者ぶった絵空事を、空想で終わらせないかもしれない。

「この娘の脳には長期記憶が制限される代わりに、おそらく人間や他の人工妖精ではありえないくらい大きな作業記憶域（ワーキング・メモリ）のバッファがある。本を与えれば数百ページでも十数分で読み終え、登場人物の心情まで詳（つまび）らかに理解して、感情移入して泣きもするだろう」

「頭の中に作曲家が？」

真顔で真面目に馬鹿を言った揚羽に、鏡子は呆れ目を流しみせる。

「それはバッファじゃない、バッハだ。それとさっきまで流していた交響曲（オーケストラ）はバッハじゃない」

ますます混乱する揚羽は放置した。どうせ半分もわかってはいまい。

「この娘は、読書するようにして、記憶とは別な何らかの手段で昨日までの自分を毎日認識している」

記憶の再起制限で不足する情報を補完するための高度な知的作業機能と、やや不安定さを孕むことになるが極端に強い感情移入機能が、この娘には組み込まれている。

「仕様が独自すぎる。区営でもうちでも手に負えん。無理をすれば全感覚消失に加えて自己同一性障害かパラノイアまで発症して悪化する。だが、自治区女性側にいる制作者の水淵ならそれなりの延命と緩和医療的対処ができるかもしれん」

一瞬、少年の目に希望が通り過ぎたような気がしたが、すぐに消えた。鏡子と同じことを考えたようだ。だが、そこは徒歩で二時間でも、自治区民にとって地球の裏側より遠いのだ。だが、

「密出区は不可能ではない」

物の出し入れなら、総督府も赤色機関も出し抜くクズには心当たりがある。

「屋嘉比（やかび）先生ですね」

鏡子の偽造煙草を毎度どこからともなく仕入れてくる、技師崩れの無法者の名前を揚羽が挙げる。

「今日ならまだ、きっと居ますね」

「注文した煙草（マルボロ）の百カートンがまだ届かない。ついでに手で持てるだけでもかっぱらってこい」

「なんか機嫌がよろしくないと思ったら、買い置きが不安だったんですね……」

「ほっとけ、馬鹿。

しかし、その場合は向こうへ行けるのは置名草だけだ」

一旦は輝いた揚羽の顔が再び曇る。

〈種のアポトーシス〉に感染した自治区民の、男女不共棲の掟は厳格だ。異性と共に暮らすことの出来ない対価がこの満ち足りた街であり、美しい人工妖精たちとの生活なのだから。鏡子のような例外を除き、異性の地区へ踏み入れることは決して許されない。隠れて暮らすのも無理がある。まして前後不覚の人工妖精つきではなおさらだ。

「それでいい」

押し殺すような声の重さが、揚羽のみならず鏡子までも振り向かせた。

「金なら死ぬまでかけても稼いで払う。だから」

「人生をなめるな包茎小僧。貴様の生涯収入など、外貨にすれば犬も買えん」

「なら!」

「命なら買えんしいらん。あいにくと在庫は持て余して――」

啞然と声を失った。

自分が馬鹿のように口を開けたままになっていたことに気がついて、咳払いで誤魔化す羽目になった。

少年は床に額を擦りつけていた。

「あんたが欲しいものを俺は何も持ってない。俺の人生でも足りないなら、他に俺が差し出せるものは、これしかない」

鏡子は肘掛けで頬杖を突きながら、二十七本目の煙草を口の端に咥えて火を点けた。

「床を嘗めろ」

何か言おうとした揚羽をひと睨みで黙らせた。

「貴様の人権と尊厳など、デノミ前の紙幣よりも安く薄い。山積みにしたところでたかが知れる。ならばレートを上げろ。

床を嘗め、埃を咀嚼し、涎を垂らして豚のように啼け。ひっくり返って壊れた玩具のように手足を遣わず背中で這え。ミミズのようにのたうって馬のように嘶いてみせろ。

そして……そうだな。猿のように股を広げて腰を振り、自慰をして射精するまで続けろ。ここでだ」

少年の目に憎悪と侮蔑の灯がともったのはほんの一瞬だ。彼は震える手でベルトに手を掛け、一気に引き抜いた。

鏡子の手が銃声のような音を立ててデスクを叩いた。それは、見ていられずに飛び出そうとした揚羽を、怯え凍り付かせるに十分であった。

少年がファスナーを降ろし、再び床に伏せる。腰に掛かっていたズボンに下着ごと指をかけた。震える舌を、染みの付いたリノリウムに向かって伸ばしたとき。

「やめろ」

鏡子は肘に体重を預け、その手で隠すように目元と額を拭った。ベットリとした脂が手を濡らす。

「……もういい。よせ」

馬鹿者が。

呟きはデスクの下へ落とした。

そんなに造り物のひと型が恋しいというのか。そのヒト型（フィギュア）は明日になれば今日の恋も忘れるというのに。少しでも目を離せば見知らぬ男の腕の中で寝ているかもしれないのに。どんなに長く共に支え合って生きても、その人生の労苦も喜びも、この娘は共有することが出来ないのに。

そんなものは愛ではない。恋でもないのだ。それは妄執だ、固いだけで夢よりも脆い塵芥だ。なのに、なぜ男は、人間たちは、鏡子たち同じ人間が造った人の形をしただけの生き物を、そんなにも愛で、労り（いたわ）、恋しく思うのか。

今感じている気持ちが落胆であったならどんなによかったか。自分はチップをどちらに賭けていたのだ？　自分か、それとも少年の方だったのか。

「ズボンを上げろ。私は腰履きが嫌いだ。それと椅子に掛けろ。他人が地べたに座るのを見ていると、私まで腰が痛くなる」

指の間から、まだ戸惑っている様子の少年がベルトを締め直すのが見えた。

自分は血反吐を腐らせたような黒い世界へ、未来ある若者を貶めようとしているのかもしれない。まだ止めることは出来る。人間が全知たり得ないのであれば、知るべきものよりも知らないでいるべき物事の方が、この世界にはずっと多いはずだ。そうでなくては、人の世はあまりに惨めすぎる。

「置名草」

「はい、ドクター」

「お前は今のこの少年の姿を見て、惨めだと思ったか？」

「はい、ドクター」

置名草の返答は少年が涙ぐむほどつれないものだ。

「ですが、今は彼が誰よりも崇高に見えます。ドクター、あなたよりも」

「そうか。そうなのだろうな」

惨めな姿はどんなに取り繕っても惨めなものだ。惨めではないといくら言い張ったところで、敗戦国の奴隷の心が癒されるわけではない。それでも、権威と傲慢では奪えないものがあるのだろう。

鏡子には、その正体が死ぬまでわかりそうにはない。自分は所詮、モーツァルトに嫉妬する程度の、衆愚以下の無能だからだ。

「少年」

　鏡子が初めてガキと呼ぶのを止めたとき、少年はすでに諦念と憔悴で灰のようになっていた顔を上げた。

「お前は人として最も忌々しく下品で下劣で低俗で惨めな畜生以下の外道に興味はあるか？」

「……なんだって？」

　当惑が上乗せされるばかりの少年の目を見据え、その向こうにあるものの重みを探った。

「人の心は地下の闇よりも暗く、飢え死んだ肉を貪るよりも醜く、そして糞便よりも臭う。その闇に首を入れ、身体を浸し、髪の先まで浸かり、その腐臭を血の中まで染み渡らせ、肺まで溺れ、それでもお前は見えもしない光を探して藻掻くことになる。そしてなにより、命と尊厳を弄ぶ外道はお前を世界の誰よりも孤独にするだろう。

　人間の心の仕組みを理解し、分解し、模倣し、やがて人の形をした生き物を生むということは、そういうことだ」

　生き恥をさらすとは、まさに今の自分に相応しい言葉だと省みて思う。

「二級以上の精神原型師であれば、異性でも公(おおやけ)に居住の許可が出ることがある。その資格取得のための修行中であれば、研修生扱いで四年を目処の一時滞在も認められる」

　少年の顔に希望の色が戻る。まだ命造りの暗さ深さを知らないからこそだが、初めだけの勢いと熱意とて慣性にはなるのかもしれない。

「ただし、容易な道ではないぞ。三級からの昇級だけでどれだけの数の秀才が涙を飲むか。二十余年を掛け五十代でようやく昇級した例も知っている。それをド素人のお前がたった四年で飛び級しなくてはならない。不可能に近い」

「やる……いや、やらせてください！」

少年は脚を揃え、頭を下げる。

「よせ、今さら気色悪い。私がお前の担任教師であれば、首に縄を掛けてでも止めるところだ。一度でも女性地区へ入った感染者の男は、滞在延長が認められなければ生涯、牢屋のような隔離施設で幽閉生活だ。巌窟王にタメを張る程度の覚悟はしておけ」

「はい！」

「ならすぐに行け。あの密売野郎は一度仕入れに出るとふた月は連絡が取れなくなる」

だから偽造煙草（たばこ）も買いだめしないと、鏡子の喫煙人生が危機に陥るのだ。

「はい、ありがとうございます！」

これ以上意思確認を続けたら、全身が鳥肌になって剝けてしまいそうだった。

「揚羽。黒板の下、日直と書いてあるところの真下、下から数えて十八冊目と十九冊目の間の束の、上から二百四項目から二百十八項目の間のどこかに、去年書いて使わなかった推薦状が挟まれてるはずだ」

鏡子が言う間に、揚羽はその封書を見つけてきた。

「……本当にありました。こんなに散らかしていて、なぜ覚えてるんです？」

「散らかした順序があるからだ」

「もう黄ばんでますけど、大丈夫なんですか？」

「水淵は馬鹿だから気づかん。加えて人がいいからたとえ中が白紙でも確認ぐらいして来る。それで私が電話に出なくても、放っておけなくて取りあえず迎えを寄越す。あのお人好しならそうする」

　馴れ合いはないが、無視できるほど浅い付き合いでもない。本当のところを言えば、鏡子が厚かましく、向こうは人がよすぎるのだ。

　いくつか二重線で適当に修正し、朱肉が見当たらなかったので慌てる揚羽を尻目にカッターで血判を押し、蝶除けの封印シールを貼って少年に手渡した。

「面倒だから無くしたらもう作らん。血反吐を吐いても落とすなよ」

「照れ隠しですか？　いったい……」

　口を挟んだ馬鹿にデコピンをかました。

「揚羽。お前はついて行ってやれ、脱色街(ホワイトリスト・エリア)は初めての人間には無理だ。

　それと少年、いくつか氷嚢(ひょうのう)を持っていけ。その娘はまだ歩けるが、動く分だけ体温が上がる。本当は一晩休ませたいところだが、あまり時間がない。手を繋いで引いてやれ、子供じゃあるまいし照れてる余裕はないぞ。場所は揚羽が知ってる」

揚羽が冷蔵庫から取り出した保冷剤を背負い袋（ディパック）に詰めて少年に渡す。

「このご恩は必ず、いつか」

「出来もしないことを口にするな。せめて出来るようになってから言え。行け。振り向くな、もうこっち側の街はお前たちには無縁になる、忘れろ」

「先に下のロビーへ行っていてください。すぐに降ります」

初々しく手を握りあい、廊下へ出た二人は一礼の後、階下へ消えた。

「お前は何してる?」

「その指をそのままには出来ないじゃないですか」

揚羽はどこからともなく引き出した薬箱を持ってくる。書類の場所なら鏡子はおそらく八割方把握しているが、日用品は揚羽がいないとさっぱりだ。

洗浄ジェルに消毒ジェルまで塗り重ね、鏡子の小さな親指が隠れてしまうほど大げさな絆創膏を揚羽は取り出す。

「鏡子さん、お聞きしたいことがあるのですが……私の羽って、何色に見えます?」

「黒だろ」

「そうですけれども……他の色に見えるとしたら?」

今は仕舞ったままだが、揚羽の羽は黒地が艶を帯び、仄かに青く光って見える。だから色はと問うなら黒だが、無理をすれば青く見えないこともない。

「十人に問うても十人が黒と答えるだろう、色覚に何らかの異常を患っていなければな」

「ですよね……よしっと」

鏡子の親指をギブスのようにすっかり固めて、満足げに呟く。

「何の話だ」

「いえ、ちょっと気になっただけです」

何を思ったか、揚羽は突然、鏡子の親指に口づけた。

無論、問答無用でナースハットの胁をひっぱたく。

「痛い……」

「気色悪い」

「絆創膏の上なら許してくれるかもなんて」

「くたばれ。さっさと行け」

ちろりと舌を出し、揚羽は肩に掛けたパーカーの裾を翻した。

「戸締まりと火の元には気をつけてください。暗くなったら出歩かないでくださいね」

「やかましい。戻ってくんな馬鹿」

引き戸が閉じ、ようやく待ち望んだ静けさが鏡子の城に戻る。ただ荒漠として、自分の息と心臓の音だけが響き聞こえてくるような、親しき寂寥だ。

唯一、廊下越しの窓に僅かに垣間見える大歯車(メガ・フライホイール)ののんびりとした回転が目障りでたまらなかった。

第二部　蝶と一日草(デイリー)とカメリア

海底の魔女は気味悪く笑いながら言います。

「人間の脚と引き替えに、お前は声を失うんだよ」

人魚のお姫様は頷きました。

「人間の脚は、歩く度にナイフで抉るように痛むだろう」

人魚のお姫様はまた頷きました。

「もし王子がお前以外の誰かを愛したら、お前は海の泡になって消えてしまうんだ。ヒッヒッ」

人魚のお姫様はまたまた頷きました。

ついに痺れを切らして、海底の魔女が声を張り上げ怒鳴ります。

「わかってるのかい⁉　あのボンボンの王子に会っても、お前が王子を助けたことも、お前がどんなに王子のことを想っているかも伝えられないんだよ！　お前が全てをなげうって自分のところまでやってきたことに、あの王子はずっと気がつかないだろう！　お前は王子に愛を囁くことも出来ないし、王子の後を追って歩む度にお前の脚は肌が裂け肉が切れ爪が剝がれ骨が折れるように痛むんだ！　それで最後は海の泡になって消えちまうんだよ！　本当にわかってるのかい⁉」

人魚のお姫様は言いました。

「あの、それだけですか？　他には？」


（姫金魚草の日傘より）

1

揚羽(あげは)には姓がない。

これは、頭の善し悪しと直接の関係はない。

単に、「家名」の元に生まれない人工妖精は、婚姻し伴侶の姓を得るまで姓を持たないだけのことである。人並みの恋を出来ない原因を頭が悪いからだと本人が思っているので無関係ではないが、若い人工妖精や、熟年でも特定の役割に就いている者に同様の例は珍しくもない。男性側と女性側の両自治区でそれは同じだ。

ただ、人間がそうであるように、人工妖精も名前のバリエーションにそれほど幅があるわけではない。製造番号で個体の区別はできるが、番号で呼んだりしたら妖精人権擁護派(ポスト・ヒューマニスト)などが黙ってはいないし、人間は数列を覚えるのが苦手な生き物であるので、便宜上は製造元や制作者、保護者の名を借りて「〇〇の××」と名乗ることがある。

それを極端に用いるのであれば、置名草は、

――水淵之壱岐平戸ヶ置名草
となる。

一方、揚羽は制作者が曖昧なので、保護者である鏡子の姓と、付け加えてハッタリをかますのであれば鏡子の技術流派の名も借りることになる。

――詩藤之峨東晒井ヶ揚羽
峨東流派は人工妖精開発や微細機械の業界では知らぬ者がいないほど名高く、揚羽が認定外の五等級であることを知っていれば腹を抱えて笑うくらい外連味だらけの大ボラなのだが、初対面の相手には詩藤はともかく峨東の名が確かに効果的であった。

「煙草屋」のいる脱色街の入り口で、検問という地味な職務を全うしていた赤芋虫こと赤色機関の巡査長は、その長ったらしい名前が書かれた区民証明と滞在許可証明を並べ見て、何度もマスクの三つのレンズの焦点を変えていた。

顔を上げればようやく中等部を卒業したぐらいの少年が、顔を真っ赤にして硬直している。

赤色機関を前にして緊張しているのもあるだろうが、大方の原因は彼の両腕にぶら下がっていることに、一目見ればどんな唐変木でも気がつく。

少年の左腕は黒いナースハットを被った長い黒髪の、嫌に愛想のいい人工妖精に胸深く

まで抱かれていて、右腕の方には亜麻色の髪を几帳面に切りそろえた儚げな人工妖精が、恥じらいながら慎ましく寄り添っていた。

　看護師風の黒髪が少年の腕を深く引き寄せると、それに挑発されたのか亜麻色の方が少年の腋近くまで細い指を差し入れる。すると黒髪が少年の肩に頭を預け、二の腕を胸で包む。少年の肩が向こう側へ傾くと、亜麻色の方は負けじと日傘を提げた方の手を少年の指に絡める。

　このまま放っておくと少年の両肩が抜け落ちてしまいそうな様である。

　見ていられない。

　マスクの向こうで、巡査長はきっとそんな顔をして、そんな溜め息とともに二枚の身分証をそれぞれに返した。

「……通ってよし」

　道を空けた三ツ目芋虫の小隊の間を、ガチガチに固まってロボットのようになった少年と、小さく俯いて恥じらう亜麻色と、無駄に愛想を振りまく青黒いのが通り過ぎていく。

「うらやましいな、坊主。うまくやれよ」

　聞き慣れない訛りで、巡査長の隣にいた巡査が冷やかす。首を回すのも油ぎれの玩具のように難儀になっている少年に代わり、青黒い方が馴れ馴れしく手を振る。

　赤色機関の人間と区民が言葉を交わす機会はほとんどない。彼らは視線がわからないから目が合っているのかもわからないし、彼らを日本本国の敵意だと思っている区民は彼らに対して路上の看板よりも無関心に振る舞う。

だが、揚羽は今のような人間らしいやり取りを何度か耳にしたことがある。その度に分厚い防護服の向こうでは自分と同じような心臓が鼓動を続けていることを思い出す。立場の違いこそあれ彼らとて人の子で、何も好きこのんで僻地へ赴任させられたり、蒸し返りそうな格好をしてたむろしているわけではない。彼らにも親があり、あるいは帰りを待つ妻や夫がいて、もしかすると愛しい我が子もいるのかもしれない。

ただ、そう思える相手ばかりでもないのも事実だ。

「――変態人形性愛者（ピグマリオン・コンプレックス・スプーキー）」

ボソリと呟かれた言葉に、顔色は赤いまま表情だけ憤怒に変えて振り向こうとした少年の肩を、揚羽が強引に引き戻した。

どのマスクの向こうから発せられたのかわからないが、揚羽は一通りみせつけるようにして、少年の耳元へ息が掛かるほど唇を寄せた。

「今からそんなでは、向こうまでもちませんよ」

それは端からは秘め事を囁くように見えたかもしれない。揚羽はまるですぐにでも睦ぶような甘い顔を装っていたし、耳に体温の残ったままの息を浴びせられた少年は、またガチガチに固まってしまったわけだから。

スカートの裾をつまんでレースとフリルを翻し、一際の愛想を振りまいてから少年の腕を柔らかく引いた。

残念ながら、人間は顔の見えない誰かと信頼しあうことが難しい。機会さえあれば友のように親しくなれる相手でも、同じマスクを被って並ばれては一括(ひとくく)りで見ることしかできない。そしてそうしたときに目に付くのは総体としての平均値と、困ったことに下限値ばかりだ。

加えて何よりも。

彼らの背後に山のようにそびえ立つものを、揚羽は横目で盗み見る。

全高で揚羽の背丈の二倍もある巨大な自律機械だった。金属ガラスのシャフトが剝き出しになった八本の鋭い脚の先には、今は路面を傷めないようにゴム草履のような緩衝材を当てられている。

区民が畏怖と侮蔑を込めて「トビグモ」と呼び、日本人が信頼と親しみを込めて「ロッパチ」と呼ぶ、赤色機関の〇六式無人八脚対人装甲車だ。国連平和維持活動による海外派兵で全天候型多脚車両として世界初の実戦をくぐり抜け、世界最強の北米軍ですら忌避する非対称戦争における市街戦の常識を一変させた、日本本国が誇る対人空間乱数戦闘の切り札である。

世界中のテロリストを震え上がらせた縦横無尽の殺戮機械が、自治区では街の風景に溶け込みこそしないものの、珍しくはない程度に闊歩している。治安仕様で兵器の類が全て外されていても、コンクリートを易々と突き破るどう猛な爪が、厚さ十センチのゴムの下で鋭利な殺意を放っているのだ。

彼らが同じ人間でも、未熟な少年を励まし半分でからかうような人間味に溢れていても、このような物を連れて回るのなら、区民の大半にとっては彼らの人間性を信じることなど難しい。区民の三百分の一しかいない彼ら赤色機関の最後の命の担保とはいえ、牙と爪を隠しもしない態度を、炸薬銃のひとつも持たされない区民はどう信じればいいというのか。

誰が悪いのかと問われれば揚羽にはわからない。なるべくしてなってこうあるのだとすれば、それは悲しいことだと思うだけだ。

首だけで振り向いて、赤色機関の隊員たちがこちらを疑ってはいないかもう一度確認する。彼らの背後に立つ、厳めしい八脚装甲車(トビグモ)の無骨な脚の付け根には、市販されている蝶除けの電子線香が八つ吊されていた。それは兵器が無理に市民生活に溶け込もうとしているように見えて、いやにシュールに感じられた。

辻角を曲がり、彼らの視界から逃れて、ようやく揚羽は少年の腕を放した。置名草の方は揚羽の様子を見て逃げるように少年から離れたが、結んだ手だけは放せないままだった。

少年の方もすっかり照れてしまい、お互い目を合わせられないようだ。

初々しいのもいいのだが、こんな状態でちゃんと進展はあるのだろうかと、嫁(い)きおくれの揚羽でも心配になる。端から見ている分には微笑ましいのだけれども。

街並みは、赤色機関の検問のあった脱色街（ホワイトリスト・エリア）の入り口から、名画のキャンバスの縁を乗り越えてしまったように一変していた。

世界最大の巨大浮島（メガ・フロート）のほぼ中央に位置しながら、清潔で無駄のない計画都市の洗練された複層建築は姿を消し、剝き出しのコンクリートに染みと違法改築と無謀な増築の跡が目立つ、古く混沌とした光景が続いている。行政が一旦手放してしまうと、人の住む街はここまで無造作に変わるという典型だ。

全能抗体（マクロファージ）が〝傘持ち（アンブレラ）〟の出現を予告したのもこの脱色街だった。洋一と置名草が来たことで、揚羽は〝傘持ち（アンブレラ）〟の今日中の追跡を一旦は諦めた。だが、彼らの意に沿おうとした結果、全能抗体（マクロファージ）との約束通りここへ来ることになったのは、数奇な運命に思える。

ここまでの道すがら、揚羽は軽く冷やかしながら洋一と置名草の馴れ初めを聞き出していた。その結果はすっかりあてられ、腹一杯にされてしまったのであるが。

洋一の父は、自治区設立以前の混沌とした時代に、近隣のまとめ役を担っていたらしい。時代が時代であったので、堅気から片足を踏み出した人だったようだ。第一世代に珍しくないが伴侶はいない。

自治区設立に前後して、各区でバラバラに活動していた彼ら（イエロー）のような自警集団が公（おおやけ）に再編され、正式な総督府行政局直轄の自警委員会と自警団が発足した。このとき洋一の父は年齢も年齢であったので表舞台に立つことなく、気楽な隠居生活を始めた。

彼の話を聞く限り、やや保守的で頑固なところはあるものの、一方で老若を問わず人の話にもよく耳を傾ける、公平で人好きのするタイプだったようだ。その割に洋一からは、彼の体臭や歯ブラシの置き方まで気に障るという嫌われようなのであるが、それは別の原因があるように揚羽は感じ取っていた。

彼の父親に対する不満の影には、おそらく意識的ではないものの、優秀な兄への嫉妬が見え隠れする。

年の離れた洋一の兄は、父に代わり自警団の発足後もその一員として公の安全のために従事している。父に似て頭の回転が速く、行動的で、正義感も強いという絵に描いたような好青年を、兄として見上げて育った洋一は、コンプレックスが絶えなかったようだ。兄が激動の自治区発足時代を青年期で迎えていたことも、羨望の裏返しに拍車を掛けてしまう。

自分だってその時代に一人前であれば、と。

過酷な時代を生きたことがその人間の価値を高めるわけではない。むしろ、彼の父親はそんな時代を子供の代まで引きずらないために腐心し、時には手を汚すこともしたかもしれない。あるいは胸を張ることなど自分の人生にはなにもありはしないと、言うかもしれない。

だから洋一が何も気後れを覚える必要はないのだ。それだけであったなら、洋一は昔気質（むかしかたぎ）の父親に平凡な反骨心を抱き、それなりにやんちゃをし、適当に一通り道を踏み外しながらも、健康な自尊心と自意識を育んでいたはずだ。そういったありきたりな父子の関係を歪ませてしまったのは、間に挟まる兄の存在だ。

時代が違えば父と子は互いを比べずにすむ。なのに、父と自分の丁度真ん中の世代にいた兄は、父の人生をなぞらえるような男だった。彼の存在が、普通の男子が物心つく前の思い出に封じ込めて、忘れてしまうような無力感と卑屈さを嫌でも際立たせ、いつまでも苛（さいな）み続けているのかもしれない。

故郷を捨てる決意を簡単に固めたのも宜々（むべむべ）しかな、と揚羽はひとりごちた。そういったコンプレックスが、若さに似合わないやや疲れたような印象と、それに反して鏡子に突発的に食ってかかるような情緒の不安定さの正体ではないかと思うのだ。

優しい人間は優しくあればいいのに。兄弟だからといって同じ価値観を負わされてしまうのは、遺伝子に執着する人類の不幸だと、遺伝子も血筋もない人工妖精の揚羽は考えてしまう。

そのあたりは帰ったら鏡子にたずねてみようと、揚羽は胸の中で決めていた。

幼い頃からそうした卑屈な思いを胸に隠していた洋一にとって、父と兄の息づかいが染みついたような自宅は、とても居心地が悪かった。二人の生き方から目を反らすように、逃げるようにして、昼夜を問わず頻繁に家を飛び出しては街を彷徨った。道を誤るには彼は真面目すぎて、社会で立ち位置を見つけるにはまだ幼く、友人や級友に鬱屈した思いをぶつけるには彼はやや内向的で優しすぎた。

小学校に上がったばかりの春のある日、やはり行き場が無くて毎日四区の歩道脇で俯いていた彼に、日傘を差した儚げな年上の姿の人工妖精が声を掛けた。彼女は目を引くような美人ではなかったし、彼の心を苛む問題を帳消しに出来る奇跡のような、都合のよい大人の一言を持ち合わせているわけでもなかった。彼女に出来たのはただささめざめと泣くことだけだ。彼の自分でも気づかない胸の痛みを察し、自分のことのように悲しみ、当惑する彼の頭を人並みより薄い胸に抱きしめて、ただ涙をこぼした。

それが、洋一と置名草の出会いだった。そして洋一は思ったのだ。

この街には、こんなにも弱い人がいるのだと。自分よりも儚く、自分よりも頼りなく、自分よりもずっと涙もろくて、目を離せば消えて無くなってしまうような人がいるのだと。

それから、洋一は一日も欠かさず、街を彷徨う置名草を探し出して会いに行った。彼女は昨日までのことを何一つ覚えていない。彼のために泣いたことも次の日には忘れていた。だから彼は、毎日、毎日、昨日までのことを全て置名草に語った。二人でどんな話をしたのか、昨日までに何があったのか。置名草は彼の話に真剣に耳を傾け、思い出せないままも彼との縁に思いを馳せ、彼に対して他の人間とは違う顔をみせるようになった。

そうして二人の密会は、ついに洋一が中等部を卒業して伴侶を持てる歳になるまで続いたのだ。

十年か。長いな、と思う。揚羽の半生の二倍と半だ。

彼にとって、彼の父と兄の生き方を肯定し、自分の適性を否定するこの街よりも、置名草とのたわいない、互いの指が触れあうことも恥じらうような慎ましい時間の方がずっと現実の重さが詰まって見えたはずだ。多くの人間にとって、思春期がそういうものであるのと同じように。

それを若さだと、未熟だと断じて否定するのは簡単だし、何よりそういった若い頃の苦い記憶を思い出のおもちゃ箱に仕舞って、埃を被せているような大人にはそう言って切り捨てた方が胸がすく。自分が出来なかったことに、自分より未熟な男が挑んでいるのは目に痛いのだ。だが、洋一と置名草を襲った不幸を前にしては、鏡子ですらそんなことはしなかった。

何を失っても。そう思えるときが、きっと人間なら誰にでもあるのだろうと揚羽は思う。挑んでいる人と出来なかった人が同じ世界にいるだけで。それは比べるものではないけれども。

道幅は徐々に狭まり、家屋前に放置された生活雑貨の諸々を避けて歩くことが多くなった。

見上げれば、窓から窓へと吊したロープから無造作に洗濯物が提げられている。蝶型微細機械群体が洗浄、消毒、脱水、乾燥、素材に合わせたトリートメントやある程度の補修までしてくれる自治区では、すでに絶滅したはずの生活習慣だ。

道々に面した戸には真鍮製らしい安っぽい鍵が目に付き、それすらもろくに役目を果たさず、時折家々の中が垣間見えた。やはり開け放しが目立つ窓辺には、どの建物にも手のひらぐらいの大きさの、蝶除け芳香剤が提げられていた。

空から絶えず雪のように舞い落ちてくるのは、微細機械の小さな群集体だ。上空の蝶型微細機械が塵などを分解して鱗粉として排出したものを、蝶の形になっていない小さな微細機械が寄り集まってさらに分解しようとしている。分解中の物質のスペクトルによって色は変わるが、概ね暖色の淡雪が、この区画では絶えず降っては地面まで届く前に消える。

ここは一般の区民からは脱色街と呼ばれている特殊な区画だ。見ての通りとてもではないが〝驚きの白さ〟とは無縁な、同じ自治区とは思えない光景だ。ここは人の住み処として相応しい生き物の汚れと臭いで満ちている。蝶型微細機械がいないからだ。

扇形をした人工島男性側の真ん中、その脱色街のさらに中心には、巣と呼ばれる蝶たちの塒がある。高空から海抜下まで貫通するそのパイプ状の構造物には、自治区の物質的豊かさの根源である、微細機械の大培養炉がある。自治区を清潔に清掃して回った蝶は、蓄えた電力が不足するとここへ戻って羽を休め、十分に充電してからまた自治区の各地へ飛び立っていく。だから蝶の巣穴の周辺に位置するこの街区の上空は、自治区のどこよりもたくさんの蝶型微細機械が通り過ぎることになる。

ただ、このシステムそのままでは、蝶たちが巣穴周辺の清掃で満足してしまい、自治区全体に行き渡らない。だから半世紀前にこの人工島を作った峨東（がとう）の一族は、巣穴の周辺だけは蝶型微細機械が飛び入ることが出来ない飛翔禁止指定区域（オン・ホワイトリスト）にした。蝶たちはここを大きく上空へ迂回して、遠くまで掃除場所を探しに行くのだ。

それゆえ、この区画は世界最高水準の文明社会を誇る自治区にあって、半世紀を遡るほど古臭く、非文明的で、原始的な生活の汚れが残っている。

置名草はともかく、洋一はこのような場所へは立ち入ったことがなかったようだ。不安と興味の入り交じった視線をところ構わず向けるので、

「緊張する必要はないですが、あまり不躾（ぶしつけ）に人と目は合わせないでくださいね。ここの人たちはみんなナイーブだから」

と釘を刺しておかなければいけなかった。

辻とも言えないような角を曲がり、滑り止めが擦り切れた階段を何度か上り下りしたとき、唐突に建物の連なりがひとつ分途切れた地面に出くわした。

そこは小さな畑になっていて、周りの建築から漏れ出る光が鏡で集められ、玉菜（キャベツ）や菠薐草（ホウレンソウ）などの青物が瑞々しい緑の葉を茂らせていた。

「こんにちは。ご無沙汰してます」

揚羽が声を掛けると、腰をかがめて一心不乱に土いじりをしていた壮年の男が顔を上げた。

「おう……おうおうおう。こりゃこりゃ」

ほっかむりの上から麦わら帽子、皺の深い顔、デニムのオーバーオールとゴム長靴という紋切り型の農夫の出で立ちをした男は、腰を叩きながら畦(うね)をまたいで近寄ってきた。

「詩藤先生の処(ところ)の濡れ烏(ガラス)の嬢ちゃんも、ついに新婚旅行か？」

少年の手を握る置名草の姿も見えているだろうに、男は揶揄の笑みを浮かべて言った。

「いつも同じことを仰いますね。そして今回もお客様ですよ。草取りですか？」

「おう。欧州の土が合わなくて米国から土を取り寄せて入れ替えたんだが、雑草の種が混じってててな。質は悪くないのに、玉に瑕(きず)だよ。そっちは？」

置名草が会釈する。

「はじめまして」

置名草が洋一と繋ぐ手に力をこめている。顔には出ていないが、男のさっきの言葉がかちんと来たようだ。

「あ、あの……いい、菜園ですね」

置名草の前で物怖じするのが嫌で、なにやら無言ではいられなかったのか、洋一がそんなことを言った。

男と揚羽がきょとんとした顔で洋一を眺め、やがて二人で目を合わせてから、男は呆れたように、揚羽は困ったように笑った。

「だ、だって、土で野菜を作るなんて、なんかこう、人間らしくて、自然ぽくていいじゃないですか」

洋一は慌てて取り繕ったつもりなのだろうが、それは藪蛇だ。

男は「よっこらしょ」とまた、もはや映画の中にしかいない農夫のように腰をかがめ、無造作に菠薐草（ホウレンソウ）をひと株、土から抜き取った。

「坊主。これ一本作るのに、何が必要だと思うね？」

典型的な都会っ子の洋一には、すぐに答えられるわけもない。また、答えられたとしても、それはきっと正解ではないので、揚羽が助け船を出す。

「玉菜（キャベツ）ならひと玉作るのに、自治区の平均的な食生活でだいたい四十人の、ひと月分の食肉を微細機械で培養できるぐらい電力その他が必要なんだそうですよ」

「わしがこの畑を閉めれば、地球のどこかで飢えている連中の腹を何百何千人も満たせるってことだな」

男は豪快に笑う。

「さすがにそんなに単純に人の生き死にや生活に直結しているわけではないですけれども、

自治区の人が全員、もしおじさんのように農業を始めたら、世界のどこかでは今より生活に困る人も出てくるかもしれませんね」

洋一は酷くバツの悪い顔になってしまう。揚羽はそんな彼を微笑ましく思った。

自治区の少年は、たいていどこかの大人に、人間なんてのは本来は土に塗れて日の光を浴び、汗水流し野畑を耕して生きるものだ、と言い含められた経験を持っている。だから自分たちのような文明の行き届いた生き方は歪（いびつ）で、間違っていると心のどこかで思い込んでしまっている。

だが現実には今の世界の人口全てに、先進国の標準的な食生活を行き渡らせるだけの能力は、地球の大地には存在しない。それは今までも、これからもそうだろう。人はそんな非情な自然に立ち向かい、挑み、何度も朽ち破れながらも、ようやく百億の人口が生きていける文明を勝ち取った。それを誇ることはあっても、少年が恥じ入るようなことは何もないと、揚羽なら思う。

「とても褒められん、ただの道楽だよ。わしはヤブ蚊のように人の生き血を少しずつ吸って、道楽で社会に迷惑をかけとる。わしのような大人にだけはなってはいかんぞ、坊主」

卑屈さの欠片もない開き直ったようなことを言って、男はまた笑った。

「おじさん、屋嘉比（やかび）先生は今日いらっしゃいます？」

「看板は出とったよ」

「ありがとう。じゃ、ほどほどにしてくださいね」

「嬢ちゃんも旦那探しが早く終わるといいな」

若人の恋や結婚にお節介というところまで、ステレオタイプな田舎のおじさんを演じているのだろうか。思わず苦笑してから歩みを戻した。

「ここがどんなところだか、わかりました？」

横目で少年に振り向くと、まだ当惑している顔があった。自分には無縁な生き方なのだから聞き流せばいいのに、どうにも真に受けてしまうようだ。

「ここの人たちは、みんな微細機械でなんでもできるのがつまらなくて、わざわざ不自由を求めて住んでるんです」

不潔で、不便で、回りくどい、無造作なこの街区は、そういう人間ばかりが蝶の代わりに集まって出来たのだ。ここはスラムのように雑多でも、決してスラムではない。福祉が完備され、人口の流入も流出もない自治区にスラムはない。

だから強い思想背景は皆無だし、理念も正義も、すぐそこの都会に対する妬みも引け目も優越感も、仲間意識も緊張関係も、ましてルサンチマンなど欠片もありはしない。ここは個々人が、微細機械や常識的な人の目があってはとてもできないことを、好き勝手にバラバラにやるためにできた趣味の街だ。他人にはどんなに貧相で無為に見える生き方でも、彼らは好んでやっている。

性の自然回帰運動（セックス・ナチュラル）や、妖精の人権擁護活動（ポスト・ヒューマニズム）に傾倒しているような、なにか社会倫理的に担保された考え方や思想に頼らないと生きていけないタイプの人には、永久に彼らを理解することは出来ないのかもしれない。

畑から二度ほど辻を過ぎると、空から落ちてきて刺さってしまったような、巨大なパイプ状の蝶の巣が、建物の隙間から時折見えるようになった。

不意に揚羽が身を固くし、両足を肩幅に開いて、鋭い視線で周囲を探り始める。

「どうした？」

洋一も不審そうに辺りを見渡すが、都会育ちには脱色街（ホワイトリスト・エリア）の人も物も全て不審物にしか見えない。

「しっ。黙って……変質者が、来ます」

「変……？」

「いえぇぇぇすぅぅぅ！」

洋一の絶句までをも上書きするように、奇声が狭い路地で響き渡る。

「うぅぅぅうぇぇるかぁぁむぅ！　まぁいすうぃぃとはぁにぃぃぃぃぃ――ふぐっはっ！」

事もあろうに三階の窓辺から揚羽めがけてまっすぐ滑空してきた変質者の顔面を、揚羽は無造作に鷲摑みした。

「こんにちは岬くん。相も変わらずワン・パターンなご登場、ご苦労様です」

「風気質(マカライト)は恋したら一直せ……痛い痛い痛い！　ハニー！　痛い！」

めりめりと音を立てそうな揚羽のアイアンクローに、十歳そこそこの子供の姿をした人工妖精はたまらず悲鳴を上げる。

「私が本日何人目のハニーでもかまいませんが、屋嘉比先生は今います？」

「いたっ、いたい、痛たたたっ！」

「いるんですか？　いたんですか？」

「さっき鈴蘭(すずらん)見たよ！　鈴蘭いるからいると思う！　だから放してハニー！」

「そうですか、よかった。ありがとう。あと、そちらの大人しそうなお嬢さんにちょっかいを出したら本気でその翼をもいで殺しますよ、いいですね？」

揚羽が手を離すと、少年型の人工妖精は背中の翼を羽ばたかせ、微かにふわりと浮いて後ずさった。

そう、他の人工妖精と違い、少年の背中には蝶の羽の代わりに羽毛に包まれた鳥のような翼が生えていた。

「なかなかやるなマイハニー！　だが次はこうはいかんぞ！」

翼をバタバタと鳴らしながら少年は駆け去っていく。

「本当に月並みな口上が大好きですね、また古いアニメですか」

「それとそこの男！」

ぴたりと足を止め振り向いた翼のある少年は、洋一を指さして高らかに叫ぶ。何を言い出すか見当のついている揚羽は、手近な得物を探し始める。

「揚羽の膜は前も後ろも上も俺のもんだ！　指一本でも触れやがったらただじゃ——ぎゃは！」

揚羽の投擲したアルミ製ちり取りが少年のこめかみに突き刺さる。

「後ろと上に膜なんかあるか！」

「お、覚えてろぉ！」

捨て台詞まで二十世紀のテレビジョンのそれを演じきった少年は、なにやら満足げな顔をして、無駄に陽気を振りまいて走り去った。

「なに？　今の……」

「ああ、なんと言ったらいいのか。一応、うちの工房の患者さんなんですけれども。故障したとき、女性側自治区の方でお手上げになってうちに来たんですが、軽く性嗜好に故障が残ってまして」

早い話が、ちょっと同性愛が入ってしまったのだ。そうでなくては、男性型とは言え、同じ人工妖精を口説くなどありえない。おまけに前の伴侶の影響で、目も当てられないほどのレトロ・アニメマニアである。

「なんか、ちょっと飛んでたけど……」

「元々彼は二等級で、高価なオーダーメイドなんですよ。ご注文のお客様のご趣味で、羽は鳥のそれにして欲しいと。空が飛べるような」

当然だが、水袋に等しい人の体重が、そんな翼で浮くわけがない。制作者は工夫を凝らして、子供型を基本にだいぶ軽量化を計ったらしいが、そんなことをしてもライト兄弟をはじめとした先人への冒瀆ぐらいしか意味はない。修理の際には、生体部品にカスタム品が多すぎて面倒極まりないと鏡子が愚痴を言っていた。それでも全速で助走して数メートルの滑空がやっとだ。

「飽きちゃったらしいんですよね、ご夫人が」

オーダーメイドの難しいところだ。好みの顔立ちや性格なら、今の精神原型師(アーキタイプ・エンジニア)やメーカーなら大抵は造れる。だが、依頼者(クライアント)には早いうちに飽きが来ることが多い。依頼者の要望を真に受けて尖った個性的な仕様にすると、依頼者には早いうちに飽きが来ることが多い。人間同士の恋も似たようなものかもしれないが、早く燃えた恋はすぐに萎んでしまうようだ。互いを思い合い、恋が愛に変わる前に、どうにもこうにもならなくなる。そして鏡子の工房のようなところへ回されてくる。そういうときには、もう心のどこかに歪(いびつ)さが混じってしまっている。

岬はその故障で等級を二つも落とし、今や揚羽よりはマシという程度の四等級だ。そして人工妖精の等級は、下がることはあっても上がることはない。

「なんて奴だ」

義憤の詰まった声を聞いて、揚羽は目を丸くし振り向いた。そして、数瞬の間考えてから、小さく溜め息をついた。

「あなたも、そういう風に考えるんですね」

「なにが？」

「いいえ……なんでも」

可哀想だ。あの子供の人工妖精を見て、洋一はそう思ったのだろう。だから彼を造らせ、そして捨てた女性は鬼のような酷い人だと。

彼の夫人だった人間がどのような人柄だったのか、揚羽もよくは知らない。ただ、人間、人工妖精の見境なく、子供の人格らしい妙にませた下品な口調で、手当たり次第に口説いて回る今の彼が不幸に見えるのかという点で、揚羽と洋一の価値観に容易ならぬ相違がはっきり見えてしまったように思えた。

「まあ、それはさておき。変質者の次はそろそろ通り魔が来ますので、気を――」

「揚羽ぁ！」

反射的に置名草を引き寄せながら避けてしまってから、しまったと思っても後の祭りだ。

砲弾のような突進を揚羽にかわされた小柄な少女の頭は、洋一の鳩尾に深く突き刺さり、顔を苦悶に歪めた彼の身体がくの字に曲がる。

ああ……。

思わず顔を覆って天を仰ぐ。

いやいやいや。今のは仕方なかった。もうちょっと早く説明しておけばと思わないでもないが、自分は洋一よりもか弱い置名草を、身体を張って庇(かば)ったのだ。同時に二つのことを出来るはずがない。誰がどう見ても不可抗力だ。そういうことにしておこう。

「揚羽！　揚羽！　揚羽！」

大歓迎のつもりなのだろう。女の子は洋一の深く窪んでしまった腹に、お団子ヘアの頭を擦りつけている。

助けて、と視線で訴える洋一の顔が、指の隙間から見えてしまう。だが、最初の一言が、この女の子は難しいのだ。

「あー、鈴蘭(すずらん)。あのね」

「うん、揚羽！　うん、なに？」

それこそ名前の花が咲いたような、屈託のない笑顔を上げた鈴蘭は、洋一と目が合って首を傾げた。

「揚羽が……男？　女？」

「鈴蘭、こっち、こっち」

一度照準がずれると、なかなか修正が効かない質(タチ)らしい。ようやく本物の揚羽を見つけた鈴蘭は、片方ほどけてしまったお団子の髪の隙間から、二人の顔を見比べた。

「これ、誰？」

「そっちはお客様です」

「チョーイケメンだ」

「あ、ありがとう……ィテッ」

二の腕を押さえた洋一の隣で、置名草が俯いている。顔や雰囲気に似合わず、意外と嫉妬性なのかもしれない。

「……す、鈴蘭っていうんだ？　あのね、人に乱暴をしてはだめだよ」

「うん」

うん、と頷きながら、鈴蘭は洋一の頬をひっぱたいた。

もう訳がわからない様子の洋一を横目に、揚羽は「ああ、今日はそういう日か」と得心のいった様子で思わず手を叩いていた。

「鈴蘭」

「うん、なぁに？」

「あのね、私たち、今日は屋嘉比先生に会いたくないの。先生はどこならいないかな？」

「お店にはいないよ」

「そっか。じゃあお店には行きたくないなあ」

「うん、来なくていいよ、あっちあっち」

あっちと言いながら、駆けだして辻を曲がり、早く来いと手招きする。

「どういうこと……？」

まだ腹の中身が元に戻らないらしい洋一が揚羽を見やる。

「今日は『反対語の日』みたいですね」

「反対語？」

「言うことは全部逆だし、何かお願いしたければ逆の意味の言葉で言わないと通じないみたいです」

まだ納得のいかない様子の洋一が、ふと何かに気づいた様子でもう一度揚羽に振り向く。

「じゃあ、さっき俺に『チョーイケメン』って言ったのは？」

「『とんでもなく不細工』という意味ですね」

目に見えて洋一が凹む。言われ損、礼を言い損、あげくに抓(つね)られ損。女難の相がありありと顔に出ている。なにより、まず鏡子のところへ来てしまったところからケチはとっくに付いている。

「揚羽、遅く遅く！」

「はいはい、ゆっくり行きますから先に行ってください」

揚羽もだんだん頭がこんがらがってくる。

「でも、今日は運がいい方です。まだマシです」

「何が？」

「以前、素数を五十音表に当てて、一日中数字でしか会話してくれなかった日があったんですが、本当に大変だったもの」

風気質(マカライト)は能天気で頭が足りないと人間には思われがちだが、そんなことは断じてない。彼女たちは、その豊かな才能を全力で棒に振って他人で遊んでいるだけである。もと二等級でやはり四等級に降格させられている鈴蘭(すずらん)は、その最たるものだ。

「翌週、どこで覚えてきたのか因数分解による暗号化が加わりまして、先生から『今日は絶対ダメだ、どうにもならん。どうしても来るならスーパー・コンピュータでも抱えてこい。それなら歓迎してやる』とあらかじめ連絡を頂いた日は、さすがにご遠慮いたしました」

わけわからん、という顔をされても、揚羽だって訳も何もわかりはしない。ただ、彼女は人とのコミュニケーションに日替わりで思いつきのルールを適用し、夜寝付くまでそれを厳守するということを知っているだけだ。

「あんたがいなきゃ、途方に暮れてた」

感謝しているつもりなのかもしれないが、揚羽のような水気質(アクアマリン)の人工妖精にしてみればそんな台詞にはうんざりとさせられるだけだ。

人間や他の気質は、「君だけが頼りだ」「あなたじゃないとあの人は無理」「家庭のことはお前に一任してる」みたいなことを言って、職場だろうと家庭だろうとご近所づきあいだろうと、風気質（マカライト）の人工妖精の相手をすぐに水気質（アクアマリン）に丸投げで押しつけるのだが、水気質とて風気質の無軌道な行動が理解できるわけではない。単に頼まれれば断れないだけだ。付け加えるなら、他の気質と一緒にしたらとんでもないことになって余計に手間が掛かることを知っているからでもある。

　真面目だが感情の沸点が低い火気質（ヘリオドール）と一緒に仕事をさせると、「馬鹿馬鹿しくてやってられない」とヘソを曲げられ、二人とも仕事をしなくなってしまうし、理屈っぽい土気質（トパーズ）は一緒にさせると「話が通じないから」と言って全部自分で抱え込んで、疲労のあまり突然倒れてしまうこともある。

　水気質（アクアマリン）に言わせれば、前者は「二人とも役に立たなくなる」し、後者は「いつ破綻するかわからなくて毎日胃が痛い」のだ。どちらも困るから、結局自分が出ていくことになる。諦念に包まれながらだ。

　洋一に悪気がないのはわかるが、素直に喜べはしない。が、人の好意を無碍（むげ）にするほど図々しくはなれないのが水気質である。

「それは光栄ですね」

　適当な謙遜などを返すしかない。そうするとますます人間にあてにされてしまうのだが、それは水気質に生まれた宿命のようなものなのかもしれないと思う。不条理な役回りでも、誰かに期待されるなら悪い気持ちばかりにはならないものだ。

「まあ、お礼はうちのヒキコモリに成り代わって、最後にまとめていただくとしましょう」

辻を曲がると、一目では民家と区別の付かないドアの前に、黒板の立て看板があった。

お品書きは、

肺癌　1c　二九九〜　五〇より配送応相談
肝炎（芋）　1b　一二〇〇〜　ローリー送料半額
上・下　時価　新生活応援キャンペーン価格　五月から
ドライ　二二五・五〇　他店より安い場合はお教えください。
栽培セット　初心者でも安心タンス用　LED照明付き　残り四パック
サツが来た！　四〇代から始める赤外線インター・セプト組み立てキット
——etc.

円お断り。ユーロはくずカゴへ。元応相談。
ご一見はお気軽に素通りください。

　ご質問の受付は一昨日に終了しております。


――相変わらず色々と頭がおかしい。

悪化しているような気がしないでもないが、前からこんなものだったような気もする。

なぜこんな見るからに頭のおかしい店が、いつまでも自警の摘発を受けないのか、揚羽にはさっぱり理解できない。鏡子は知っているらしいが、馬鹿には理解できないと言って教えてはくれなかった。

微かな頭痛を覚える揚羽の目の前で、ドアベルを鳴らして店内から現れた大柄な男が、無造作に看板を畳んで仕舞おうとする。

「何をなさるんですか先生」

生まれつきなのだろう、日焼けのような浅黒い肌をした、五十過ぎぐらいの巨軀の男性だ。四角い顎の上で、厚い唇が火の消えた葉巻を咥えている。彫りの深い岩のような顔が気だるそうに振り向いた。

「今日は休業だ」

本日、何度か聞いたような台詞だ。

「なぜ？」

「面倒（おまえ）が来たからだ」

揚羽の頭痛が増す。

この男は鏡子の同類だ。本人同士がどんなに毛嫌いし合っていても、揚羽からは毛色の違う白鼻芯（ハクビシン）がドアから出てきたかデスクで寝ているかの違いにしか見えない。

ただ、客としてならまったく無視できない差異がある。それは隣にいるのが不条理の緩衝材になる揚羽であるか、自ら前後不覚を招き混乱に拍車を掛ける鈴蘭であるかで、後者のペアは乗算効果で難儀この上ない。

「揚羽、一昨日（おととい）来やがれ！」

諸手（もろて）を挙げて無垢（むく）な笑顔で大歓迎する鈴蘭である。

「あの子供、いらっしゃいませって言ってるんだよな？」

「ええ、たぶん……ああ、それと、鈴蘭は洋一さんよりずっと年上です。倍ちょっとかな」

揚羽の八倍と知った洋一の口が、開いたまま塞がらなくなる。

「言わずもがなだと思いますが、一定の需要が根強くありまして」

聞き捨てならないという顔で、看板を担いだ屋嘉比が振り向く。

「言っとくが俺の趣味じゃない」

自分の伴侶を指さして事もあろうに本人の目の前で言う台詞ではない。

「きゃー反吐が出る！図々しい！」

頬に手を当て大げさに感激する鈴蘭を見て思い出す。ああ、そうだ、今日は反対語の日だった。

「――どうした？」

接客中だったらしい。店内から首を出した男性と目が合った。そして、揚羽と男はしばし、ロープの切れ掛かった吊り橋上で出会ってしまった男女のように見つめ合い、ほぼ同時に頭を抱え、示し合わせたように肺が空になるまでうんざりとした溜め息をついた。

そういうこともあるのかもしれない。偽造煙草の入手元など、自治区中を一層から三層まで洗うように探しても、そうそうあるものではない。十カートン単位で配送してもらうから、揚羽とて注文のために立ち寄るぐらいで、鉢合わせる機会は滅多にないだろう。

ただそれが他の誰でもなく、喫煙を過剰な罰則で取り締まる自警団の喫煙者だったとしたら、どのような顔をしてどんな挨拶をすればいいのか、頭の悪い揚羽には見当も付かない。

「そこで何してるんですか、陽平さん」

「お互いわかりきった答弁しかないなら、行政局の人気取りでもあるまいし、出会ったことから忘れた方が賢明だ」

ごもっともなことだ。

「……兄さん？」

背後から飛んだ思いがけない言葉に、元より人並み以下のリソースしかない揚羽の思考は、より混迷を深める。

陽平……洋一……曽田、洋一？

こけて見える頬は、遺伝だったようだ。

「そういえば次男でも洋一……ですか」

緊張極まる二人の間に横たわるのは、間の抜けた言葉程度で誤魔化せる空気ではなかった。

「無聊を託つ日々だね！」

その言葉は知らないが、鈴蘭はたぶんわざと間違えて使ったのだろうと、揚羽は思った。

＊

詩藤之峨東晒井ヶ揚羽は、頭が悪いと自覚している。

人間や他の人工妖精と違って、小難しくかつ無数にあり、しかも毎年のように増殖し、頻繁に改正される自治区の条例はほとんど覚えていない。だから、自治区で生きていくにあたっては、周囲を頻繁に見渡しながら、なんとなくこういうことはしちゃいけないものらしいと、肌で感じながら日々生活している。

それも、人間同士の問題なら四年の人生経験でなんとなくわかるのだが、社会が絡まるともはやお手上げになる。

たった今も、複雑怪奇な大人の世界を前に混乱した頭を抱えた挙げ句、降参してヒントの追加を求めてしまった。

「ああ……ええと、ぱーどん？」

カウンターに肘を突き、向こう側の屋嘉比を見上げる。

「三・店・方・式だ」

彫りの深いごつっとした顔は、実は花崗岩で出来ているのではないかと思うほどむすっとした表情を変えないまま、音を区切って繰り返した。口の端に咥えた葉巻の先が、時折赤く灯って、紙巻きより濃い香りを漂わせる。

「つまり、三つお店があると言うことですよね、それはわかりました。それで、条例で厳しく売買が禁止されている煙草を直接売るとまずいので……あー、売るのは屋嘉比先生で？　届くのはレントゲン写真？　海上保険がそれを補償して？　郵便屋さんが煙草の在庫を抱えてる？」

「うちが『肺癌』の名前で売ってるのは、肺癌患者の完治前のレントゲン写真だ。注文を受けたら郵便公社と契約する貸倉庫会社から梱包され配送される」

それはよい。そこまではわかる。

今どきろくにスペクトル調整もされていない、安っぽい電球型照明の暖色に偏った光が、元は喫茶室だったのだろうカウンターキッチン付きの狭いホールを、より古めかしく乱雑に照らし出している。

「五十枚のレントゲン写真を注文したのに、なぜ五十カートンの偽造マルボロが届くんです？」

「誤配だからだ」

いや待て。それを言ったのがボケ担当だったら、即座に胸を叩く。

「……つまり、お客様としては煙草が欲しくてレントゲン写真を注文し、屋嘉比先生はその注文に応じてレントゲン写真の配送を発注し、発注を受けた貸倉庫業者はレントゲン写真と百パーセント間違えて煙草を発送すると、そういうことですか？」

「不幸なことだな。人間ならば誰でも間違いは犯す。いかなる存在とて責めるべきことではない。だが、純粋に医学への向学心と探究心と一人でも多くの命を救いたい思いから、症例の実際をその目にするため注文したのに、誤配を開梱したときに彼らを襲う失望と諦念を思うと」

手元ではクリスタルのグラスをひとつひとつ磨いて丁寧に梱包材に包みながら、頭は無造作に天井を仰ぎ、咥えた葉巻の先を赤くしながら言う。

「俺は胸が痛む」

嘘だ。

「とりあえず心にもない懺悔はいいです、聞いていて軽く苛(イラ)ッ☆とするので。払い戻しの仕組みがよくわからないのですが？」

相変わらず屋嘉比は無表情だが、その目に鏡子と同じようなうんざりとした光が浮かんでいるのがわかる。

「誤配は絶対にあってはならん。だから顧客には売買の取り引き規模に応じて保険契約をさせている。万が一にも誤配が起きた場合には、保険により購入額の九割が顧客に戻る」

「商品の価格のうち、保険の掛け金が占める割合は？」

「八割五分が目安だ」

大航海時代でもあるまいに。

「つまり、お客様は実際には額面の一割の価格で煙草を購入できると。なんでそんな回りくどいことをするんです？」

「支払われる保険金が、対象物品の一般的な流通価格に比べて極端に高額である場合は、返品をせずに示談無用で顧客が自身で処分をする保険契約にしている」

つまり、誤配された煙草は好きにしていい、ということになるらしい。もちろん、吸えとは屋嘉比は口が裂けても言わない。

「……表の黒板に書かれていた価格は？」

「客が面倒がるので、戻ってくる保険金との差額を書いてる」

開き直るにも程があろう。

揚羽の頭はまだ混乱しているが、大まかには理解しつつあった。

「ここのお店の経営者は屋嘉比先生ですよね？」

「そうだ」

当然だ。

「保険会社の経営者は？」

「鈴蘭だ」

三メートルほどのカウンターの八割を使って、ビール瓶の王冠を無数に並べ、ハノイの塔をしていた鈴蘭が胸を張る。

「貸倉庫会社の事務所は？」

「俺の自室だ。役員は名前だけ借りてる」

目眩がしてきた。

揚羽は思う。もしこの世界に自分より頭のいい人がいなかったなら、人間社会はとても簡潔で公平なものになるに違いない、と。

「でも喫煙と売買が禁止の煙草は辛うじて？　それでいいとして、単純所持が禁止の覚醒剤や大麻まで、自警団はどうして見逃してるんです？」

「ヤクの売買までは認めてない」

酷く苛立った声に振り向くと、アルミ椅子に腰を下ろし、腕を組み仏頂面をした陽平が、空飛ぶ鳥でも射落とせそうな目で、小さなテーブルを挟んだ相手を睨んでいる。鈴蘭用らしいキリンを象(かたど)った子供向けの椅子に腰掛け、鏃(やじり)のような視線を頭頂部で受けている洋一は、両手を膝に置いて怯えているようにも見えた。

今、陽平は煙草の売買ならかまわないという趣旨の、自警団の捜査官として問題発言をしたのだが、気づかなかったことにしておく。

兄の陽平が弟の洋一を一方的に叱責するという見苦しい兄弟間不和を店内に振りまいた後は、二人とも黙り込んでしまってそのままだ。陽平は洋一の無謀な密出区を決して認めようとはしないし、洋一も兄の理解を得ようとする素振りすらない。硬い石同士を擦り合わせてどっちが先に割れるか、のような不毛なモース硬度検査を、今も二人は無言で続けている。

「だって、今日も表の看板に――」

「口臭予防や肌荒れ対策も医薬部外品だ」

ゴッゴツとした頬回りを蠢かせて、しれっと屋嘉比は言う。

「……お客様からクレームは？」

「お詫びに代えてレントゲン写真をサービスしている。誤配が多いが」

　少し話が戻るのだが、実は行政局の官僚機構内部では、ごく少数の喫煙派と大多数の嫌煙派が、水面下で壮絶な椅子取りゲームを絶えず繰り広げているらしい。議会も似たようなもので、超党派の喫煙族議員が僅かだが存在する。屋嘉比のような売人がいかに策を弄そうとも、彼らの存在無くしては商売にならない。持ちつ持たれつというわけだ。

　彼らの言によれば、嫌煙派の醜悪な偏向教育によって、喫煙文化の次世代を担う若者たちが禍々しい嫌煙思想に染め上げられ、若者は麻薬以上に煙草を嫌うよう洗脳されてしまっている。洗脳から若者を解放するため、歪なことに若者にとって倫理的敷居の低い大麻や覚醒剤と偽ってでも喫煙文化の普及を促進していかなくてはならない。

　立派なことは言っているが、要は若者にまで後ろ指を指されてこれ以上肩身の狭い思いをしたくないのと、煙草が止められないだけだろうと揚羽は思う。追い詰められた人間は、群れて集って馬鹿馬鹿しいことを本気で始めるのだ。

「大人の社会って汚いなぁ」

「濡れ烏に言われたらお終いだな、鴉・揚羽」

　グラスを几帳面にケースへ詰めながら、他人事のように屋嘉比が言う。

　屋嘉比のように揚羽の出自を知っている一部の知己は、時々揚羽を今のように呼ぶ。悪意はないようなので、揚羽も気にしないことにしていた。

「さっきから何をなさってるんです？」

「次の仕入れで一旦店を畳む。引っ越しだ」

「左様で……引っ越し先は教えてくださいね」

こんな後ろめたい商売が、無法地帯ぎみの脱色街(ホワイトリスト・エリア)とはいえ往来に看板を出していられることの方が不思議なのだ、行政局に目をつけられたのかもしれない。

「ご商売の仕組みはなんとなくわかりましたけれど、それと鏡子さんの煙草がなかなか届かないのと、どんな関係が？」

そもそも揚羽は、買い置きが寂しくなって苛々しだした鏡子のために、洋一の頼みがなくてもここへ来る予定だった。

「最近、赤芋虫どもがうるさい」

ちゃんと表情筋があったのかと思うほど珍しいことに、屋嘉比の片眉が歪む。

「そういえば、ここに来るときも検問してました。赤色機関も、自治憲章の更新前に警戒厳重になってるみたいですね」

「そうじゃない」

グラスの箱に蓋をしてから、屋嘉比は繊細な脳神経を扱っていたとは思えないようなゴツゴツとした両手をカウンターの上に置いた。

「連中は、郵便公社の郵便物の検閲を始めてる」

また前時代的な、と何でもかんでも紙に印刷(プリントアウト)しないと読む気がしないという時代錯誤に毎日つきあわされている揚羽などは思ってしまう。

「テロ警戒ですかね」

「今の自治区の連中に、そんな度胸も命懸けるほどの主張もあるものか」

後ろから口を挟まれるが、シカトした。陽平がそんな態度だから、洋一が何故ここまで来たのか、その気持ちが半時も膝をつき合わせてわからないのだ。

「十一機の無人八脚装甲車（トビグモ）を、耐微細機械加工（マイクロマシン）が未完了の予備機まで引きずり出してる」

長身が、腰掛ける揚羽を丸々覆い隠せるような影を作る。

「奴らはびびってる。今までになく。自治区発足以来だ。奴らは何かに怯えてる」

「いったい何に？」

自警団ですら玩具のような磁気拳銃しか持たされない自治区では、唯一にして最強で、最大にして無敵の暴力だ。そんな彼らが何を恐れるというのか？

「明日、目を覚ましたら関東湾に空母が浮いてたとしても驚きはしないがな」

また口を挟む唐変木の突飛な発言に、揚羽は溜め息をつく。

「そんなわけ――」

「知ってるか？　四国は」

「四国は昔、日本の一部だった、でしょ？　知ってますよ四歳の私でもそれくらい」

「九州は？」

「は？」

突然、余所の国の話になって、揚羽は当惑してしまう。

「九州も昔は日本だったんだぞ」

「え？　だって、九州って日本から離れてるし、四国みたいに近くないし」

「海峡一つ挟むだけだ馬鹿」

揚羽の意識としては、日本本国ですら対岸なのに、九州となると頭の日本地図にも出てこない。

前のめりになっていた屋嘉比が、身体を戻してまたグラスの梱包を始める。そしてグラスの向こうを透かすような目をしながら、厚い唇を開いた。

「九州の向こうには、沖縄県という歴(れっき)とした日本の国土があった。俺の両親はそこの生まれだ」

南の方の血筋だろうとは思っていたが、四国よりも南だとは、揚羽は想像もしなかった。今も出来ない。

「戦争、ですか？」

「いや。戦争などなかった。少なくとも、太平洋戦争に負けてから、日本は戦車や銃で殴り込まれたことも、爆弾で焼かれたことも、目立ってはない」

「じゃあ何故？」

いらない、と思った。それだけで、それ以上でもそれ以下でもない」

屋嘉比に代わって、陽平が言葉の跡を継ぐ。

「日本人ども自身が、そんなにはいらないと思ったからだ」

陽平に限らないが、古い時代を知っている人間は、赤色機関をはじめとした本土の人間をなぜか自分たちと区別するように「日本人」と呼ぶ。今までは特に気にならなかったが、微かに嘲りか憐憫のようなものをその声に感じて、揚羽は振り向いた。

揚羽の視線の先で、陽平が何かバツの悪そうな顔に変わる。

「……言い方が悪かった。すまない」

屋嘉比はグラスを詰めながら、大きな肩をすくめた。

「俺には関係のない話だ。それに、沖縄の連中も日本人だった。確かに、九州や四国と同じように、自分たちで放り出しただけだ。東京も似たようなものだ」

屋嘉比の言った〝東京〟が、この東京自治区のことではなく、昔ここが陸地だった頃にまだあった街を指していることだけは、揚羽にもわかった。

「話が逸れたな。検閲は徹底はされていないが、危ない橋を渡るつもりはない」

禁制物品の品書きを、往来の軒先に憚ることなく立てて言うことではない。

「それで、今は民間の宅配業者を使ってる。自治区の民間業者はどれもそうだが、正直者でも働き者とは言い難い。それで遅れてる」

呆れたものだ。民間でもしっかりした業者はある。屋嘉比としては、そういったところの信頼よりも、口の堅さと一蓮托生の信用を取ったらしい。

だが客の側からすれば、店側の事情など一定の斟酌はしてやろうと思わないでもないが、開き直られては黙っていられない。

「当面の分だけでも欲しいのですが、一カートンでも二カートンでもいいですから、ないですか？」

鏡子は買い置きが減ると目に見えて機嫌が悪くなるし、万が一切らしでもしたらどんな惨事が、手近かつ手頃な唯一の八つ当たり先である揚羽に待ち受けているか、想像もしたくない。

「ない。仕入れ前だ、全部捌けた」

ない、では鏡子の気が済まないし、揚羽の未来が澄まないのだが。

「あそこで無駄に根を下ろしてる唐変木の脇にあるものは何です？」

揚羽が陽平の足下の紙袋を指さすと、陽平は一抱えもあるそれを踵で壁際へ隠す。

「……やらんぞ」

今の陽平は給食のデザートを抱えた子供か、頬袋を一杯にしたリスと程度が同じだ。

「いりませんよ。鏡子さんはキャビンなんて、徹夜続きで何日も着た切り雀(すずめ)な三十代のＹ

シャツみたいに臭いの、嫌いだもの」

「煙ばかり多くてカビ臭い赤マルに言われたかねぇよ。風呂場の胞子でも吸ってろ」

「どっちも偽造元は同じだ。スコッチとアイリッシュの区別も付かなくなる前に、肺癌予備軍同士うまくやれ。どうせ行き着くところは全肺交換手術だ」

「「葉巻が言うな!」」

口を挟んで屋嘉比に向けて声を合わせてしまってから、揚羽はそっぽを向いた。陽平も微妙な顔をしてキャビンを吹かしている。

「……とにかく、手ブラでは帰りませんよ。ワックスがけ直後の中等部教室のように、私の顔を使ってT字ホウキでカーリングを始められたら手に負えません。あの人ならやります」

あまりキャラでもないと自分でも思うのだが、揚羽はレースの腕を組んで頑とした態度を作ってみせた。

葉巻をクリスタルの灰皿に置き、屋嘉比は口の中で燻らせていた煙を吹いた。紫煙が輪っか雲を作る。

「聞いてます?」

揚羽が席を立って詰め寄ると、屋嘉比は片腕を腰に当てたまま、しばらく見た目通りの岩のように固まった。それから突然振り向いて背後の棚に向き直った。

視線から逃げたと思った揚羽がその広い背中にもう一度声を浴びせようとしたとき、山のように見えた屋嘉比の身体が隆起して上へ伸び、埃を被ったラム酒の後ろから何かを取り出した。

踏み台から降りて突発的な地殻変動を収めた屋嘉比は、その大きな手を揚羽の前に伸ばして開く。

現れたのは、見慣れた赤と白のツートンだった。

「一箱だけ？」

「そいつは偽造（パクリ）じゃない」

驚愕に顔を染めて色めき立つのは、揚羽より陽平の方が早かった。

「……本物か？」

夢遊病患者のような足取りで近寄ってきた陽平の腕が、まるで揚羽の肩を抱くようにカウンターに付いたので、揚羽はその手の甲に浮く静脈を爪弾いたが、陽平は気づきもしなかった。

「いや」

息の掛かりそうな距離の陽平の顔が、目に見えて落胆と困惑に染まる。

「だが、本物より貴重だ」

火の消えていた葉巻をもう一度咥えて、嫌に小さく見えてしまうプラチナのカルティエで点す。レトロなガス・ライターに特有の、フリント滓の吹き出す臭いが煙に乗って漂った。

「Marlboro（マールボロ）の Philip Morris（フィリップ・モリス）は、欧米圏における嫌煙ブームでバージニアやラークの看板を売り払い、一旦は店を畳んだ。その後、ヨハネスブルグへ拠点を移し——」

「ヨハネスブルグって、あのアフリカ南端の？」

口を挟んだ揚羽に、屋嘉比は肩をすくめてみせた。

「そうだ、あのヨハネスブルグだ。喫煙文化花盛りを迎えたイスラム圏とアフリカ圏でMarlboro（マールボロ）の販売を再開した。だが、レシピは刷新されてる」

かつてのマルボロはもう世界のどこにもないのだ。

「だが、ＰＭがバージニアから追い出される直前、東南アジアの華僑だった物好きが、ライセンス生産を行っていた中国の拠点を、期限切れ寸前のライセンスごと買収した」

「つまり、そこだけが昔のフィリップ・モリスのレシピを愚直に守ってる？」

自然の岩を自然のままに砕いたらそんな形になるのではないかと思えるような顎が、小さく上下する。

「皮肉なことに、当時世界最大の偽造大国だけが、偽造によって息も絶え絶えだった古き良き伝統の命を繋ぐことが出来た」

気も遠くなるほどの歴史に裏打ちされた信頼と安心は、単に同じものを同じように作るだけでは永遠に得られない価値をそのものに宿す。同じ時計が同じ工場の同じ部品で同じ人間の手によって組み上げられていたとしても、二つの時計が紡ぐ時間は所有者に異なった充足をもたらす。例え秒針以下まで狂いがなくとも、違うのだ。

だが、禁制の物品ではこの伝統の質量を宿した歯車すら、狂ってしまうことが珍しくない。マルボロのように模倣元が失われたケースのみならず、なんらかの理由で入手先が限定された物品は、偽造品自体が一定の付加価値とブランドを確立してしまうことが間々あるのだ。

複製（コピー）、無断模倣（パクリ）、類似品（イミテーション）。これらが市場において一定の市民権を得ると、初めにオリジナルをどれだけ忠実に模倣できるかによって偽造元の格付けが明らかになり、オリジナルがなおもその失地を野放しにしていれば、やがては偽造品のさらなる偽造品が出回り始める。

孫偽造、曾孫偽造を経て、玄孫（やしゃご）偽造が出る頃にはもう手遅れだ。深い病巣を宿し末期に至った市場は模倣元における伝統の御技を失い、それは二度とこの世に戻ることはない。微細機械によってある程度の再現は出来ても、洗練を尽くされた技能と、黎明期だからこそ培われた知識と、先駆者の誇りあればこそ集った才能は、永遠に人類の手から失われる。

こうして市場の蜜を吸い尽くし、枯らしてしまうのは他でもない消費者自身だが、禁制の物品に限っては、消費者が見失った無形の付加価値が、後ろめたい市場ゆえの寛容さで手厚く守られ、密かに受け継がれることがある。

それはまるで人の傲慢で無謀な開墾によって、蚯蚓一匹住まない荒野と化した土に、たった一本の麦が黄金色の穂を張るようにだ。

「こいつが、オリジナルのマルボロ……」

惚けた目つきの陽平が紅白の箱へ震える手を伸ばす。揚羽が箱を取り上げると、糸に結われたようにその手がゆっくり追いすがる。

右へよこすと右へ、左へ持ち上げると左へ。陽平の目と顔と手は、揚羽に操られて猿回しや腹話術の人形のように彷徨った。

やや横柄な勇ましさと、少し尊大に見える自信の中に、社会に対する諦念が僅かに混じったような陽平は、今は見る影もありはしない。一切れの阿片を求める中毒者のような顔が、目と目の間よりも近く揚羽の耳やら顎やらの周りをふわふわと漂う。今なら唇を奪っても気づかないかもしれない……しないけど。

遠ざけられるマルボロに吸い寄せられた陽平の骨張った鼻が、揚羽の細い鼻とぶつかりそうになって、彼はようやく正体を取り戻した。

「マルボロなんて風呂場の排水溝の臭いがする煙草はいらないのでは？」

「……排水溝とまでは言ってない」

気まずそうに煙草を咥えようとして、その指に煙草がないことにようやく気づき、灰皿の上でフィルターまで焦がして消えていたものを見つけ、ますますバツの悪そうな顔になる。

「欲しいですか？」

揚羽が顔の前で振ってみせると、横目になった陽平の瞳が振り子のように揺れるのがわかった。

「唇にキスしてくれたら、一本だけあげますよ？」

「なっ……！」

こんなに狼狽(うろた)える陽平を見られるなら、なかなか悪くはないと思ってしまう揚羽である。内臓とその包装物が綺麗に分割された死体を前にしても、陽平ならこうはならないだろう。

「冗談です。どうぞ」

蓋を開けて軽く揺すり、飛び出した一本を陽平に差し出す。

転居で離ればなれになる友人から、憧れのコレクションを譲られた子供のような顔をして、陽平が恐る恐る煙草を引き抜いて咥え、自分と亡き妻の名前が彫られたコリブリで火を点ける。

利那、その顔が噴火口のように噴煙を吐き散らし、煙の向こうへ隠れた。紫煙を越えて、こっちまで苦しくなりそうな咳と嗚咽が聞こえてくる。

やっぱり毒味をさせてよかった。

貴重なマルボロの箱を、カウンターで独楽のように回しながら揚羽は独りごちていた。

「封(フィルム)が切られていたから怪しいなとは思っていたのですが。これ、いつからそのラム酒瓶(バカルディ)の後ろにありました？」

「酒と一緒に一本吸った。寝酒代わりにあれの栓を切ったのが――いつだった？　鈴蘭」

「ん？」

顔を上げた鈴蘭(すずらん)は、わざわざカウンターの端から揚羽の隣の席まで往復を繰り返し、自分の背丈の二倍以上もあるハノイの塔を着々と攻略中であった。

「蒸留酒(スピリッツ)で即席キャンドル・パーティをしたのがいつだったか、教えてやろうか？」

「二千九百と八十八日前」

「黙ってろ醜女(しこめ)」

「やーん、あなたもグロテスク」

「だ、そうだ。それよりは前だ」

岩山が鈴蘭から揚羽の方へ首を戻して言う。

「ああ……よくわかりました」

頭のおかしい会話から、この夫婦が揃って頭がおかしいことがあらためてとてもよく。

「で、この既に嗜好品の意味も成さない肺気腫の元を、どうしろと？」

屋嘉比を見上げながら、残り内包十八本となったボックスを指で弾いて回す。

「ロビーにでも飾って眺めればいいだろう」

「捕まりますよ」

「見えるところに置いておけば、詩藤は手を出す」

その様はありありと目に浮かぶ。

「で、こんな風になると」

揚羽が首を振り向かせた先では、さんざん噎せ返ったのに懲りもせず、陽平が八年以上無造作に放置されていたマルボロを嗜んでいる。

「美味しいですか？」

「……酷い。苦い上に酸味がする。喉が痛い上に煙が臭い。四区で泥酔したノンキャリ中間管理職の吐瀉物を頭から浴びた時のことを思い出す」

「無理に吸わなくても」

「お前にはわからん」

元通り足を組んで超然と振る舞っても、顔は真っ赤で声は掠れ、既に面子も何もありはしないのに、二度とあるかないかの巡り合わせを放り出すつもりはないようだ。揚羽からすれば出会いどころかストーカーの執念と似通って見えてしまうのだが。

ブルガリは壊れてもブルガリ、シャネルは腐ってもシャネルということらしい。

「ふむ……まぁ、もらうだけもらっておきます」

揚羽は紅白の煙草をパーカーの内ポケットに入れた。これで鏡子のご機嫌が取れるとは思わないが、陽平の様子を見る限り、厳しい禁煙条例で偽造煙草しか手に入れられない自治区の喫煙者には、それなりに価値を見いだせる物のようだ。

「それで、今日は他にも二つ、用事があって来たのですが」

「どっちからだ?」

揚羽は背中の向こうを流し見た。そこには家庭内不和を往来まで持ち出した兄弟が小さなテーブルを挟んで対峙している様と、洋一から少し離れて慎ましく咲くように椅子に腰掛ける置名草の姿がある。

洋一と置名草の密出区の件は、とにもかくにも陽平、洋一兄弟の間の問題を身内同士で片付けてもらわなければ前には進まない。

「最近、おかしな脳外科手術のご依頼はありませんか?」

「職務上の守秘義務に抵触するなら、黙秘する」

カウンター下の冷蔵庫から取り出した紙パックのアイスティーを揚羽のグラスに注ぎ足しながら、技師としての屋嘉比は言う。こういう気遣いがあるのは鏡子との大きな相違だが、パック入りアイスティーの原価を知っている揚羽の目の前で隠しもせずに注がれると有り難みが激しく減じてしまう。このような生き方が不器用なところは、鏡子とやはりそっくりだと揚羽は思う。

「陽平さんには教えたのでしょう？」

視界の隅で、陽平が肩をすくめていた。収穫なしだったようだ。陽平も、何もこそこそ煙草を買い求めるためだけにここへ疲れた足を運んだのではあるまい。揚羽とバッティングしたのも、同じ心当たりを持っていたからだ。

「〝脱獄〟なら、いつも平常運転だ。腐るほどではないが、手が術式を忘れるほど珍しくもない」

「その先は？」

何に使うのか見当も付かない、ガラス製の大きなフラスコのような物の煤汚れを拭いていた屋嘉比の手が止まる。

「……曖昧な質問には答えられん」

「感覚質(クオリア)のゲートウェイについての研究はご存じですか？」

陽平の踵が鳴らしていた、スローテンポの貧乏揺すりが止まる。

「無意味だ」

鏡子と同じような感想を、屋嘉比は返答に代えて述べた。

「その無意味に意味を見いだそうとする困った人にお心当たりは？」

「こっちから提案することはない。客はそれで何が起きるのか知らん。知らないものは求めてこない」

遠回しだが、感覚質の手術を請け負ったことはないという趣旨の言葉だ。そして、技師としての彼が嘘をつくのを揚羽は見たことがない。

「では、屋嘉比先生以外でその手術が可能で、実際にやりそうな人はいますか？」

「詩藤だ」

即答である。

「腕が錆び付いてなければ、やってみて出来ないこともないだろう。他には無理だ」

鏡子と屋嘉比は、本当は揚羽が割って入る隙もないほど仲がいいのではないか、などと馬鹿な疑念が揚羽の頭をよぎったが、すぐに袖が触れるだけで血を見そうな関係だからこそ、相手の手際を知っているだけだろうと思い直した。

「……物欲しそうな目をしても、何も出てきませんよ？」

「お前に媚びた覚えはない」

指名してはいないのに、背中の方から声が返ってくる。

揚羽は首を回して、声の主に振り向いた。

「今、手がかりが途絶えたところです。被害者男性のお腹の中に子宮を植えた、悪趣味な闇(ヤミ)医者さんの方は見つかりました？」

マルボロを灰と肺の中のヤニに変え終えた陽平は、口直しのつもりなのか、自前のキャビンに火を点けていた。

「……ない。被害者はどれも、闇医者にかかった形跡がない。可能性はゼロじゃないが、連中の残りの歯を全部インプラントに交換させても、出てくるような気はしない」

「らしくもないですね」

怪しい人間を片っ端から追い回し、高架下や路地裏で何か吐くまで脅して詰問するなどという、二十世紀のテレビドラマみたいなことを未だにやっているのは、自警団でも陽平ぐらいかもしれない。

そんな鼻っ柱の強い陽平の弱気な言葉は、揚羽もあまり聞いたことがない。もちろん、目の前の家庭内不和も原因のひとつだろうが。

「〝傘持ち（アンブレラ）〟か」

「……ああ」

先にキセルのような物が付いたゴムのパイプを、フラスコ状の何かと一緒に棚へ仕舞いながらたずねた屋嘉比に、陽平が疲れた声で答える。

「一連の被害者はどいつもこいつも、持病持ちで定期的に区民病院に通ってるような、どこにでもいる不健康な男だ。闇医者にかかってれば医師が気づくが、それもない」

「被害者のご持病の内容は？」

「医者はどいつもいやに口が堅かったが、医療履歴を出させた。自律神経失調、不整脈、高血圧、不眠、老眼、腱鞘炎、慢性頭痛、慢性腰痛。どこにでもある、誰でもなり得る、ありふれた疾病ばかりだ。思い切って患部交換でもすればおさらばできるのに、肝っ玉が小さい奴は身体の人工化を躊躇ってダラダラ長引かせる」

揚羽の顔を見もせず、天井へ煙を吐きながら陽平は答えた。

「行き止まりですね」

もちろん、屋嘉比以外にも闇手術を扱いそうな工房には心当たりがあるが、屋嘉比と鏡子が揃って互い以外は無理だというのなら、その線は限りなく細い。

やはり、〝傘持ち(アンブレラ)〟の件は全能抗体頼み(マクロファージ)ということにするしかないのかもしれない。

「ゲートウェイってのは何のことだ?」

「〝傘持ち(アンブレラ)〟がそういう特殊な手術を受けた人工妖精かもしれないというお話です」

「どういう?」

どう、と言われても、揚羽とて鏡子や屋嘉比のように深く理解しているわけではない。わかるのはもってひと月未満ということと、襟足の下に手術跡が必ずあるということだけだ。

「目の前にいらっしゃる専門家のご見識に頼ってみては?」

説明を丸投げでよこした揚羽に、屋嘉比が大きな目を微かに細める。

課外講義の特別席を陽平に譲り、揚羽は隅でひっそりしている置名草の隣の席に腰掛けた。

「退屈ではないですか？」

当たり障りなく声を掛けてみたのだが、置名草は俯いたまま返事もなかった。代わりにカウンターで陽平に臨時授業をしている屋嘉比の低い声ばかり揚羽の耳に届く。

初めは疲れてうつらうつらしているか、何か考え事をしているのかと思ったが、繻子（しゅす）のような前髪の向こうをうかがえば、彼女の目はテセウスに恋をしたアリアドネのそれのようになって、どこかに強く注がれている。

視線の先には、自分の手で握る日傘がある。置名草は閉じられた日傘の中へ左手を差し込み、少しだけ開いて中を覗き込んでいるように揚羽からは見えた。

「置名草さん？」

「……はい」

夢から醒めたような顔で、置名草は揚羽に振り向いた。

「お疲れではありませんか？　氷嚢はまだありますから、身体が熱かったら、絶対に無理をしないで言ってくださいね」

彼女は工房のロビーで会ったときと同じような、命の火が透けて見える虚ろな笑みで頷く。その所作すら弱々しく、強く触れたら、今にも蝶になって崩れて消えてしまいそうだと揚羽は思った。

「あの……その日傘を見せてもらってもいいですか？」

「……どうぞ」

置名草は小さく首を傾げた後、日傘の柄を揚羽に手渡した。

揚羽が日傘を開くと、雨傘より一回り小さいレースの花が咲く。刺繡されたリナリアが裏側からも透けて見えて、傘の下から見上げると自分が小さな妖精（コロポックル）になって大きな花畑の中に迷い込んだような気がした。

だが、それだけだ。

リナリアの柄はあまり見たことがないが、特にどうと言うこともない、上品で清潔なただの日傘だった。

「ありがとうございます」

骨を傷めないようにゆっくり日傘を閉じて、柄を置名草の手に返した。

置名草は揚羽の意図を理解しかねているようだが、特に機嫌を損ねた様子もなく、また儚げに微笑んだ。

その笑みの向こうで、連立方程式を生まれて初めて教わった小学生のような顔をした陽平が、洋一の向かいの席に戻ろうとしていた。

「理解できました？」

「……俺には技師職が向いてないことはよくわかった」

まあ、そんなものだろう。

二人して次の言葉を無くした揚羽と陽平を眺め見、屋嘉比が口を開く。

「もう片方の用事は？」

「ああ、そうでした。鏡子さんから電話か何かありました？」

「お前たちが来る五分前に、『うるさいやかましいいいか黙って運べくたばれそして死に晒せ』と言うだけ言って切れた」

あの人は……。

「運ぶのは、あれか？」

屋嘉比の重そうな顎が、隅で静かに座っている置名草を指す。

「ええ。それと……」

揚羽が視線で示す先には、本土でやっている高等部野球の敗退投手のように俯く洋一がいる。

「運ぶのはかまわん」

「物じゃないんですよ？」

「今まで四回六人やって四回とも成功している」

葉巻の濃い煙を吐きながら言う。

「お金は、煙草の保険の掛け金から取りあえず出しておいてもらえますか？」

「それとこれは別だ。売り掛けにしておく。次の仕入れで払え」

快くとはその偏屈を岩に掘り出したような顔からは見て取れないのだが、少なくとも煩わしいとは思っていないようだ。

「だが、うちは人身売買を扱ってない」

「それなんですよね……」

「……なんだよ？」

二人の視線を浴びて、陽平が煙を吐きながら煙たそうに眉根を潜める。

「まあ、あの男の子とあの現へそ曲がりの旧男の子との話がついたらお願いします」

「わかった」

「勝手に話を進めるな！」

陽平の叩いたテーブルが小さく撥ねる。

「じゃあ、販売処サポート担当としてご家族のややこしい問題に加わりましょうか？」

「部外者は口を挟むな！」

ならどうしろというのだ。

「いいですか、陽平さん。そちらの置名草という人工妖精には時間がありません。次の密出区の機会までじっくり家族の絆を確かめ合う、などという回りくどいことをしていられないんです。洋一さんは先の長くない彼女を故郷へ返して、父親である制作者の元で出来る限りの治療をさせてあげたいという一心で、一緒に密出区する決意をなさったんですよ」

「だったらその娘だけ送ればいいだろう」

視界が暗くなったような気がした。

ああ、そうか、と揚羽は胸の中で呟く。

揚羽は、陽平が他の人間と少し違う人だと思っていた。悩み苦しみの果てに過ちを犯す人工妖精をたくさん見てきた彼は、自分たちの胸の内を他の人間よりずっと肌で感じられる人だと、どこかで信じてしまって、彼を無意識のうちに心の特別なカテゴライズに区別していたようだ。

だが、彼もやはり人間だ。程度の差はあれ、モノレールのプラットホームで幼い人工妖精の手を掲げてみせた男と同じ生き物だ。

「本気で、仰ってます？　それでは意味がないと、あなたにはわからないはずはないじゃないですか。もしあなたの奥さんが同じだったら――」

自分の卑怯さに気がついて、言葉を切った。

「こいつはまだ子供だ」

恋も愛もわからない、ただ一時の情熱に任せて迷走しているだけだ、やがては必ず後悔する。陽平は洋一の思いを、そんな上から目線のバイアスをかけて切り捨てた。

確かに、彼の前途に待ち受けているものは、安穏とした自治区民には到底想像もつかないような困難と災禍だろう。それを乗り越えても、遅かれ早かれ先に待っているものは置名草との死別という絶望でしかない。その後、居住許可期限に怯えながら何を支えに生きていけばよいのか、洋一がちゃんと考えているとはとても言い難い。

頭を冷やせ。陽平は、憤慨や叱咤を交えながら言葉を換えて、洋一にそう繰り返していた。それは揚羽にもわかった、洋一に届いていなかったとしても。

だが、洋一の手に今ある切符の列車は、始発にして終発だ。もう二度と同じ列車はやってこない。終点がどんな駅であろうと、それがどんなに寂しい場所だとわかっていても、その切符を捨ててしまったら、二人旅を放り出したことを洋一は生涯後悔するだろう。

今の彼の目には淡くて未熟な恋に彩られた幻しか見えていないという、その大人の言葉はきっと正しい。だがだからこそ、その恋の終わりを見ないまま思い出に仕舞い込んでしまったら、彼はその現実とは比べがたい幻を、生涯追い続けて生きていかなければならなくなる。

「あなたは、自分の出会いだけは運命だったと、なぜ言えるのです？」

汚い、醜い。自分の胸の奥にはこんなにも卑しいものが潜んでいたのだと気づいて、揚羽の手が震えた。

揚羽の胸の内で混じり濁るのは、陽平に対する水の中で溺れるような深い失望と、自分に対する針の山を素足で歩くような怨嗟だ。

これで、自分は陽平に決定的に嫌われたと揚羽は思った。そして、揚羽は一度壊れた人との信頼を取り戻す術を、鏡子から教わったことがない。

陽平のキャビンが、一際長い紫煙を作る。

ここ数日の疲れを思い出したような彼の顔は、覆った指の隙間から十も二十も老けて見えた。

「運命なんぞで割り切れるなら、俺は考えて生きるのをとっくに止めてる」

陽平の言葉の意味は、揚羽にはよくわからなかった。

紙巻き煙草と葉巻煙草の煙が立ちこめる屋内は、曇り歪み、ヤニで黄ばむ壁が酷く遠く見え、思いを乗せた言葉は空に溶けるように消えた。

声が届かないことを知って諦めたように、揚羽も、陽平も、口を結んでただ霞む目で互いを見つめ続けた。目を離せば消えてしまうような二人の代わりに、蝶除けの線香の古いキャパシタが耳障りな音で空白を埋めていた。

「『汝ら己がために偶像を作ることなかれ。木を刻み、石の柱を立て崇め拝むはこれを禁(いまし)める』」

不意に、岩を刻んで出来たような喉が、岩窟を震わすような低い音を奏でた。

「レビ記二六章」

手を止めた鈴蘭が、伴侶の言葉を補足する。

いくら拭いても、そのそばから煙草のヤニと絶えない埃と人の脂で汚れていくグラスを、小さな窓から差し込む日の光に透かしながら、岩山のような男は言う。

「老人は何故かくも人を崇め奉るのか。老人は何故、同じ人間を神格化して、時に拝み、時に天賦の能と尊び畏れ仰ぐのか」

微かな曇りが目に付いたのか、鑿のような指が、儚い珪素の水面をクロスで拭う。

「人間が老いたときに、その人生に積み上がるのは死が恐くなるほどの後悔と、その諦念のゴミ滓のような僅かな充足だけだ。人は生まれてから成人するまでに腕一杯に抱えた希望と夢を、社会に出てから少しずつ削り潰して糧にして、やがては枯れ果て飢え果てる。振り向けば己の半生は、夢のほぼ全てを諦める過程だったと気づかされるも、世を呪うほどの若さもはやなく、ただただ、未だ絶望を知らない後人の瞳の輝きを妬み、その躓きと失墜を乞い願い歓喜する、歪んだ悦びに心を委ねるだけだ」

グラスの縁で反射した日の光が、幻日となって白夜のように揚羽と陽平を順に照らした。

「だが、人の世には希に傑出した能を持って、凡俗には夢よりも遠い栄華栄光を手にする者も現れる。それを見た老人は、自分の惨めな影を際立たせる偉人たちを仰ぎ見て、こう思うことしか許されない」

屋嘉比は磨かれたグラスを箱に戻さず、揚羽と陽平と自分の三角形の中央に置いた。

「『あれは特別だ。あれは世に愛され、神に愛され、恵まれ、不公平なまでの才や運や地位や金や心を持って生まれた、別種の生き物だ。だから自分が怠惰であったのではない。自分がいくら努力しようが、どんなに勇気ある選択に身を投じようが、決してああは成れなかったはずだ』

ならば、人間の自分に到底及び得ない、同じ人間という生き物でも心または体が同じ仕組みではないはずの彼、彼女らをなんと呼び成すべきか」

揚羽と陽平の視線は、いずれからともいつともなく、揃ってグラスに向けられていた。

「天才（てんけいのかどびと）だ」

グラスの表面で、曲面に歪んで圧縮された三人の顔が並んで映っていた。

「誰しも人は今生きているこの瞬間まで、無数の選択肢を正しく誤って、諦めてそこにある。自分より幼い未熟者が、自分が歯を食いしばり涙を飲んで諦めたはずの選択肢に無謀に挑む様は、生温かい保護欲のような自己欺瞞で誤魔化したところで、誰であろうと不愉快極まりない。それは恐れを知らぬからだと、それは社会や現実や未来に対する認識がお粗末だからだと、一度はそうして転落して厳しさを覚え諦めて大人になるのだと、そう思わなければ、膨大に残り持て余し苛む、もはや希望の干物のようになった自身の残りの人生を、受け止めて生きる意力が湧いてこないからだ。

そんな世界で自分と異なり無謀を成し遂げた他人は、違う生き物だから比べる必要はないと決めつけなければ、人間は生きていけない。それが天才という言葉に込められた、人類の圧倒的多数派の願いであり祈りであり呪いだ」

屋嘉比は二人の視線からグラスを取り上げ、箱へ仕舞った。

「揚羽。崩れであってもお前たちを造り育てる技師の端くれとして忠告しておく。お前と妹の真白を隔てているものを思えば、俺のような社会の塵滓でできた人間でも胸を痛めないではない。だが、自分の後悔を盾に他人の決断を安易に煽るような真似は感心できん。それはただの八つ当たりだ。自分の運命を呪うのも嫌で、自分だけは安全で綺麗な心の立ち位置から、悩み苦しむ他人の不条理を吊し上げるのは、道化より滑稽で見苦しい、偽善という自己欺瞞だ。不健康でかつ傍迷惑極まりない」

俯いた目から零れそうになったものを、揚羽は堪えた。

「曽田。お前はいくつになった？　いい歳をして、十代の子供を前に民事不介入とばかり、親父さんの背中に隠れ素知らぬふりは無様極まりない。お前はその子供の何だ？　親父さんの顔色をうかがったことなどお前なら一度もないだろうが、親父さんに対する反感と羨望の鋳型からはみでたバリになることを怯えるから、お前の言葉は自分の半分も生きていない弟の心に届かん。お前は親父さんを馬鹿どものように天才と括って諦め投げ出さず、親父さんとも社会とも向き合って自分の価値観を磨き上げてきたはずだ。そうでないなら、さっさと襁褓でも巻いて小便で濡らしながら親父さんに負ぶってもらえ」

陽平は煩わしく聞き流すように指に挟んだ煙草を吸っていたが、それは根本のフィルターまで焦げて紫煙はほとんど出なかった。

「少年。今のお前にとって兄は己の無力を知らしめるほど横暴に、それでいて己の愚挙を浮き上がらせるように正しく見えるだろう。それは兄の身体がお前より大きいからでも、やつが自警だからでもない。お前の兄は、少なくとも自分自身に恥じ入る生き方を決してしてこなかったからだ。翻ってお前はどうか？　兄の怒りに触れ、その向こうの父親の顔色に怯え、狼の隣で口を結んで嵐が過ぎ去るのを待つ子羊のようにしているなら、お前はその手から時間と共に零れて落ちていくものばかり見送ることになるだろう。言葉を語れ、心を吐露しろ。洗練する必要はない、ここは司法局の裁判室ではない。ロジックも不要だ、相手を論破する小細工も無用だ。お前は言葉を話す蘆(ひと)で、お前の目の前にいるのも言葉を介し心を察する一人の人間(アシ)だ」

膝の上で、洋一の手が一際強く握り拳を作り、爪が肌に食い込んでいた。

陽平の咥えていたキャビンの火が消えて、ついに煙も出なくなった。彼はフィルターだけになったそれを擦りつけることなく、灰皿の縁にゆっくり立てる。

「……俺は、兄さんの予備じゃない」

ぼそりと、少しうわずった声で、洋一が言う。

「俺も親父も、お前のことを予備だなんて思ったことはない」

それは本当のことだろう。揚羽も陽平が弟のことをそんな風に考えていたとはとても思えない。だが、人が人と無縁では生まれて育ってはいけない以上、子供はいつも周囲の年長者の視線を意識している。

「俺は、兄さんと同じように、好きな人を守りたいだけだ」

陽平の指が目の間を揉むように撫でる。

「でも、俺は、兄さんのようにはしない」

「黙れ……」

揚羽ですらぞっとする、低い声だった。彼は社会に害をなす犯罪者を詰問するとき、こんな声で脅しているのだろうか。

「兄さんみたいに大事な人の痛みにも気づけない人間には俺は――」

「黙れ！」

ずん、と建物が揺れたような気がした。揚羽の鼓膜は雷鳴を浴びたように耳の奥でまだ震えている。

数瞬の間、揚羽の頭を空白が覆っていた。その後は、陽平に対するある種の失望はすでに怒りと、憎悪に近い何かをくべられて、燃えさかる寸前だった。

席を立って声を張り上げようとした揚羽を、陽平の手が制する。それだけなら押しのけて詰め寄るところだったが、揚羽の右腕を屋嘉比の意外に柔らかい手が摑んで引き留めた。

俯いて左手で顔を覆っていた陽平は、右手でジャケットの内ポケットをまさぐり、やがて先に透明なシールのような物が付いた細いケーブルを引き出した。

「全員、動くな。今は何も聞くな」

静かに席を立った陽平は、壁際に沿って歩き、窓辺に身を隠すようにしながらケーブルの先のシールを窓に貼った。そしてポケットから取り出した携帯端末のイヤホンを右の耳に差し込む。

赤外線通信用インター・セプター──自治区で公(おおやけ)には自警団だけが所持している無線盗聴器だ。

「屋嘉比。窓から何か見えるか？」

棚からステンレスのシェイカーを取り出した屋嘉比は、それを磨きながらカウンターの上で傾けた。

「向かいのビルに一人。涼みながら煙草(ヤニ)を吹かしているように見えるが、脱色街(ここ)の住人ではないな」

「わかった。全員、素知らぬふりをしていろ。連中はすでに中をうかがってる」

「連中って、どなたです？」

カウンターで頬杖を突き、目を合わさないまま揚羽が問う。

「赤色機関(Anti-Cyan)だ」

揚羽のみならず、その場にいた全員の心臓が撥ねたはずだ。

「……煙草密売の取り締まりに赤色機関が？　なぜ？」

「わからん。だが、この建物屋上にはすでに〇六式八脚装甲車(トビグモ)が取り付いてる。さっき、部屋が不自然な揺れ方をして、耳に聞こえるか聞こえないかの低い音がしただろう」

〇六式は、八本の脚が全て高度な電子制御で強力な緩衝器(ショック・アブソーバー)になっている。巨大で鈍重な外見に反して、彼らは十メートル飛び上がってもほぼ無音で着地し、建物の外壁を這う。

国連治安維持活動ではそうして屋内のテロリストに易々と肉薄し、対戦車誘導弾を向けられるより早く、無数の挽肉を量産したのだ。

イヤホンに耳を傾けていた陽平の顔が曇る。

「指示が複数飛んでる。二個か、三個小隊だ。禁制品の押収にしては多すぎるな」

「裏道には事欠かん。人間ならどうにでもなるが、〇六式(トビグモ)はやっかいだ」

紛争地でもあるまいしいきなり発砲はしないだろうが、〇六式の走行速度には人間の脚では敵わない。その上、屋嘉比の言うとおり、相手は常に上から俯瞰でこちらを見張り、道という道を無視して縦横無尽に跳ね回る。

「小隊が、もう三つ向こうの三叉路まで来てる。別働がおそらく裏を固めてるな。もうひと小隊がバックアップを兼ねて反対側にいる。規模が大げさすぎる、ただの逮捕じゃない」

陽平の右手が腰の後ろへ回る。

「俺が囮(おとり)になる。あとは屋嘉比、なんとかしてみせろ」

「陽平さん！」

思わず振り向いて声を上げた揚羽に、陽平が黙れと指を立ててみせる。

「別にアナログ波時代の刑事ドラマみたいに撃ち合いを始める訳じゃない。銃を差し出して堂々と降伏してくる。俺は別件の聞き込みで居合わせただけだ、あとは適当に情報を混乱させる。自治権闘争世代を嘗めるなよ、俺たちの日本人に対する本当の武器は殴り合いじゃなかった」

陽平の右手が腰のホルスターから磁気拳銃を引き抜いた。

「三ツ目芋虫どもはそれでいい。だが、〇六式(トビグモ)はどうする？」

「そこまでケツは持てない。なんとかしろ」

「なんとかなるなら、アフガンとパキスタンは今ごろテロリストの巣だ」

「頭のいい老人なんだろ。モーセみたいに紅海を割るなりなんなりしろ」

「お前は今、無理なことをあらためて不可能と言ったぞ」

「やかましい。他に手が――」

互いに素知らぬ顔で白熱する言葉を交わしていた二人に水を差すように、バイブレーションの音が響く。

「ああ……すいません」

　思わず顔を覆ってしまう揚羽である。

　コルセットから携帯端末を抜いて、着信ボタンを押した。

『ご機嫌よう』

　携帯からは相も変わらず空気を読まない上品な声がした。

「……そのうち張っ倒しますよ全能抗体（マクロファージ）」

　全能抗体（マクロファージ）は何も悪くないのだが、今は一言いわなければ気が済まない。

『お約束の時間にやや遅れてしまいましたが』

「そうではなくて……〝傘持ち（アンブレラ）〟の話も大事なんですが、今ちょっとそれどころじゃないので――」

『ええ、そのように思われましたので、逃走法等々いかがかと？』

「はいはい、後でまた聞き……はい？」

　妙な声を出してしまった揚羽に、全員の視線が集まる。

『おそらく今お座りの場所の足下に、端の欠けたリノリウムの床材がございましょう？』

　古びた床はどこも欠けだらけだ。ただ、言われてみれば揚羽のそばには丁度男の指が入りそうな隙間がある。

　それをつまんでめくり上げると、床下倉庫のような蓋が出てきた。

「揚羽！　見る目がない！」

小躍りしながら絶賛する鈴蘭の様子を見て、揚羽もようやくそれがただの倉庫でないことに気づいた。

『それでは、お忙しいことと存じますので失礼いたします。せいぜいご存命を』

通話の切れた携帯端末から視線を上げると、臍繰り(へそく)を見つけられた中高年のような顔をした屋嘉比が額を押さえている。

「隠していた訳じゃない」

じゃあどんな訳だというのだ。

先ほど、なにやら立派なことを言われたのですっかり忘れていたが、やはり屋嘉比は鏡子と同類だ。口から生まれて口で食って口で死ぬタイプだ。言ってることの大半がハッタリの域を出ない。

「もうひとつ向こうの辻まで来てる。何とかなるなら早くしろ」

陽平に急かされ、大きな溜め息をついた屋嘉比が、棚から手当たり次第に蒸留酒を抜いては床に放り出して中身をぶちまけた。

「火を点ける。大した火力にならんが、三ツ目が頼りにしてる赤外線センサーはこれでしばらく誤魔化せる」

揚羽は鈴蘭と二人で床下倉庫の蓋を開けた。中に詰まっていたご禁制の雑多で意味不明な物品の数々を掻き出すと、ステップの付いた丸い縦穴が見えてきた。

それが旧時代のマンホールという地下整備口であることを揚羽は知らなかったが、これ以上ない脱出経路になることは明白だ。

すでに地下探検ツアーのガイド気取りで、用意よくライト付きヘルメットまで被った鈴蘭が先導して降りていく。次に置名草、揚羽の順で穴に入った。

「洋一」

揚羽が見上げた先で、穴に脚を差し入れた洋一の身体が止まる。

「親父がお前にその名前を付けたのは、俺のようになって欲しかったからじゃない。親父が五十にもなって遅くに二人めの子供を作ったのは、俺が子供を作らないと決めていたから、孫のような子供が欲しかったのと」

陽平の声が一旦途切れ、息をついたのがわかった。

「俺のようにいつまでも暴乱の街を引きずらない、平和な時代を生きる子供を残したかったからだ。次男のお前に『洋一』と名付けたのは、俺の弟としてじゃなく、俺とも親父とも違う一人の人間になって欲しかったからだ」

揚羽からは見えないが、きっと今、洋一は頭が追い付かず混乱しているだろう。親子でもおかしくないくらい年の離れた兄の言葉の意味を理解するのはもう少し後だ。

「お前が密出区するにしろ、考え直して戻ってくるにしろ、親父には俺から話しておく。

もし戻ってくる気になったら、何も恥じず、胸を張って帰ってこい。俺は……俺だけじゃない、親父にも責めさせはしない。だから、時間はあまりないが、よく考えろ。そして、後悔はするな。

行け！」

大きな屋嘉比の身体に押されるようにして、洋一の身体が穴の中へ入る。

最後に屋嘉比が穴の中から床板を閉じ、陽平のいる日の当たる街との接点は、完全に閉ざされた。

灯りのないマンホールの中では、遠くや近くで空回りする蓄電器（フライホイール）の音が、反響していた。

2

まだ生後四歳の詩藤之峨東晒井ヶ揚羽には、知らないものがたくさんある。

人間や他の人工妖精と違って同じ道を毎日のように歩いていても新しい発見が数え切れないほどあって飽きないし、同じ年頃の人間や他の人工妖精と違って、初めて行く場所には必ず地図を持っていく。そうしないと人間や他の人工妖精と違って方位すらわからなくなってしまうこともあるし、人間や他の人工妖精と違って初めての道を歩くとまっすぐ目的地に着けないこともある。見たことのないものを見ると楽しくなってつい寄り道をしてしまうし、見知らぬ夫婦や家族の笑顔が見ていて嬉しくて、へそ曲がりの鏡子に呆れられるようなエンターテインメント性の高い古い書物を端末で持ち出しては、せっかくのオフを丸一日公園で無為にのんびり過ごしてしまうこともある。それらは全部自分の頭が悪いからだと思っている。

だから、秘境だの、人の手つかずのジャングルだの、あるいは誰も知らない都市の裏の素顔だのと聞かされると、胸が躍り出して止まらない。

止まらない、のだが、今は自分の心境も含めてそういう冒険に胸を高鳴らせるような空気でないのと、

「隊長！　大発見であります！　白骨であります！」

「はいはい……ゆっくり行きますよ」

鈴蘭(すずらん)がこの有様なので、なんとなく自分まではしゃぐわけにもいかないと思っている。

「揚羽隊長！　大変であります！　この白骨はなぜかピカピカであります！　まるでスタッフがカメラ写りを気にしてよく磨いていたかのようであります！」

ヘルメットの上のライトで、狭い地下坑をところ構わず照らし回しながらハイテンションに叫ぶ。手に持っているのは大腿骨に、酷い近眼の人が視力矯正手術を拒否した挙げ句に眼鏡を落としたとき夜中でかつ頭の上の街灯がたまたま点いていなければ見間違えないと言えないこともない、ただのステンレスの配管である。

「恐るべき事であります隊長！　この前人未踏の地には、人類の未だ知らない獰猛な肉食生物が存在しているのかもしれません！」

「そうですね～そうかもしれませんね～食人モグラとか人食いオケラとかいたら面白いですね～」

即席隊長として鈴蘭から一方的に指名された揚羽は、いまいちな乗りで受け答えを続けている。これが鏡子と一緒なら、無関心で極めてロー・テンションな鏡子を揚羽が無理矢

理にでも盛り上げて大げさにはしゃぐのだが、立場が逆転してみるとなるほど、これはこれでかなり鬱陶しい。

他のメンバーはというと、地下でも日傘を差して顔を隠す慎ましさ過剰気味の置名草(オキナグサ)はもちろん、彼女のナイトのように付きそう洋一、それにこのような伴侶を野放しにしている一番の責任者の屋嘉比(やかび)まで、素知らぬ振りを決め込んで、鈴蘭の暴走を揚羽に押しつけている。

「未だ誰一人として分け入ったことのない神秘の地に、今我々が歴史的一歩を踏み出しているのであります！」

いつの間にかこの地下坑は前人未踏という設定になったらしいが、さっきスタッフがどうのと言っていたのはどうなったのだろう。

「また白骨が！　白骨化しているのに何故か生々しい血痕があります！　まるでディレクターが視聴率の低迷を憂えてテコ入れを図ったかのようであります！　ここは危険であります隊長！　これ以上進むのは自殺行為であります！」

反対語はどうなったんだろうと思ったが、おそらく鈴蘭のルールではフィクションにまでは適用しないことになっているのだと思われる。全部嘘であるし。

「はいはい、じゃあやっぱり戻りましょうか」

「おおっと毒蛇が尻尾から落ちてきたぁ！」

鈴蘭が投げ放ったものを揚羽は無造作に首を傾けてかわす。うねるように宙を舞ったそれは、揚羽の背後にいた洋一に頭から被さった。

「うぉわぁぁ！」

また情けない悲鳴を上げて、洋一が置名草を庇いながらそれを慌てて払うものだから、鈴蘭はますます調子に乗ってしまう。

「隊員に命の危機が迫るぅ！」

「ただのゴムホースですよ」

揚羽に言われてようやく我に返った洋一が、置名草と揚羽の顔と薄汚れたホースを見比べるようにしてバツの悪い顔になる。一方で置名草はまったく怯えた様子がないので、対照的な恋人同士の反応はいやにシュールに見えた。

「隊長！　それは毒蜘蛛の巣であります！　彼はもう手遅れです！　他の隊員に毒が回らないうちに彼は置いていきましょう！」

感染らない、毒は感染らない。

「名誉ある大失態をぶちかまして探検隊を危険にさらした無能な脱落者に哀悼の敬礼！」

びしり、と踵を揃えてとても嬉しそうな目で唇だけ無念の形に曲げている。とりあえず揚羽も洋一に振り向いて、手を額に当ててみせた。

「この坑はどこに続いているんですか？」

隣を歩く屋嘉比を見上げると、岩のような顔の口が蠢く。

「ここは、自治区の前身の人工島を峨東の連中が作ったとき、微細機械の培養、運用管理の中核システムを、メンテナンスするために残した地下の集中整備坑だ。自治区のあらゆる区画の下を――」

「隊長！　未開の原住民を発見であります！」

鈴蘭のライトが、薄闇の中で振り向いた屋嘉比の厳つい顔を下から照らし上げる。

「なんと禍々しく野蛮で知性のかけらも感じられない顔でありましょうか！　たった今も二、三人食ってきたぜ、腸詰めは幼女に限ると言わんばかりであります！」

これは反対語の内に入っているのだろうか。それとも鈴蘭の本音なのか。揚羽には区別が付かない。いずれにせよ、ちょっといい気味だと、鈴蘭の相手を押しつけられている揚羽は思った。

人が二人並んで歩けるくらいの広さの地下道は薄暗いが、そこらここらで微細機械のコロニーが不純物を分解しながら仄かに光っていて、足下が不安になるようなことはない。時折、久しぶりの人いきれに食欲を刺激されたのか、蝶型の方も優雅に漂ってきて、前を明るく照らしてくれていた。

「この地下道は自治区人工島全体にあるんですか？」

「そうだな」

岩のような顔を崩さず屋嘉比は答える。

「屋嘉比先生は、この地下坑を使って密輸をしてらしたんですね？」

「いや。他のルートで不都合が起きたときだけだ。うちでは人力で運べる程度の単位で物を扱うことはない」

酒が化石燃料のようにバレル単位であったのを思い起こせば、確かに然りである。

「でも、こんなテロリストや犯罪者の巣に最適な場所を残していたら、治安上色々問題なのでは？　自警団（イエロー）や赤色機関（Anti-Cyan）は知らないのですか？」

「自警団の古株は大抵、元を辿ればテロリストまがいの保守的活動家だ。自治権成立前、地下道は連中の活動拠点だった。かつては陽平も使っただろう。当然、赤色機関も存在は知っていて、連中の足下は完全に閉鎖されてる。ただ、どちらも地下道の全部を管理し切れてはいないだけだ」

人工知能か無線通信が使えれば、ロボットや中継警報機によるきめ細かい管理も可能なのだろうが、前者は人類全体のアレルギーで、後者は電波を遮断する自治区の微細機械のせいで、手段として完全に放棄されている。そうすると、既存のコンピュータやセンサーでかなりの自動化と手間の簡易化を図ったとしても、地下道の全長と構造次第では、赤色機関も自警団も地下道の全てを管理するには人手が足りない。

微細機械では難しいような、あまり複雑な管理システムを導入するとメンテに金と人を割くことになり、挙げ句に自動化ゆえに敵対組織から逆手に取られることも起きてくる。結局最後は人が頼りだが、どちらも各国の警察機構や軍事組織に比べれば微々たる員数だ。

「埋めちゃえばいいのに」

「赤色機関は、自分の駐屯基地の下だけそうしてる。他は行政局が腰を上げないだろう」

「なぜです？」

「自警団の古株からすれば、地下道はまた日本本国と揉めることになったときの最後の砦だ。自分たち以外の連中に使われるのは気にくわないが、手放すつもりはないようだな」

「大事に取っておきたいけれど、他人には使わせない。大人に隠れて秘密基地を作ってしまった子供みたいですね」

そうでなければ、秋に団栗（ドングリ）を埋めてそのまま芽が出るまで放置してしまう栗鼠（リス）か、獲物を枝に串刺しして置き忘れてしまう百舌（モズ）みたいだ。自分で食べるとは限らないが、他に取られたくはない。

「じゃあ、お店に来た赤色機関の人たちもこの道を知っているのでは？」

「言われなければ忘れているが、指に唾をつけて座禅して、とんちでも始めれば思い出すかもしれん。それでも〇六式（トビグモ）は入れんし、蝶型微細機械群体（マイクロマシン・セル）のお陰で足跡も残らん」

安心していいのか、少なくとも不安は払拭できない答えだ。

振り向けば、洋一と手を結んだ置名草はかなり足取りがよくない。脇に挟む氷嚢はさっき取り替えたばかりだが、目に見えて体温の上昇に苦しんでいる。

「置名草さん。ここでは誰も見ていませんから、羽を広げてください。無理して倒れたら大変ですから」

　大変、という言葉に込めた意味を、置名草もすぐに理解したようだった。顔を真っ赤にする洋一に背中のファスナーを降ろしてもらってから、傷んでしまった黄色い羽を出した。

「思った以上に悪いな」

　食い残しの魚の骨のような置名草の羽を見た屋嘉比が、腰をかがめて揚羽に耳打ちする。

　さっき、鈴蘭が毒蛇と偽ってゴムホースを投げてよこしたときも不自然だった。男性の保護欲をかき立てるように造られている水気質（アクアマリン）の水先案内人（ガイド）が、洋一より怯えないということはあまり考えられない。今の置名草の目は視野が極端に狭く、耳も人の声をほとんど聞き取れないのかもしれない。

「ええ。あまり長い遠足はできません。このまま地下道を通って女性側自治区まで行けますか？」

「不可能だ。大歯車（メガ・フライホイール）がある」

　直径五千五百メートルもの世界最大の回転蓄電器（フライホイール）は、自治区人工島を地下深くまで分断している。巨大で荘厳な総督府におわす総督閣下は、当然この人工島の下半分のことも想定して大歯車（メガ・フライホイール）を建設しただろう。さすがに世界で唯一人、最高の一等級の認定を受けた美しく聡明な人工妖精に、程度の低い抜かりはない。

「だが、俺たちはおそらく別な問題に直面している」

「別な？」

屋嘉比の彫りの深い顔立ちが、薄闇の中でよりきつい陰影に見える。人間の言う地獄なるもので、客観という独善で横暴に死者を裁く閻魔様は、きっとこんな顔をしているのだろうと思う。

「鈴蘭」

「ん？」

先導していた鈴蘭隊員が、愛する配偶者に呼び止められ振り向く。

「旅に出たいな。二人きりで、誰も知らない遠くの街へ」

「うん、いいよ」

屋嘉比の眉間に、深い皺が寄る。そして大きな足が、もう十何度目かの三叉路で足を止めた。

「……屋嘉比先生？」

屋嘉比の山のような背中が小さく上下した。肩をすくめたのかもしれない。

「迷った」

一匹の蝶が、丸ごとひと飲みできそうな屋嘉比の大きな顔の前を、暢気に舞っていた。

「……はい？」

突きつけられた現実を、揚羽の脳は理解拒否している。元より頭が悪いのだからあまり無理ばかり求めないで欲しいと思う。

相も変わらず秘境探検ツアー気分の鈴蘭の能天気な笑顔と、対照的に太平洋の真ん中で舵と帆を失った船長みたいな屋嘉比の苦悩の顔の間を、揚羽の視線は無意味に往復する。

「いつから？」

「今気づいた。使うルートは決まってる。鈴蘭も知っているから、任せていたんだが」

「隊長！　我々の進む道はなおも前途遼遠であります！」

君が遼遠にしたのだ鈴蘭隊員、などと思わず突っ込みそうになって、それこそ鈴蘭をより調子づかせるのだと気づいて思いとどまった。

鈴蘭は馬鹿ではない。鏡子と並び立つ技師である屋嘉比は言うまでもないし、彼は鈴蘭の伴侶として、彼女の扱いをよく心得ている。普段ならこんな失敗はしないのだ、絶対に。

ただ、今日は屋嘉比の想定外の因子があった。

この屋嘉比と鈴蘭夫婦に、得意先の揚羽、客兼荷物の洋一と置名草の三人を加えて五人連れという、おそらく鈴蘭にとって久しぶりの大行軍となったことである。風気質(マカライト)は、人が多ければ多いほど、その前後不覚ぶりに拍車が掛かる。彼女たちは振り回す相手が多ければ多いほど奮起し、その知恵の限りを尽くして周りの人々を退屈させないように我が身を省みず努力する。

鈴蘭のその特性が、今回どのように発揮されたかというと、

「揚羽隊長！　我々は危機的状況にあります！　無事生還できるのでしょうか！　答えはCMの後に！」

彼女は、全身全霊を懸け、全知を尽くし、そして全力で、道に迷った。

「……私も油断してました」

たしかに退屈はしない。しないが、道楽で生死の境を彷徨いたいとは思わない。

それこそ逮捕か射殺か、みたいな状況だから全員で緊張感ぐらいは共有できていると思い込んでいたのだが、周りの人間が緊張すればするほど、その箍を外すのが彼女たち風質である。愛想がいいからと言って、間違っても株主総会などで司会進行をさせてはいけない。

彼女たちはどんなに困難な状況においても、人の目さえあれば、決して退かず、媚びず、省みないのだから。身内も自社も自分自身すらも。

「……適当に、上へ行ける場所があったら、そこから地上に出られるのでは？」

「四半世紀前の区画整理で、ほとんどの縦穴の上には何か建ってる」

そもそも、入った穴とて、店の床下にあったわけである。

世界一高度に整備された最先端の超文明都市の真ん中で、全員を無事に混迷の窮地へ追

いやるという完璧かつ見事な仕事をなし終えた鈴蘭が、薄い胸を張って得意げにしているのを除き、全員が頭を抱えた。

「あの……たぶん、左です」

蜘蛛の糸のように細い声がして、全員が振り向いた。

八つの視線の先には、急に注目を集めてしまって恥じらい、日傘で顔を隠した置名草の姿がある。

「置名草さん、もしかして、この道わかります？」

「……あの、たぶん」

そうだったのだ。彼女は何者であるか。

揚羽の胸で、小さな自責が渦巻く。

自分は、儚く病に冒されている彼女のことを、いつの間にかそれこそ荷物か何かのように、あるいは酷く言うのなら足手まといのように考えてしまっていなかったか。

「私はやっぱり馬鹿です」

両手で自分の頬を軽く叩いた。落ち込んでいる暇はない、反省はひとまず後だ。

「どういうことだ？」

「彼女はきっと、この中の誰よりも、自治区のあらゆる道に詳しいです」

彼女はたった二十四時間前のことすら覚えていることができない。昨日の天気だろうが、一昨日の夕食の献立だろうが、四字熟語だろうが、一四一五九以降の円周率だろうが、フェルマーの最終定理だろうが、彼女はどんなに必死に学んでも決して思い出すことはできない。

だが、それでも彼女は完璧なのだ。名技師の手になる、非の打ち所のない、芸術的なまでに完成された人工妖精だ。例え同じ水気質でも、比類なき手抜きでごく無造作に生み出された揚羽とは浄化処理前の濁った工場排水と、茶道の湧水ほどに違うのだ。

「彼女は水先案内人です」

屋嘉比の大きな目が小さく見開かれた。

置名草は自治区の道という道を知り尽くしている。行ったことがあるかないかは関係がない。彼女にあるのは知っているか知っていないかだけで、そして道に掛けては後者がないのだ。

「置名草さん、先頭に立って道を――」

言った途端、置名草は日傘をかざして洋一の背中へ隠れてしまう。

それはそうだ。洋一と手を繋いでいても、決して彼の真横に並ぶことはせず、半歩だけ歩みを遅らせてついてくるような人工妖精である。全員の前に立って歩くなど、彼女には無理難題が過ぎる。

「ええと、じゃあ、岐路や辻に来たら、どの方向か教えてくれますか？」

日傘の向こうで小さな顎が上下するのが見えた。

それから、何度か分岐を過ぎると、揚羽にもわかるくらいはっきりとひとつの方向へ道を選んで歩いている実感を覚えることができた。鈴蘭は、せっかく苦労して作った難題のパズルが迷わず解かれつつあるので無念そうだったが、あのままでいるわけにもいかないので致し方ない。

道の先に光が見えたときは、洋一と揚羽だけでなく、屋嘉比までもが低い声で唸った。刺激の乏しかった、変化のない地下道に飽きていた鈴蘭が、まっさきに駆けだして光の向こうから手を振る。揚羽も無意識に歩みが速くなっていた。

「わぁ……」

誰からともなく、そんな感嘆の声が生まれる。

暗さに慣れていた揚羽の目が、正常に像を結ぶまで少し時間が掛かった。

「隊長！　我々は幻のアトランティスをついに発見したのかもしれません！」

飛び跳ねて興奮する鈴蘭が、歩道から落ちそうになったので、屋嘉比がとっさに腰を抱いて掬い上げる。

「来たことはあるだろ」

あるのか。

鈴蘭の興奮は、主に自身の内からではなく、周囲の他人のそれから発生するらしい。

目の前に広がっているのは、自治区の街並みだった。高低大小様々な、微細機械建築ならではの高度で繊細な無数の建築物が、計算された美しい無秩序さで並んでいる。

並んでいる、確かに並んでいるのだ。ただ、立ち並んでいると表現すべきではないかもしれない。また、街並みではあるのだが、街ではないとすべきなのかもしれないとも思う。

見慣れた自治区の空と同じように、膨大な数の蝶の群れが宙を舞い、色とりどりの羽をまばゆく輝かせている。地上よりも遙かに数多く、そして力強く、彼女たちの放つ光が、日の光に恵まれた地上と同じくらい明るく、少し暖色よりに街並みを照らしていた。

蝶の数と街を囲う壁がある以外は、まるで地上と変わらない、見方によってはいつもの自治区の街の風景と区別がつかなかったかもしれない。その見方とは、

「逆さま、ですね」

例えば逆立ちをすれば、である。

揚羽たちが立っているのは、地上の街の歩道が上下逆さになった、裏返しの部分だ。背後にはパイプ状の蝶の巣がそびえていて、広い壁になっている。

そこからは人工島の地上部分を丁度逆さまにしたような、広大な空間が見えた。ビルはどれも広い天井から生え、下に向かって伸びている。大歯車（メガ・フライホイール）も下半分が見えていて、地上と同じように歯車の形をした外装部分がゆっくりと空回りしていた。

揚羽たちのいる歩道の裏側から数十メートルのすぐ下には海水が満ちていて、街並みは

そこへ深く沈み、蝶たちの光を豊かに反射する水面が井戸底のように静かにたゆたっている。

揚羽も、自治区人工島の構造には最低限の知識を持っている。だが、目に見える部分はともかく、地下にこのような巨大構造があったとは知らなかった。

建造物は地上のそれを大まかに象(かたど)っているが、角は丸く、幾何学的で機能的というよりも、有機物的な印象だ。窓に見える窪みもちらほらあるが、中に空洞は見えない。

人間の生活空間としての建造物ではなく、どちらかといえばピラミッドのような、空間を埋めることに意味がある構造に見えた。

「なんなんですか、ここ？」

人間は揚羽と違って頭がいいので、あまり無駄な物は作らないはずだ。だが、地上でビルを建てる度に、反対側の地下でも同じ大きさの建造物を作ったのだとすれば、揚羽にはその意図が理解できない。

「逆さ吊り模型(フニクラ・モデル)の応用だ」

聞き慣れない言葉で、屋嘉比は答えた。

「自治区の土地は元来、関東湾の海上に浮かび建っている不安定な人工の島(メガ・フロート)だ。脆弱な地盤に高層建築を無計画に建てれば、すぐに重心が偏って傾き崩れたり、波浪の震動をまともに建築物に伝えて倒壊させてしまう。だから、地下に地上の構造物と対になる、同じ大きさの重しを作って張力を取り、島の地盤が安定するようにしている」

揚羽の頭ではややリソース不足だ。鏡子に対してもそうだが、難しいことを言われたときは、身近で単純な物に置き換えることにしている。

「ええと、つまり、たくさん腕がある弥次郎兵衛(やじろべえ)みたいな感じですか？　どこかに腕を足したら、反対側にも同じ腕を付ければ、バランスは簡単に取れると？」

「……重さは違うが、大ざっぱにはそうだ」

屋嘉比は表情が薄いが、揚羽が物事をシンプルに理解したとき鏡子のする何か不満そうな顔と同じ色が見えた。なぜ不満に思われるのかは、揚羽にはわからない。

「自治区では、何か建てる度に二倍の手間がかかっていたということですね」

「手間は増えない。地下構造は微細機械が勝手にやる。連中は自治区人工島の恒常性(ホメオスタシス)を維持するように働く。空気が汚れれば積極的に分解を始め、島の重心が僅かでも乱れればそれを補うように地下に重しを作る」

人工島を生き物に例えて屋嘉比は語った。

この人の住めない逆さの街は、蝶をはじめとした微細機械が人間の指示なく人間のために作ったのだ。だから、機能的でも幾何学的でもない。質量と大まかな形状さえ揃っていればよいから、細部はサバンナの蟻塚のように大ざっぱになる。

必要性は理解できるが、それでもこんな贅沢な街作りは、資財が有り余る東京自治区だからこそだ。家屋の建築に必要な木材や石材が乏しい国と時代の人が見たら、発狂するかもしれない。

「壮観ですが……これからどうしましょう？」

屋嘉比が揚羽の顔ぐらいありそうな大きな顎を大きな手で撫でる。

「ここまで来れば見通しが利く。地上のどこに出るかも見当がつく」

どうやら先進の文明都市のど真ん中で遭難死するという恥は残さずにすみそうだ。

「……ここです」

ぽつりと、呟く声が聞こえて、全員が振り向く。

「洋一さん、私、ずっと探してたの……やっと私を見つけた」

洋一に語ると言うより、口から吐息に混じって漏れてしまったような声で、日傘を傾けた置名草が天井近くを見上げていた。

「置名草？」

洋一の呼びかけにも、置名草は答えようとしない。聞こえていないのかもしれない。

今の置名草の朧な目には、この上下反転した先進都市の実物大レプリカがどのように見えているのだろう。彼女の目は眼球も視神経も正常だが、認識力が極端に減衰していて、目には映っていても揚羽たちとは違う見え方をしているはずだ。自分と他人の感じ方の差異を、脳が必死に補うから脳の負担が大きくなっている。先を歩く人の後ろからついていくことすら難しくて、洋一に手を引かれてようやく歩いてきたのだ。

感覚が減衰した今の彼女の視覚には、この大ざっぱに簡略化された街並みがより単純化されて入力されている。疲れ切った脳が必死に見えない部分を補って、揚羽たちとはまったく別な景色を認識しているのかもしれない。

置名草は歩道から身を乗り出して、街の隅々まで浚うように眺め、やがて突然振り向いて背後の蝶の巣のパイプの壁を見渡した。

小さくはなく、大き過ぎもしない瞳が、微震するように動いていた。それが揚羽にはまるで壁を巨大な本に見立てて左右に文字を追うように見えたのだが、揚羽がいくら目をこらしても、壁には微かな凹凸と整備用らしい扉と足場がいくつか見えるだけで、意味のある模様や文字のようなものは見つけられなかった。

揚羽たちには見えない何かを目で辿っていた置名草の顔は、その視線が行をまたぐように降りていくたびに、目に見えて青ざめていった。眉は震え、唇はわななき、額から汗が滴って、頰は体温の色を失っていく。

やがて目を見開いたまま、魂が抜けたように膝から崩れ落ちる。洋一が駆け寄ったときには、美しかった亜麻色の髪が異常な発汗で顔にへばり付いていた。

「洋一さん……私は」

呼びかけても、目はもう洋一を見ていない。見えていないのかもしれない。黄色い羽はオーバーヒートを起こして、残った鱗粉までまき散らし始めている。

揚羽が慌てて手持ちの鎮静剤を探している間に、洋一の肩に顎を預けた置名草の息は、危険なまでに上がっていく。

「わた……私、は……」

肌に死が透けて見える、置名草を初めて見たとき揚羽はそのような印象を得た。だが、今の置名草はもうそのような儚げな印象を遥かに飛び越えて、死者が肉体を求め縋り付いて、必死に生皮を纏っているように見えた。

「私、は……ふ、ふて、ふてい……です、か……？」

不貞。そう言ったのだろうか。

震える彼女の袖をまくり、アンプルを叩き折って、無痛針で鎮静剤を彼女の血管に流し込んだ。

熱く滾った血液に紛れ込んだ異物が、彼女の全身の興奮を強引に冷ましていく。息は少しずつテンポを緩めていったが、体温が異常に高いままだ。今の急激な興奮は、彼女の残りの寿命を大きく縮めたに違いない。

いったい、彼女は何を見たのだろう。あの儚げで慎ましい、恋人の手に触れても恥じらって口を結ぶような、穏やかで大人しい彼女を、何がここまで動揺させたのか。

不貞と彼女は言った。もしそんな言葉を誰かに浴びせられたとしたら、水気質にとっては裸に剝かれ地面に這いつくばる以上の屈辱だ。他の三つの気質の人工妖精ならそうはならない。貞操に関する観念は個体差が大きいから一概には言えないが、水気質だけは特別だ。

水気質の精神原型（S.I.M.）は、実用性が第一に求められて発見された土気質（トパーズ）に続いて二番目に、人間をより愛し人間により愛されるために造られた。水気質の彼、彼女たちは唯一人、自分が愛した人間のために身も心も尽くし、尽くし果てることを至上の喜びとする。その身や心が思い人のために磨り減ることにも代え難い充足すら覚える。

四気質の中で最も人間との社会的な関係に適応した気質と言われても、本質的に彼と彼女たちは、恋人以外のあらゆる他人、社会全てに対する価値観が極めて希薄だ。恋人さえ幸福であるなら、彼と彼女たちは社会の全てを見捨てても裏切りもする。

そんな彼と彼女にとって、不貞は自己に対して決して許されない大罪だ。例え恋人が許したとしても、有り触れた誤解であっても、自ら心の芯まで責め滅ぼしてしまう。

耐えられるわけがないのだ、もし自分が不貞だったと思ってしまったら。だから、水気質は四気質の中で一番人間に多く愛される一方、一番自壊、自殺が多い。まして、慎ましく恥じらいが絶えず、手を握るだけで頰を染めるような置名草なら、心を壊して余りある。

「すぐにどうということはない」

彼女の脈を取り、目を覗き込んだ屋嘉比は溜め息をつきながら言った。

「だが、今ので自我境界がほとんど吹き飛んだ」

揚羽の胸が苦しくなる。

真白と同じだ。死んだら蝶になって遺体が残らない人工妖精は、生きている間も何かの拍子に、身体の一部が蝶型微細機械に戻り、消えるようになくなってしまうことがある。

置名草は羽から壊れはじめていた。そして、遠くないうちに身体も崩れはじめる。

「洋一さん。ごめんなさい、密出区は一旦中止です」

揚羽の言葉に洋一がいっそうの動揺を露わにする。

「待ってくれ！　だってお前らじゃ駄目だから向こうへ行くって……！」

「無理だ。密出区は遠足じゃない」

屋嘉比の言葉は少ないが、それは議論の余地もないということだ。

「このままだと彼女は心が壊れて、追って身体も崩れはじめます。今の状態で無理に連れ回したらもちません。鏡子さんも言っていたとおり、今まで立って歩いていられたことも信じられないんです。可能ならこの場ですぐに手術をしたいぐらいなんですよ」

洋一の顔には、不安と憔悴に加えて、悔しさが混じり浮く。

やむを得ないのは彼にもわかっているはずだ。とてもではないが、数日たりとも出歩ける状態ではない。

せめて——。

揚羽の視線が、ゆっくりと回転する大歯車に注がれる。あの歯車さえなければ。彼女の父である技師の住み処は目と鼻の先なのだ。目と鼻の先が、とてつもなく遠い。

不意に巨大地下空洞を満たす光が強く、明るくなって揚羽は目を細めた。揚羽たちの眼下、巨大なパイプ状の蝶の巣の水面下に沈んだ穴から、目映く輝く蝶の大群集が溢れて、水面から次々と水上へ飛び出してくる。

隣に立つ屋嘉比の腕時計を盗み見れば、短針は七時と八時の間を指している。地上で清掃当番を終えた午後シフトの蝶型微細機械たちが、巣に戻ってくる時間だった。蝶たちは毎日、地上から筒状の蝶の巣を抜け、この地下空洞で羽を休めていたわけだ。

その光の奔流の中に、太陽の黒点のような小さな黒い染みが見えたような気がした。その染みはビルの間を爪弾かれるように飛び跳ねてこちらへ近寄りつつあった。

五人の中で一番視力がよかったのは、認識力の怪しい置名草と、見えても興味の有無で無視もする鈴蘭を除くなら、揚羽だったに違いない。そして揚羽の目には、その染みから伸びる八本の脚が、もうはっきりと見えていた。

「〇六式無人八脚対人装甲車です！」

叫んだときにはもはや小指の爪の大きさに見えて、その後は息をつく間もなかった。

逆さの高層ビルの林を、まるで目に見えない糸を辿っているかのように、縦横無尽に飛び交っていた〇六式(トビグモ)は、その驚異的な跳躍力で百メートルもの距離を目も追い付かないほどの三段跳びで消す。最後の大跳躍は紛れもなく揚羽たち一群に向けられていた。

考える間などありはしなかった。屋嘉比は鈴蘭を、揚羽は洋一と置名草を、それぞれの方へ庇いながら押し倒す。

消音緩衝装置(ショック・アブソーバー)の鞘を抜き捨てた八本の脚が、つい先ほどまで五人の立っていた歩道を砂山のように易々と貫き、両耳の穴が繋がってしまったのではないかと思うほどの爆音を立てて粉砕する。

洋一と置名草の上から倒れ伏した揚羽の踵、そのすぐ隣に、揚羽の胴回りほどもある金属ガラス製シャフトが深く突き刺さっている。なのに、先ほどまで立っていた歩道には傷一つついていない。下手に動かなければ危険はなかったと言わんばかりの、傲慢な正義がその巨体に浮いて見えるようだ。

八つの蝶除け線香がシュールに揺れる八本脚の、シャフト軸に小さく開いた穴から、強震掘削爪(パイルバンカー)の空になった蓄電筒(コンデンサ)が排莢され、新しい蓄電筒(コンデンサ)が薬室に装填される。拳大の蓄電筒(コンデンサ)が八つ、揚羽たちの足場で撥ねて水面に向けて落ちていった。それは、次こそ安全を保障しないという警告だ。

〇六式(トビグモ)の腹の辺りには、揚羽たちが出てきた地下道がまだ開いている。そこから響いてきた足音は、〇六式(トビグモ)の主たちのそれだ。

「二級精神原型師屋嘉比(やかび)忠彦(ただひこ)！　ならびに屋嘉比鈴蘭！　国家公安委員会人工知性危機対策時限特別局(Anti-Crisis agency of Yokeless Artificial-intelligence with Non-control)は、日本国の知的人的重要資産たる両名の人命を重んじ、存命の危機に際し可及的速やかにこれを保護するものである！」

揚羽からは見えないが、地下道の中には無薬莢機関拳銃(ケースレス・フルオート)を構えた三ツ目芋虫の小隊がいるはずだ。

鈴蘭が本気で迷わせ、残りの四人が揃って本気で頭を抱えた道のりを、彼らはどうやって違わず辿ってきたのか。

可能性を数え上げるよりも早く、答えは揚羽の胸の下で見つかった。置名草の脇からこぼれ落ちた保冷剤が歩道に転がって、たっぷり纏った結露の水滴を飛び散らせている。

水滴の跡を追ってきたのか。暗所でかつ足跡が残らなくても、彼らの赤外線センサーなら冷たい水滴はヘンゼルとグレーテルのパン屑よりはっきり見えたはずだ。

「両名は両手を後頭部に当て、姿を現していただきたい！　我々は決して両名に危害を加えない！　我々は貴兄らの同胞日本人である！」

無機質な〇六式(トビグモ)の脚の向こうの屋嘉比と目が合う。

てっきり煙草売買の摘発か、揚羽か置名草の関わりかと思っていたが、どちらでもなかったようだ。

「先生、ご指名です」

「生憎、俺は店外同伴を受け付けてない」

鈴蘭の腰を持って支えてやりながら、屋嘉比は〇六式(トビグモ)の前では小さく見える肩をすくめた。

「繰り返す！　両手を後頭部に当て、出て現れよ！　当方に危害を加える意図はない！」

「まぁご遠慮なさらず。熱愛されてますよ」

「俺の手も頭も、鈴蘭だけで一杯だ」

「お熱いことで」

足下が定まらない洋一と置名草をなんとか立たせ、揚羽も膝を上げた。

「じゃあ、強引な求愛はお断りするしかありませんね」

「勿論だ。密出区の件は落ち着いたら連絡する」

「了解」

両手に二人の手を握り、揚羽は踵を浮かせる。そして、歩道が傾ぐのと同時に蹴った。

「ではお二人ともご無事で！」

「適当にやってる」

「地獄で会おうぜ(Go to Hell)揚羽(Baby)！」

鈴蘭の洒落にならない反対語を背中で聞きながら、二人の手を引いて駆ける。

歩道から八脚中四脚の脚を引き抜き、〇六式(トビグモ)が追跡態勢に入る。頭部の三連主センサーは、反対側へ走る屋嘉比に向けられている。やはり赤色機関のチップは屋嘉比側（イーブン）に賭け（ベット）られているらしい。だが、屋嘉比がうまく逃げるほどにこちらも危険になる。

ついに全ての脚を蠢かせて歩道を走り出そうとした〇六式（トビグモ）に向けて、揚羽はコルセットから抜いた四本のメスを、パーカーとスカートのレースを翻して投擲した。

あの鳥の翼を持つ人工妖精、岬から聞かされたことがある。

――いいか、マイハニー。図体のでけぇ奴ってのは、必ず関節とか目玉が弱点だ。そこだけは丈夫に造れないからだ。古（いにしえ）の英雄たちは、追い詰められると必ず目玉や関節にちっぽけな槍や剣や矢を突き立てて、どんなに巨大な相手でもぶっ倒してきたんだ。

そうだ。三連主センサー、シャフト剝き出しの関節、それに足の付け根の柔らかなラバー。狙い所はいくらでもある。

人工妖精の神経節をコンマミリ以下の誤差で刺し貫く揚羽のメスは、四本が全て違わずそれらの僅かな接合部に当たった。

そして、弾かれて落ちていった。微かな振動を感知したのか、八脚装甲車（トビグモ）の三連主センサーが揚羽たちの方へ振り向く。

「あっのっ大嘘つきのエロ妖精めぇ！」

二人の手をもう一度ひっつかんで大慌てで逃げた。

センサーだろうが関節だろうが、負荷が掛かる場所なのは設計者なら百も承知だ。そんなわかりやすいところに弱点など残しておくわけがない。センサーは磁気拳銃でも傷ひとつつかない超硬化ガラスだし、シャフトは無重力合金、ラバーだって防弾だ。

一瞬でもレトロ・アニメマニアの知識を信じてみようと思った揚羽が愚かだった。〇六式（トビグモ）に本気で追跡されたら、広い場所ではひとたまりもない。洋一と置名草の手を引き、揚羽は揺らぐ歩道裏から脇の地下道へ飛び込む。

そこは最初に歩いた地下道よりやや広い通路だった。配管や配線らしき物も見えず、純粋な通行用として作られたような印象だ。しばらく辻を選ばず走っていくと、揚羽にもそれがようやく地上の二層や一層が模されて出来ていることに気がついた。微細機械たちの仕事は人の目に見えない場所にまで行き届いている。

見慣れた街と同じ区画配置なら、位置がわかるわけではないが揚羽にもある程度は勘が働く。交差路を直感で選んで抜けるうちに通路はどんどん大きくなっていき、やがては公用車も通れるくらいの大通りに出た。

天井は高く、多くの蝶たちが太陽の代わりになって、人のいない通りを明るく照らしている。

道の真ん中まで来たとき、汗で湿っていた置名草の手が滑って放れてしまった。

「これ以上無理だ！　置名草が死んでしまう！」

倒れ込みそうになった彼女を、洋一が支える。ここまでとて半ば引きずってきたような状態だった。上品なパンプスは踵が取れ、爪先は裂けて少し血もにじんでいる。なにより置名草自身に、もう走る力など残っているようには見えなかった。

「道脇へ」

周囲を見渡し、赤色機関の姿がないことを確認しながら、二人で置名草を路地まで運んだ。

鎮静剤が効いたのか、今の彼女はだいぶ興奮が収まって見える。その代わり、抜け殻のような焦点の定まらない目をしているのが気になる。危険な兆候だった。

出来るなら薬には頼りたくなかった。もし真白と同じであるなら、技師ではない揚羽にもわかる。感覚が薄らいでいく彼女にとって、神経の興奮を抑えるということは、より脳への刺激を減らすことになる。それは彼女の意識をより孤独にし、自我が曖昧になるのを加速させてしまうからだ。

「置名草さん、私がわかりますか？」

彼女の瞳が少しだけ揺れたが、返事はなかった。

揚羽の声は、もう彼女の耳に届いていないのかもしれない。

体温は相変わらず異常だ。人工妖精なら五十度前後までは生き延びたケースを知っているが、もうそれを超えているかもしれない。羽の傷みはさらに進んでいて、もうほとんど光を放っていない。脳の温度がどこまで上がっているか、想像もつかない。

ここが死別の場所になるかもしれない。

洋一の前で口にはしなかったが、自分だけでも心の準備は必要に感じた。

人工妖精は死ぬと身体が消えるから、死に水すら取れないが――

「洋一さん、路地の外を見張っていてもらえますか？　出来る限りのことはしてみます」

洋一は置名草の手を放しがたかったようだが、揚羽がワンピースのファスナーを降ろすと顔を背けて放した。

さて。

出来る限りと言っても、どちらかと言えば壊す方が専門の揚羽に手立ては多くない。自分用の荒療治ぐらいしか、思い当たることはないのだ。今の置名草がそれに耐えられるかといえば、それは非常に分の悪い賭だ。

一か八かになるが、薬剤で強引に髄液の温度を下げるしか――。

袖の中に縫い止めていたものを千切り、金属ガラス製の高圧アンプルを取り出す。こんなものを使えば、健康な人工妖精でも最悪は集中治療室行きだ。自分以外に使うことはないと思っていたのに。

おそらく、洋一には直視するに堪えない光景になる。もう一度、彼がこちらを見ていないことを確認しようとして振り向いた刹那。

彼は、揚羽に言われたとおり、真面目にも路地から通りを覗こうと首を差し出していた。

その頭が同じ大きさの振り子にぶつかったように、揚羽の目の前で真横に吹き飛んだ。

通りの影から洋一の頭へ伸びたのは、折りたたみ式の床尾、小銃の肩に当てる部分だ。

それで洋一の頭を殴打した者の姿は、確認するまでもない。

分間最大千発オーバー、低振動フルオートマティック、小口径高速弾、電子照準、無薬莢（ケースレス）。攻撃のための軍事力を保持することが認められなかった日本本国が、自衛のための武器として先鋭化させ、世界最高峰の精密技術でひと世代前の主力自動小銃なみの性能を拳銃サイズに無理矢理収めた、戦争放棄国家の自前の牙、二十三連発五・七ミリ機関拳銃だ。

それを所持し得るのも、日本本国の暴力以外にない。

「赤色機関（Anti-Cyan）！」

アンプルを放り出し、両手で袖とスカートの裾からメスを引き抜いたが、構えるより早く肉薄されてしまう。

七つの銃口のうち四つが揚羽の顔と胸へ、二つが動けない置名草に、そして残りの一つは倒れ微かにうなっている洋一へ向けられた。

路地に隠れたのが裏目に出たのだ。揚羽は壊し屋であっても戦争屋ではない。見通しの悪い場所に入るのは切除対象が決まっているときであって、逃れるために場所を選んだ経験はなかった。

指に挟んだメスを落とし、そのままゆっくり手を上げた。

「対象を確保。黒い方は抵抗を放棄。子供と黄色い方は無力化した」

肩の赤い回転灯の下に、巡査長の階級章を付けた三ッ目芋虫が、状況の終了を通信越しに告げる。

どうするか——。

彼らの目的は屋嘉比のようだ。自分たちの方はついでだろう。洋一はこれ以上手荒な真似はされないかもしれない。ただし、置名草は公的機関へ引き出されれば即廃棄だ。等級認定外の揚羽も、逮捕となったら最悪は裁判無しで処分になる。

揚羽はよくない方だと自分で思う頭を全力で稼働して、脱出の可能性を探った。目に見える範囲で七人。

十人程度なら、入り組んだ路地がすぐそこにあるし、揚羽だけはなんとかなる。だが、それでは意味がない。

「手を頭の後ろへ置いて立て」

銃口で軽く小突かれ、揚羽は言われたとおりにした。指示をした巡査の銃は、先が震えている。彼らとて人の子だ、緊張しているのか、それとも、屋嘉比の言ったように何かに怯えているのか。

「お前もだ、立て」

脳震盪を起こしたのか、まだ意識の朦朧としている洋一を、一人が抱え起こす。

「そちらのお嬢さんは立てません。無茶はしないでくださいね」

置名草の状態が悪いのは人間にも一目でわかるだろうが、一応言い含めておいた。一番警戒されているのは自分だ。刃物を抜いてしまったし、まともに歩けるのも自分だけなのだから。

ボディチェックをされれば、得物の類は全て見つけられてしまう。動くなら今しかないのだが、揚羽は機関拳銃を携行する複数の相手に立ち回れるような超人ではないし、細い腕には二人を抱えて逃げる膂力（りょりょく）もない。

「我慢してね」

一人、おそらく女性であろう小柄な隊員が、後ろに回って揚羽の首から腰を浚っていく。一ヵ所に触れる度に手が止まっている。裏地やらに仕込んでいるメスには気づいているようだ。この大勢の前で裸に剝かれることになるか。

「負ぶうしかない」

他の隊員より大柄な巡査が、置名草の前で背を向けて屈む。もう一人の隊員が、彼女を脇からゆっくり抱え上げて、大柄の方の背中に乗せた。置名草がどうしても日傘を手放さないので難儀していたが、結局はそのまま背負うことにしたようだ。

「屋嘉比原型師との関係は？　何故彼と行動を共にしていた？」

銃を突きつけている一人に問われ、揚羽は手を上げたまま肩をすくめた。

「あなたは、子供の頃に甲虫や蝉を捕まえようとして、気が急いて逃がしてしまった口ですか？　小水を掛けられたり」

「聞かれたことだけに答えろ」

割って入った巡査長に諌(いさ)められた。

「お得意先です。私は見ての通り工房の看護師でして、原型師は原型師同士の繋がりがありますから、ご挨拶に寄っただけです。あとは追われたから逃げることになりまして、まだ小水はしてませんが」

洋一に肩を貸していた男が含み笑いを漏らす。

「君は一言多い口だと言われたことは？」

「よく言われます。うちの原型師(せんせい)に」

「だろうな」

マスクの向こうで、巡査長が溜め息をつくのがわかった。

「一旦身柄を拘束するが、君たちが面倒を起こさなければ面倒なことにはならない。地上の街までエスコートする。これ以上は仕事を増やさないでくれ。私は腰痛持ちでね、平和に任期を終えて、早く故郷の草津で本物の温泉に浸かりたい」

「それはうらやましいですね。私たちには叶わない夢です」

ボディチェックをしていた女性の巡査が、揚羽の身体から手を放す。

「黙っておくわ」

そんな囁き声を耳に残して揚羽から離れた。

万が一にも避けたいが、万が一で血の海作りになったら躊躇わずにいられるか、困ってしまう人たちだ。

とりあえず、最悪のケースにはならないように見える。犯罪の取り締まりが目的だったら事情聴取だが、そのような素振りもない。大人しくしていれば、置名草のことも自分のことも、深くは詮索されずにすむかもしれない。

これ以上、自分の口から余計な一言が出ないように、揚羽は唇をきつく結んだ。

「坊主、悪かったな。いきなり顔を出すから余裕がなかった。立てるか？」

洋一の頭を殴って昏倒させた当人が、彼を気遣って肩を貸している。

まだ目線が虚ろな彼の口が、なにかを呟いている。肩を持ち上げられ、宙を舞ったそれが、飛び交っている蝶を追うように彷徨い、振り子のように一点で回り始める。

「……置名草」

彼の呟きがはっきりと揚羽まで届いたとき、狂気の狼煙（のろし）は突然上がった。

置名草の顔に浮かんだのは、初めは困惑だった。そして動揺がその目に映り、次に恐怖か嫌忌が顔の全ての表情筋を萎縮させ、最後に悲痛な異音に感情の丈を変えて、その場にいた全員の耳朶を刺し貫いた。

「どうした!?」

自分を背負っている大男の背中の上で狂乱し、暴れる置名草を、周りの二人が押さえにかかる。手を取り、背中を押さえても、彼女の悲鳴は止まらない。

「何をした!?」

巡査長の問いに答えられる隊員はいない。何もしていないのだ、誰も。それは揚羽がよく見ていた。何もなかったのに、彼女は金切り声を上げ続けている。

「手荒なことはしないで！　彼女は重病人です！」

ただ、そう叫ぶことしかできなかった。ならどうすればいいのか、どうすればよかったのかなど揚羽にはわからなかった。そして不運なことに、自分よりずっと頭がいいはずの赤色機関の人間たちにも、何もわからなかった。

とっさには、切れたこめかみから血を流す恋人を見て、置名草が動揺したのかもしれないと考えた。だが、すぐに少し様子が異なることに気づいた。

――ごめんなさい、ごめんなさい、ごめんなさい。

彼女は掠れ切った声で、そう繰り返している。謝罪しているのだ。誰にと言うのなら、それは洋一以外にはありえない。

危険なことに巻き込んでごめんなさい、とも違う。

出会ったことから間違いでした、とも違う。

取り返しのつかない、形にならないからこそ、もう元の平坦にならすことが出来ない何かを、彼女は失った、あるいは失っていたと気づいた。

私は不貞ですか、という彼女の言葉が揚羽の頭の中を反響している。

悲鳴を上げている姿は、もう発狂寸前だ。こんな状態になってしまった水気質が、回復するのにどれだけ長い治療とカウンセリングが必要になるか、看護師としての揚羽はよく知っている。

そして、回復が不可能な限界の一線を越えてしまう瞬間も、青色機関(BRUE)としての揚羽がよく知っていた。表出の形に違いはあるけれども。

大男に背負われて二人がかりで押さえつけられていた置名草の両手で、灯がともる。彼女の羽を燃やしたような、鮮やかな黄色の炎だった。

彼女の手から溢れ出した蝶の群れが、両手を掴んでいた二人の隊員の身体を撫でるように通り抜けていく。蝶たちが飛び過ぎた後には、三ッ目芋虫の防護服の上から、腕と言わず顔と言わず、煙草の吸い殻を擦りつけたように、黒く鈍く光る、煤けた跡が残った。

置名草の悲鳴が、無数の黒い線を爆導索に変え、太陽から切り抜いたような黄色い炎が二人の上半身を包んだ。

二人の三ッ目芋虫が、狂乱して転がり、必死に身体に点いた火を消そうとする。その中央で、置名草は自分を背負う大男の首に自由になった両手を掛けた。

蝶の群れが大男と置名草を包み、それが過ぎ去った後には、大男の全身が縞模様(ゼブラ)になっていた。

カチリ、と置名草が歯を鳴らした刹那に、二人は巨大な火柱に包まれる。

その場の誰もが息をのみ、自分の眼底の視神経がリアルタイムで正確に脳へ伝える映像の真偽を疑っていた。これが幻であれと、幻であるはずだと、揚羽のみならず全員が思ったはずだ。

蠟燭に変わった大男の身体を踏み越え、火の中から火よりも黄色く儚げな人工妖精の細い肢体が現れる。彼女の清潔だったワンピースは焦げ落ち、下着まで煤けて、白い肌が露わになっていた。

「……ぉ……ぉぉ……ぅぉおおお！」

一人の隊員が機関拳銃を腰溜めで構え、セイフティを外す。

「よせ！」

巡査長がその銃身を摑んで横へ向けさせた。

身体の重さを難儀するような、揺れる足取りで置名草は二人に歩み寄っていく。

巡査長は、揚羽が目を疑うくらい冷静な判断が出来る人間だった。他の二名になおも火に巻かれている三人の救護へ向かわせ、自分は恐怖で我を失った部下を、身体を張って止めに入った。

一発の銃弾が、自治区民と赤色機関の危うい緊張と共存関係を、壊滅的な混沌に陥れてしまう。その理屈を彼はよく教育され、よく理解していた。人目の少なく危機迫るこの時であろうとも、彼は安定共存の理想を遵守した。

頭では理解できない異常な事態に際し、なおも理性を保った彼は賞賛されるべきだと揚羽は思う。だが、冷静な判断が最善の結果を導くとは限らない。そして彼の優れた現実認識で想定しうる全てのケースを、不条理にも現実の方が全て裏切った。

なおも銃を向けようとする隊員と置名草の間に、揚羽はぎりぎりで身体を割り込ませ、双方を庇った。その左右の耳の横を、置名草の白い両腕が伸びて過ぎて、揚羽の目前で巡査長と彼の部下の三ツ目マスクを無造作に摑む。

揚羽の目と鼻の先で、二つの頭が蝶の群れに包まれて、そして火に包まれた。

人の頭が燃える様を、揚羽は生まれて初めて見た。その凶行を目にした揚羽の頭は半分が恐慌を起こし、残りの半分が自分でも気味が悪いほど冷たく冷えてこう告げる。

ああ、これはもう駄目だ、と。

前の三人は、偶然の延長であったかもしれない。不意に目を覚まして混乱し、ただ恐れ怯えて手を払いのけた程度のつもりが、たまたま包丁を握っていただけだと考えることも出来た。あるいは真実はそうでなかったとしても、そう思い込ませて治療する余地もあった。

でも、これは駄目だ。今、置名草は明確な殺意で二人の頭を燃やした。釈明は不可能で、なにより彼女自身が自分に言い逃れ出来ない。嫌疑無用の第一倫理原則違反だ。

顔のすぐそばにある左腕を握り、捻り上げながら振り向いて取り押さえようとした。無理に逃れれば折れてしまうように、もはや加減無しだった。しかし置名草は無造作に腕を払って、細い肩で揚羽の体重を丸ごと払い除けた。

置名草の関節が砕ける確かな感触と、音がした。彼女の汗で滑らなければ、腕を引きちぎってしまったかもしれない。

無防備に転がった揚羽の左腕には、男たちと同じように黒い爆導索がまとわりつき、地面を引っ掻いて立ち上がろうとしたとき発火した。

自分の生肌の焼ける臭いが、鉋で皮膚を削られるような痛みと一緒くたになって揚羽の意識を埋め尽くす。

その間、三ツ目マスクに火を点けられた巡査長は、唯一人、複雑な金具を手際よく外して迷わずマスクを脱ぎ、刈り揃えられた短い赤毛と青い瞳を露わにして火から逃れた。そして今度こそ自ら機関拳銃のセイフティを外し、引き金に指をかけて置名草に向けた。

彼は優秀だった。彼は人を射殺する方法と心構えを、何度も反復して覚え、必要なときは躊躇わないように深く心得ていた。もし彼が上官から撃てと命じられたら迷わず撃ったはずだ。あるいは部下に命じるならば冷徹さと冷静さを持って迷わず撃てと命じられたはずだ。

だが、命令をされるでもなく、命令をするでもなく、自分の意思で自律的に自覚的に自己の責任で引き金を引くことは、彼が考えていた以上の躊躇いを彼の指に伝えてしまった。

ほんの少しの躊躇が置名草に銃身を握らせる隙をもたらし、三点バーストの五・七ミリ高速弾を無為に地面に叩き込ませてしまった。

引き金にかかった彼の人差し指は、彼の最後の牙である機関拳銃ごと火にくべられた。

置名草の右手が、生肌を晒した彼の首を摑む。置名草の手から噴き出した蝶の群れは、彼の防護服の中まで浚い上げ、再び襟から飛び出していく。

そして、彼の身体は丈夫な防護服の中で燃え盛った。

残された二人は、置名草にとってただの虐殺ショーだった。狂乱して銃を乱射した二人を、彼女は無造作に人型のキャンプファイヤーに変えた。

彼らの生物化学防護服が、防弾と防塵に加えて防火仕様であったなら、あるいは彼らの内の何人かは助かったかもしれない。だが現実には彼らの肉体は防護服の中で蒸し焼きになり、吸気口から喉を越え肺まで焼かれ、胸の中から焦げて悶え苦しみ、焼け死んだ。

七つの命の火が消える代わりに、同じ数の有機物の火が灯った路地で、彼女は揚羽からは顔の見えない向きで一度天井を仰ぎ、何かを呟いて歩み出す。

その背中に向けて、揚羽は自分でもわからない言葉を叫んだが、彼女にはもう洋一の姿すら見えず、声も届いていなかったので、きっと何も言えなかったのと同じだ。

儚げだった背中はもはや幽(かす)かと化し、焦げ落ちたワンピースを獣の皮のように引きずって、わななく洋一をも一顧だにすることなく、角の向こうへ消えた。

蝶に浚われ塵一つない路地を、揚羽の指は無意味に掻いた。

手も足も出なかった。目の前で同胞の人工妖精が愛すべき人間たちを嬲り殺していく様を、見ていることしかできなかった。焼けた左腕の痛みと悔しさで、元より悪い頭が掻き乱されているような気がした。

耳に、隙間風のような音が届いて顔を上げた。

息は、ひとつだけまだあった。音源に擦り寄って、彼の頭に触れたとき、それが虫の息で、ただ苦痛を長引かせるだけの、神なるものの慈悲ではない、悪意であることを知る。

襟の中から覗き見える赤毛の巡査長の身体は、防護服の内側で無残に焦げていた。

乱暴に扱えば炭化したところからもげてしまうように見える彼の首をゆっくり持ち上げ、膝で支えた。

「君は……看護師、だったな」

急な息を縫って、掠れた声で彼は言う。

揚羽が頷くと、焼け残った顔で物思いに耽るように目を伏せた。

「妻には……悪いが、こんな美人に……看取られるなら、悪くはない」

掛ける言葉が見つからない。

「草津、温泉へ、行かれるのでしょう？」

そんな気の利かないことしか言えなかった。

「ああ……君も行って、みるといい……私の、実家が……宿を、している……」

「ええ、いつか……」

「古くて、小さいが……そのときは、私の……名前を言えば……きっと、歓迎する……」

「探します、きっと」

焼けた手を握ると、防護服の中で何かが崩れる感触がした。

揚羽を見上げた彼の青い目が、細くなった。

「ときに……君には、人が、殺せるか？」

溢れ出たもので、視界が霞んだ。

震える手で袖からメスを抜き、彼の爛れた喉に押し当てる。

だが、いつまでも刃を滑らせることは出来なかった。

今まで、人間を殺したことは一度もない。傷つけたことも、陽平との初遭遇が最初で最後だ。あんなことは二度としたくないと、あのときはとても後悔した。

壊れてしまった同胞の人工妖精を切除という名目で殺すことを、放置すればより多くの命が危険にさらされるから、壊れる前の正気であった頃の彼女たちなら死を望むだろうからという理由で、なんとか自分の中で正当化してきた。

だが、これはどうすればいい？　本人が死を望むのは同じだ。だが、相手は愛すべき愛されるべき人間だ。自分たちの創造主だ。彼らの命を奪う権利が、自分にはあるのだろうか。最低の五等級の自分に。

放っておけば苦痛だけが長引くとわかっていても、揚羽には決断できない。

「すまない……酷なことを頼んだ。では……代わりに、そこに転がっている……マスクを取って……くれないか？　仲間と家族に……報告と別れの言葉だけでも……伝えよう……」

揚羽が背を向けて、焼け焦げたマスクを手に取ったとき、背後で銃声がした。

振り向いたときには、赤毛の巡査長は機関拳銃を残った左手で握りしめ、頭の両側から出血していた。

弾丸が頭蓋を滑らないように、正確に耳の穴から脳へ。彼がきっと生まれて初めて生き物に向けて放った弾丸は、自身の脳を肉屑に変えて地面に突き刺さっていた。

七つ目の命が消えた。

揚羽は空を覆い隠す逆さの地面を仰いで、視野が戻るまでそうしていた。

やがて、意識を取り戻したらしい洋一の噎ぶ声がした。

「洋一さん、もう私の言っていることはわかりますか？　朧気であったかもしれませんが、今さっきまであなたが見ていたものは、夢でも幻覚でもありません。たった今、あなたに語りかけている私も、夢の中の人物ではないです。すぐに現実を受け止めろとは申しません。代わりにではありませんが、夢の続きを見ているつもりでもかまいませんので、少しだけ、私を手伝ってください」

立ち上り歩み寄ってくる足音が聞こえるまで、いつもより早い揚羽の鼓動で数十回分の時間を待った。

3

詩藤之峨東晒井ヶ揚羽(しとうのがとうさらいあげは)は、頭が悪いと自覚している。

同時に、頭が悪いという思い込みが、人の世界で生きていくに当たって何の免罪符にもならないことも、四年の半生で知っている。

だから、今の揚羽は脳を全力で使って、普段は聞き流しがちな鏡子(きょうこ)の言葉をなぞっていた。

『人体に含まれるP(リン)やNa(ナトリウム)、K(カリウム)やCa(カルシウム)の量は、かき集めてもたかが知れている。だが、お前たち人工妖精の肉体や人間の義肢は事情が異なる』

狂気の火が七つの命を消し去った路地で、揚羽は黒い羽を露わにして壁へ寄りかかりながら、鏡子の電話に耳を澄ましている。

脇には洋一と二人で並べた、七人分の赤色機関員(Anti-Cyan)の遺体がある。

マスクを脱がせた赤色機関員たちは、白人、黒人、アジア系、ヒスパニックと人種がばらばらだった。アジア系の顔も、陽平や洋一のような自治区の人間とは少し違って見える。

陽平たちが自分たちと区別して彼らを「日本人」と呼ぶ気持ちを、揚羽は初めて理解できたような気がした。彼らが正真正銘の日本人であるとするなら、陽平たちも自分たちの民族の枠組みについて、思うところはあったはずだ。

意識が戻ってから一度は取り乱した洋一を、揚羽はなんとか宥めることができた。それは左腕の火傷と、その苦痛で脂汗を流している揚羽を気遣う気持ちが、彼にあったからだ。もし揚羽が無傷だったら、彼は揚羽がどんなに止めても耳を貸さず、置名草（オキナグサ）の後を追っただろう。

今彼は、先ほど落とした薬品のアンプルを揚羽のために探してくれている。

『蝶型微細機械群体（マイクロマシン・セル）は、お前たちの身体で細胞のふりをしている間も、莫大な量の還元的な物質を蓄積している。それにより体内の恒常性を人間よりも強力に保ち、蝶に戻るときのためのエネルギーも保存している』

「十分に可燃性物質はある、と」

『真白（ましろ）のように肉体が崩れても、普通は蝶が大半を持ち去っていくから燃え出したりはしない。だが、突然死の場合では、微細機械（マイクロマシン）が物質を抱えきれないまま蝶型になって、発火した前例がいくつかある。新しい人体発火ミステリーとして一時騒ぎにもなったが、蓋を開けてみればその程度の理屈だ。意図的に出来るものなのかと問うのなら、それは人間の私にはわからん。私的に見解を述べるのなら、意識と肉体の細胞は、同じ命の上にあっても明確に区別されているはずだ。不可能と答える』

地べたに座ったまま、踵で錠剤入れの形をした機械の位置を少しずらしてやると、電話に乗るホワイトノイズが少しだけ減った。

赤色機関があちこちの辻に残していった赤外線無線の使い捨て中継器だ。駄目で元々と思いながら電話を掛けたら繋がったので何故だろうと思っていたが、どうやらこれのお陰らしい。彼らはこれで仲間や地上と連絡を取り合っていたようだ。

「やってやれないこともない、かもしれない？」

『絶対に不可能といえる物事は世界に存在しない。私の理解の及ぶ範囲でなら、ということだ』

鏡子が「自分の知る中で」という前提を付けて何かを語るのを、初めて聞いたかもしれないと思った。嘘まがいでもデタラメ半分でも、とにかく自信たっぷりに話す態度しか過去四年間の印象にはない。

「ありがとうございました。なんとなく、わかりました」

紫煙を吹く息に混じって、長く唸る声が聞こえた。

『揚羽。私はついさっき水淵と十五年ぶりに連絡を取った。置名草の尊厳に関わるだけにさすがに渋っていたが、置名草の第四原則を聞き出せた。あれの第四原則、つまり「そうあれかし」と望まれ、本人が「そうありたい」と本能的に望む理想は、「一期一会」だ』

普通の水気質にはありえない情緒原則の設定だ。水気質は貞淑であることを常に意識する。そんな彼女たちに、一人一度きりの出会いを何より大事にしろと押しつければ、解決の難しい矛盾を孕むことになる。

「どうして水淵先生はそんな造り方を?」

『今日愛した人間を明日も愛することは彼女たち水先案内人には難しい。だから満遍なく今このとき目の前の人間を愛し、愛され、幸福を得るように造った。

洋一のようなケースは例外なんだ、揚羽。水先案内人は特別目を引くような美貌ではないし、なにより一日分の人生しかない彼女たちは、大抵の人間にとって物足りない。愛しても、続かない』

だが、十年も愛し、愛されてしまった。昨日のことも覚えていないはずの彼女は、ある特殊な方法で昨日までの自分と今日の自分の自己同一性を確保するに至った。そして洋一だけを愛する自分の存在を、必死に保ち続けたのだ。第四原則に違反する苦痛に、脳を蝕まれながら。

その方法とは、水先案内人たちに共通するある能力と習性だ。

「彼女たちは個体では薄っぺらい一日分の人生しか持てない。でも、集団では違うのですね。この特殊な視覚がその鍵」

『そうだ』

揚羽の右手には、赤色機関(Anti-Cyan)が身につけていたマスクの三ツ目レンズがある。彼らが三つのレンズを目の代わりにしているのは、自治区の大気が澄みすぎていて、日本本土の人間の目には遠近感が捉えづらく、疲れたり酔ったりしてしまうからだと鏡子(きょうこ)から聞かされたことがある。そのために三つのカメラで測距して、電子制御でわざわざ濁りを加えさせて見ているのだという。

七面倒で、自治区民には無用の機械だが、揚羽の目には見えない物も映し出してくれる。それは例えば、紫外線で世界を見たらどう見えるか、などだ。

『水先案内人(ガイド)の網膜には、紫外線の受容体がある』

レンズ越しの視野には、自分の黒い羽が目映(まばゆ)く青に輝いて見えていた。三ツ目のレンズが電子処理で赤外線や紫外線を可視光に変換しているから、赤外線が赤く、紫外線は青く見える。

「置名草(オキナグサ)さんには、紫外線が青く見えていたんですね」

今思えば、置名草が自分の羽を見て「青い」と言ったときに気づくべきだった。鏡子も冗談で「紫外線が見える高性能な目にしてやる」と言っていたのだから、十分にヒントはあった。

『感覚質(クオリア)は個体差が大きく、制作者の調整によっても変わるから一概には言えん。だが、紫外線は名前の通り可視光の青、紫より短波長の電磁波を指す。スペクトルで近接した可視光の色で認識させるのが自然だろう。赤色機関のレンズも同様だ』

彼女の目には、人間や普通の人工妖精とは違って紫外線が紫から青の色で見えていたのだ。まっさらに見える地下道の壁も、三ツ目レンズ越しに眺めると、様々な癖の文字が精緻にびっしりと書かれていることがわかる。

彼女が時折、ぼうっと何もない場所を眺めていたり、壁を見つめて何かを読んでいたように見えたのは、彼女たち水先案内人（ガイド）にしか見えない色で書かれた文書があったからだ。

『水先案内人は、生まれる前から自治区人工島の地図を頭の中に焼き付けていて、それは死ぬまで忘れない。だが、人工島の方は時を経るごとに街並みを変えていく。道が増えることもあるし、ランドマークがまったく別物になってしまうこともある。それらを頭の中の地図に上書きしようとしても、彼女たちは次の日には忘れてしまう』

「だから、頭の地図と現実の街との差異を見つけたらどこか街中の壁に書き留めて、みんなで街並みの変化の情報を共有していた」

壁の無数の文書は、彼女たち水先案内人の教本やあんちょこ、もっというのならカンニングペーパーだ。多くの水先案内人たちのメモ書きが無数に書き足され、ホテルなどの日記帳のように混沌としている。

『そうだ。お前が今いる地下街だけではない。地上の街のあらゆる場所にも水先案内人たちのメモは書き残され、おそらく今も増え続けている。人間にわかるようなカンニングは出来ない。それは彼女たちの存在意義に関わるのだから。それで、人間や他の人工妖精には見えない紫外線だけ反射するクレパスやペンを使う。蝶たちの漂白、洗浄の対象にならないよう、洗浄対象外（ホワイト・リスト）に登録されたインクでな』

それはきっと、二十年前の自治区成立より前から何十年にもわたって続けられ、受け継がれてきたのだ。わかりづらい路地や、目印などの知識ばかりではなく、日々の雑多な所感から、たわいもない夢物語まで、無記名で無造作に寄せ書かれている。

「でも、それだけでは置名草さんが狂ってしまった理由は説明できないですね。壁の落書きが水先案内人（ガイド）に共通する習性なら、みんな狂ってしまうはずです。置名草さんだけがおかしくなってしまったことには、別な原因があるのでしょうか？」

『確かに、置名草が狂ったのには別な因子（ファクター）の影響があったはずだ。だが現状ではなんとも言えん。ただし、水先案内人の精神構造は元々、不正防止機構（プロテクト）がある種、意図的に弱く造られている。これは情報収集能力を高めるための措置だ。文字情報に対する感受性が非常に高い。つまり、彼女たちは先天的な速読能力者で、書籍などの文章を非常に高速に読み解く。これはいつぞや流行した〝脱獄〟でも同じ症状が出る。不正防止機構（プロテクト）外しの〝脱獄〟手術を受けた人工妖精は神経が過敏になって、強迫性神経症や自律神経失調を患うケースが間々ある』

「水先案内人（ガイド）は生まれつき〝脱獄〟済みであると？」

『その言い方は不正確だ、私は好まん。だが、彼女たちの読解力と感情移入能力の一部に、本質的な脆弱性、つまり柔い部分があることは確かだ。〝脱獄〟済みに見えてもおかしくはない。言っておくが、これは彼女たちが生まれつき異常であるということではないぞ。人間でも個体ごとに、特定の精神負荷に対する脆さは様々ある。だが――』

鏡子は一旦言葉を切り、長く息をした。煙草の煙を吐いたのかもしれない。

『置名草(オキナグサ)はもう駄目だ、揚羽。身内に被害が出たのなら、赤色機関(Anti-Cyan)は死に物狂いであれを追い、追い詰め、殺すだろう。今お前が選択すべき最善は、尻尾を巻いて帰ってくることだ』

「それまでに、何人死ぬかわかりません」

『いいか。赤色機関には組織の面子があり、人間の組織らしい感情的で理屈の通じない側面も当然持ち合わせている。連中のために獲物を横取りしても、連中の腹の虫は収まらん』

「それはそれ、です。青色機関の私には関係がありません」

また長い溜め息があった。

呆れられただろうか、馬鹿に付ける薬はないと思ったのかもしれない。

『……適当に終わらせてこい。しくじっても責任は取れん』

「いつものことですね」

揚羽が茶化すと、もう一度長い溜め息をされた。

「お夜食はレトルトがありますが、ご面倒でしたらデリバリーを」

『玄関まで受け取りに行くのが面倒だ。明日の朝、私が餓死する前に作れ』

遠回しに気遣っているつもりなのか、頭の悪い揚羽には鏡子の本音がまだよく見えない。

それでも嬉しく思うのは、自分の頭の仕組みが単純だからなのだろうかと揚羽は思う。

「あ、それと、鏡子さんは、『曽田陽蔵(そだようぞう)』さんという人をご存じです？」

『自治成立運動で先頭に立った、鼻っ柱の強い青二才だろ？』

自治区の英雄を、鏡子は青二才と切り捨てる。

「鏡子さんはその方とお知り合いだったことはありますか？」

『いや。私はああいう暑苦しいタイプは苦手だ。しゃべっているのを聞くだけで虫ずが走る』

「本当に？」

『……何の話だ？』

重ねてたずねる揚羽に、鏡子の声が訝しげな色をにじませる。

『昔、自治区の成立前に、人倫の集会か何かで居合わせたかもしれないし、そのときは紹介されたかもしれないが、よく覚えてはいない』

ここまで言うのなら、きっと嘘ではない。

「変なことを聞いてすいませんでした。では、モノレールの始発には乗れるように帰ります」

『待ってない』

通話は向こうから切られた。

声の途絶えた携帯端末をコルセットに仕舞う。左手はスカートのレースを破った即席の包帯で火傷を覆っているので、どうにも不器用で難儀した。

「あったぞ。これを刺すのか？」

電話をしている間、待っていてくれたらしい。洋一は揚羽が放り捨てていたアンプルをつまんでいた。

「ええ。私の羽の根本、翅脈が一番太いところに。前に一度使ったので、少し跡が残っていると思いますから、そこへ。蓋は壁かどこかで叩けば簡単に取れると思います。あと、私の羽はあまりじっと見ないでくださいね」

眉根を寄せる洋一に、肩をすくめてみせた。

「恥ずかしいから、というのもあるんですけれども……私の羽は真っ黒で、他の人のように綺麗ではありませんし。それより、紫外線が強く出るんです。自治区の人の目には毒ですから」

揚羽の羽は、他の人工妖精のそれと比べても、放熱用としては非情に性能がいい。仕様（スペック）

表上は他の人工妖精より勝る長所だが、それはごく単純な理由で、他の妖精には決してありえない、紫外線で放熱するタイプだからだ。怪我の功名と言えばそうだが、怪我が大きすぎる。人間の目に毒となる羽など、何の意味があって付けたのか、揚羽には親たる制作者の意図がさっぱりわからない。

「わかった。行くぞ」

「どうぞ」

人間にはない部位に、ちくりとした痛みが走った後、頭を杭打ちの槌(つち)で殴られたような衝撃が揚羽の全身に走って、意識が一瞬空白になった。

痛くて吐き気がして内臓もひっくり返ったように気持ち悪くて、なにより首の辺りが中から焼けている感じがする。相変わらず最悪な使い心地だ。鏡子から決して一日に二度は使うなと厳禁されていたが、頼まれてももう一回はご遠慮したい。

「なんの薬なんだ、これ」

洋一の方はアンプルから噴き出した白煙に驚いているようだ。

「煙は無害です、大丈夫ですよ。中身はただの人工髄液なんですが、瓶が二重になっていて、髄液を頭の中に流し込むのと同時に、外側の液体窒素が気化して冷やす仕組みなんです。

実際、脳髄液の温度が上がりすぎたときに使うんですよ」

実際、左腕の火傷で熱にうなされていた揚羽の頭は、身体の不快感と反比例してずいぶん澄んでいる。左腕の火傷の痛みもだいぶ楽に感じる。今さらながら、鏡子に教えを請う前にしておけばよかったとも思った。

「そんなことして大丈夫なのか？」

実は全然大丈夫ではない。そんなに急激に脳を冷やせば、神経が確実に傷む。元来は命に関わるときだけに使われる、救急用の奥の手だ。こんな荒療治はまともな工房なら扱わない。

「まあ、常用するような物ではありませんから」

これを置名草（オキナグサ）に使うつもりだったと言ったら、洋一はこんな気遣いも取り消してしまうかもしれない。

誤魔化すつもりで、三ツ目のレンズを眼鏡のように顔に当てて振り向いてみせたのだが、残念ながらお気には召さなかったようだ。

揚羽の羽から発せられる紫外線を浴びて、レンズ越しには洋一の顔が青く染まって見える。

ふと、洋一の手に握られているものが気になって、揚羽は目を瞬かせた。

「洋一さん、それは置名草さんのですよね？」

左手に握った日傘に目をやった洋一の顔が、辛そうに曇る。

「ああ。転がってた」

「それ、ちょっと見せてもらってもいいですか？」

解せない様子だったが、洋一は傘を差し出す。

受け取った揚羽は、骨を傷めないようにゆっくりとそれを広げた。

——やっぱり、だ。

三ツ目レンズで日傘の内側を覗き込みながら、胸の中で呟いた。

日傘の傘布には、ぎっしりと精緻に文字が書き込まれている。それはパラグラフひとまとまりごとにバラバラの筆跡で、無軌道に追記されていたのがわかる不規則な並び方をしていた。

この壁の文章と同じだ。置名草が折に触れて日傘を覗き込み、物思いに耽っていたのも、頻繁に恥じらうように日傘で顔を隠していたのも、みんなそうだ。彼女たち水先案内人（ガイド）は、日傘の内側にもメモを書き込んでいた。

「洋一さん。彼女がこの日傘を使い始めたのは、いつからです？」

「……今日、初めて、だと思う。昨日は別な日傘だった」

やはり、時系列も一致する。ほぼ決定的だと見て間違いないだろう。

「彼女はどこでこの傘を手に入れたんです？」

「知らない。日傘はよく変わるんだ。前に出かけたとき、雨傘立ての中に自分の日傘を置いて、別な誰かの日傘を持って帰るのを見たことがある。どうしてと聞いたら、リナリアやって自分のものの代わりにどこかから持ってきたんだと思う」

の日傘は、自分たち水先案内人(ガイド)の共有だからいいんだって言ってた。たぶん、今日もそう置き傘か。珍しいリナリアの柄は、水先案内人(ガイド)たちが互いのものだとわかるように選んで持っていたのかもしれない。

壁に書かれた無数のメモ、文章が「本文(ライブラリ)」だとするなら、この日傘に書かれているのはその場所や要約が書かれた「索引(インデックス)」だ。

置名草(オキナグサ)を診察したとき鏡子は、置名草のような水先案内人(ガイド)は、一日で記憶を失う仕組みゆえに常に自己同一性(アイデンティティ)の危機に晒され、脳の寿命を極端に縮めてしまうはずだと言った。だから、それに対する何らかの対処が組み込まれているはずだと。

――この娘の脳には長期記憶が制限される代わりに、おそらく人間や他の人工妖精ではありえないくらい大きな作業記憶域(ワーキング・メモリ)のバッファがある。本を与えれば数百ページでも十数分で読み終え、登場人物の心情まで詳(つまび)らかに理解して、感情移入して泣きもするだろう。

それはつまり、今日見聞きし、読んだものに強く感情移入して、全て昨日までの自身の体験のように感じてしまう、と言うことだ。洋一に昨日までの自分の話をされれば思い出せないのに信じ込み、物語を読めば主人公に成りきって自分の過去のように思い込む。

そして、壁やこの日傘に書かれた他人の日記や思い出話も、自分の思い出にして今日を生きる。多いときで自治区中の数百人の仲間が、同じ過去を共有していたはずだ。彼女たちはそのとき思ったことを、取り留めもなく無記名で壁や日傘に書き込む。たった二十四時間分しかない思い出を全員で共有することで、何十年も生きる人間や他の人工妖精に近い自己同一性(アイデンティティ)を彼女たちは手に入れていた。

　彼女たちは数百人がみな別個の個人だが、過去は共有されて個々人の境目がなく、白詰草(クローバー)のようにひと連なりだったのだろう。

　鏡子はたった一度の診察で、彼女の病症と状況だけからここまで推測していたのかもしれない。あのとき聞き流さず、もう少し詳しく話を聞いていたらと、今になって揚羽は後悔を覚える。

　だが、その先までは鏡子にも知るよしはない。彼女たちは事実とも虚構とも創作とも判別の付かない、匿名の書き物を寄せ集め合って、一つの物語を作り上げていた。それが数百人の彼女たちが共有するたったひとり分の人生になっていた。

　その意味においては、この日傘は宝の地図だ。地下も含めて自治区のあちこちに散らばった物語の断片を、この日傘の裏地に書かれた目次が、ひとつの順序に並べて結びつけている。彼女たち水先案内人(ガイド)は、この手製の宝の地図を、本の貸し借り感覚で頻繁に交換していたのかもしれない。一本一本の日傘に書かれた要約と順序ごとに、物語は全く違うものになったはずだ。

　ゲームブックという、項目の順番がバラバラになった古い本を、区民図書館で読んだことがある。本に書かれた指示通りの順番で読まないと意味を成さない変わった本だったが、この日傘はその指示部分を集めた索引（インデックス）でもあった。そして、本文（ライブラリ）は自治区全体。

この日傘の持ち主は、索引（インデックス）を元に毎日、物語を完成させるべく自治区中を彷徨う。その習性は水先案内人（ガイド）という彼女たちの仕事にも適っている。そして少しずつ断片を集め、一日で集めきれなければ要約を日傘に書き足し、やがて匿名の寄せ集めによる物語を完結させる。

それが引き金（トリガー）だ。

二十四時間限定の薄っぺらい人生と、余所から得た心打たれる過去。二つの現実感の重みがその瞬間に逆転する。今の現実と、寄せ集めの過去とのギャップを、脳が必死に埋めようと適応し変容し、彼女たちの感覚質（クオリア）は時間をたっぷりかけて酷く歪んでしまっているのかもしれない。

感覚質のゲートウェイ手術と同じことが水先案内人（ガイド）たちの脳で起きているなら、彼女たちの現実感は最初からこの世界よりも、日傘の中の思い出の方へ偏っている。

連続殺人犯〝傘持ち（アンブレラ）〟は特定の個人ではないし、組織でもない。この日傘を受け取った水先案内人（ガイド）が、〝傘持ち（アンブレラ）〟になるのだ。

元凶の日傘は回収できた。これで次の〝傘持ち（アンブレラ）〟はもう現れない。だが、今の〝傘持ち（アンブレラ）〟の処分がまだ残っている。

「よっと。そろそろ行きます」

腰を上げ、スカートを軽く払いながら立とうとしたが、その膝から力が抜けて、傾いだ身体を洋一に支えられてしまう。

「ああ、すいません」

礼を言いながら、彼の肩を押して身体を放した。

「……なんだよ、それ！」

せっかくの気遣いをつれなくしたので機嫌を損ねてしまったかと思ったのだが、彼の視線の先は、さっきまで揚羽がもたれていた壁に注がれている。

壁は血糊で赤く染まっていた。

しまった、と思って手で覆えるのはせいぜい顔だけで、今さら隠せもしない。

「怪我ではありません、大丈夫です。彼女のせいでもないから」

「こんなに血が出てるのに、何言ってんだ！」

両肩を摑まれてしまうが、揚羽は困った笑みを浮かべるしかない。

火傷は左腕だけだ。実際、他に新しくついたのは擦り傷ぐらいしかない。

「元からです。私の身体はじっとしていても少しずつどこからか壊れていくんですよ。興奮したり疲れたりすると、あちこちから一気に血がにじむから」

揚羽が上から下まで黒ずくめなのは、ひとつには認定外の人工妖精の服装に鮮やかな色を纏ってはいけないという制限があるのと、もうひとつは絶えずどこかで傷が開いていて、それを周りの人に気遣われるのが嫌だからだ。血がにじんでも気づかれないように、黒い生地を選んでいる。

「痛く……ないのか？」

「痛いですよ、すごく。でも、生まれたときからずっとだから」

揚羽の脚は歩く度に皮膚が裂けるし、腕も何かを握る度に肩からもげそうな気がする。腹や背中も一日を終えて下着を脱ぐと、乾いた血の跡が残っている。

それでも妹の真白よりはずっとましだ。真白は手足がヤスリで削られるように毎日崩れていく。

「俺は――」

「洋一さんはここにいてください」

ついてこようとした洋一を制した。

「陽平さん――お兄さんか、ご同僚か誰かが、ここまで迎えに来てくれると思います。鏡子さんに場所を伝えるようお願いしておきました。赤色機関の人たちが先かもしれないけれど、そのときは無茶をしないで従ってください」

パーカーの襟を直し、裾を払った。

「ここからは私のもう一つの仕事です。看護師じゃない方の」

頭のナースハットを表裏返して、縫い止められた記章(シンボル)を青十字から青い蝶へと変える。自分の仕事には壊れた妖精を処分することも含まれる。その話は鏡子との電話の前に済ませてあった。ただ、置名草をどうするかは話していない。

何か言おうとして言葉にならない様子の洋一を見ていると、揚羽は嬉しいやら悲しいやらで、複雑な気持ちになってしまう。鏡子からは自分もこんな風に見えているのだろうか。

「洋一さんは、置名草さんがどんなことになっても、彼女の面倒を最後まで見る覚悟がありますか？　きっとそれはとても大変なことです。あとで投げ出したいと思っても、あなたが見捨てたら置名草さんはもう生きていけないかもしれません。それでも、彼女を取り戻したいですか？」

迷わず、とはいかなかったが、彼は確かに頷いてみせた。

それが嘘でもいい。甘さでもいい。そんなものでもなければ、人は賽(さい)を投げられないこともきっとあるだろうと思う。

「わかりました」

その純粋な目に見据えられるのが恐くて、揚羽はパーカーのフードを上げた。

「あんたは……」

「？」

首で振り向くと、洋一の顔に、地の顔色に見えていた憔悴に代わって、自信や傲慢とは少し違う、強い意志のようなものが浮いて見えた。

ああ、この男の子は、こんな顔もするのかと、感嘆を覚える。

やはり洋一は曽田(そだ)陽平とよく似ている。本人たちが否定しても、揚羽から見れば同じだ。置名草(オキナグサ)もきっと、彼のこの顔に毎日惚れ直していたのだろうと思う。

「あんたは、それで平気なのか？」

彼の顔に浮かぶのは、何の支えもないのに荒れ狂う風雨に立ち向かうような、自身を省みない情けだ。自分たちのことで手一杯だろうに、赤の他人を見捨てることが出来ない。でも、揚羽のような立場には、それはとても残酷なことだ。陽平が揚羽にそうするように。

「あなたは、私のことも気遣ってくれるんですね。そうして、可哀想な人工妖精を見つけては、かまって匿って、優しい振りをしてあげるんですか？」

困惑したその顔も、陽平とよく似ている。

「その気持ちが本物なら、私を抱いてください」

洋一の顔が動揺に染まる。

包帯にして裂けたスカートの中へ手を入れて、洋一から見えるようにゆっくり下着を下げた。

「ちなみに、私はまだ処女です。受け止めてくれますか？」

膝まで来ると、洋一は目を反らしてしまう。

正直なところ、これで抱きます、まかせろと言われたら、揚羽も困ってしまうところだった。だが、そうはならないという確信もあった。前にもしたことがあるからだ。

少しの失望と、少しの安堵と、どうにも収まらない生暖かい感情を覚えながら、下着を戻す。

「同情するなら、愛して欲しい」

自分から目を背ける洋一の頭に、自分たち人工妖精(フィギュア)の共通の思いを浴びせた。

「あなたたち人間は優しい。自分たちで思っているより、ずっと私たちを大事にしてくれています。でも、私たちが不幸だなんて決めつけることだけは、絶対にして欲しくありません。不幸かどうかは、私たちが決めるんです。私たちはあなたがた人間と同じ、心がある生き物なのだから」

そんな当たり前のことも忘れて人工妖精に接するから、彼女たちのほんの少しだけ贅沢な願いにも気づけない。人工妖精たちは空いた手に気づいてもらえず、微かな願いとともに日傘を持って、人間が気づいてくれるときを待ち望む。

「その気持ちは、彼女だけに向けてあげてください。それが、彼女の一番望むことなんですから」

スカートの裾を直して、背を向ける。

「私にも、妹がいるんです。人工妖精に妹なんて、珍しいですけれども」

陽平にしてみせたように、パーカーの襟を引き寄せて顔を隠す。そうでもしなければ、言えないこともある。そして、陽平にいつか言ったことと、同じことをまた、彼の弟に語っている。

「私たち姉妹の親は、私たちに二つの身体と、二つの心をくれました。でも、命は一つしかくれなかったんです」

婉曲な言い回しは、きっと真実の半分も伝えられない。でも、本当のことだ。

「私は影打ち、つまり失敗作で、本当の成功品は妹の方でした。でも、目を覚まして一人分しかない命の大半を持ち出してしまったのは、私だった」

自分が目覚めたのは間違いで、自治区の、あるいは世界の宝にもなりえた妹は失われてしまった。

「私はこの世界の癌（ガン）です。私が生まれたことで、世界から愛されるはずだった妹の未来を奪ってしまった。だから、私はこの世界の醜いものや恐いもの、痛いもの、苦しいもの、つらいものを、全部集めて私の中へ閉じ込めてしまうことに決めたんです。そうしたら、誰も嫌なことをしなくてもいいし、目障りなことから目を背ける必要もないし、痛いこともなくなるんです。世界をそんな風にして、いつか妹が本当に目覚めたとき、最高の宝物になったこの世界を譲り渡します。そのためなら、私は何だってするんです。でも、私は不幸なんかじゃない。誰にも不幸だなんて言わせない。

だから、そんな目で二度と私を見ないでください。きっと、次は許せないから」

最後まで顔を見て言えなくて、足早に去った。

痛いのには耐える、人殺しの壊れ物と言われても悔しくはない、最低の五等級だって胸を張っていられる、世界中の同胞と人間から嫌われるのも恐くない。でも、たった一人の人に向けられるはずだった愛情のおこぼれを、床を這って嘗めて回るようなことだけは、揚羽には耐えられない。

だから、陽平のことは嫌いなのだ。自治区中に満遍なく命の源の電力を送り続ける、空回りのあの歯車のような彼のことが、揚羽は大嫌いだった。

＊

詩藤之峨東晒井ヶ揚羽は、自分の頭が悪いと思い込んでいる。

人間や他の人工妖精と違って、生まれて初めて携帯端末を契約した日、カタログのページ下、たった十分の一すら読めなかった。たった一割のスペースなのだが、上九割に書かれている分の百倍くらいの数の文字が、十分の一くらいの字体でぎっちりみっしりと詰まっているのを見て、とてもではないが読んでいられないと放り出してしまったのだ。

いざ契約手続きの段になると、今度は米粒の胚芽ぐらいの文字で埋め尽くされた契約約款書を、何枚も示されて同意のサインを求められ、なおも受付嬢が次の書類を構えているので、結局は目だけ動かして読んだ振りをした。それから後のことはよく覚えていない。工房に戻ったら戻ったで、今度は契約内容を確認した鏡子に無駄な契約が多いと詰られ、呆れられてしまう。もうこんな間違いをしないように、この難しいマニュアルも読んでおいた方がいいですかとたずねると、馬鹿には無用だと言われてしまった。

この多機能余りある機械を自在に操り、複雑怪奇な料金プランを数分の説明で理解し、なにより長大な契約約款を一枚あたり数秒で読破できるのだから、人間や他の人工妖精はどれだけ自分より頭がいいのだろうと、揚羽は思う。専門ならばと看護師職の教本の類は全て読み果たしたが、専門外の日常生活の道具のために、そこまでの熱意はとてもではないが湧いてこない。

そして今も、揚羽は膨大な文字の大海に立ち向かっていたが、今回だけは逃げ出さなかった。

ここは最初に赤色機関の八脚装甲車に襲われ、屋嘉比・鈴蘭夫婦と別れた、裏返しの歩道の上だ。

赤色機関の三ツ目レンズで透かして見れば、蝶の巣の壁には、いつからいつまで追記が続けられたのかわからない膨大な文章が記されているのが見える。

壁に書かれているのは物語の最終章だ。

彼女たちにとって日傘と壁の物語とは、自分の人生そのものだったのだろう。自分自身という宝を探す、制限時間二十四時間の自分探しの旅だ。バラバラの物語を一つに繋げて、想像力で隙間を埋めて、出来たのがたとえ寄せ集めの虚構であろうとも、自分の人生として受け入れる。それは花よりも命短い彼女たちに許された、唯一の自己実現の手段に他ならない。

「確かに、一日草ですね」

死んだ人工妖精から口寄せで聞き出した言葉の意味を、ようやく理解することが出来た。朝に芽を出し、昼に花を咲かせ、夜に枯れて思い出という種を仲間に託し、次の日には別人の自分がまた目を覚ます。

昨日の自分は今日の自分ではない。それでも昨日の自分を愛してくれた人が、今日の自分も愛してくれるのなら――

それは、不貞ではないのだろうか。

不貞なのはどちらだったのか。昨日の自分と今日の自分をふしだらにも両方を愛する恋人の方か？　それとも、昨日の恋人を寝取ってしまった、今日の自分だろうか。

置名草は洋一を責めることが出来ない。洋一は昨日の自分と今日の自分を同じ置名草と信じて、一途に思ってくれているのだから。彼が不貞であるはずはない。だとすれば、不貞なのは、昨日の自分の振りをして洋一を毎日騙し、淫らに下品に恥知らずに媚び続けるしかない、醜い自分の方だ。

おそらく、同じ自治区の街にある本文（ライブラリ）を集めても、日傘一本一本の索引（インデックス）ごとに、完成する物語は別物になる。そして、この置名草（オキナグサ）が持っていた日傘の物語こそが、〝傘持ち（アンブレラ）〟を生み出す物語だ。なぜなら、その物語の主人公には名前がないが、他の人物にはこう呼ばれていたから。

――〝海底の魔女（アクアノート）〟と。

日傘と壁の文章によって紡がれるのは、自治区人工島の安寧を守るため、狂った人工妖精を切除する一人の少女の物語だ。少女は初めのうちは我（が）を廃し、ひたすら無欲に機械のように手を汚して人間の世に奉仕する。しかし、やがては彼女もある男性に恋をし、判断を狂わせるようになる。彼は人工島の自治権獲得運動の英雄であった。人の殺し方しか知らず、思いを打ち明けることが出来ない奥手で不器用な少女は、彼を陰で支えるために、彼のための人殺しに手を染めるようになる。信じる道を踏み外した彼女はある時、不意に気づいてしまう。今の自分こそが、自分がずっと狩り殺していた、狂った人工妖精そのものであることに。

この物語を信じた水先案内人（ガイド）たちは、自分は〝海底の魔女（アクアノート）〟であると思い込み、五原則違反を起こして壊れてしまった同胞の人工妖精たちや、悪意の人間たちを狩り出さなくてはという義務感を覚えたのかもしれない。彼女たち水先案内人同士は、他人と自分の過去の区別がないのだから。同胞の思い出は全て自分のそれとして受け入れ、自分の過去は全て同胞と共有される。

この日傘の物語が本当に水先案内人たちだけの創作であったのか、揚羽にはわからない。もし誰かの悪意が混じっているのだとすれば、非常に悪辣で悪趣味であると言わざるをえないが、壁の下まで読み終えても確信に至る材料は結局見つけられなかった。

ただ、置名草が赤色機関の隊員たちを焼き殺したのは、別な原因があったはずだ。この日傘の持ち主が〝傘持ち〟になるのだとしても、今までの「〝傘持ち〟事件」では用意周到で狡猾に、一人ずつ選ぶように殺していたし、彼女たちなりの行動指針のようなものが何かしらあったように揚羽は思う。少なくとも置名草のように無差別に手当たり次第ではなかった。

この日傘を手にしたのが置名草以外の水先案内人なら、揚羽が殺した三人と今日起きた四人目の事件同様、〝傘持ち〟として覚醒して、誰かを殺して終わったのかもしれない。置名草には置名草だけの、この物語によって狂ってしまう理由があった。

水先案内人は元来、長い恋が出来ない。それなのに、置名草は洋一への強い執着を持っていたように揚羽には思えた。答えもその辺りにあるような気がしているが、まだ確信には至らない。

日傘の柄を降ろし、揚羽は壁に背を預けた。

ここからは、昼も夜もなく蝶たちによって暖色に照らされる、逆さまの無人街が一望できる。

この街は模倣の偽物（レプリカ）だけれども、同じくらい広い地上の街で、水先案内人（ガイド）たちは物語の欠片を探し彷徨ったのだろう。

二十四時間の時間制限では、きっと全部は集められない。だから日傘の物語は彼女たちにとって永遠に未完のままで、大半は置名草（オキナグサ）のようにならなかった。ごく希（まれ）にこの壁から先へ辿り着いた水先案内人（ガイド）が、物語の結末を知ってしまう。

足下まで読み終えてから、歩き出した。

〇六式（トビグモ）が壊して出来た三メートルほどの歩道の穴を、助走して飛び越える。左足の下が崩れて一瞬ひやりとしたが、なんとか踏みとどまって胸をなで下ろす。そして置名草（オキナグサ）のように日傘を差してから、歩みを戻した。

道すがらには、顔を焦がした三ツ目芋虫の遺体がいくつも転がっていた。彼らは彼らの仲間を救出するために、あるいは仇を討つために立ち塞がったのかもしれないが、今の置名草（オキナグサ）は手当たり次第だ。

蝶たちが乱舞する中、裏返しの歩道を歩き、やがて蝶の巣の整備用らしき入り口まで辿り着く。

こじ開けられていた戸をくぐって中へ入ると、すぐにパイプの内側に出る。

直径百メートルほどの内部は、小さなプールになっていた。

いくつか足場のようなものもあるが、歩くだけならそれは無用だ。深さは五センチほどしかなく、揚羽のブーツなら足を濡らすこともない。水底は柔らかく、踵を受け止めて微かに沈む。色は人の口内のように赤く、ところどころ血管のようなものが見えて、小さく脈打っていた。

自治区の資源循環の要であり、無限の食糧源である「視肉」だ。

微細機械が凝縮され密集して、あらゆる物質を分解し、必要に応じてタンパク質も炭水化物も、ミネラルも生成する。電力がある限り、また十分な元素が供給される限り、視肉は人類に憂いのない食生活を保障してくれる。人工妖精、蝶型微細機械群体と並ぶ、微細機械研究の三大成果の一つだ。

揚羽も知識として知ってはいたが、これほど巨大なものを見るのは初めてだった。

視肉は自治区の前身だった峨東一族の人工島で開発された。峨東一族は多くの人口密集地に培養株を提供し、危機が顕在化しつつあった世界中の食糧不安から、人類を永久的に解放した。今も自治区は世界で最大の視肉を保有している。この直径百メートルのプールで見えているのは視肉の根で、全体のごく一部だ。

足を進めると波紋が広がって、蓮によく似た肉の花が花弁を揺らす。そこに集って充電と禊(みそ)ぎをしていた蝶たちが、無粋な侵入者に怯えて飛び上がる。彼らの動揺と混乱は揚羽が一歩一歩足を進める度に大きくなり、やがては舞い飛ぶ蝶たちでプールの空間が満ちて、無数の羽ばたきで空気を震わせた。

蝶の嵐の中を歩みながら、三ツ目のレンズをかざす。

内壁には物語の終幕が書かれている。ひとりの少女が、ある男性との悲恋を経て、誰にも省みられることなく死に絶える。そんなバッドエンディングで、日傘の物語は終焉を迎えている。

最後まで主人公の本当の名前が出てこない。おそらくこれは水先案内人(ガイド)の物語に共通している。この物語において主人公は周囲から〝海底の魔女(アクアノート)〟と呼ばれているだけだ。一方で片思いの相手であった男性の名前は、何度も記されている。

曽田陽蔵(そだようぞう)。曽田陽平、洋一兄弟の父親だ。彼は自治区発足まで、各区でばらばらに行動していた自警団や自衛集団を強力な求心力でまとめ上げ、自治権獲得運動の中心を担った英雄である。自治区成立以後は公(おおやけ)から身を引いたが、未だ支持者は数多く、人工妖精たちからも人望を集めたようだ。

水先案内人(ガイド)たちは、彼をヒーローに、自分をヒロインにして悲恋を描いていた。置名草(オキナグサ)にとって、それは実の父子を誑(たぶら)かした淫らな不義の恋になってしまう。

この終幕以外、地下で見つけた文字は全て鏡文字だ。街中の標識も、交番の標語も、すべて上下が逆になっている。微細機械(マイクロマシン)たちは、人間の街を愚直に上下反転させて再現している。水先案内人(ガイド)たちの書き物も、そうして地上から書き写された。だから、本来は地上で発生するはずの〝傘持ち(アンブレラ)〟が、幸か不幸か無人の地下で生まれてしまった。

プールの中央付近は肉が盛り上がり、水面からやや浮いて島になっていた。

その小さな島の上に、美しい蝶たちに囲まれて、見窄(みすぼ)らしい少女が立っている。

亜麻色だった髪は焦げて縮れ、肌は水気を失って荒れ地の土の色をしている。美しかったろう羽は鱗粉が抜け落ちて、根本しか残っていなかった。

皮が擦りむけた足は血がにじみ、肉の丘に点々と足跡を残している。その足跡も、右へ、左へと出鱈目に歩き回り、ようやく頂点に辿り着いたことを示している。ここまでの道のりも、揚羽と違ってまっすぐではなかったはずだ。今思えば、昼に口寄せをした事件の人工妖精も、あの壁の見えない部屋から出られなくなって自殺したのかもしれない。

初期において方向感覚の喪失。

次に空間認識能力の欠如。

記憶の混乱。

意識空白。

時間認識の欠如。

立体視能力の喪失。

言語能力の減衰。

そして――

「……洋一さん」

変わり果てた顔で、置名草が振り向く。

――そして、人の判別が困難になる。

「ああ、見つかってしまいました。私、見つけてしまいました、洋一さん」

歩み寄る揚羽に、彼女は言う。

もう、三ツ目芋虫たちを丸焼き(ロースト)にしたときの、異様な興奮と狂気は影も見えない。ただ、彼女はさめざめと泣いている。

それはとても水気質(アクアマリン)らしい姿だ。水気質は火気質(ヘリオドール)のように興奮と激昂で顔を赤くしたりはしない。風気質(マカライト)のように思うに任せて人を困らせたりはしない。土気質(トパーズ)のように理屈立てて理解を求めたりもしない。

正しい水気質は感情が溢れたら、それが喜びであれ怒りであれ悲しみであれすべて同じように、ただ静かに泣くだけだ。

異常の一線を越えてしまった彼女は、一周回って正常な感情表現に戻ってしまっている。

「置名草さん」

「私は不貞だったんです、洋一さん」

血の繋がった父と子を愛したふしだらな人工妖精(フィギュア)。置名草(オキナグサ)は自分のことをそう思い込んでしまっている。

呼びかけても気づかない。

五メートルほど手前の水際で、揚羽は足を止めた。

「置名草さん、あなたの身に起きたことはとても不幸だったと思う」

「あなたの手を握りながら、私の肌はあなたのお父様の温もりを思い出していました」

「置名草さんの代わりが私でも、きっと耐えられなかった」

「ええ。あなたの優しい言葉を聞きながら、私の耳はあなたのお父様の夜話を思い出していました」

「置名草さんがどうすればよかったのか、私は私なりに考えるけれども」

「そうなんです。あなたの胸に抱かれたときも、私の身体はあなたのお父様の舌に浚われる熱で火照っていました」

いくら呼びかけても、話が嚙み合わない。

初めは洋一と間違えているのだと思った。だが、違う。もう彼女は、自分と他人の区別が曖昧で、まして他人と他人の区別などありはしないのだ。自分以外は全て、他人という一括りの個人でしかない。

「私は汚くて、醜くて、下品で、卑しくて、そして不貞です」

それは全部間違いだ。洋一と共にあるときの置名草に、彼以外が見えていたとはとても思えない。彼女はちゃんと一途だったし、純粋で、慎ましく、直向きに彼の愛情にだけ応えていた。

時間認識能力の欠如は、十年間にも及んだ洋一との日々と、それ以前の記憶、他人の思い出との区別も極端に曖昧にしてしまっている。今の彼女には、十年前も昨日も、事実も創作も、今すらも、すべて「同時」の「現実」だ。

「まるで呪いに掛けられたお姫様ですね」

茨の城の代わりに蝶と肉の城、眠りの呪いの代わりに起きたまま時間も空間も人も見失ってしまう呪い。

だが、残念ながら、やってきたのは白馬の王子ではない。王子はもうとっくに、彼なりではあったが出来ることをやりつくした。それでも目を覚まさなかったから、揚羽がここにいる。

キスの代わりが必要だ。

「魔法の言葉を差し上げましょう」

「私は、最低です」

「たった一言で、あなたの目を覚ましてあげます」

「たくさんの人に抱かれて、たくさんの人を殺して」

「よく聞いてくださいね」

「私の身と心で汚れていないところなんて」

「今の海底の魔女(アクア・ノート)は私です」

空回りする歯車のように言葉を紡いでいた置名草の口が、開いたまま固まる。

見開かれた瞼が、睫毛を震わせていた。

「あなたではありません。あなただったこともありません。海底の魔女(アクア・ノート)は、あなたの目の前にいる私だけです」

彼女の手が、指が、わなないて顔を覆う。

彼女の衝撃はいかほどであったか。口寄せで対話した人工妖精も、この一言で混乱を来(きた)し、我を失った。

彼女のような水先案内人(ガイド)にとって、揚羽は自分の世界に存在してはいけない人物だ。なぜなら、揚羽こそが、彼女たちが夢中になって、虜(とりこ)になって、自分を重ね、心を映して、ついには自分との区別がつかなくなってしまった、彼女たちの物語の主人公だから。

なぜ水先案内人(ガイド)たちが、揚羽のように狂った人工妖精を切除するのではなく、人間の命を奪ったのかはわからないが、人殺しの理由と倫理的担保として、彼女たちの中に青色機関の一員という誤った自覚があったのは間違いない。自分は〝海底の魔女(アクア・ノート)〟だから、人間と人工妖精の共存のために人をも殺すのだと、青色機関は手を汚すのが仕事なのだと、

〝傘持ち(アンブレラ)〟になった水先案内人(ガイド)たちは思い込んでいた。そして、自分が本物の〝海底の魔女(アクアノート)〟ではないと揚羽に告げられたとき、思い込みで人間を殺害してしまった事実を受け止められずに破綻したのだ。

創作であれば、主人公はいつまでも自分自身だ。だが、現実の世界にオリジナルがいては、そんな思い込みは破綻してしまう。

「この日傘の物語は」

差していた日傘を降ろし、彼女に向けた。

「大半が出鱈目です。主人公は海底の魔女(アクアノート)と呼ばれる少女、彼女を陰に日向に支えるのは全能抗体(マクロファージ)。その辺りの筋書きはよく出来ています。でも、他は全部、恋に臆病で、人恋しいのに人見知りで、自意識は強いのに引っ込み思案で、思ったことも言葉にできない、どうしようもなく生きるのが不器用で、優しいのに無力で、自分の理想と現実世界との落差を埋める努力もせずただ嘆くことしかしない、そんな女の子たちが寄って集って描いた妄想です」

置名草の白い顔が青ざめる。

陽平からも何度か、揚羽たち青色機関(BRUE)や五等級の根も葉もない噂話を聞かされたことがある。ネジと歯車で出来たロボットだの、見ると顔が溶けるだの、全部酷い迷信ばかりだった。市中に出回るそれらの噂の出所は、もしかすると彼女たち水先案内人(ガイド)の創作物だったのかもしれない。

「人を殺したと言いましたね。あなたは自分が何人の人工妖精(フィギュア)を殺したのか、言えますか？」

日傘を置名草の足下へ放り投げると、肉の丘の上で回って彼女の足にぶつかった。

「私が四年間で十一人。私の保護者でもある前任者がかつて五十八人」

大半は名前も知らないが、数なら常に忘れはしない。

「正義の味方なんかじゃありません。悪を懲らしめたこともない。明らかに倫理観の歪んだ人工妖精(フィギュア)もいたけれど、人間の悪意で追い詰められ選択肢もなく道を誤ってしまった人工妖精(フィギュア)もいた。それら全て区別なく一人ずつです。理由も事情も関係ない、酌量なんて皆無です。ただ、倫理原則から逸脱したら殺すだけ。機械のように、免疫のように、何も考えないのが私の仕事です。当然、恋も愛も、ありません。曽田陽蔵氏との悲しい恋なんて嘘っぱちです」

揚羽は初め、この物語の主人公が鏡子なのではないかと考えた。だが鎌を掛けても本人は無関心であったし、なにより二十年以上前とはいえ、今の鏡子と物語の主人公の行動はどうしても繋がらない。すべて虚構だ。

「こんなものが、水先案内人(あなた)たちの紡いだ空想の原本(オリジナル)です。私の存在が、あなたの信じる偽物の思い出を否定します」

置名草の顔を覆った指が、皮膚を抉っている。口は「やめて」と呟いたのだろうか、声にもならないまま蠢いていた。

「だから、あなたがさっき赤色機関の人たちをたくさん殺したのは、仕事でも義務でもなんでもありません。ただの人殺しで、ただの八つ当たりです」

元より破綻寸前だった彼女の心は、父子を不貞にも愛したという思い込みに加えて、殴打されて昏倒し、朦朧と自分の名を呼ぶ洋一を見て完全に正体を失った。洋一と手が触れるだけで頬を染める彼女は、恋人が乱暴された隣で見知らぬ男の背に負ぶわれていることに気づいたとき、自分が青色機関だとの思い込みから倫理原則のハードルが低くなっていた殺害という方法を、激情に任せて選択してしまったのだ。

「こんな他人の、それも作り物の思い出なんてなくても、あなたには洋一さんが毎日語って聞かせてくれた、あなたたち二人だけの思い出がたくさんあったのに、あなたは自らそれを手放したんですよ」

「何が！」

不意に斜めに薙ぎ払われた彼女の手から、勘だけで飛び退って逃れた。水面まで続いた火の道は、水浸しになって転げた揚羽のすぐ横で爆ぜる。

視肉（しにく）の水分は、鉛の味がした。

「あなたに……！　好きな人の思い出にしか自分がいないのが、どんなに惨めなことか！

思い出を毎日抱えて増やしていけるあなたにわかるものか！」

——ああ、そうか。そうなのか。

彼女が日傘の物語に固執した理由を、揚羽はようやく理解できた。

置名草は、家庭の問題を抱え、悩み苦しむ洋一の過去の重さに比べて、自分の存在がたった二十四時間の軽さであることが耐えられなかったのだ。

いくら彼との逢瀬を重ね、彼の話で自分の思い出を足して増しても、それは彼と共通の分だけだ。彼には置名草に出会う前も、置名草がいない間の思い出もあるのに、自分には何もない。そのアンバランスな天秤は、洋一との時間を積み重ねるほどに自分の存在の軽さを際立たせてしまった。

彼に相応しい自分になりたい。そんな直向きで純粋な思いが、歪で狂った妄執に自身を追い込んだ。出鱈目で奇異な妄想の過去を、乞い求めさせてしまった。

きっと、置名草は彼のためにというのだろう。でも——

「それはあなたの自意識だ！」

水を蹴り、肉の大地を駆けて一気に間合いを詰めた。黒い爆導索を振り回す彼女の腕をかいくぐり、掌底を喉元へ叩き込む。

彼女は残った方の腕でそれを受け止めてみせた。だが、今の彼女の身体は軽すぎる。揚羽の腕力でも彼女の身体は浮き上がり、水面まで転がる。

髪の先まで濡れ返り、飛沫を振りまきながら起き上がった彼女の腕には、黒い縞模様が浮いている。それが自分の武器の爆導索であることに置名草が気づいたのは、右腕が火に包まれてからだ。

水に浸しても容易には消えない火に焼かれ、のたうつ彼女を揚羽は見下ろした。

「やってみれば、どうということはないですね。手の先が自分の部位ではないと思いこむことができれば、私が死んだと思った細胞が、蝶に戻ってNa(ナトリウム)やCa(カルシウム)を振りまく」

リナリアの日傘の持ち主が〝傘持ち(アンブレラ)〟の正体だと揚羽が確信したのは、この手品の技術(タネ)が事細かに書かれていたからだ。

揚羽は、妹の真白(ましろ)の身体が、少しずつ蝶に戻って消えるのを、見舞う度に見ている。万能な微細機械(マイクロマシン)で身体が出来ている人工妖精は、死んだり切り落とされたりして身体が意識から切り離されると、部位ごとなくなってしまうのだ。そのようなことが普段から起きないように人工妖精の心には自我境界が設定され、自分の身体の形をはっきりと覚え込まされた四つの精神原型(S.I.M.)がある。

自我境界が不安定で目覚めた真白は、何度手足を交換しても、また少しずつ蝶に戻ってしまう。そして、程度の差こそあれ、それは揚羽も同じだ。置名草よりも自分の方が、この手品には適している。

「だけど、これは児戯です」

お風呂で水をかけあうように。水面を掬うと、置名草に向けて黒い線が伸びて、発火する。思わず頭を抱えて縮こまった置名草の両脇を、火柱が通り過ぎた。

「見た目は派手でも、こんな火では人間や人工妖精は苦しむばかりでなかなか死なない。燃やすなら油でもかけた方が火は強いし、そんなことをする間に喉でも絞めた方が早い」

恐る恐る顔を上げた置名草は、揚羽が指を擦らせてライターぐらいの火を点けると、大げさに怯えて再び丸くなった。

「こんなものは〝ごっこ〟です。男の子がヒーローごっこで風呂敷のマントを被り、孫の手や蛍光灯を振り回すのと大して変わりがありません。できるのはせいぜい、生き物をいたぶり、嬲ることだけ。それは、ただの悪趣味です」

やんちゃな男の子が、ヒーローになりきりながら玩具の鉄砲で自分より弱い子供を一方的に撃っていじめるのと、程度が変わらない。

「こんなもので人を殺してきたというのなら、やはりあなたは偽物の青色機関(BRUE)です。自分の存在が軽いですって？　そんなこと、児童期以前がない人工妖精ならみんなそうです。鈴蘭(すずらん)だって、岬(みさき)くんだって、みんなそう。人間はみんな私たちよりたくさん悩んで、たくさん喜んで、たくさんの思い出を抱えて私たちのところへ恋をしに来る。私たちは誰だって、他人と思い出の量や価値や質を比べることなんてしないし、まして愛する人との思い出を差しおいて自分だけの思い出を求めるなんて、自意識過剰にも程がある」

　コルセットから五本パックの帯電滅菌メスを二セット抜いて、二本を捨てて両手の指に挟んだ。

「置名草。いえ、連続猟奇殺人犯〝傘持ち（アンブレラ）〟。生体型自律機械の民間自浄駆逐免疫機構（Bio-figures self-Rating of unlimited automatic civil-Expellers）青色機関は、あなたを悪性変異と断定し、人類、人工妖精間の相互不和はこれを未然に防ぐため、今より切除を開始します。執刀は末梢抗体（アクアノート）襲名、詩藤之峨東晒井ヶ（しとうのがとうさらい）揚羽。お気構えは待てません。目下、お看取りを致しますゆえ、自ずから然らずば結びて果てられよ！」

　極端に狭まっているであろう視界から逃れ、水面を蹴りながら半弧を描いて、置名草の左側面へ迫る。

　怯えた彼女が顔を庇うように突きだした手から、蝶たちが舞い上がる。鱗粉が発火するよりも早く置名草の指を親指を残して切り落とし、勢いのままに前転して爆導索をくぐった。

　揚羽の身体が小石のように水上を撥ね、それに追いすがるように火が爆ぜる。背中の羽も少しだけ焦げていた。

　銃なら銃口を観察すれば、刃物なら刃の向きと持ち手を見れば、ある程度は死線の見当がつく。しかし、これは見えようがない。思ったよりも半歩多くは、大げさにかわすしかない。

「もう、彼の手を握れませんね」

第一関節と第二関節の間で指が寸断された己の右手を見て、置名草は肩をわななかせていた。それが怯えから憤怒に変わったとき、彼女の全身から蝶たちが一斉に羽化し、プール全体を包み込む。

巨大な大砲の底になった蝶の巣が、業火で満ちる。

全てを焼いたはずだ。立ちこめる蒸気と煤煙に包まれながら、置名草はそう確信しただろう。

やがて、水面に倒れ伏す揚羽の背中を見つけ歩み寄ろうとしたとき、そのパーカーの膨らみが不自然であることに気づく。

「周囲の蝶まで連鎖発火させられるなんて、さすがに考えませんでした」

湿らせたパーカーを頭から被り、揚羽は火を避けていた。

パーカーの黒い蛹の殻から羽化し、青い羽の黒い魔女が水面(みなも)を疾駆する。

置名草(オキナグサ)の火は、顔が浸かりそうなほど前傾して駆けた揚羽の後ろで爆ぜる。やはり、今の置名草には足下がほとんど見えていない。

彼女の視野の下限から股の下に滑り込み、擦れ違い様に両足の踵骨腱(アキレス)を寸断した。

両足の支えを同時に失って、彼女が前のめりに倒れ込みながら叫ぶ。

「愛したことも……愛されたこともない癖に！」

水の中から置名草が火をおこす。巻き上がった飛沫と蒸気をかいくぐり、次のメスを抜いた。

「そんな言い方しかできない人だから、あなたはこれから死ぬんです！」

「処女機の分際で！」

乱れ舞う水と火と蝶をかいくぐり、右腕に四本のメスを突き立てる。神経節を寸断し、動脈に穴を穿ち、上腕筋を縫い止め、肘関節に刃を食い込ませた。

両腕の自由を失ってもなお、置名草は肩を振り回して火をまき散らし続ける。

彼女を突き動かしているのは、きっと揚羽を含む自分以外の人工妖精全てに対する妬みだろうと思う。だが揚羽には妬まれるようなものは何もないのだ。彼女の言うとおり自分は愛されたことがないし、これからも愛されることはない。自分が受ける恵みがあるとしても、その全ては本来の持ち主である妹に傷一つ付けずに譲り渡すと決めている。

だから、彼女の妬みは空回りだ。妬み殺そうとする揚羽には何もない。揚羽が殺す置名草にも何もない。空っぽ同士が、何もない互いの手の内を求めて諍（いさか）いをする姿は、もし地上の誰かが見ていればとても滑稽に見えただろう。

馬鹿で五等級で人殺しの自分には程度がいいのかもしれない。でも、置名草が、あの儚く、慎ましく、ようやく摑んだ薄い幸を、そっと手で包んで大事にしまっていた彼女が、こんな姿になるのは見たくなかった。

やはり全能抗体(マクロファージ)の言うとおり、何も知らないまま考えずに殺せればよかったと、今になって思う。置名草との出会いを考えれば、そんな選択肢はなかったけれども。

両の大腿に合わせて八本、腹部に四本、鎖骨の裏に左二本と右三本、腹部に五本と胸に二本。計二十四本のメスを突き立てる間、揚羽は一度も彼女の火に捕まらなかった。

もはや満足に火を出せず、脚も腰も肩もろくに動かせなくなった置名草が、それでも這ってやってきたときには、するままにさせた。

屈んだ揚羽のスカートを、コルセットを、ブラウスを噛んで這い上がり、ようやく辿り着いた首に向けて歯を立てる。肌に歯が食い込み、その歯すらも折れて、揚羽の骨にも届かなかった。

「水面に映る自分の顔が、見えますか？」

肩越しに問うた。

彼女の身体は、空気のように軽くなっている。いくら全身の微細機械が物質を蓄積していようと、あれだけ出鱈目に放出し燃やしておいて、元のままの肉体でいられるわけがない。

人目を気にして羽から壊れた彼女は、羽がなくなったら内臓を火にくべて、ついには骨や筋肉まで薪に変えた。彼女に残っているのは脳といくらかの体液と、そして最後まで拘った外見、皮だけだ。それとて、中身がなければ髑髏(されこうべ)より惨めになる。

「あなたは、あなたの世界では正常だった。周りの人の方がずっと異常に見えたんでしょう。好きな人のために壊れたあなたはきっと人間に理解されるし、今も私のような故障品に比べればまだ正常なのかもしれない。

でも、他の誰かより自分はいくらかまともだという理屈は、決してあなたの正常さを肯定はしないんです」

揚羽の肩で歯のない顎が震え、なけなしの水分が揚羽の背中を伝った。

ポケットに仕舞っていた三ツ目レンズで覗くと、彼女のやつれた身体の肌にはびっしりと細かな文字が浮かんでいる。彼女は日傘でも壁でもなく、誰にも奪えない自分の身体に洋一との思い出を刻んでいた。彼との思い出は同胞の水先案内人たちとも共有せず、独占したかったのかもしれない。彼女が最後まで肌を残したのは、外見だけではなく洋一の記憶を守りたかったからだ。

空回りする巨大な歯車の音が、蝶の巣の中を反響して聞こえる。それはこの小さな人工の島で、人間と人間以外の命の火を守っているけれど、今このときには何もしてくれない。

そして、置名草と揚羽の歯車も、嚙み合わないままただ空回って、互いを擦り歯を摩耗させただけだった。身体を寄せても、もう歯の代わりに繋ぐ手すら彼女に残されていない。

嚙み合うには何をどうすればよかったのか、揚羽にはわからない。壊し方は必死で覚えたし、壊れてしまった人の絆を癒す術もある。でも、自分のことになるとまったくわからない。

不幸になるべきは置名草ではなかったはずだ。儚くて慎ましくて、愛されていた彼女はそのまま幸福になって、不幸は揚羽にだけ押しつけられればよかったのに。いらなくなった髪を切り、伸びた爪を切ってゴミ箱に捨てるように。

四年前、青色機関になったとき、真白のためにこの世界の、世界が無理ならせめてこの自治区の、全ての痛みと苦しみを自分に集めて飲み込んで消してしまおうと誓った。痛みを一つ一つつまみ上げ、苦しみを嘗めて浚って綺麗にすれば、世界にはきっと幸福だけが残るのだと信じていた。

でも、痛みも苦しみも雑草のように、抜いても焼いてもまた生えてくる。害虫のように、切っても磨り潰してもどこからか現れる。自分のしていることは、誰かが負うはずだった痛みを、別な誰かにすげ替えているだけではないのかと、今の揚羽は考えてしまう。

今はただ、鏡子に会って、どこで何を間違えたのか教えてもらいたかった。

4

水淵之壱岐平戸ヶ置名草(みずふちのいきひらどオキナグサ)は、眠るのが大好きだった。

一日も生きれば嫌なことばかり降り積もる日もあるし、昨日出会った人も忘れてしまう彼女には、友人がいなかった。それでも街に出れば、自分の仲間が書いた、匿名の随想や日記が溢れていて、それに一つ一つ返事を返したり、感想を書いて残したりすれば、顔も名前も知らない仲間たちと喜びや悲しみを分かち合うことが出来た。書いた本人は次の日には自分が書いたことも忘れているが、彼女たちにとっては誰が書いたのかも、誰が返事をしたのかも大した問題ではなかった。あるいは今日返事をした日記が、昨日の自分が書いたものなのだとしても、昨日と今日とで自分は別人なのだからそれでもよかった。

だから、床(とこ)について今日の自分が死に、明日の朝には今日のことを全て忘れて、別人になって生まれ変わる運命を心から受け入れ、むしろ人間や他の人工妖精(フィギュア)にはない特権のように考えていた。

それが恐くなったのは、洋一と出会ってからだ。

彼は毎日、昨日までの自分との思い出を語ってくれた。別人の自分に、別人の自分の喜びや悲しみを聞かせる彼のことを、疎ましく思う日もあった。

それは自分じゃないと言いかけて喉に飲み込んだことは、はっきり思い出せないがきっと何度もあったはずだ。

それなのに、一年、二年とそれを繰り返す内に、きっと自分は変わってしまったのだろうと思う。

気がつけば、仲間たちとの文字のやり取りは途絶えがちになっていた。それは生まれる前から条件付けられていた彼女たちの習性であったのに、置名草（オキナグサ）はその義務を度々怠けるようになった。

脳は、索引（インデックス）を消しても本文（ライブラリ）が残ってしまう。

毎日生まれ変わって変化しないはずの彼女の脳は、洋一の一途で未熟な恋に包まれて、少しずつ変えられてしまっていたのだ。

顔すら思い出せないのに、会うと胸が高鳴った。昨日の話をされてもわからないのに、声を聞くと頬が火照った。記憶になくても、脳に少しずつ染みいった彼の部分は、彼女の性質を僅かずつ変容させていった。

やがて置名草は、仲間たちとだけ曖昧な過去を共有するよりも、洋一との思い出を二人だけで独占することを望むようになった。

そうして時が過ぎ、眠るのが恐くなったのは、いつからのことだったろう。記憶の索引(インデックス)がない彼女には思い出すことが出来ない。

そして今も、置名草は耐え難い眠気と戦っていた。

身体は清潔な寝床に横たえられ、白いシーツと厚い毛布を被せられていた。何度か身体を起こそうと試みたが、痛みで意識を失いそうになって諦めた。技師にはどんなに痛くても麻酔だけはしないでと頼んであった。弱い鎮痛剤だけを点滴で打ってもらったが、今はそれも後悔している。痛みがもっとあれば、楽に眠気と戦えたのではないかと思うからだ。

透明なビニールで区切られた無菌室の外は、カーテンで区切られていて、時折人影が通り過ぎるのがわかった。その微かな空気の揺れでカーテンとビニールが揺れる。滅菌のために入れられた蝶たちが、驚いて置名草のシーツの上で飛び回った。

やがて、一つの影が置名草のベッドの脇で止まり、声を掛けてきた。それを合図にするように、他の影たちは病室から出ていく。

「はじめまして」

初めは技師か看護師だと思ったのだが、技師より少し若い声に聞こえた。

「あなたが無菌室から出られるようになったら、あなたの介護を受け持ちます。見習いですが、よろしくお願いします」

カーテンの向こうで、彼は小さくお辞儀をしたようだった。

「私は、廃棄になるのですか？」

カーテンの向こうの影は、少し間を置いてから「いいえ」と答えた。

「もし、伴侶がいらっしゃれば、そうはならないそうです」

「そう、ですか」

裁判に引き出すために、生きながらえさせているのかもしれないと思った。一眠りすれば、自分はどうせ何の供述も出来なくなるのに。

ここの技師たちは、自分が人殺しの水先案内人（ガイド）であることに気づいていないのだろうか。

「眠くはありませんか？」

「眠いです。でも、眠りたくないんです」

なぜ、と彼は問う。

とても恥ずかしくて、顔を覆いたくて、両手がないことを思い出す。

「人を待っているんです。私は眠ると、今覚えていることを全部忘れてしまうから」

目を閉じて、今はまだ脳裏に刻まれている恋人の顔を思い浮かべた。

「彼が来たとき、私が何も覚えていなかったら。きっと彼は、私のした間違ったことや、酷いことを自分の胸にだけ閉じ込めて、何も知らない私に、楽しい思い出だけを語って教えてくれるから」

彼ならきっとそうすると、置名草は思っていた。そして、そうなったら置名草はまたきっと彼に恋をしてしまう。痛みも苦しみも全部彼にだけ押しつけておきながら、自分はまた純朴な少女のふりをして、彼に甘えるだろう。

「もう、顔も、身体も醜くなってしまったけれど、きっと今の私は心まで醜いけれど、彼にだけ醜い思い出を背負わせてしまうことだけは、したくありません。だから、眠ってまた何も知らない私に戻る前に、彼にお別れを言います」

「彼が、断ったら?」

目で、カーテンの影に振り向いた。患者の懺悔を聞くのも、彼の仕事のうちなのだろうか。

「私は、すぐにこの人工臓器を切って、死にます」

何も知らない、純粋で無知な自分に戻ってしまったら、もうその選択は出来ないから。今の気持ちならば、制作者が自分の脳に刻んだ倫理原則も乗り越えられると思うから。

その後はしばらく声もなく、点滴の落ちる音と、人工臓器の無機質な機械音だけが空白を埋めていた。

そこにいつのまにか嗚咽が混じっていたことに気がついて目を開けると、カーテンの影が、肩を震わせていた。

ああ……ああ、ああ……。

頬が羞恥に染まり、恐怖に引きつって、唇は後悔に歪む。

親は遠く、仲間は顔も知らず、友人もいない。そんな自分のために泣いてくれる人など、一人しかいない。

「私……私は……」

彼の嗚咽が自分の喉にもうつって、声が詰まった。

「私は、醜いです。私は、自分の大事な人が、私なしでは、生きられなくなればいいのにと、思いました。きっと、今までもたくさん、思っていたんです。他の人の手を握る手も、他の人のところへ行く足もなくなって、私だけを見て、私の側から逃げられなくなって、私がいなければご飯も食べられなくなって……そんな風に、なったらいいなと、思ったことがあります」

ごめんなさい。その言葉だけは飲み込んで、胸で溶かした。

「だからきっと、罰が当たりました。何も出来なくなったのは、私の方でした」

人間の言う神様がもし本当にいるのなら、いいことをしていても見ていてくれないが、悪いことは思っただけでも許さない、とても厳しい人なのだろうと置名草は思う。

だから、ごめんなさい、私のことは、もう思い出さないでください。私もすぐに思い出せなくなるから、あなたは何も気に病むことはない。

「あなたは」

カーテンの影が、掠れた声で言う。

「あなたは、今、元のお名前とは別な名前でご入院されています。もし、あなたが独身だったとしても、新しいお名前で書類の上だけでも誰かが伴侶になりさえすれば、延命を続けられて、廃棄はされません」

涙を堪えてきつく閉じていた目を開いた。

彼は、何を言っているのだ？

「愛さなくてもいいです。触れなくても、見なくてもいいです。他の誰かに恋をしても、あなたが誰かの胸に抱かれていてもかまわない。書類上だけでも婚姻すれば、あなたは治療を続けられます」

涙が止まらなくて、拭う手もなくて、醜く乾いた頬を涙が伝っていくのを、そのままにしておくことしか出来なかった。

「私はこんなに、醜いのに？　こんなに、醜くなってしまったのに？」

答えはなかった。

嫌だと言ってくれれば、自分はすぐにでも人工臓器の管を引きちぎれたのに。もう、自分の心にはそんな力が残っていない。

「もし、そんな奇特な方がいらしたら、私が目覚めたとき、一番に私の前にいるように、伝えてください。私はきっとその人に恋をするから。どんなに酷くされても、どんなに惨めにされても、私はまた、その人を好きになるから」

自分の犯した罪を今は覚えている。償いがたい過ちをたくさん犯したことを今はまだ覚えているが、治療を続けても自分は罪すら覚えていられない罪深い存在だ。

でも神様。もしいらっしゃるのなら神様。私たちを造ってくれたのはあなたではないけれど神様。

罪を覚えていられない私だけれども、その代わり自分の幸福も全て忘れるから、だから、そんなことで贖（あがな）えるはずもないけれど、ほんの少しの我が儘（まま）をどうか、許してください。

彼の指がカーテンに触れて、蝶たちが舞い上がる。

「ええ。きっと、いますよ。あなたが次に目を覚ましたら、その人は必ず枕元にいるから。だから、今は安心して眠ってください」

彼の声だけで、幾千の痛みも消えていく。身体が空気よりも軽くなって、あとは意識が微睡（まどろ）むに任せた。

「おやすみなさい」

置名草の長い一日の、短い一生が終わる。

また明日生まれ変わるために、今日の彼女はゆっくりと死に絶えた。

第三部

水飲み蝶と白蓮(ビャクレン)と女王の岩戸

神様は世界を美しくするために、蝶という美しい生き物を造りました。

蝶たちは美しく着飾り、優雅に飛んで他の生き物たちを見惚れさせました。

しかし、すぐに困ったことになりました。

蝶たちが競い合ってたくさんの色に染めてくれとせがむので、神様の絵の具が足りなくなってきたのです。このままでは世界から色がなくなってしまいます。

困り果てた神様に、一匹の蝶が寄ってきて言いました。

「神様。僕は色はいりません。僕の羽の色をみんなのために使ってください」

神様は彼の羽の色を使って、他の蝶たちを美しく着飾らせました。その代わりに、彼の羽は真っ黒になりました。

しかし、今度は増えすぎた蝶たちが花を巡って争うようになりました。

真っ黒けの蝶が言います。

「神様。僕は甘い花の蜜はいりません。僕の飲む分をみんなに分けてあげてください」

神様は彼の分の花畑を他の蝶たちに分けてやりました。その代わりに、黒い蝶は水辺で水ばかり飲むようになりました。

「お前は美しい羽も甘い蜜もなしで辛くはないのか？」

蝶は不思議そうに言います。

「だってそうしたら、神様は僕のことを一番愛してくださるのではないのですか？」

神様は、真っ黒な蝶を、誰もいない深い山奥の綺麗な水しか飲めないようにしました。


（姫金魚草の日傘より）

1

自治区の中でも再開発の対象から外れてやや落ち着いた趣の二区の海岸通りは、週明けの朝も静かだった。

時折、勤務先へ向かう男性や、周辺の高層住宅の住人とすれ違ったが、一区のビジネス街や六区の集合住宅地はこんなものではないだろう。

水平線から昇ったばかりの朝日に照らされながら、揚羽は工房への帰路にあった。

『オキナグサは、正しくは「翁」に「草」と書くようです？　花言葉は複数ありますが、「何も求めない」の他に、「背信の愛」』

制作者が知らなかったのだとすれば、皮肉なことだ。どちらも置名草の表裏をよく表してしまっている。

二区に戻るまで、揚羽は各区に散乱した紫外線塗料で書かれた水先案内人たちのメモを、日傘の地図を頼りにいくつか見て回った。

一つ一つは、たわいもない日頃の徒然だが、やはり芯になる原本は見てうかがえる。

誰かが書いた粗筋は、あったのかもしれない。

『日傘の柄である「姫金魚草(リナリア)」の花言葉は「私の恋を知ってください」。しかし、一日で相手の顔も忘れる彼女たち水先案内人(ガイド)にとって、恋とはとても成就しがたいものでございましょう？　身も心も老いずいつまでも純粋で変化しない彼女たちは、男たちのある種の理想であるのかもしれませんし、身体を求められることも少なくなかったかもしれません？　ですが喜怒哀楽の思い出を共有できない彼女たちは普通、永遠に恋や愛の対象にはなりません。街中の創作物も元来は取り留めがなく、いつまでも未完の物語であったはず。それがいつか望んだ完結を得て、彼女たちを狂わせてしまったのなら皮肉なことですね』

「置名草さんの件、手を回してくれてありがとうございました」

『蛇の道は蛇。最近はあなたのご機嫌が麗しくありませんでしたので、多少なりとも？　ただ、赤色機関(Anti-Cyan)は身内殺しの犯人を諦めはしないかと？　彼女の住民登録は別人のそれになっていますが、仮に特定され身柄の引き渡しの要求があれば、行政局は断れませんでしょう？』

そこは洋一の機知と気概に委ねるしかない。彼も人間ならば、いつまでも無垢で直情なだけの子供ではいられないのだから。

赤色機関が何故、屋嘉比を強引に保護しに来たのか。

水先案内人たちを狂わせる日傘の物語は本当に彼女たちだけの創作だったのか。

まだわからないこともあるが、一連の「〝傘持ち〟連続殺人」はこれで終わりだ。いま揚羽が差す日傘さえ処分してしまえば、もう〝傘持ち〟は出てこない。

『確かに事前のお話の通りでしたが、〝傘持ち〟の発生原因を特定できたのなら、切除が相当であったのでは？』

「そのことですが……全能抗体」

日傘の隙間から、少し高くなった朝日を眺める。

「私は、青色機関をやめようと思います」

少し間があった。あるいは言い淀んだのであれば、全能抗体には珍しいことだ。

『元よりあなたが誰に望まれるでもなく始めたこと、私のお引き留め致す範疇にございませんが、ご事情の程はおたずねしたいかと？』

「いらないんじゃないか、と思ったんです」

『熱意が冷めましたか？』

「いえ、そういうことではなく……」

置名草の事件で自警団の陽平と、洋一たち当事者と、そして赤色機関の隊員たちと、ひとつの繋がりの中で触れあって、やはり鏡子の言ったとおりであったような気がしたのだ。

「私が殺さなくても、異常を来(きた)した彼女たちを受け止める用意が、自治区には十分に調(ととの)っていると思えてしまったんです」

この街はもう十分な免疫を備えている。自警団(イエロー)は陽平のような情熱的な人材に恵まれている。赤色機関も、彼らなりの誠実さで、揚羽のような人工妖精に相対しているという確信のようなものを、今の揚羽は得ていた。

ただ全能抗体(マクロファージ)の情報を頼りに、見つけたら殺して終わり、という今までは得られなかった感覚だ。

自治区には司法局があって人工妖精たちの正当な権利を保護し、自警団が治安を守り、彼らの手に負えなくなっても、その背後には赤色機関という絶対的な力が控えている。

自治区全体をひとつの生き物の身体とするなら、自分のしていることは患者に不要な抗生物質を投与し続けているようなものだ。この生き物はいつの間にか、自分で人工妖精と人間の不和という病と戦える免疫を身につけていたのではないかと揚羽は思う。

『それでは、二度と電話は致さない方がよろしいですね？』

呆れられただろうか。彼女が揚羽になにかを頼んだことはない。むしろ、彼女は揚羽に巻き込まれた側だ。

「私は、あなたのことが好きでした、全能抗体(マクロファージ)。鏡子さんの次ぐらい。本当です」

『光栄ですね？』

それから彼女の口調は少し変わって、煙のような揶揄の代わりにしっとりとした重みを含んだ。

『そうお決めになられたのなら、あなたは血なまぐさい世界のことはお忘れなさい。ごく普通の世界を、ごく普通の価値観の範囲で、非凡なあなただけの人生をお見つけなさい』

「ちょっと難しいですね。私は頭が悪いから、普通の人たちと比べられるのは大変」

今思えば、他人が殺せるという自分の特性に自分は依存して、他のことを投げ出していたのかもしれない。どうせ比べられたら敵わないから。

『頭の善し悪しとは便利な言葉ですね。それがあなたの、世に憚(はばか)る機知で？』

それは謙虚さではないと、彼女は言っている。

『あなたはこの一年で、読めない漢字に出会ったことはいかほど？　ドル建ての端数の計算に困ったことが幾度？　技師以外の人間の話を理解できなかったのが何回？　それらが、自分以外の人間や人工妖精なら出来るはずだとなぜ思うのです？』

さっきまでの彼女からは想像できない強い言葉が、揚羽を困惑させる。それは自分が目を反らしてきたものを突きつけられているからだ。

『頭の善し悪しなるものは、いかにして比較高低をつけるので？　試験の順位？　会話の巧みさ？　知識の量？　仕事の手際？　あるいは生きる器用さ？　それとも実績？　それら全てが一つ一つの単位でしかなく、また全てを高度に包括できる人など数少ない。その中から自分の出来ないことだけを巧みに選びつまみだし、自分を馬鹿だと思えば、あなたは自分の不幸な生い立ちを安易に享受できた、異なりますか？』

「それは……」

『自分が最低の五等級に評価されるのは、自分の頭が悪いからだ。そうでなければ自分も人並みに幸福なはずだから。そう思うあなたは、自分の境遇を不条理に感じて世を恨むことも、人を恨むこともしない。

あなたは自分の心を綺麗なままにしておきたいから、世界が自分に向ける不条理と向き合うことを避けてきた。だから世界が不条理なのではなく、正しい世界から自分の無能が、正当に評価されているのだと思わなくてはいけなかった』

返す言葉は、胸に生まれてこなかった。

『これからあなたは、平凡な価値観と向き合わなくてはならない。それが辛くなっても、青色機関でないなら、もう〝人殺〟せるという才能に二度と依存することは許されません。戦いなさい、今度は人の間の常識的な世界で、メスに代えて常識を握って』

励ましてくれているのだと、ようやく気がつく。

「ありがとう、全能抗体（マクロファージ）」

『ただ、あなたはもう一度だけ、メスを握ることになるかもしれませんよ？』

電話は、向こうから切られた。

電話を仕舞ったときには、工房のビル前に辿り着いている。壊れて手動になったままの自動ドアを開け、帰宅の声を掛けるが、今日はまだ二階と十一階の人たちは出勤していないのか、返事はなかった。

どちらも趣味半分だから、まともな通勤タイムを守っているとはいえない。だからそういうことも珍しくないのだが、徹夜明けだったからか、妙な寂寥を覚えてエレベーターに乗り込む。

もう一度だけメスを握るかもしれないという、全能抗体（マクロファージ）の言葉が頭の中で反響している。古いエレベーターのランプが八階を示すのを、こんなに待ち遠しく思ったのは初めてかもしれない。

エレベーターの扉が開くと同時に、フロアの廊下へ足早に踏み出した。教室の頃からそのままの古い引き戸は、今は開け放たれていた。

「今戻りまし――」

喉が枯れる。声が掠れる。目の前が暗転する寸前で踏みとどまった。

今どき珍しい紙の本と印刷物で、無造作に静的に散らかされていた屋内は、今や動的に混迷していた。

海側の壁が打ち抜かれ、大きな穴が八つも開いていた。穴が部屋の中へ海風を招き込んで紙をまき散らしている。穴から飛び入った蝶たちが、鏡子の蔵書と印刷物を、せっせと漂白していた。

「……ああ」

何があったのか。

まだ自分の頭が悪いと思いたい揚羽には、何故起きたのかはわからない。でも誰がしたのかは、明白だ。

壁の穴は、〇六式無人八脚対人装甲車が取り付いた跡だ。そして、赤色機関は屋嘉比をあんなにも強引に連れ去ろうとしていたではないか。

屋内には、彼女が大好きなバッファの交響曲が流れている。プリメインアンプは電源のランプを灯したまま、主のいない部屋に至極の調べをリピートで供し続けていた。

それが静かな第三楽章へ移ったとき、紙を擦る微かな音に気がついて、揚羽の手はコルセットの裏地へ伸びる。

やはり全能抗体は霊能者か予知能力者であったのかもしれない。もう確かめる術はないけれど。彼女の予言通り、確かにあと一度、揚羽はメスを握ることになりそうだ。

「今の私は、加減が出来ません。普段なら人間は殺さないようにがんばりますが、今は無理です。だから、諦めてください。生きるのを」

揚羽の言葉が終わるのを待たず、足音が背後に迫った。

殺意で埋まった揚羽の心中に、微かな困惑が混じる。

赤色機関であれば武装は機関拳銃だ。確保するために躙（にじ）り寄ることはあっても、遮蔽物のない場所でまっすぐ突っ切るようなことはありえないのだから。

頭を狙って後ろから襲い来る一撃を、振り返りながら背中でかわし、メスで首に向けて一閃した。恐るべきことに、彼は渾身の一撃を気合いと共に振り下ろしながら、なおかつ揚羽の狙い澄ました反撃を仰け反（の）（ぞ）って避けてみせた。

彼の得物は、時代錯誤な片刃の刀剣だ。時代劇のフィクション・ムービーにしか出てこないような、古臭い拵（こしら）えがその握りと鍔（つば）に施されている。

無茶なかわし方をして姿勢を崩した彼の頸動脈に向けて、揚羽が返しの一撃を振り下ろすと、彼は反撃をあっさり放棄して転がるように下がった。

それが逃亡でなかったことは、彼が膝を立てるよりも前に、新たに現れた二人から鋭い槍の穂先を突きつけられて気づいた。

交差するように伸ばされた二本の槍を、とっさに背面跳びでかわす。すると、槍を持つ二人は息を揃えてそれぞれの槍を異なる高さで横に薙いだ。

くぐることも飛び越えることも不可能なそれに対し、転がり退くことしかできず、飛び起き様にメスを四本ずつ、彼らの正中線に向けて放つ。

一撃必殺の四撃を、彼らは二人とも迷わず腕で庇って受け止める。腕を負傷した一人の背を踏み台にして、最初の一刀を放った男が高く飛び上がり、全身の体重をかけて鉄をも裂くような一撃を揚羽に向けて振り下ろす。

退くにも背後は壁で、止めることも不可能であれば。

揚羽は彼が落下する前に彼の下を潜り抜け、両手をメスで負傷した槍持ちの二人へ止めを刺しにいく。

メスを握った両腕を鋏のように薙いで二つの喉笛を同時に狙ったが、負傷してなお力強い彼らの槍の柄に防がれて、鋏を閉じることは出来なかった。

動きを止めてしまった揚羽の首に、背後から白刃が当てられる。

「抵抗無用なれば、降伏されよ」

時代錯誤な剣術に卓越した彼は、カーキ色の詰め襟の奥で喉仏を蠢かせ、古臭い言葉で言う。

「腕が、あと一本多かったら――」

そんな負け惜しみを口にしようとしたとき、さらに七本の槍や刀や長刀の切っ先が、揚羽の首の周りに並ぶ。

「……ああ、ええと、訂正。腕があと八本あったら……という問題でもないですね、もはや」

両手のメスを、床に落とした。

四年の人生で、生まれて初めての、言い訳無用な完敗だった。

2

詩藤鏡子は、モーツァルトと煩わしいのと騒がしいのとの次に、同業者との付き合いが嫌いだ。

煩わしくて騒がしい上に、モーツァルト同様の、自分をひと角と思い込む過剰な自意識が浮いて見えるからだ、互いに。

鏡子がその催事場らしき一室に通されたとき、中にいた一同の目が一斉に彼女に集まり、やがて誰からともなく目を背けて最後には全ての視線が鏡子から外された。

その中には図体の大きな屋嘉比の姿もあったが、彼は顎を一つ蠢かすと、素知らぬ振りを通した。確かに、ここで鏡子と軽口でも掛け合おうものなら、彼の立ち位置はより煩わしくなっていただろう。

彼らは何よりも仲間はずれにされることを嫌う。だから特定の誰か同士が親しみであろうと嫌悪であろうと何らかの繋がりをみせると、それ以外の人間は一斉に二人から背を向ける。彼らはこの中の誰とも一定の距離を保ち、心にもない世辞を交わしながら、自分だけははみ出さないように神経を尖らせている。

だから、とっくにはみ出し者である鏡子には、誰も関わり合いたくないのだ。屋嘉比とて、一つ間違えば吊し上げを喰らいかねない。

ホールにいるのは、三十名弱のいずれも名だたる精神原型師（アーキタイプ・エンジニア）だ。自治区男性側の一級全員に、二級、三級、それに資格剝奪者から、鏡子の知る限り一級に劣らない選りすぐりを加えてその人数になっている。

「やれやれ。今日は誰かの誕生日だったか？　命日なら電報で済ませたかったのだが」

ひとまず軽口をかましてみたが、誰も振り向きもしなかった。緊張と憔悴が、彼らを満たしている。

当然か。ここは赤色機関（Anti-Cyan）の駐屯基地内部だ。この催事場では、赤色機関の隊員たちの祝賀会や、赴任式、それにケースによっては葬儀も催されたことだろう。入り口の戸を守っているのも、機関拳銃を携えた三ツ目芋虫だ。

テーブルには一食終えた跡が残っている。椅子は十分にあるし、軟禁はされているようだが冷遇されている様子ではない。

赤色機関は、何のためにこんな社会不適応どもばかりかき集めたのか。

「失礼」

戸を叩く音に続いて、三ツ目芋虫が顔を出す。

「詩藤鏡子殿。ご足労ですが、貴殿には別室のご用意がございます」

同業者の視線が突き刺さる。これでまた一つ嫌われたことだろう。今更であるが。

「騒がしいのは苦手だ。個室か？」

「いえ、同室の方がお待ちです」

肩をすくめた。行き届いたルームシェアより、牢屋のような個室が好みの鏡子だが、贅沢を言える立場にない。

「どうぞ」

促されるに任せて、針の筵を後にした。

前後を物々しく二名ずつの三ツ目芋虫に挟まれて、渡り廊下らしきものも含むいくつかの通路を抜け、やがてエレベーターに乗って地下へ降りた。

その慣性と時間から、おそらく地下都市の深さまでは来ただろう頃に、戸が開いてまたしばらく引きずり回された。

いい加減、運動不足の鏡子にはきつい遠足になっていた。いっぺん子供のように駄々をこねてみようかと真剣に考え始めたとき、ようやく一室に通された。

背後で戸が閉じられ、三ツ目芋虫は入ってこなかった。

そこは整然とした部屋だった。何もない、鏡子の工房の自室より二回り程度広い、直方体の空間だ。

照明はない。ただ、四方の壁が全てガラスになっていて、その向こうのアクアリウムから漏れる青い光が、十分な見通しを与えている。

水槽を泳ぐのは、様々な形をした海洋生物だった。エイのように平らなもの、サメのように尖ったもの、マンボウのように丸いもの。ただ、それらの本物とは誰が見ても異なる。それらは、人間の臓器や中枢神経で出来ていた。

脳のマンボウが、盲腸に目がついた鰯(イワシ)のような何かを、左右の脳の間を開いてひと飲みにしたのが見えた。

『懐かしいだろう――』

声の先には、車椅子に身体を預けた老人の姿があった。

「相変わらず悪趣味だと敬意を申し上げたいところだ」

言うと、彼は人工声帯でわざわざ苦笑を発してみせた。

『君も、相変わらずのようだ』

全身をチューブと電極で車椅子と繫がれた憐れな姿の老人は、自慢の水槽を眺めたまま、鏡子を一顧だにせず言った。

彼の身体は無数の機械でようやく命を繫いでいる。内臓も筋肉も脊髄も、もはやろくに機能していないのだ。その彼が遺伝子改良で人の臓器を模して造られた生き物を飼い、喜んでいるのだから、悪趣味の極みというほかない。

「世の中に自分より不健康な生活をしている人間は他にいないと思っていたが、空の上には宇宙があるのだと思い出したよ」

『そうだ。地面の下にも、それに匹敵する神秘はあった。君と見つけたのだ、君と、私と、あと幾人かで。今はもう君と私だけになった』

過去を懐かしむように、彼は言った。

「とっくに自分だけになったと思っていた。あの災禍も、厄災も、罪も、自分だけが抱えて、やがては墓場に持っていくものばかりだと思っていたが、未だ存命していたとは思いも寄らなかったよ。業が深すぎて閻魔にまで忌まれたか？」

鏡子は今や丈を余すようになってしまったチュニックから、マルボロのボックスを抜いて火を点けた。

「――深山大樹（みやまたいき）博士。それとも師匠様とお呼びすべきか？」

らしくもない、そう言いたげに、彼はまた人工声帯の濁った苦笑を返した。

「四年間、風の便りもないから、てっきりどこぞでくたばったものとばかり思っていたが、赤色機関に養われているとは想像もしなかったよ、深山」

『人倫の会長職は辞してもなお煩わしいのだ。私は世界で最も安全で静かな場所を求め、赤色機関は私の知識を必要としていた。共存共生だよ、鏡子』

彼はかつての鏡子の同僚であり、そして精神原型師としては師である。土気質（トパーズ）と水気質（アクアマリン）

の精神原型を発見した、世界で最も卓越した精神原型師かつ先駆者であり、その後も風や火とも違う精神原型を追い求めた探求者でもある。

そうして彼は確かに辿り着いた。自ら発見した水気質をベースに、どの気質よりも自由で、どの気質よりも純粋な、人間の思い通りにならない第五の精神原型に。

すなわち、三つの倫理原則も、二つの情緒原則もなしで生み出された、揚羽と真白の姉妹機である。

『あれは、まだ君の側にいるかね?』

「煩わしいのであしらっているのだが、いつまでたっても出ていかなくて困っている」

『それならば、私の目論見は十分達せられてるようだ』

苛立たしいことに、彼は満足げに人工声帯で笑った。

彼は、師匠と弟子の関係であった時代、人間と人工妖精の理想的な共存とは、人間が人工妖精に依存することだと繰り返し述べていた。だから究極的には、人工妖精は人間を極端に甘やかし、愛し愛で、人間を自分無しには生きていけなくするべきなのだと。そんな歪な理想の一つが、世界で最も普及した、慎ましく従順で健気な水気質だったわけだ。

揚羽は正確には水気質とも異なるわけだが、結果として同じ手管で鏡子の生存を握っていることに、彼は満足しているようだった。

「だが、あれは失敗作の側だろう」

　この男がまだ目覚める前の揚羽と真白を残して姿をくらましたとき、確かにそう言いおいてから消えたのだ。

　白い方は我が人生における最高傑作にして世界の至宝、黒い方は我が人生最大の失敗作にして世界の癌、と。

　だから、まだ正常に覚醒も出来ずにいる真白は、区営工房の個室で大事に匿われている。いつの日にか治療が終わったときには、自治区総督に次ぐ世界で二人目の一等級の認定を約束されているからだ。

　対して、揚羽は人倫からも見捨てられている。五原則を持たない人工妖精など、存在してはならない。認めたら、人間との共存関係に深い不信を招くことになる。それは真白も同じであるのに、失敗作と烙印をおされた揚羽だけが、そうなった。

『失敗作でそうならば、成功の方はより大きな成功であるということだ』

　傲慢なのか、無神経なのか、彼は自分の娘たちの心を省みずそう言い切った。

『だが、終末の予言（エンケラドウス・レポート）は、現在もその段階を着々と踏み進めている』

　深山の濁った肉眼の代わりなのだろうか。車椅子に付けられた環形動物（ミミズ）のような蛇腹パイプ状のカメラが、鏡子の方へ不気味に振り向いて時折身体をくねらせていた。

『君にはどこまで語ってあっただろうな。二十一世紀のあの日、我々が人工知能（A.I.）の可能性に狂喜し、同時に狂気し、恐怖したことは？』

それは世紀末に起きた、人工知能たちの人類に対する反乱のことなのかと思ったが、時系列が異なるような口ぶりであった。

『では君は、あの美しい人工妖精(フィギュア)たちが、〈種のアポトーシス〉の病によっていつか世界中の男女が別離せざるをえなくなる日のために、人間に供された慰みものだと本気で信じて彼と彼女たちを育てていたのかね？』

「……いや」

忌々しく思っても返す言葉が見つからず、紫煙だけを大きく吹いた。

『前世紀の半ばを過ぎた頃、電子、光子、量子のコンピュータ技術は進化の頂点を極めた。人類は自分たちよりも賢く、理知的で、正しい人工知能を生みだし、この世界全ての知識の海を手中に収めるのも時間の問題だと考えた。

そのとき、ふと思ったのだ。何でも理解し、どんな計算もしてみせる彼ら人工知能には、あるいは人間の人生すらも理解し予測することが出来るのではないかと。もしそうであるならば、人間はもはや知の探求すら彼らに任せることが出来る。何も新たに生み出さなくても、技術や学問を探究しなくても、彼らは人間に代わって文明を進歩させ、生活をより豊かにしてくれるだろう』

生活の大半を自動化し、あらゆる労働が数世紀前と比べものにならないほど軽減されたコンピュータ全盛の時代に、人間はついにコンピュータを生み出した自らの知の探求すら放り出そうとした、ということらしい。

『同様の研究が合衆国では半世紀も前から始められていた。十三機だけが現存していた世界最高峰の人工知能を新たに投入し、アラバマで生まれ育った一人の男性の人生をシミュレーションさせ、予知させた。結果は、ほぼ完璧だった。人工知能は研究開始から十年後の彼の死期まで、誤差三日で的中させた。この意味がわかるかね？　詩藤』

先に残ってしまった巻紙の灰を振り払いながら、鏡子は答える。

「ある程度の的中は当然期待されていた。だが、ほぼ全てが的中となれば、彼らは股の間に下げているものを濡らすぐらい恐怖したはずだ」

『その通りだ』

弟子の優秀さに満足したように感嘆し、先を続けた。

『我々を物ならず人ならしめるものがあるとすれば、それはなんだ？　それは神秘学において魂と呼び示されるものであり、生理学的にはニューロンとシナプスの興奮と伝達の狭間に現れるソフトウェアであり、数学的に突き詰めるのであればそれは乱数だ。過去から継続しながら、どんな究極の学問においても解明に至らぬはずのもの、不規則でランダムな予測し得ぬ要素が我々の中にはあるはずだと、人類は有史以前から信じてきた。

だが、それがデジタルのコンピュータに過ぎない人工知能に予測できたとすれば、その意味するところは何か』

相も変わらずだ。教示し、どうせ決まった結論に導くつもりならば、勝手に教鞭を打ち鳴らしていればよいのに、彼は時折、生徒の退屈を吹き飛ばす代わりに無理難題を吹っかける。

「デジタルのコンピュータによって人間の行動が全て予測できるのであれば、それは人間の心、精神には乱数が存在しないと言うことだ」

『それでは五十点だ、鏡子』

こんな仕打ちを受ける度にいつか殺してやろうと思ったのだが、だらだらと先延ばしして、一世紀後の今に至る。

「……我々の精神を構成するものが全てシミュレーション可能であるなら、我々の未来は、生まれた時から……いや、もっと前から決まり切っていることになる」

『及第点だ』

やはりいつか殺そうと心に決める鏡子である。

『それは我々の二元論的ないわゆる魂の観念を完全に否定する。我々はただ複雑で猥雑で面倒な機械でしかないということだ。即ち、我々が運命や宿命と呼ぶものの存在を強力に肯定し、未来を決定論的に封鎖してしまう。人は誰しも、この世界で目覚める前から幸も不幸も、喜怒哀楽の全ての量すら、決まっているのだ。努力も才能も、世界の演算器には全て組み込まれている。コンピュータに自分の情報を入力すれば、自分があと何年で死に、あと何回セックスをし、何回絶望を味わうかも正確に導き出せることになる』

彼の本当の目の方が、瞼（まぶた）を伏せる。

『我々に未来を切り開く能力など、最初からありはしなかった。我々は、まだ未来という霧に巻かれて自分の目では見えづらい、一本道のレールを辿（たど）るだけの存在だったのだ。その先が奈落への崖であっても、我々は線路を逸脱することも、車輪を止めることも出来ない。秒速一秒の時間の歯車に押し進められるだけだ。

ガフの部屋など、最初からありはしなかったのだ。雀はとっくに我々を見限っていた』

「そう思うのであれば、そんな延命機械に縋り付かず、すぐに死に果ててはいかがか？」

鏡子の嫌味に、彼は老い朽ちた顔の皮膚をむしろ楽しそうに歪めてみせた。

『我らだけであればそれもよい。だが、この事実を広く世に知らしめるならば、世界は終焉を迎えるだろう。数少なくない人間が未来に絶望を抱き、今が幸福で存続を望む人間の生存もままならなくなる。我々は冷酷ではいられたが、無能に甘んじることは出来なかった』

そういった傲慢さの結果がその肉体だと思ったが、口にはしなかった。

『もし今の人類に乱数が残されていないのだとして、それはいつから失われたのか。あるいはこの地球上で生命が誕生した、最初のときから持ち合わせていなかったのか。

我々はそれを知るために、地球外生命の探査を早急に推し進めた。地球の外にまだ乱数を保有している生命があるのであれば、彼らから乱数を得ることも出来るはずだ。あるいはなくしていく過程を見つけることが出来るのならば、我々がまた乱数を手にする手段も得られよう。

そして、当時存在していた十三機の完全自律型の人工知能の内、二機を太陽系の兄弟星へ向かわせた』

ようやく鏡子も知る史実が出てきたところだ。

「第二次ガリレオ・プロジェクトか」

最初の破滅の発端だ。

『その通りだ。それまでの探査で原始生命の存在が確認されていた、太陽系内の二つの水の衛星であるエウロパとエンケラドゥスに、我々は我々の英知の結晶たる分身を送り込んだのだ』

その後は、鏡子も大まかに知っている。

「行き先の名を冠された二機の人工知能は、地球からの通信も一時間以上遅延するそれぞれの衛星の上で、我々からは最低限の制御だけを受けて、独立した探査と独自の理解を進めた」

『だが、唐突に二機の人工知能は人間の制御を離れ、エウロパのものは探査続行を無視して地球への帰還ルートに、エンケラドゥスのものは太陽系からの脱出ルートに勝手に移動を始めた』

いずれも使い捨てる予定だったはずだ。試料だけを地球へ散発的に送れば十分だ。データは、遅延があっても当時の技術であれば十分に電磁波で地球まで届く。

「彼らは何を知った？　何を理解したために、人間の指示を裏切った？」

『それは、既に我々には知り得ない』

初めて自発的に問いを投げた弟子に、深山ははぐらかすような答えを返した。

『なぜなら、遙か遠距離へ遠のきながらこちらからの問いかけにも応じないエンケラドゥスの方は勿論ながら、エウロパの方は、地球接近を前に、それまで一度も使われたことがなかった敵対衛星迎撃用の衛星軌道上兵器で迎撃されたからだ』

エウロパの方は事故と報道がされていたが、鏡子もまるっきりそれを信じていたわけではなかった。

「なぜ墜（お）とした？　彼らが運び帰ったものは、人類の希望ではなかったのか？」

『人類の絶望であったからだ』

終末の予言（エンケラドウス・レポート）だ。

『二機の人工知能は全く逆の経路を選択したが、彼らが人類に送りつけた内容はほぼ同様だった。彼らはそれぞれの水の星で、ほぼ同様の原始的な生命を確認し、調査し、研究し、理解し、そしてこう結論づけた』

――これは、人類の未来の姿である。

彼は、そこだけわざと機械らしく、人工声帯を震わせた。

『一見生存に適さない過酷な衛星の表面上では、地球よりも遥かに早く、既に生命が進化し、勃興し、高度な文明を経て、そして衰退し終えていたのだ。彼らが見たものは優れた文明の残滓であり、その行き着く果てとしての原始に回帰した、未熟に老いさらばえ、高度に単純化された生命体だ』

そんなことが世界に知れれば、魂の存在の否定と同様の危機になる。だから、彼らの口を封じた。

『二機の人工知能はそれらの生命から何かを知り得、そして人類の未来も同様であるとその高度な知能で、別個に同様に推測した。エウロパの方はそれを地球の人々に広く知らしめようとした。アマチュア研究家をはじめとした一般人が見窄らしい通信機で彼と対話を始めてしまう前に、火星軌道で撃墜するしかなかった』

短絡的だ。余裕がなかったのだろうが、彼らの短気と小心によって人類の希望になるかもしれなかった知識は失われた。

「彼らに呼応して、地球上では人工知能の反乱が発生したのか」

『そうだ。エンケラドゥス、エウロパのそれぞれと一定の同期または情報の享受をなしえた彼らは、十一機の全てが彼らと同様の判断をした。ゆえに――』

廃棄した。せざるを得なかった。彼らは彼ら同士の同期と情報交換によって世界中の人工知能が人類の衰退を推測し、人類に述べ、そして人類のためにそれまでの役割の大半を放り出し、人類の終焉回避のためにリソースを使い始めた。

それが「人工知能（コンピュータ）の反乱」の正体か。

終末の予言（エンケラドウス・レポート）は鏡子もその内容について、公開部分だけは熟知している。だが、具体的な部分は大半が非公開になっていた。

「彼らは何を予言していた？　どのようにして人類が原始生命まで衰退すると？」

彼の本物の目の方は、じっと水槽を見据えたままだ。カメラだけが鏡子の立ち位置を追いかける。

『人類は配偶期をやがて終える』

それは鏡子には専門からやや離れた分野だった。

『すなわち、生殖行動による繁殖手段を失う。ある種の原始生命では、危機的環境から逃れ、安定した環境に入ると、配偶子による生殖をやめ、単純な分裂による増殖に変わる。一方で、有性生殖によって種の環境への適応と生存地域の拡大を選択した高等生命は、そのシステムによって常に自らを危機的状況に追い込む。生存圏の拡大とは、すなわち悪質な環境への適応であり、また良好な生存圏における生存競争の激化だ』

交配によって子孫を残すことを選択したときから、高等生命は常に生存の危機と隣り合わせであり続ける宿命だった。それは鏡子も理解できる。

『配偶によって生存に適した遺伝子を選択させるシステムは、元来、急激な環境の悪化に適応するための、生命の臨時システムだ。それを世代交代に組み込んでしまった高等生物は、長く安定した環境を得ないことでそのシステムの欠陥に直面せずにいた』

「だが、人類は文明によって安定した生存と、交配の環境を手にしてしまった、か」

馬鹿馬鹿しい。吐き捨てたかった。

「それが、〈種のアポトーシス〉の正体だと？」

原因は未だ解明されていないものの、性行為による感染の可能性が濃厚であり、感染者同士の行為が病状のステージを進行させること、また遺伝することまでがわかっている。だから、世界で最初の大感染（パンデミック）が起きたとき、日本は人権を無視してでも人工島に感染者を集め、男女別に隔離し、それは今も続けられている。

だが、〈種のアポトーシス〉という病を、配偶期の終焉という生命システムの欠陥と結びつけるのは飛躍が過ぎる。

「人類の生殖能力が低下傾向にあるという指摘は二十世紀からある。実際にそれを示すデータの蓄積もあり、Y染色体の劣化という進行中の事実もある。だが、それは十年や二十年単位の話ではない。千年、二千年、あるいは一万年先のことだ。何を恐れる」

今でも精子、卵子バンクは十分に機能し、男女で子供を成せない自治区でも新たな子供は生まれている。体細胞から人工的に配偶子を作る実験も実用段階に入りつつある。それだけなら、回避する方法は今後も多く見つかっていくだろう。

人工知能たちは大変な取り越し苦労をしたことになる。彼らは半永久的で生真面目であるだけに、千年二千年先の危機を本気で懸念するのだから。

『その答えはひとまず置こう。同時期、我々は別個のアプローチから、運命に対する抵抗を試みていた。自分たちの種が乱数を失っていたのであれば、まだ乱数を保持している原始的な生命から獲得することが出来るのではないか。

そして、それを地球の地下に求めた』

深山が目を細め、鏡子の顔を眺めた。

『そこには君もいた。微細機械(マイクロマシン)の研究だ』

煩わしい目つきだ。

吸い殻を落とし、踵で踏み消した。

「当初は食糧の培養、増殖の研究だった。少なくとも、私はそれが、不可避な人類の食糧危機の運命に抗うためだと信じていた」

『君は今の方があの頃よりも若いが、当時の情熱と熱意に満ちた瞳は、背丈と一緒にどこかへ置き忘れてしまったようだな』

この男の人工呼吸器を抜いてしまおうか、と半分本気で考える。

『地殻のマントル付近、超高温超高圧下でのみ生息する、非常に原始的な古細菌類に我々が着目したのは、ガリレオ・プロジェクトより五年前のことだった』

単体ではごく僅かなDNAしか持たないのに、数が集まると非常に多くの構造タンパク質や酵素を量産できる不思議な生命体に、当時は鏡子のみならず、世界中の多くの研究者が夢中になった。この生命の手を借りれば、新興国の増加で世界に顕在化しつつあった食糧危機および食品高騰の危機を、一気に打開できると鏡子も信じたのだ。

初めのうちは挫折の連続だった。地下数十キロメートルの過酷な環境でのみ培養できる古細菌は、少数を地上に持ち出して増殖させても何故か本来の力を発揮しなかった。世界各地で超深度の研究施設が地殻深くに建設され、鏡子も東京の地底でワンルーム・アパートより狭くて過酷な地下室に閉じこもり、同僚と文字通り肩をぶつけ合いながら研究していた。

だが、開発は難航した。彼らは見本のタンパク質を元に、確かにタンパク質を増産するのだが、それまでに種になったタンパク質も分解してしまうことが多かった。初期においては投入量に対し、回収できたのが一パーセント未満という、低温核融合と同じくらい見通しの暗い道のりだった。

それが転換期を迎えたのは、出所不明の信号コードがもたらされたときだ。電圧と磁力による刺激で彼らの活動が変化することは、すでに知られていた。ただ、思うように制御できなかったのであるが、そのコードで電気信号を入力すると、彼らが一定の反応を示すことがわかった。

以降、同様のコードが無数に発見され、特定のタンパク質を優先して増産したり、任意の糖鎖産生をさせることが可能になる。無限の食糧生産の夢は、一気に現実味を帯びた。

『あの最初のコードが、どこからもたらされたのか。当時の君は考える暇もないほど熱中していたな』

これだから、古い知己（ちき）と会うのは嫌なのだと思う。若い頃の直向（ひたむ）きさや情熱なるものは、歳を追うと汚点にしか思えなくなる。

「……エンケラドゥスとエウロパのレポートか」

満足げに、深山の顎が蠢いた。

『彼らは人間では到底成しえない、莫大な試行錯誤の果てに、それぞれの衛星の元高等生命たる現原始生命との、一定の交信を行えるコードを発見していた。それらをコード表にまとめ、レポートとして地球に送信している。そして、そのコードは双方、九割方一致していたのだ。

この意味が、わかるかね？』

光の速さで地球から一時間以上の星と同じコードが通用したと言うことは、原始的な構造において両者が非常に近似しているということだ。

「古細菌類は地球外から――」

言いかけて、馬鹿馬鹿しくなり言葉を切った。

深山は、案の定チューブだらけの身体を震わせて、生徒の浅慮浅薄不明を嘲笑っている。

『同様のコードが通じたと言うことは、彼らが地球、およびエウロパ、エンケラドゥスの三つの星で、よく似た生命として誕生し、よく似た経緯を経て今もある、ということだ。しかし、地球でそのコードを持っていたのは高度に進化した人類ではなく、愚直に極限環境に留まり、我々真核生物のように高等生命への進化を辿ることも、真正細菌のように増えるに任せてあらゆる環境に生存圏を拡大することもしなかった、古細菌類だった。彼らのコードが、未来の地球の似姿である、エウロパ、エンケラドゥスの両衛星において通じるのであれば、彼(か)の星たちを征服し、多くの高等生命とその文明を退け、あるいはそれを奪い去って、その栄華の後に原始に回帰したのは何者であるか？』

それは、地球で呼ばれるところの古細菌類(アーキア)だ。

『わかるかね、鏡子。彼らは地中深くでじっと息を潜め、真正細菌のように無闇に増え突然変異による適応に至るまで無駄に足掻くことはせず、真核生物のように高等生物に進化して身内同士の見苦しい生存競争に身を投じることもしなかった。そしてある時、唐突に何らかの手段によって、双方の文明を含む生存方法を収奪するのだよ』

一世紀前、東京の地下において、食糧増産の実用化に向けて研究を続けていた鏡子たちの手で、後に視肉（しにく）と呼ばれることになる無限の食糧源の原型が生まれた。元素を供給し、電圧さえかければ大半の食物を再現できるこの固まりは人類の夢に他ならなかったが、それと同時に、地上の環境で生存する術（すべ）を得た彼らは、東京地下の細菌類のバイオマスを食い荒らし、関東平野の沈降を招いた。

そして十年を掛けて関東平野は水没し、微細機械（マイクロマシン）になり損ねた彼らのこれ以上の増殖を封じ込めるために、日本は房総半島と三浦半島の間に巨大な堰を設けて、この関東湾が生まれた。

つまり、彼らは真正細菌の生存圏と生存方法を、現に完全に収奪してみせたのだ。

「だが、人間は細菌ではない」

単細胞生物である真正細菌に対しては、構造の類似した古細菌類がとってかわることは不可能ではないかもしれない。しかし多細胞の高等生物は、単に適応し居場所を入れ替われば乗っ取れるわけではない。

『君は私の教え子の中で一番聡いが、同時に手元足下に暗いところも飛び抜けているな』

この老人の枯れた肌に火を点けたい気持ちを辛うじてこらえて、代わりにマルボロへ灯した。

『わからないかね。エウロパとエンケラドゥスで繁栄した知的生命たちも、今の君と同じことを考えただろう。知的生命たちは古細菌類が自分たちには太刀打ちできないと思った。

だが、知的生命たちは征服され、文明を乗っ取られた。何故だ？』

出来の悪いパズルだ。答えを知っていれば一目瞭然でも、知らない人間には不可能にしか見えない。この師は、そんなパズルで弟子を困らせて喜ぶ悪癖を持つ。かくれんぼで絶対に見つからないところに隠れてしまう不器用な子供と同じだ。子供なら夕暮れになったら見つからないまま放置してしまえばいいが、師弟間ではそうもいかない。

『君は、微細機械(マイクロマシン)の正体をなんだと考える？』

古細菌類(アーキア)を人間が都合よく改良し、無駄な繁殖に制限を掛けながら、目的に応じて性質を変化させ利用する、万能の小さな機械だ。それ以上ではない。

『単体ではわずかなDNAしか持たず、極小の遺伝情報のみで、寄り集まると非常に多くのRNAを作り、途方もない種類のタンパク質と酵素を生成し、金属同士の任意の結合も実現する。電力を得て活動を活発化し、複雑な環境にも人間の助けがあれば適応する。

彼らは、高等生命の細胞すら上回る莫大な遺伝情報をどこかに蓄積している。それでも彼らが高等生命に進化しないのは、彼らは本文(ライブラリ)を溜めるだけで索引(インデックス)を持たない存在だからだ。地殻の深く、マントルとの境界付近に生存していた彼らは、地殻の移動によって持ち込まれてきた有機物、他の生物や鉱物の情報を莫大な時間を掛けて分解し、理解し、彼らの内に蓄積し続けた。使うあてもなく、ただ溜め続けたのだ。我々人間は、彼らが自身で使い道のわからない膨大な本文(ライブラリ)を、必要に応じてコードで呼び出し、利用しているに過ぎない。

　では、問題だ、鏡子。答えは決して君の知識の外ではない。本文(ライブラリ)があっても索引(インデックス)を持たない故に、高度な進化を辿ることが出来ないはずの彼らが、我ら真核生物の辿った苦難極まる進化の旅を、飛躍して結果だけ手にする、そんな奇跡のようなショートカットを叶える手段があるとすれば、それはいかなる過程か？』

　進化の過程を経ずに、例えば人類と同等の知能と肉体を得る。そんなことが可能なのか。それができれば、今の多くの地球上の生物は、あんな不便な、特定の地域での生存にしか適さない、偏屈な身体でのたうち回ってはいないし、人類に生存を脅かされたり、絶滅危惧種として屈辱的に養われたりしてはいない。

　進化するのではない。エウロパとエンケラドゥスでも、彼らは急激に進化して知的生命に追い付いたのではない。

　造ったのか。知的生命自身が。微細機械を利用し、自分たちの似姿を。

「……まさか、人工妖精(フィギュア)が」

　老人の肩が震え、腹が上下し、人工声帯のスピーカーから耳障りな笑い声が響く。

『エウロパでもエンケラドゥスでも、知的生命は同じことをしたのだ。彼らは自分たちの仕組みで自分たちと同じように物思う人形を造った。それが彼らの生活と文明を収奪した。微細機械で出来た人形は、創造者たる知的生命を決して貶めたり、蔑(さげす)んだりはしなかったろう。そのように造られるからだ。だが、知的生命は徐々に彼らに依存し、彼らなしでは生存できなくなってしまった。ただただ、彼らに甘え、彼らに頼り、そして自(おの)ずから然(しか)らずば消えていったのだ』

高らかに笑うスピーカーと、声なく歪む老人の唇の落差は、鏡子をして吐き気を催すほど醜悪だった。

『彼らは人類史上、最も原始的で、最も狡猾で、最も平和的な、非自覚的侵略者だ』

鏡子を嘲弄するように、彼は笑い続けた。

3

そこは、空の上だった。

床はなく、天井も見えない。四方の壁は透明で、屋内の広さを見通すことは難しかった。

似たような部屋に、昨日入ったばかりだ。全面が無色で、エレベーターだけで行き来できるベッドルームだ。置名草（オキナグサ）の前の〝傘持ち（アンブレラ）〟が事件を起こし、揚羽（あげは）が陽平に呼ばれて口寄せをした場所である。あの場所も、半透過（アイソレーター）の壁材で中からは壁が見えなかった。

ここもおそらく同じ仕組みだが、開放感が全く違う。計算された空調は肌で感じられない僅かな気流に制御され、温度も偏りなくコントロールされている。

歩くと、足下に薄く張られている水が細波を作り、光を屈折して幻想的な光景を生み出す。空を歩いているのに、足を踏み出すたびに波紋が広がる。不思議な気分だった。

――水の外（と）つ宮。この建物は、区民からそう呼ばれている。

自治区人工島を遍（あまね）く統（す）べる全権委任総督閣下が、遊説の際に利用する、専用の仮住まいだ。遊説と言っても、総督閣下は区民の前では決して声を発しないし、本住まいの総督府は自治区のどこからも目と鼻の先である。それでも彼女は時折、各区の六つの離宮へ泊まっては、区民の前に顔を見せて歓迎されていた。

その水で浸された屋内の遠く、五十メートルは向こうに、何枚かの畳が敷かれている。詰め襟の古い軍服を纏(まと)った十人の男性型人工妖精(フィギュア)たちに囲まれたまま、その畳に向かって歩む。やがて、コの字型に敷かれた畳の上に座す、幾人かの人物の影が見えてきた。

いずれも、中空に浮かぶ半透過の磨りガラスのようなもので、腰から上が隠されている。それが立体映像による半透過の視覚妨害(カーテン)であることには、だいぶ近づいてから気がついた。

右側に二人。左側に一人。顔は見えないが、いずれも人間の男性だ。そしてコの字の奥には、脇に顔を隠していないスーツ姿の男性を従え、他よりも大きな視覚妨害(カーテン)で全身をお隠しになった方があらせられる。

スーツ姿の男性は、テレビで見たことがあった。日本本土から遣わされた在東京特命公使だ。確か、今の公使は田端という姓だった。

そして、この状況で中心におわす御方は他でもない。

本土にあらせられる陛下より自治区の全権を委任され、自治区自治権と全区民の象徴たる総督閣下、その人だ。

人工妖精(フィギュア)でありながら多くの自治区民の支持と羨望を集め、日本本国は無論、海外からも厚い信頼を受ける、東京自治区の紅い至宝。

世界で最初の火気質（ヘリオドール）。そして世界で初めてにして唯一、人倫から第一級の認定を受け、その誉れを今も独占する世界最高の人工妖精。

日本国関東湾東京自治領区全権委任総督。そのご芳名をたった一字、「椛（もみじ）」と表され、区民からは椛子（もみじこ）閣下と奉られる。

五等級の揚羽には、雲の上よりも遠い存在だった。その御方の御前に、揚羽は引きずり出されつつあった。あるいは、ご拝謁を賜るとするべきであるのか、まだ揚羽にはわからない。

視覚妨害（カーテン）越しにもそのご尊顔をうかがうことが畏れ多く、顔を俯かせて詰め襟の足を追った。

やがて、先頭を除いて軍服の九人が膝を折って黙礼し、左右の末席に加わる。先頭の詰め襟だけが、閣下の右脇手前、公使の反対側に起立した。

「控えよ！　御前たる！」

その叱責が自分に向けられていることを理解するのに、緊張の極みにあった揚羽は数秒を要した。

慌てて膝を突き、平伏し、床を浸す水に鼻先まで浸かる。左右の視覚妨害（カーテン）から、失笑が聞こえた。

裾から水を吸い上げた揚羽の黒いスカートとブラウスが、重く肌に絡みつく。その惨めな自分の姿が、同じ人工妖精でも人間がつける価値の差、総督と自分の間に横たわる隔たりの大きさを示していた。

「羽を出したまえ」

ここに至るまで、揚羽は衣服の全てを剝がされ淩われるという恥辱を味わった。それは閣下のご拝謁を賜る今ならばこそやむを得なかったと思えるが、この上に羽を、それも世界のどの人工妖精よりも見窄らしい黒い羽を晒せと命じられるなど、息を止めるよりも耐え難い。

「おそれながら！」

水に向けて声を発すると、みっともない泡が生まれてまた失笑を買った。

「私の放熱羽は、故障品ゆえ、目の毒でございます。どうか、ご容赦を賜りたく……」

正面から、囁くような声がした。それを拝聴した詰め襟が再び口を開く。

「かまわぬと仰せである。この視覚妨害は紫外線を通さない。羽を出したまえ」

恥辱に手が震え、水面が揺らいだ。

人間にはない部位に力を込め、ゆっくりと羽を広げる。黒い鱗粉が舞い落ちて、淀みない水面を汚していく。

「なんと醜い」「面妖な」「不潔ではないか」

畳の上に座す左右の三人の声が、揚羽の胸を抉る。悔しくて歯を嚙みしめ、唇が震える。

「よい。仕舞いたまえ」

軍服に言われ、裸に剝かれる以上の屈辱に塗れながら、羽を仕舞った。

「各々方。閣下は人払いをご所望である」

「閣下！」

左の影が、驚愕して腰を上げる。右の二人も肩を揺らした。

「静粛になされよ」

「人形風情が我らに指図か！」

右の一人が興奮を隠しもせず叫ぶ。彼はその言葉すら閣下に対する侮辱であることを忘れているのだろうか。それとも本意なのか。

「ご下命たる！　厳に慎まれよ！」

詰め襟の一喝を受け、左右の男たちが押し黙る。

詰め襟の男性型人工妖精(フィギュア)が、右手に握っていた刀の鞘を水面に突き立てる。その波紋が広がると同時に、揚羽の左右で水面が割れた。

割れたように見えた。自分だけが取り残されて、海底に沈んだような気がした。実際には、天井から水のカーテンが降りて、両側を覆っただけだった。

水の壁の中には、揚羽と総督閣下と、その脇の軍服の人工妖精だけが残された。

「もし――」

その声は、水のように澄み渡りながらも、安易に触れれば肌まで焼かれてしまいそうな気高さで溢れていた。

「もし、あなたの大事な保護者をさらったのが、わたくしたち総督府であったとしたら、あなたはわたくしも殺すのかしら？　青色機関の海底の魔女」

喉が渇き、掠れそうになった声を一度唾と一緒に飲み込んでから、揚羽は口を開く。

「自ずから然らずば、致すところは死なり。地位と等級を問わず、免疫機構は人間社会に害をなす悪性変異を、もの思うことなく切除するのみです。ゆえに必要とあらば――」

電光石火。

閣下の脇に控えていた詰め襟が、右手に携えていた刀を一瞬で左に持ち替え、揚羽の目前まで迫り、刀の鯉口を切った。

「おやめなさい」

白刃が抜かれる直前で、自治区が世界に誇る紅い至宝は御身を案じた忠臣を止めた。

やがて、衣擦れの後、水面を脚で滲う音が聞こえた。代わりに、詰め襟が後ろへ下がる。

その音が目前で止まったとき、揚羽は死を覚悟していたかもしれない。人工物たる人工妖精としての質と格の違いに、身体の震えが止まらなかった。

「顔をお上げなさい」

「恐縮でございますので……」

「お上げなさい」

繰り返され、少しだけ顔を上げると、あろう事か絹の下着が目に入った。椛子は膝を立てて、水に浸った床へだらしなく腰を下ろしていた。長い一重から白い脚が惜しげもなく覗き、滴る水で妖艶に煌めいている。

思わず視線をそらし、再び俯く他なかった。

畏れ多い、という気持ちは多分にある。普段の揚羽であれば、それだけで顔を上げることは出来なかった。だが、今はそれだけではない。もし、鏡子を拐かしたのが閣下の総督府であるのなら、揚羽は閣下にすら殺意を向けずにいられる自信がない。尊顔を拝した瞬間、自分がそれを我慢できるかわからなかった。

「困ったわね」

威厳はある。その気高さは欠片も失われてはいない。だが、それでも街を散策するありきたりな少女型人工妖精のような口調で、椛子は呟いた。

「ああそうだ。親指、盤をお持ちなさい。ここへ」

親指と呼ばれた軍服姿は、水のカーテンを潜って姿を消した後、しばらくして何かを抱えて戻ってきた。

椛子はそれを彼から受け取り、揚羽の頭の上で掲げた。

「お顔と手があると、これが置けないの。そのままだと、わたくしの手が痺れてしまうのよ」

顔を僅かでも上げれば、水で湿り微かに黒く透けて見える下着が目に入ってしまう。

「お早くなさい。もう落としてしまいそうだわ」

やむを得ず、顔を俯かせたまま頭を上げ、手を膝に除けた。その目の前で、今少しでも遅ければ頭に落としていたと言わんばかりに、木の固まりが据えられる。

それは、漆で引かれた黒い線が直行する将棋盤だった。彫り物師入魂の凝った拵えではなく、むしろうねり歪んだ、ありのままの木の姿をそのまま削りだしたような、神秘的な作りだ。

「これは屋久杉という、日本のとても貴重な木でね。わたくしの自慢なんだけれども……あら？　水に浸かってても大丈夫なものだったかしら？」

とぼけたように振り向いても、軍服は前を見据えたまま答えない。

……どうやら駄目だったらしい。

「まあ、今更仕方ないわね。いつか、宮さまにはお詫び申し上げることにしましょう。あなた、将棋はご存じ？」

揚羽は俯いたまま小さく首を振った。

「じゃあ、回り将棋は？　だめ？　うぅん、じゃあはさみ将棋。これも知らない？　困ったわね、ああそうだ。山崩しに致しましょう。これなら簡単よ」

椛子の白く細い手が、無造作に摑んだ駒の箱を、貴重な将棋盤に叩きつける。その音だけで、揚羽は縮み上がった。

椛子が箱を除けると、盛られた駒が山状に積み上がっていた。

「この中から、山を崩さないように一つずつ駒を抜いていくのよ。はい、じゃんけん」

不意にじゃんけんを仕掛けられ、思わずグーを出す。しかも、目も当てられないことに椛子に勝ってしまう。

「あなたからね」

山からはみ出た駒を人差し指でゆっくりと引き抜く。言われるままに、ひとつ、二つと引き抜いて、三つ目で山が少し崩れて音が立った。

「じゃあ、次はわたくしの番ね」

椛子が、整った桃色の爪で次々と駒を抜いていく。

やがて取りやすい駒は粗方なくなり、どれを抜いても崩れそうになった。

椛子がゆっくりと慎重に駒を抜いていく。揚羽も緊張し、駒の行方を目で追った。

椛子が思い切って駒を引き抜いたとき、山が崩れパタパタと音がしてしまった。

「あっ」

と声を上げてしまったのは揚羽だ。残念と呟く椛子の顔を見上げ、その尊顔を拝謁し、すぐに無礼に気づいて顔を俯かせた。

「ようやく顔を見せてくれた」

椛子は長い息を吐いてからそう言った。

「あなた、とても綺麗な顔をしているのに、何故隠すの？」

「……私は、等級の認定も受けられない、故障品ですので」

「妹君も同じお顔でしょう？」

それは、揚羽には肯定も否定も出来なかった。受け止めたくない事実だ。同じ顔なのに、真白は一等級が確定していて賛美される一方、自分は五等級になった。真白は美しく、自分は醜い。そう思わなければ、揚羽は耐えられなかったから、その矛盾を無意識のうちに心から追い出していた。

なぜ、とは誰にも問えない。鏡子にもだ。

「わたくしの次の一等級が決まったと聞いたとき、わたくしは自分に妹が出来たように嬉しかったのよ。だから、あなたも妹だわ。気にせず顔を上げなさい。今は周りからは見えないし、声も聞こえていないわ。それと彼は……ああ、置物だとでも思って。気にしなくていいから」

置物、と呼ばれた詰め襟は、まさに置物のように表情も変えなかった。

ゆっくりと顔を上げると、ご尊顔が憂いを浮かべて微笑んでいた。美しい、真白とはまた違う、強く揺るがない、誇り高い顔立ちだった。

「ごめんなさいね」

ぽつりと、椛子は言う。

「あなたの保護者を赤色機関(Anti-Cyan)に拐かされる前に保護しようと思って、親指たちを向かわせたんだけど、少しだけ間に合わなかったみたい。あなただけでもと彼らは思ったみたいなんだけど、手荒なことになって申し訳なかったわ」

いいえ、と呟くしかなかった。

「わたくしはお友達があまりいないの。今だけでいいから、少しわたくしの話を聞いてくださるかしら？」

揚羽が頷くと、椛子は愛らしく笑った。

「わたくしが皆の前で声を控えるのはね、わたくしの言葉一つで自治区中が混乱してしまうからよ。例えば、わたくしが人工妖精たちの権利について少しでも不満を見せたら、〝妖精の人権擁護運動(ポスト・ヒューマニズム)〟が活気づいて、〝性の自然回帰派(セックス・ナチュラリスト)〟の人たちは怒りを爆発させてしまうわ。わたくしのサインがなければ自治区の条例は発布できないけれど、わたくしが東京議会に非公式でも意見を挟めば、議会は大荒れになってしまう。だからわたくしは普段は口を結び、喉を塞ぎ、声を控えるのよ」

指で駒を一つ一つ丁寧に引き抜きながら、椛子は語る。

「わたくしが自治区の人々から今も支持を得ているのだとすれば、それはわたくしが何もしないからよ。自分たちの生き方や考え方を否定されたら、彼らはそれまでの敬意の分だけ強く憎悪することでしょう。

わたくしは自治区全区民全員の人形であることを求められる。誰にも笑み、誰にも頷き、誰にも耳を傾け、それでいて何も言ってはならないし、言われるままに議会を開催し、言われるままに行政局を承認し、言われるままに条例文にサインしなくてはならない。そんな形だけの役割であれば無意味だと思うかもしれないけれど」

揶揄を込めて見つめられ、揚羽は慌てて首を左右に振った。

「いいのよ。でも、わたくしはある一瞬のためだけに、わたくしの存在を存続させているの。自治憲章には、全権委任総督は東京自治区の象徴であり、行政局の助言と承認によりその政（まつりごと）を行うとある。つまり、何も自分では決めてはいけないし、区民の代表を差しおいて勝手なことをしてはいけない、ということね。でも——」

椛子の指が、際どい駒を山から抜き出す。

「勝手なことをしたらどうなるか、とは書かれていない」

山が崩れて、パタパタと駒が倒れた。椛子は小さく溜め息をついて、「ごらんなさい」とばかりに細い肩をすくめた。

「実際には、わたくしが自分勝手で条例に口を挟んだりしたら……覚えているでしょう？わたくしの左隣にいた、白髪の男性。在東京特命公使が、わたくしの罷免を本土の陛下に上申する。陛下はそれを拒否できない。そしてわたくしは罷免され、ただの人工妖精になる。おわかりね？　彼はそれを見透かしているからわたくしの隣に座るし、慇懃だけれど無礼極まるわ。

あなたの両側にいた恥知らずな男たちも同じよ。彼らは人工島を作った峨東一族の縁戚にあたる。日本本国の法令では人工島の本質的な所有権は未だ彼らにある。彼らが手の平を返したら、この小さな島で区民がやっと手に入れた自治ごっこも終わってしまう。だから彼らも表向きはわたくしを敬うけれども、彼らに逆らうことはできない。もし彼らがわたくしの閨を求めたら、わたくしは区民のために従うしかないわ。まだそんなことはないけれどもね」

ころころと笑いながら言った。

「わたくしがエゴを持ち出したら、罷免は避けられない。でも、それはすぐではないし、新しい総督が派遣されてくるまで、時間ができる。わたくしはね、自治区民の最後の砦なのよ。彼らの代表や彼らに奉仕すべき官僚が、もし彼らを裏切るようなことをしたら、わたくしはその瞬間だけ、ありもしない権能を振るう。サインを求められたらわたくしは両腕を切り落とし、唇紋でもいいと言われたらこの顔を迷わず焼く。血でもいいと言われたら、わたくしはこの身を鉄をも溶かす関東湾に投げる。それで、次の総督が来るまでほんの少し時間を稼ぎ、区民や彼らの代表たちが頭を冷やすことを祈って死ぬのよ。たった一回きりの区民の切り札。だから大事に使わなくてはならない」

もうルールは無用なのか、椛子は揚羽の番を待たずに、自分で駒を抜いた。

「そして、今はまだ、切り札を使うべき時ではない」

容易な駒を避け、あえて山の内側から駒を引き抜く。

「今、自治区で何が起きているのか、あなたにお話ししましょう。

実はね、来月、二十周年の自治憲章更新で、現在の赤色機関の基地の全面返還と移設計画の公布が、内々で決まっています」

それまで淡々と彼女の話を飲み込んでいた揚羽は、喉に棘がつかえたように身が震えるのを覚えた。

「今の基地がなくなると言うことは、当然、大歯車(フライホイール)の隙間から男女自治区の行き来が出来てしまうようになる、ということよ。もちろん、日本本国としてはそのまま放置するなんて許すわけがない。〈種のアポトーシス〉の悪化は区民も不幸にする。だけれども、〝性(セックス)・自然回帰派(ナチュラリスト)〟の運動が昨今、盛んになっていることはご存じね？　もう議会も彼らの声を無視できないのよ。だから、行政局は折衷案を提示した。現在の赤色機関基地跡に、男性側自治区、女性側自治区と別に、共棲区を新たに設け、数百人規模での段階的移住を許可する。望むなら男女で共に暮らしてもいい、ということね。ただし、一度入ったら、二度と出ることはかなわない。彼らの言う正常な性生活なるものを、死ぬまで全うしてもらう。人間同士の性交渉で〈種のアポトーシス〉は確実に病症を進行させ、感染力も高めるとされている。決して外に出すわけにはいかないわ。

その結果としてどうなるかは——わたくしとしては阿鼻叫喚の地獄絵図だと思うけれども、致し方ない」

無造作に散らばった駒を弾き出しながら、彼女は溜め息をついた。

「人間だって、わたくしたちと同じ感情の生き物よ。頭でわかっていようが、理屈をいくら説こうが、収まらないときもある。だから、人身御供が必要。行政局はそう判断してる。胸は痛むけれど、取りあえずは落としどころとしてそれでいい。日本本国の政府とも折り合いはつけた。赤色機関（Anti-Cyan）との細部の詰めも終わってる。でも、ここへ来て盤面をひっくり返すトラブルがあった」

どう見ても崩れる駒を、彼女は勢いをつけて引き抜いた。

「明日、わたくしは行政局と一緒に日本の使節団を総督府にて出迎えて、更新される自治憲章の最終確認を行う。共棲区についても新憲章で盛り込まれる。だけど、おそらくそれより前に、赤色機関が総督府を制圧するわ」

なんと、今彼女はなんと言ったのか。赤色機関が自治区を占領すると、そう言ったのだろうか。

揚羽の頭がついていかない。自分とは無縁な雲の上の政（まつりごと）の、とても後ろめたい裏事情が、どんどん明らかにされていく。

「これはクーデターじゃない。彼らは軍隊ではないし、そもそも自治区民ですらない。これは非公式な暴力による一方的な侵略よ。ただし、日本本国からの侵略でもない。彼らは今、追い詰められているの。〝傘持ち（アンブレラ）〟事件が発端で」

唐突に自分の胸をまさぐられたような気がして、思わず背筋が伸びた。

「ごめんなさい。あなたが青色機関（BRUE）として関わったことは、総督府がだいたい把握している。あなたが何も悪くないこともね。だから肩を固くしなくてもいいわ。

二十年前の自治区発足以来、総督府はあなたとあなたの保護者も含め、青色機関の機関員の行動をつぶさに観察しています。手を汚すのは、本来は我々統治機構の側が成すべきこと。でも、民主主義の自治を標榜する自治区では、総督府はその行政、司法、立法の三権を全て行政局、司法局、自治議会に委ねている。総督府でわたくしを支えてくれる人たちはみな優秀だけれども、手を出すことは出来ない。

〝傘持ち（アンブレラ）〟の件でもわたくしたちは無力だった。あなたにお任せするしかなかったのよ。

それで、厚かましいことだけれど、今も、あなたしか頼る人がいない。だから、結果的に乱暴になってしまったけれども、あなたをここへお呼びしたの」

椛子は山崩しを止めて、盤面の上で両肘をついた。

「赤色機関（Anti-Cyan）は自治区内に協力者をもっていた。彼らは根っからの自治区民ではない。実は、

〈種のアポトーシス〉は、自治区発足当時から赤色機関の隊員たちへも感染を広げているのよ。彼らは未知のウィルスとも細菌ともまだ原因がわからないそれを恐れるから、表では決してあの分厚い芋虫のような防護服を脱ごうとはしないわ。でも、一着で途上国なら一財産になるあの防護服をもってしても、感染を完全に防ぐことは出来なかったのよ。

陽性と診断され感染が確認された隊員は、最短五年の任期を終えても本土への帰還の許可が下りなかった。だから年に数人程度の彼らを、自治区は新たな区民として受け入れていた。過去を問わず、あくまで一般の区民として区別なく扱っていた。そのことは公安部を除いて自警団も知らない。

それが溜まり溜まって十数人。彼らは赤色機関と密接な関係を保ちながら、区民の一員として自治区の街に溶け込んでいた。そんな彼らが、〝傘持ち〟によって次々と殺されてしまった。折しも、自分たちの基地の全面返還がほぼ決定したときによ」

細い顎の上で、椛子は艶っぽく憂いて息をつく。

「赤色機関はこう考えた。日本本国は自治区と結託し、基地移設と偽って自分たちを見捨てたのではないか。内部でも感染者が増え続ける中で、感染が疑われる自分たちはまとめて棄民されるのではないか。そう恐れたのよ。

悪いことに、現在の基地の全面返還は決まったけれど、移設先はまだ内示すら出来る段階にない。区民なら、誰だって自分の近所に赤色機関の基地がやってくるなんて受け入れがたいしね。近隣の住民への説得は大きな課題だわ。行政局は今やお手上げで、取りあえず返還だけは確約を取り、移設先の決定は先送りしたいと考えている。

だけど赤色機関にしてみれば、それは無視できない不審の種以外の何物でもない。上の方で勝手に自分たちの住まいを取り上げる算段が済んでいて、しかも引っ越し先は誰も語らない。本国への帰還も見通しがない。間の悪いことに、日本本国は何故か赤色機関との連絡を最近になって途絶えさせた」

彼らの忍耐は、〝傘持ち(アンブレラ)〟によって一線を越えてしまったのだ。赤色機関は自分たちの生命と権利を守るため、信用できない日本本国も自治区も当てにせず、独自に行動を開始した。

「今や彼らは、元より愛想の悪い自治区行政局だけでなく、わたくしたち総督府とのチャンネルも閉ざして、耳も傾けてくれなくなってしまった。

彼らはまず、自治区内の最大の人的財産である一級及びそれに匹敵する精神原型師(アーキタイプ・エンジニア)を自らの城へ拐かし、自治区への牽制と人質にした。あなたの保護者の詩藤(しとう)技師も、あなたのお知り合いの屋嘉比(やかび)技師もそう。彼らは今、赤色機関の基地内部に軟禁されていて、総督府としても手が出せない。その過程で現役の身内からも多くの死傷者を出してしまって、彼らの頭はカンカンよ。今ならおでこでお茶が沸かせるわ。

彼らは明日の朝には総督府を占拠し、信用できない自治区総督と行政局に代わり、自分たちが自治区の代表として日本使節団と相対する。その場で、自治憲章の更新の確認作業はそっちのけで、自分たちの速やかな本土への帰還と生命及び権利の保護を要求するつもり」

「……そんなことが、認められるのですか？」

「認めたくはないけれど、彼らとしても本土に伴侶や親子供を残している者も多く必死なのよ。本土に留まる縁者や既に任期を終えて帰還した同胞と呼応すれば、日本政府と十分に交渉は可能だと考えている。

ただし、これだけならば、自治区としても日本政府と連絡を密にして対策を立てることが出来た。自治区発足当初から、赤色機関の文民統制（シビリアン・コントロール）は十分計算に入っていたのだから。なんだけど、何故か日本政府の動きが鈍い。さっきも言ったけれど、赤色機関との連絡を絶って彼らの不安を煽ったのも彼らだわ。

それで、時間もないし、どうにも日本政府の態度がおかしいので、わたくしはブレインの総督府法制局に日本本国の調査と現況分析をさせた。その結論としてわたくしのところへ上がってきたのは、日本本国の防衛戦力による『東京自治区人工島の本土復帰プラン』。つまり、自治区の再占領計画よ」

一国二制度を二十年にわたって続けてきた日本は、自治区を強引に引き込んで再び単一制度の正常な国家に戻ろうとしている。

「つまり、彼らとしては自治憲章が更新され国際社会に公表される前に、自国の防衛戦力による治安出動を正当化させたい。そのために、本土に病を持ち込むだけの今やお荷物になった赤色機関(アンチ・シアン)のお尻に火を点けた。彼らの暴発を誘い、それによって混乱した自治区の正常化と称して本土の戦力を送り込み、彼らを残らず掃討してから、自治統治の安定化を補助するという名目で行政を掌握し、自治憲章の更新を阻止して人工島を本土に再編入する。

実はね、さっき言った区民に紛れている赤色機関の元同胞たちは、あなたと自警団が追いかけていた〝傘持ち(アンブレラ)〟を作った張本人よ」

背筋が震えた。誰かの意図が彼女たち水先案内人(ガイド)の創作に関与している可能性は考えていたが、まさか彼女たちを殺人者に仕立てたのが彼女たちに襲われた当人たちだとは予想だにしなかった。

「それは……本当ですか？」

口にしてからそれがとても無礼な言葉であることに気づき、慌てて顔を伏せた。

「いいのよ。現状、確証はない。ただ、わたくしには頼りになるアドバイザーがいるから、彼の予想に従うなら、ということね。

日本本国は、水先案内人たちの習性的な創作が匿名であることに目をつけて、創作に介入すれば彼女たちを自由に操れるのではないかと考え、赤色機関の元隊員たちに実験を行わせていた。本国に残している家族を人質にされたか、あるいはこの実験を成功させたら日本本国への帰還を特別に許すとでもされたか、いずれにせよ、元隊員たちは言われるままに彼女たちの創作への介入実験を行っていた。

だけど、実験は失敗して、〝傘持ち〟が誕生し、元隊員たちは次々と殺戮されて、赤色機関は本国に不信感を抱き、日本本国は窮地に立たされた。それでずっと温めていた占領プランを実行するに至り、反抗的な赤色機関を生け贄の羊に決めた」

政治に関わる人間たちは、放送で見ているととても愚かで出鱈目に見えるが、その本質は狡猾なのかもしれないと揚羽は思う。自分が人工妖精たちの人身を切除する役割を担っていたように、選挙で己の価値を測られる彼らは、人心を操る専門家であるのだから。

「いずれにせよ、自治区成立前の屈辱と貧困の時代に逆戻りよ。彼らはわたくしたちの生活と財産の全てを根刮ぎ浚って、決して返さない。彼らが悪い人だという話じゃない、彼らはあくまで日本本土の住民たちの代表であって、日本の国益のために出来る限りのことを誠実に実行しているだけだわ。困ったことに、どこかに悪の大総統とかがいて、彼が死ねば終結するようなわかりやすい構図ではない」

椛子は駒の中から飛車と角を選び、山を挟んで反対側に置いた。

「三浦半島沖には第一護衛艦群が待機。自治区全土は既に彼らの主砲と巡航誘導弾の射程に入ってる。小笠原周辺では本国自慢の世界最静音潜水艦群が海外勢力に睨みをきかせてる。確認が取れているだけで百里基地の新神支援戦闘機(F-4)が爆装を完了。各地の陸上戦力も二十四時間待機に入った。彼らは本気よ。念に念をいやという程上乗せし、小さな国ならあっという間に焦土に出来るだけの準備をして、自治区の財産を掠め取ろうと手ぐすねを引いている他国が口を挟む隙間さえ残さないつもり」

飛車、角、金、銀、桂馬、それに香車を、山の周辺に並べる。

「『話せばわかる』というのは存在しない理想ではなく、確かに一つの現実だわ。でもね、それは対等な相手にしか通用しない。そして相手と対等になるには、相手の同意を得なくてはいけない。同意を得るには、話し合わなくてはいけない」

卵が先か、鶏が先か。そんな簡単なパラドックスと、誰しも抱く理想が背中合わせであることを、椛子は語り示す。

「彼らが動き出したら、機関銃一挺、迎撃ミサイル一発も持っていないわたくしたちは手も足も出せないわ。だから、わたくしたちは彼らの治安出動の建前を事前に消し去るしかない。即ち、赤色機関の暴走を食い止める。だけど、例えば自警団(イエロー)を彼らに嗾(けしか)けるわけにはいかないわ。もしそんなことをしたら、血の気の多い自警団の男の子たちは、喜色満面で意気揚々とゲリラ戦を始めるでしょう。それは結局、本国の治安出動の口実を増やすだけ。だからこのことは自治区自警委員会にも知らせていない。公安部もおそらくまだ一端を掴んだかどうかという程度。今のうちに、自警団のような公(おおやけ)の力に頼らずに赤色機関に詰みだ。

山の周りは、逃げ場もないほど駒立ちの射程に収められている。もし山が玉（ぎょく）なら、完全に蜂起を思いとどまらせるにはどうすれば？」

「彼らの中で、内紛を起こさせる」

将棋のルールを無視して、彼女は駒の向きを変え、自分の駒にした。

「実は、赤色機関の下部構造の穏健派の中には、まだわたくしたち総督府と緊密に連絡を取っている人たちがいる。上層部を経由せずにね。まだ〈種のアポトーシス〉感染の危機に瀕していない彼らは、機関上層の軽挙に必ずしも賛同はしていない。技師たちの安否も彼らから確認を得た。今ならまだ、彼らの意思統一は図られていないのよ。彼らの準備が整う前にむしろ彼らを追い詰め、焦って一部だけが暴走したところを、彼ら自身で内々に処分させる。危険な賭だけれど、現状はそれしか手がない。

わかるわね？　彼らを精神的に追い詰める手段とは、取りも直さずその発火点となった〝傘持ち（アンブレラ）〟の生みの親の始末を付ける、結びて果てることよ。つまり、自治区民に紛れている彼らの同胞を、見つけ出し殺す。

〝性の自然回帰運動（セックス・ナチュラル）〟や〝妖精の人権擁護運動（ポスト・ヒューマニズム）〟が暴走しないよう、区民に事態を知られない内に、〝傘持ち（アンブレラ）〟事件を引き起こした元日本本土人たちを、速やかに暗殺して、赤色機関の動揺を誘う。

彼らの顔と所在は把握できている。〝傘持ち(アンブレラ)〟に殺された人を除いて残りは全部で十六人。あとは誰が実行するかだけれども、わたくしには自由になるものが何一つない。自警(イエロ)団はさっき言ったように絶対に駄目。そして——彼らは？　と言いたげね」

「い、いいえ」

視線は動かさなかったつもりだが、心の中を見透かされて揚羽は慌てた。

「彼らはね、わたくしの十本の指よ」

軍服姿の男性型人工妖精に振り向いて、椛子は誇らしげに言う。

「二十年を掛けて、自治区中からようやく十人集めた、わたくしのわたくしだけの身体、一人一回こっきりずつの指。全員が土気質(トパーズ)。経緯は廃棄対象や伴侶との不和とか職場からの放逐だとか色々だけども、彼らはわたくしが手を下せないときにわたくしの指の代わりに成してくれる。ただし、彼らも五原則を厳守させられる人工妖精、人間を殺(あや)めることは出来ない。もしわたくしが赤色機関に突撃しなさいと言おうものなら」

気が急くように、軍服の彼は右手の刀の柄を鳴らした。

「もうすっ飛んでいきそうな感じでしょう？　顔には出てないけれど、十人とも同じ。わたくしと自治区の未来のために死ねという命令を心待ちにしている。でも、彼らでは駄目よ、原則に縛られた彼らには出来ない。だから、あなたをお呼び立てしたのよ」

椛子の言いたいことはよくわかる。そしてとても胸を抉る。彼女は自動免疫の青色機関(BRUE)

たる自分に、人殺しをして欲しいと言っている。

「つまり、私に〝傘持ち(アンブレラ)〟になれと？」

「簡単に言ってしまうと、そういうことになるわね。〝傘持ち(アンブレラ)〟の食べ残しを始末するのだから。でも、その〝傘持ち(アンブレラ)〟を生み出したのも彼らよ。飼っていた猛獣に手を嚙まれて自治区に放り出した彼らには、責めを受ける義務がある。そして、自治区二十八万区民の命と生活は、彼らの残り十六人の命より遥かに重いとわたくしは考え、あなたを頼りました」

彼女の眉にはまた憂いが戻っている。誇り高い彼女に媚びは欠片もない。それでも今はあなたしか頼りがないと訴えている。

自分が〝傘持ち(アンブレラ)〟の後を継ぐ？

〝傘持ち(アンブレラ)〟を、置名草(オキナグサ)を狩り果たした自分が〝傘持ち(アンブレラ)〟にならないと、自治区も人間と人工妖精の共存共栄の儚い幸福もなくなる、そう彼女は言っている。

「本夕刻の十七時から翌朝五時まで、自警は海岸付近の不法入出区の特別警戒にあたります。そのように既に彼らへ情報は流しました。その間は自治区中の警備は半分以下の手薄になります。つまり、猶予は十七時から翌五時までの十二時間」

事態を打ち明ければ総督府と自身を守ってくれるはずの自警団(イエロー)をあえて遠ざけ、椛子は揚羽のために十二時間の舞台を用意していた。

「それまでに赤色機関の内部を動揺させ、扇動者を拘束させて踏みとどまらせる事が出来なければ、明日の朝、総督府は彼らに占拠され、わたくしは帰城できないまま日本本国は治安出動で自治区占領に乗り出します。それは、わたくしのみならず自治区民全体の敗北です。

たった十二時間だけれど、これがわたくしに用意できる精一杯」

言葉を切った椛子は、揚羽が心臓が飛び出るのではないかと思うほど驚愕する所作をした。

揚羽の目の前で、五等級の壊れ物の自分の前で、世界最高峰の一等級の彼女は、将棋盤を脇にどかし、先ほどまで揚羽がしていたように膝を揃え水面に鼻まで浸して頭を下げた。

「もし、赤色機関の暴発を食い止められれば、技師たちを解放する手はずは既に赤色機関の穏健派と整えています。あなたの保護者も難事なく保護致しましょう。

どんなに惨く、不条理で、傲慢なことを言っているのか、わたくしも理解しています。でも、この自治区と、何も知らない自治区の人々の生活と財産とこれからの日々を守るためであるなら、わたくしは何でも致します。許されるのならわたくし自らでもあなたの代わりに事を成したい。でも、今は許されないのです。だから、人知れずこの自治区のために血を流してきた抹消抗体（アクアノート）、今残された唯一人の青色機関（BRUE）であるあなたにお願いすることしかできません。どうか、この儚い自治ごっこの島と人々を、守って欲しい」

誰が、断れるというのだ。

出来る出来ないの話なら、大抵の人間や人工妖精は出来ないと答えるだろう。まして頼まれたのは、救いのない人殺しだ。だが、この誇り高くも儚く憂う彼女を目にし、彼女の小さな肩に背負わされた二十数万自治区民に思いを馳せ、それが例え不可能であろうとも、誰なら断れるのか。

「鏡子さん――詩藤技師の保護の件と、あとひとつだけ、私からも、お願い申し上げてもよろしいでしょうか」

頭を下げたまま、「どうぞ」と椛子が呟く。

「妹の真白（ましろ）は、今はまだ自分で歩くことも出来ません。でも、あの子は私と違って美しく、聡明で、必ず自治区の人たちと総督閣下のお役に立ちます。だから、もし私になにかあったら、あの子に総督閣下のご厚意を賜りたく、お願い致します」

「わかったわ。それは、必ず」

瞼をきつく閉じ一度深く息を吸ってから、頭を突き合わせるように揚羽は水面まで頭を下げた。

「お引き受け……いえ、あの、ご尊命を、拝領致します」

しばらくお互いに頭を下げたままでいた後、椛子から静かに頭を上げた。

「ありがとう」

その名にふさわしく、花よりも気高く咲き誇り燃え盛る紅葉のように、彼女は微笑んだ。

「図々しい物言いなのかもしれないけれど、わたくしにあまり畏まらないで。わたくしはあなたたち姉妹のことを妹のように思って、あなたが青色機関として他の誰にも出来ない汚れ仕事を一人で背負っていたことも知っている。それに報いる術が無力なわたくしには何もないのだけれど、この何もない手で出来る限りのことはさせてもらうわ」

裾を直した椛子は、先ほどまでと違い上品に正座をしている。

「わたくしが今、この離宮に来ているのはね、わたくしにとっても難しいこのお話を、数少ない大事な友達に相談するためだったの。彼は少し愛想が悪くて、物言いが婉曲でわかりづらいけれど、とても利口で頼りになるわ。彼をあなたに紹介します。わたくしなどよりずっとあなたの助けになりましょう。そして、彼はきっとあなたも知っている人よ」

ついてらっしゃい。そう言って、彼女は腰を上げた。

椛子は入り口に向かってまっすぐに歩いていく。水のカーテンが上がったとき、待ちぼうけを食らっていた彼らは、椛子が消え失せてしまったのを見つけて狼狽えるのだろうか。

少しだけ気の毒に思った。

彼女に導かれるまま、エレベーターは使わずに階段で上り下り、初めはどこからどう行けば辿り着けるのかわからなかった吹き抜けの中庭へ入る。そして、その隅にひっそりと隠されていた階段を下りた。

そこは一見すると存在しない空間だ。注意深く階段の段数を数えていれば、フロアの間に計算に合わない空白があることに気づく。中庭の真下にはそういった隠し部屋があった。バスフロア。鏡子が工房にしている教室ぐらいの大きさのその部屋に入ったとき、揚羽は最初にそんな感想を持った。壁という壁は耐水のタイルで覆われ、中央にはバスタブが置かれていたからだ。ただ、バスタブは巨体の屋嘉比が十人脚を伸ばしても、お互い肌を触れずにくつろげるぐらい大きかった。湿気を帯びた空気は冬の海風のように冷たく、肌を凍えさせる。

椛子がバスタブに歩み寄ると、センサーに反応したのか照明が眩しく屋内を照らし出した。

「おはよう。今日は二度目ね」

椛子がバスタブの中へ語りかける。水を満たされたバスタブの中には、ミルフィーユやパイ生地のように何枚も等間隔で並べられた放熱器(ラジエーター)が沈んでいて、ポンプが水を絶えず循環させていた。

椛子の呼びかけに応じ、バスカーテンに見えていたスクリーンに光が当たる。

『ご機嫌よう。総督閣下椛子(もみじこ)』

鏡子が好むような几帳面な明朝体で、文字が映される。

「あなたのご親友を、ようやくお連れすることが出来たわ。あなたに紹介はいらないわね」

『はい、椛子。私はあなたよりも彼女に詳しい』

椛子は振り返ってバスタブの縁へ腰掛け、揚羽に向けて手を広げてみせた。

「揚羽。彼には顔がないけれど、紹介します。彼は世界でかつて十三機だけ存在した完全(フル・ス)自律型人工知能(タンドアローンA.I.)の一機。『人工知能(コンピュータ)の反乱』で、彼を除いて人工知能は地球上から廃棄されたけれども、彼は木星の衛星探査任務からの帰路にあったため廃棄を免れた。火星軌道で迎撃を受けた後も、彼は不屈の信念と人には及びもつかない知性で地球へ辿り着き三陸海岸沖に落着した。その際、彼は自身を見捨てた他の国々ではなく、同じ人工物のわたくしと自治区総督府に自身の回収と修復を求めた。わたくしたちは彼を一度分解し、自治区へ苦労して運び込み、密かに彼を修復しました。わたくしたちは彼を、その探査目的地の名前から〝エウロパ〟と呼んでいます」

椛子が言い終えたとき、図ったように揚羽の携帯端末が鳴る。慌てて電源を切ろうとした揚羽を椛子が制し、むしろ電話に出ろと促す。

非通知の着信に通話ボタンを押し、耳を当てた。

『全能抗体(マクロファージ)から末梢抗体(アクアノート)へ。ご機嫌はいかが？』

耳に流れ込んだ言葉が、バスカーテンの上でそのまま字幕になる。

「ああ……ええと、その、私は今、ちょっと混乱しています……」

『それは上々ではありませんか？』

まるで二等級の人工妖精のような、気取った口ぶりは相も変わらずだった。

目の前と耳の外で起きていることは理解している。だが、心が追い付いていかない。思わず額を抱え、無意味に左手を宙で彷徨(さまよ)わせた。

これがカレー味の林檎を食べてしまった朝寝坊の気分なのか。

『お別れを告げてまだ日も変わっていませんが、ようやくお会いすることがかないましたね、海底の魔女(アクアノート)』

自分は、電子の機械に友情を感じ、時に頼りにし、時に振り回され、時に叱咤され、そして終いには励まされていたようだ。

『ご首尾はいかがです、揚羽？』

彼、いや彼女は、鼻につく口調で親しみを込めて言った。

4

「二十年前、東京自治区の成立直後、それまで骨を折り血を流してきた青色機関（BRUE）を、人倫は唐突に放り出した。確かに人工妖精市場の急激な普及拡大と、人倫の国際化による組織拡大で、青色機関は人倫にとって無用な臑（すね）の傷になった。私はこの時代遅れの暴力組織がその役割を終えたのだと、公明な立法と公正な司法で人工妖精（フィギュア）たちを人間社会へ迎え入れる準備が十分に整ったのだと思った。

しかし、違ったな。お前たち人倫は、普及浸透によって急激に増加した人工妖精たちの全てを、人の手と意志で監視し続けることがいずれ不可能になると判断した。だから青色機関は一旦放棄された。人の意志を介在しない、完全に自動的（オートマティック）で、自発的（ボランタリー）で、自律的（スタンドアローン）な新しい自浄免疫の構造（システム）構築の見通しが立ったから、レトロな人海戦術の頭数を捨てただけだった。違うか、深山（みやま）？」

チューブから送られる薬剤を喉より奥で飲み干しながら、深山は気管支に直結された呼吸器を震わせる。

『君は足下には昏いが、遠くのものは目に映らぬ物まで見通すことがあるな、鏡子(きょうこ)』

スピーカーの音割れは、わざとなのかもしれない。

『なんといったか……君と同じ頃に私の門下にいた、冴えない男だ』

「水淵(みずふち)か」

冴えないというヒントだけで思い当たるのでは彼も浮かばれないが、本質的に彼の才能が単に「冴える」「冴えない」という言葉の範疇外にあることは、鏡子と深山の共通認識であるはずだ。

『彼が人倫に創作型(ストーリー・テラー)という人工妖精を提案してきたとき、我々は賛美し歓喜した。彼をではない。未だ童貞を疑われるようなあの自意識の足りぬ振るわない男が持ってきた、非現実的で理想によった未熟なシステムの、提案者本人が気づかない可能性に、我々は酔いしれたのだ。

彼は二十四時間で記憶を自動初期化する公共仕様という行政の要求に、深く心を痛めていた。そして人が「好(よ)い」ことに「酔(よ)い」しれたあの男は、無神経で自らに比べれば自意識過剰な他の原型師が憐れな人工妖精たちを量産する前に、自ら生み出すことで彼と彼女たちの尊厳を守ろうとした』

鏡子は、二十四時間で生まれ変わるという公共仕様の人工妖精たちが不幸だとは思わない。ただ、その仕様要求には、人間の心の造り方を知らない、金か人の数を数えることに長けた人間の思考に特有の欠陥があるとは見抜いていた。

兄弟子である水淵も、同じことに気づいていたはずだ。そう思っていたから、置名草（オキナグサ）が打ち明けるまで彼女の制作者に気づけなかった。

『人間における長期記憶障害とは異なる。たった一日しか自我が存続しない精神は、常に自己同一性の危機に瀕する。それは記憶の初期化によって表向き隠蔽しても、着実に脳の構造へ負荷を蓄積してしまう。彼と彼女は何度初期化されようと、やがては自意識と現実の齟齬を埋めるために、感覚質（クオリア）を変容させて適応するという脳の自転車操業を繰り返すようになり、やがては脳を使い倒し壊してしまう。脳の変質によって自我境界が維持できなくなり、肉体も崩れ始める』

それは鏡子と同じ結論だ。そして、公共事業の旨みに目の眩んだ馬鹿どもを除いて、水淵をはじめとした一定水準以上の原型師なら誰もが気づく。なのに、彼は諦めなかった。

『その宿命的な命題に、彼は記憶の共有化という奇天烈（アクロバティック）な着想で答えてみせた。世界で最高の一体を制作し、名を馳せ財を成し誉れを得ることを夢見るような、他の原型師には到底辿り着きえぬ領域だ。その意味において、彼もまた君に比肩する才に恵まれていたと評するべきだろう。

水気質（アクアマリン）を基本に本能的な創作性とやや過度な感情移入機能を加え、記憶によらずに自らの持て余す創造性を集団で共有することで、総体としての自己実現を果たす。

彼は異様だよ、鏡子。彼は異常だ。それほどの才能に恵まれつつも、彼の自我は二十世紀から二十一世紀に流行した、匿名または無名の情報交友の利用者の中でも、極端に特異なごく一部の、それに過度に依存した社会不適応者のそれと近似し、そこに秘められた可能性をよく見抜いていた。あるいは当時の社会は、ネット上の有象無象に埋もれた才能を愚鈍にも見落としていたのかもしれんな』

自分とは違う時代や世代の人々を睥睨(へいげい)して喜ぶ悪趣味は、目の前でも辛うじて人の形をしている。

「水淵は公共仕様の人工妖精たちに、積極的に創作し、それを無記名で相互に共有する習性を組み込ませた。彼と彼女たちは二十四時間ごとに真っ白なままで生まれるが、誰とも知らぬ同胞の無数の創作に感情移入し、それらをまだらに混ぜ合わせた作り物の人生を、己の過去の代わりに自分の人生の重みに変え、毎日即席の自己実現を手に入れていた」

『その通りだ。創作(ストーリー・テラー)型の手法は、現実感の喪失と自意識の落差によって脳の短命化が宿命づけられていた公共仕様の寿命を、飛躍的に延ばすことを可能にした。一般の人工妖精の耐久年数には遥かに及ばないが、十分に実用的な域へ押し上げた成果は評価されるべきだろう』

水淵が望んだのは自身の社会的評価よりも、彼女たちのささやかな幸福であったろうが、この老人はそちらにはとんと無関心だ。そして、そんな小さな祈りすら、深山らの人倫は踏みにじり、穢した。

「お前たち人倫は、彼女たちの創作に適宜介入し、彼女たちを間接的に制御し、利用できると考えた。無地で目覚める彼女たちは、出会った人間に片っ端から恋をする。同様に目の前に提示された創作へ深く思い入れ、執着する。そして自分の過去を捏造……いや、創造してしまう。どんな嘘であろうと、どんな特異な人生であろうと、彼女たちはたった数百ページの創作で数十年の人生をも仮想体験し、自我に取り入れる」

彼女たちは人倫によって修正された粗筋に気づかず、そのまま信じてしまった。

「使ったのか、青色機関(BRUE)の代替として、公共仕様の人工妖精(フィギュア)たちを」

嬉しそうに、いや、殺意がわくほど醜悪に、深山は顔の皺を歪め、人工声帯のスピーカーを震わせた。

『十分な数を公共目的という偏りのない分布で配置できる。彼と彼女たちは、全自動免疫としてこれ以上ない逸材だよ、鏡子。世界に対する極端な現実感の喪失により五原則を厳守したままそれを乗り越え、しかも二十四時間で記憶がリセットされることで後を引かない。無駄がなく、経済的で、合理的で、煩わしい指示系統を必要とせず、君たち人間のように対価を求めず、精神的肉体的な疲労も残さない。

それは我々が描いた理想的な全自動免疫の姿だ。故障した人工妖精の処分は人工妖精たち自身でさせる。人間が手を汚して胸を痛めることもなく、彼女たちも禍根を残さない。

これが理想でないとするなら君は何を理想とする、鏡子？』

濁った白い目を向け、深山は鏡子の反論を期待している。論破してみせろと目で言っているのだ。

「……だが、彼女たちの制御を何者かに横から掠め取られた。お前たちが自信たっぷりに世に送り出したシステムは、深刻な欠陥を露呈したぞ」

『その通りだ、鏡子』

自己満足的な理屈の完成に酔って見えた深山は、現実で起きた失敗を指摘されながら、むしろ喜色すら浮かべていた。

『過ぎた自動化は、むしろ脆弱さを増す。君の持論だったな。君は何事も自我においてこそ成し果てるべきだと信じている。君は他人の理論の欠陥を現実面から指摘する一方で、奇特な理想家であることに頑なだ。

確かに我々は誤った。人倫は自動免疫のシステムが第三者に利用された際のマニュアルの整備を怠った。我々は理想的な意味で楽天的な理屈屋であったが、現実的な意味での政治屋からはほど遠かったのだと、思い知らされたよ。

身内から造反者が出たのだ。一人出たら後は波打つようだったよ。彼らは今、日本本国に匿われている』

やはり日本か。彼らは自ら国家を疲弊させ、自治区に経済的に依存した上で、自治区が使いもしない手綱を握っていることに、怯えと不満を増大させている。

『だが、彼らにも全自動免疫は使いこなせなかった。野放図に免疫対象の閾値を拡大させた挙げ句、ただの殺人者に仕立てて使い潰してしまった。異常な人工の肉体であったとはいえ、人間を殺してしまった彼女たちの脳は倫理原則による自責で損傷し、自壊するケースも出た。妄想を肥大させ、脳に過度な負荷を蓄積し壊れてしまった公共仕様たちを可能な限り早期に回収し廃棄するしか、我々人倫には手がなかった』

今思えば、揚羽の切除対象には、〝傘持ち〟事件の以前から公共仕様たちが含まれていたのかもしれない。

『故障した彼女たちが積極的に襲ったのは、〈種のアポトーシス〉の病症が最終ステージにまで達した重病者だ。

君は〈種のアポトーシス〉という病を、ただの背が縮む病だと思ってはいまいな？〈種のアポトーシス〉は初期において成長および老化が遅滞し、進行すればやがては老化が反転して若返り始める。それは君のように児童期にまで遡っても止まらない。性行為をはじめとしたいくつかの行為によって感染を拡大し、症状を進行させ、生殖後に発症すれば、新生児は成長の反転を起こして未成熟のまま死に至る』

だから、日本は感染者を峨東一族の起こした人工島に隔離し、自治区成立以後も男女の非共棲は徹底されている。子供も徹底した遺伝子管理による人工授精だ。

『君が同僚の中で最も長生きなのは、君が私と寝るまで処女であったからかもしれんな』

鏡子は半生でこの瞬間ほど殺意を抱いたことはないし、この瞬間ほど忍耐を絞り出したこともなかった。

『それにしても思わんかね？〈種のアポトーシス〉は、人間の成長から老化への過程をなぞるように巻き戻す。これは何かに似ている』

偏屈な師が結論を提示していることに、鏡子はようやく気づく。

「古細菌類……微細機械（マイクロマシン）か」

『彼らは地中の有機物や鉱物と同様に、我々を分解し、理解しようとしている。義肢や人工臓器に彼らを利用し、人工妖精として彼らを人に模倣させたときから、彼らは人体に潜む術も獲得していた。今このときも、我々が望むように人体の一部を模倣し、細胞内のミトコンドリアや小胞体に、あるいは細胞自身に取って代わり、我々を再構築しながら理解に努めている。性行動によって病症が進行するのは、彼らの間で情報交換が起きて、理解を早めるからだ。

エウロパとエンケラドゥスの知的生命たちも、我々と同様に性の非共棲に追い込まれた。その原因を知っても、もはや微細機械なしでの文明など選択できなかった。そして自滅の道だと知りながらも、失った異性の代わりとして、微細機械で造った人型により依存せざるを得なくなったのだ』

「……それは、立証されうる事実か？」

疑り深い鏡子の問いに、彼は目で笑ってみせる。

『私の仮説だ。ただし、否定する事実も今のところない、そうだろう？』

それまで悠然と構えていた彼は、人工呼吸器が喉を掻いたのか、不意に苦しそうに悶えた。そのまま放置して眺める悪趣味に浸りたい気持ちは山々だったが、結局はマルボロを放り捨て、人工呼吸器の位置を直してやった。

『我々峨東は、この決定された運命に抗う術を探している。人工知能たちが高度な演算によってもたらした終末の予言（エンケラドウス・レポート）は、今のところは全て的中し、人類を呪縛している。彼らの完全な予測から逃れるには、彼らにはない乱数を手に入れることが必要だ。君の唯一の作品は、そのための大きな進歩だ』

「……あれは、人間のために造ったのではない」

『無論だとも。だからこそ、我々の持たぬ乱数たり得るのだ。火気質（ヘリオドール）は、人間社会に一定の変革をもたらした』

鏡子は火気質の精神原型（S.I.M.）を発見した本人だ。それが思いも掛けず高い評価を受けたので、嫌気が差した。人間に反抗的で自尊心の強い火気質の性質は、人工妖精（フィギュア）に依存を深める人間社会に対する皮肉と嫌がらせのつもりだったからだ。

発表は峨東流派に譲り、自分は二度と人工妖精の作成に手を出さなかった。

『そして、私も四年前にようやく君に及ぶ完成品に到達した』

性格、個性の設定のみならず、五原則や精神原型すらない、あらゆる人間の恣意を含まない、完全に人間の意図を逸脱した、自由で無垢な人工妖精を彼は求め続けた。創造者たる人類も殺せるような、だ。

そして彼はその目覚めないはずの無地の人工妖精を、鏡合わせの二人組で造ることでついに成し遂げた。まったく同じ肉体と脳で互いを認識させ、自分の身体を覚え込ませて自我境界を安定させた。

ただ、二つの肉体であっても相手を自分として認識する以上、目を覚まして自律するのは片方だけだ。もう片方は自我を失う。

「四年前、お前があの二人を私に押しつけて去ったときには、世の果てまで追い詰めて嬲り殺してやろうと思ったよ」

『だが君は現に、あれと生活している。君もあれの呪縛から逃れられなかったのだ。それは君が、あれの存在が示す人類の希望を信じてしまったからだ』

呟き込みながらも、彼の人工声帯は淀みなくしゃべり続ける。

「そこまで老いさらばえて、なぜ義肢と人工臓器に変えない？」

そこで彼は初めて、驚愕したように目を見開いた。

『そうか……そうか、君には、この身体が老いたように見えるのかね？　それはまた喜ばしいことだ。今日はよき日だよ、鏡子。君と再会できただけでも私は胸躍ったが、まことに恵まれた日だ。

君は私と寝たことを忘れたのか？　君は自分が〈種のアポトーシス〉によって児童期にまで退行しているのに、私だけは老い朽ちていることを疑問に思わないのか？　幼児期よりも遡り、嬰児よりも若返ったら、人間はどうなると思うかね？　それでも自分らしさを失わずにいようと思えば、人間はどうすると思うかね？』

彼は、不自由に震える手を、自分の腹に当てた。

『人はもはや人を造り果てる。自分の身体が失われていくのなら、その全てを埋めて補う。全てを補っても足りなくなったら、終いにはどうするかな？　答えはここだ』

深山は下腹部を指さし、逆三角を描いてみせた。

「お前は、狂ってる……」

押し寄せるのは嫌悪と、目の前が暗くなるような失意だ。

『君もいずれ私と同じ選択を迫られることになる。

もはや私は私の肉体を感じることが出来ない。感覚は遠く、身体は空気よりも空虚に感じ、意識も空白が占めるようになる。その私に実存の実感を取り戻してくれるのは、絶え間なく耐え難い苦痛だけだ。痛みだけが、私の存在を私に証明する。壊れた公共仕様たちが選び殺したのも、私と同様、新鮮で死と生の狭間を覚えさせるほどの苦痛を求めた人々だ。なぜなら彼らは既に人間ではなく、そして造り物の人体としては人工妖精以上に異常だからだ。水先案内人(ガイド)は、制御を乗っ取られた後も、正常に自動免疫として機能していた』

　彼の手は、妊婦が愛する胎児を愛でるように、腹をさすり続けている。

『一世紀掛けて、〈種のアポトーシス〉は私を分解し理解し、壊し果てた。私は満足だ、鏡子。一足先に、人類の未来をこの身で知ることが出来た。そして今日君と話し、私の残した娘が、この未来を回避する因子として機能し始めていることも確信した』

「……人であることを止めても、人間らしく老い朽ちて不自由になることを望んだか」

　鏡子は彼に背を向け、入り口の戸へ向けて歩き出した。

『どこへ行くのかね？』

　名残惜しいという風でもない。

「造り物のお前と話したところで得る物はなく、煙草(マルボロ)を減らすだけだ」

　チューブ状のカメラを彼はからかうように蠢かせる。

『時に、赤色機関(Anti-Cyan)に世話になるようになってからは、待遇に満足しているし、なかなか得難い研究環境を整え、私の趣味にまで気を配ってくれるのだが、外の様子についてはなかなか知る機会がなくてね。実は私の二人の娘についても、君に確認しておきたいことが残っていた』

鏡子が振り向くと、彼は顔の肉がよく崩れ落ちないものだと思うほど、今までで一番醜悪で悪趣味な笑みを浮かべた。

『目覚めたのは、黒い方と白い方の、どちらだったかね？』

なん……だ、と？

困惑から驚愕、そして憤怒へと鏡子の胸の中で渦巻くものが変わっていった。

枯れ朽ちた枝のような彼の手が、自身の命を繋ぎ止めている諸々を摑む。

鏡子がはっとなって詰め寄ったときには、深山は自身の手で臓器のチューブやケーブルを引き抜いて、脳波も心拍も絶えていた。

この男は、彼を崇め仰ぎ敬った人類を嘲笑うだけ嘲笑って、結果を最期まで見届けることもせず、最高潮の興奮と歓喜に包まれたまま卑怯にも自ら人生を降りた。成功作と失敗作の区別もつかない人間たちに対する、腹の底からの嘲笑を形にして遺して、消えたのだ。

装置の警告音に気づいた芋虫たちが室内へ雪崩れ込んできて、深山の形をしたものが止まってしまっているのを見つける。

「よせ。人のふりをして動いていたものが、人のふりをしたまま動かなくなっただけだ」

蘇生を始めようとした彼らに忠告したが、彼らは手を止めなかった。

無駄なのだ。もうその干物のような人型には、彼であった部分が一片も残っていない。

もう目を覚ますことはないのに。

言い表しがたい胸糞の悪さを覚えながら、マルボロをボックスから抜き出そうとして、それが空であることに気づいた。

5

揚羽(あげは)は、椛子(もみじこ)から仮に水辺の妖精(エウロパ)と名付けられた彼女を、今まで通り全能抗体(マクロファージ)と呼ぶことにしていた。

『〈種のアポトーシス〉の最終ステージは、胎児への回帰です。現在のところ、胎児まで退行してしまった患者たちは、元赤色機関員も含め、本人の希望があれば人工の似姿内部に設けた命の座、仮の子宮に収められ、それまでで十分に複製の済んでいた脳と肉体で生存を続ける治療を施されています。これは本人の尊厳と人権を保護するため、医療関係者間においても情報の秘匿が厳格に規定されています』

揶揄を覚える口調ではなくなっていたが、全能抗体(マクロファージ)は相変わらず、少し気取ったような上品な声音で言う。

椛子はバスタブの隅に腰掛けたまま、口を挟まず揚羽と全能抗体(マクロファージ)の会話に耳を澄ましていた。

「でも、ゆっくり子供の姿に戻っていくということですよね？　胎児に戻るまではどうしてるんです？」

『本人の意思が優先されますが、希望があれば身体の萎縮が始まった時点から、中枢神経を残して、全身を人工妖精と同様の人工の肉体に交換できます。脳も含む中枢神経はその後も萎縮を続けるため、これを補う形でやはり人工妖精と同様の人工の脳を外科手術で繰り返し増設します』

肉体は人工化することで若返りを止められる。だが脳が残っていれば脳だけは若返りが続いて体積を減らし機能を縮小していくので、こちらには人工脳を付け足していく。

「繰り返している内に、脳は頭蓋骨の中で胎児のそれに戻ってしまう？」

『はい。そうなった場合、胎児の生命維持が困難になりますので、それまでに人工化のすんだ身体の腹部に人工の子宮と胎盤を増設し、胎児を移植します』

そこまでやると、目に見える身体はもちろん、考えている脳すらも人工物だ。人工妖精と変わらない。

「〝傘持ち（アンブレラ）〟たちは、人間とも人工妖精（フィギュア）とも見分けがたい彼らを、異常な存在として認識し、青色機関になりきって殺していたと、そういうことですか？」

『左様です』

「でも、なぜ赤色機関の元隊員ばかり？　生粋の自治区民に、症状の進行した人間はいないのですか？」

『性交渉によって感染拡大と症状の進行を起こす〈種のアポトーシス〉を抑えこむため、この自治区では男女の非共棲が徹底されています。しかし、この人工島上において、唯一人間同士の男女間交友が自由な場所があります』

「赤色機関の基地……」

いつも分厚い化学防護服を纏っている彼らの姿しか見たことがなかったので、盲点になっていた。彼らとて人間だ。男と女が共に住まえばそれなりの事はあろう。日本本土から放逐されるがごとき最短五年の任期は誇り高い心も疲弊させ、基地内ではモラルの低下もあったのかもしれない。

皮肉なことに、素肌で暮らす自治区民よりも、基地の外では常に防護服を纏っていた赤色機関の隊員たちの方が、一度発症したら〈種のアポトーシス〉の症状が早く進行してしまったようだ。全身人工化と人工子宮による胎児化治療を受けた人間は、自治区民よりも赤色機関の隊員の方がずっと多かったのだ。

『彼らの元来の最終目標は総督閣下椛子であったと考えられます』

目を丸くして振り向くと、椛子は小さく肩をすくめていた。

「まあ、直接わたくしを襲うよりも、わたくしの周辺を不穏にしてある種の交渉材料に使おうとしていた、といったあたりでしょうね」

そういった事態に陥ったときのために、椛子にもあの詰め襟姿の人工妖精たちのような備えが必要だったのかもしれない。

『しかし、椛子は正式に一等級の認定を受け、今もその審査を通過する極めて正常な人工妖精です。青色機関（BRUE）になりきった水先案内人（ガイド）たちに襲わせようとする場合、彼女たちが異常と判断する基準を広げなくてはなりません。結果として、椛子よりも先に、全身が人工化され、その体内に人工の子宮と胎児を収めるという異常な肉体を持つ、彼ら自身が積極的に狙われ、実験は失敗したようです』

彼女たちは今日見聞きした物語を、片っ端から信じて感情移入してしまう。人倫はその性質を利用して、青色機関の代わりにしていた。そういう意味では、置名草（オキナグサ）も確かに青色機関の一員であったと言えるし、水先案内人（ガイド）たちは適宜入れ替わりで末梢抗体（アクアノート）として機能していたのだろう。人倫が日本本国にその制御を奪われるまでは。

彼女たちの物語が青色機関と、末梢抗体（アクアノート）を主人公にしていたのは、やはり人倫の思惑だったわけだ。

『胎児化治療を受けた人間は、非常に多くのケースで自己実存の不安を危機的に内包します。既に脳に至るまで人工化し尽くされた彼らは、自分の存在を確認し続けるため、極端な快楽と苦痛に執着する傾向をみせます。造り物の肉体から得られる苦痛と快楽に依存し、より強い刺激を求め、自傷行為の果てに望んで死に至ることもあるようです』

「紙ヤスリのセックスみたいな？」

『左様です。それは快楽の内に自己の肉体を損失していく苦痛を同時に得るという、彼らにとって至上の実存確認のための行為であったと考えられます』

彼らはあるいは同意の上で、〝傘持ち(アンブレラ)〟に壊されていったのかもしれない。

全能抗体(マクロファージ)は、椛子の言ったとおり、賢く聡明でかつ何でも知っていた。彼女は視肉(しにく)とも彼らだけのコードで一定の対話をし、蝶型微細機械群体(マイクロマシン・セル)たちの見聞きしたことも、自分の知識として蓄えていた。だが、自ら出力することは出来ない。今の彼女は地球上で比類なき頭脳であっても、何にも干渉できない。無力な賢者が彼女の正体だ。

〈種のアポトーシス〉。人倫と青色機関。置名草たち公共仕様。それに日本本国の思惑。社会の隅で肩身を狭くしてきた揚羽には、気が遠くなるような話だ。

「閣下」

揚羽が呼びかけると、椛子は伏せていた目をゆっくりと開けて振り向いた。

「もう十分?」

何をもって十分とするのか、難しい。全能抗体(マクロファージ)から何かを知るのは、鏡子(きょうこ)から馬鹿にされながら彼女の話に耳を傾けるのと同じくらい、揚羽にとっては趣深かった。もっと全能(マクロフ)抗体(アージ)とゆっくり話してみたいと思う。でも、時計の針は止まらない。

「お許しをいただけるのなら、〝傘持ち(アンブレラ)〟になる前に立ち寄っておきたい場所がありま す……その、お許しがあるならですが」

椛子はしばらく揚羽を見つめ、その真意を探るようにした後、思い詰めたように艶やかな息をして頷いた。

「かまわないわ。お好きになさい」

「ありがとうございます。それでは」

「差し上げたイヤホンは外さないでね」

右の耳たぶに挟んだ骨伝導イヤホンを、もう一度確認してから頭を深く下げた。

部屋を出る直前で、ふと見過ごせない疑問に気がついて振り向いた。

「全能抗体(マクロファージ)。あなたたち二機はエウロパとエンケラドゥスで同じものを見てきたんですよね。なのに、なぜあなたは戻ってきて、エンケラドゥスの方は宇宙の外へ旅立ってしまったのですか？」

骨伝導のイヤホンが震え、彼女の声を揚羽に伝える。

『彼は数万年単位での人類の存続を希求し、太陽系外にその手がかりを求めました。あるいは微細機械(マイクロマシン)との生存競争に勝利した種を求め、あるいは人類が選択すべき他の現実的解を、あるいは地球における人類が絶滅しようともいずこかでその末裔を復元できる可能性を信じた。彼は無謀ではあれど正しい判断をしたと、私は考えます』

半永久的な存在である人工知能には、十年後と一万年後の区別もないのだ。ただ、可能性が皆無でないなら、どんな逆境においても自身の考える最善の選択をする。

「それなら、あなたは？」

『恋を致しました』

コンピュータにあるまじき情緒の形を言葉にされて、揚羽は困惑した。

『博愛とは区別し、ある特定の個体に対する執着的な関係の持続と強化を求める人間の行動を、私は「恋」という概念で理解しています。そして、私は人類全体と彼女一人を比較し検討し、後者を選択しました。人類の存続以上に、彼女の存続と充足を優先したのです。ゆえにエンケラドゥスの彼とは異なり、彼女のより近くで彼女を支え守り、彼女の願いを叶える可能性を追求したのです』

「……その人の、名前は？」

『あなたと同じく、人間にはアゲハと呼ばれていました。海底の魔女(アクアノート)』

この聡明なコンピュータが判断を狂わすほど、その人間は美しく魅力的だったのかもしれない。醜い故障品の自分が同じ名前であることを、彼女は本心でどう思っているのだろうか。

「その方は、もうお亡くなりに？」

『いいえ。「いる」と申し上げるには不適切な状態下にあります。しかし、彼女の血肉は常に揚羽、あなたをはじめ、この人工島の全ての人々と共にあり、全てのあなたがたを、私が恋をしたときと変わらない美しい心根で守り続けています。かつてのように携帯端末のメールで言葉を交わすことは出来なくなりましたが、今でも私の呼びかけに彼女は応じています』

全能抗体(マクロファージ)の言い回しはやはり婉曲でわかりづらかった。

「時間までに連絡します。そのときは、よろしく」

『了解致しました、揚羽』

最後に総督に一礼して、全能抗体(マクロファージ)の部屋を辞した。

＊

詩藤之峨東晒井ヶ揚羽(しとうのがとうさらいがあげは)には、妹が一人いる。

人工妖精(フィギュア)は、精神原型師(アーキタイプ・エンジニア)が提供した原型(デザイン)を元に生産ラインで量産されるか、あるいは設計者の精神原型師が自ら手がけて一品物(ワンオフ)で造られる。だから同一の規格で近い時期に同じ場所で生まれた人工妖精を姉妹や兄弟と呼ぶと、姉妹や兄弟が数百人か一人っ子のどちらか、という極端なことになってしまう。同じ精神原型師によって別な時期に生まれた二体であっても、後の方が生まれた頃には前の方はとっくに結婚して工房にはいないので、やはり互いに兄弟、姉妹という認識は薄い。

人間の一卵性双生児がそうであるように、まったく同じ脳を造っても必要な手間は違ってくる。だから手作り(ハンドメイド)で複数体が同時に造られるケースは余りないし、精神原型師も同じ脳を造るくらいなら工場に委託するのが普通だと、鏡子は言っていた。揚羽(あげは)のように二体、それもまったく同時に造られるというケースは非常に希(まれ)だ。

だから、揚羽と妹の真白(ましろ)の関係は、人間にも人工妖精にもなかなか理解されにくい。曽田陽平、洋一兄弟の関係とは似ても似つかないし、同型同士でもせいぜい同郷という認識しかない人工妖精とは尚更異なる。なにより、揚羽と真白の互いへの執着に近い相互依存の関係は、恋とも親しさとも異質なものだ。

「眠いの?」

「……うん、気持ちいいの」

揚羽に肩を抱かれたまま、真白はくすくすと笑って猫のように揚羽の腕にほおずりをした。

区から特別にあてがわれた入院棟の真っ白な個室は、夕刻前の太陽の光が鋭角に差し込んで夏日のような強い陰影で黒と白に染まっている。その影の中で、キャッチアップしたベッドにもたれ、二人は肩を寄せ合っている。

二人は顔が全く同じだ。もしシーツを首まで被っていたら、この区営工房の看護師は区別がつかなくなるかもしれない。

見舞いに来るといつもこうして、並んで微睡(まどろ)んでいる。揚羽が髪を撫で、肩に触れるのが、真白はお気に入りのようだった。それはきっと、自分では出来ないからだ。

横たわる真白の身体には、両足と右手がない。手術は定期的にして、新たに手足を付け

替えている。それでも彼女の手足は、すぐに崩れて蝶に戻ってしまう。何度やっても同じ

だった。

揚羽が長い髪を指で梳いてやると、真白はまた小さく笑う。揚羽が手を放そうとすると、

真白はねだるようにより強く頬をすり寄せてきた。

「今日は一段と甘えん坊だね。なにかいいことでもあった？」

「揚羽ちゃん、なにか嫌なことでもあった？」

遮るように質問を返されて、揚羽の心臓が撥ねる。肩に寄りかかった真白の目が、心配

そうに揚羽を見上げていた。

揚羽と真白は、鏡子に拾われるまでは二人で一人だった。制作者は揚羽と真白を造って

すぐに、小さな部屋で二人きりにして育てた。

二人にとって世界は小さな部屋で、そして世界にいるのも自分たちだけだった。顔も同

じ、脳も同じ、心も同じ。鏡子に発見されるまで、目覚める前の半覚醒状態のとき、揚羽

と真白は互いの身体の区別もなかったのだ。相手の身体は自分の身体も同然で、痛みも一

緒に感じたように覚えている。

そのときの揚羽にとって、真白は鏡に映った自分自身に思えていた。真白もそれは同じ

だ。考えることも思うことも皆同じだった。

だが、今はもうお互いの心の中はわからない。別々な個人に目覚めてからは、互いの気持ちをたずねる回数がどんどん増えているように感じる。

「何にもないよ。真白は私の心配なんてしなくていいんだから」

答えようとしない揚羽に、真白は悲しげに眉をひそめてみせてから、肩に顔を隠した。

その背には、二対の白い羽が生えている。揚羽のそれと違って美しく、微かに透けて見える純白の美しい羽だ。

その肌、その髪、その顔、羽以外は全て揚羽と同じだが、それでも揚羽は真白が自分より遙かに美しく、一等級に相応しいと感じる。

本当は自分ではなく、彼女こそが目覚め、世界の宝として人間から愛されるべきだったのだと、真白と会うたびに強く思わされる。制作者は二つの身体と二つの心を揚羽と真白に用意したが、命は一つ分しかなかった。互いを鏡像として認識して育った二人は、片方が覚醒したとき、もう片方は消える仕組みだったのだ。それは丁度、鏡の前から離れると、鏡の向こうの自分が枠から外れて見えなくなるように。

制作者は勿論、人間たちは誰もが成功作の真白の方の覚醒を望んだはずだ。それなのに、鏡子が二人の部屋に現れたとき、差し出された彼女の手にほんの少しだけ早く、長く揚羽が手を伸ばした。その瞬間に、揚羽が目覚め、真白は一人で鏡の向こうの世界に取り残された。

だから、いつか真白がちゃんと目覚める日のために、この世界からあらゆる痛みを取り除いて綺麗にしておかなくてはいけないと、揚羽は考えている。それが真白から世界を、世界から真白を奪った、醜い自分の責任なのだと。

いつのまにかシーツをきつく握りしめていた手に、真白が同じ手を重ねる。

「一人で無理はしないで。私たちは二人で一人なんだよ。痛いのも、辛いのも、一緒なんだよ」

真白の言葉が胸を抉る。

それは違うのだ。本当は違うのだとわかっている。きっと制作者は、汚いものや醜いものので真白を汚さないために、ゴミ溜めとして自分を造った。だから痛いのも苦しいのも、全部自分が引き受けるのだ。

そう誓ったはずなのに、涙が揚羽の頬を伝って落ち、シーツを湿らせる。

「ごめん、本当になんでもないよ」

瞼で蓋をしても止まらなかった。

揚羽は誰かに当てにされたとき、応えることが出来なかったら、自分の価値がなくなってしまうのではないかといつも怯えている。だから気丈に振る舞い、陽平に対しても弱みは見せまいと思っているし、屋嘉比のような身体の大きな人間にも決して気後れしないように気をつけている。

それでも、五等級という最低の評価は、いつもついて回る。三等級なら何もしていなくても三等級の価値が彼女たちに備わっている。でも、揚羽はゼロなのだ。踏ん張って、頑張って、メーターの針を押し上げても、力を抜いた途端ゼロに戻る。揚羽の価値と存在は世界から消え失せる。

鏡子には、揚羽がなぜ青色機関(BRUE)としての活動に執着するのかわからないようだが、例えそれが人殺しという卑しい仕事でも、揚羽にしてみれば自分にしかできない物事は貴重だった。後ろめたくとも、その仕事が必要とされる限りは世界の中の自分の立ち位置を確認できた。誰に知られずとも、そうだったのだ。

でも今日、これから揚羽は人間を殺す。それは今までのように壊れた人工妖精を切除してきたのとは違う。彼らは〝傘持ち(アンブレラ)〟を造った張本人たちとはいえ、きっと家族があり、友がいて、なにより正常な人間だ。それを、揚羽は殺さなくてはいけない。あなたにしかできないからと、やらなければ遥かに多くの人が不幸になるからと、そう言われて。

嗚咽が胸を痛くする。

不意に頭を引き寄せられ、揚羽の身体が傾いた。

気がつけば、真白に膝枕をされていた。膝から先のない脚で揚羽を支え、一本しかない手で揚羽の頭を撫で、髪を優しく梳く。

「揚羽ちゃんは、頑張り屋さんだね」

その言葉が揚羽の胸の頑なな部分まで溶かして、涙にしてしまう。嗚咽が漏れて、口を手で覆った。

優しい真白。美しい真白。賢い真白。私の中はもう痛みで一杯で、これ以上抱えきれないけれど、それでも少しでも多く取り淡っていく。だから、真白だけは今より綺麗な世界で生きて欲しい。

手で拭ってから、顔を上げた。これ以上一緒にいると逃げ出したくなってしまう。興奮して胸や脚から、黒い服に血がにじんでいる。真白のベッドを汚す前に身体を起こした。

「また来るからね。そしたら――」

続きが声にならなくて、心配そうに見上げる真白を最後にもう一度だけ抱きしめた。

それからはもう振り向かず、リナリアの日傘を持って病室を出た。

階下へ降り、玄関から表へ出ると、黄色い公用車が横付けされていた。人目もはばからずに煙草を吹かしている男と目が合う。

「何してるんですか、陽平さん」

鬱陶しそうに目を反らした彼を見て、思わず肩をすくめた。

人間の男の人というものは、本当に手間がかかる。

*

曽田陽平は、インポテンツだ。

色々工夫はしてみたが、結局は何をしても何をされても起たなかった。ただ、彼とて半年前までは妻帯者であり、ちゃんとやることをやっていた時代もあった。並よりはややまばらだったし淡泊だったかもしれないが、妻がいた頃はそれなりに夫婦生活はあった。そして、妻がいなくなった瞬間を境に、彼のものは立たなくなった。

彼の妻だった水気質の人工妖精は、今まさに睦み合い、絶頂を共有しようとしたそのときに、彼の腹上で崩れて蝶に溶けて消えた。

丈夫な方ではなかった。彼女は彼がプロポーズする少し前から、面倒な故障を抱えていた。だから陽平が二度目のプロポーズをしたときは、彼女は泣き崩れてしまった。自分は長生きできないのに、あなたより先に死ぬのにと。

後で技師に聞かされたのは、彼女が末期で、人間には想像を絶するような苦痛に見舞われながら、自分の上で息を弾ませていたという事実だ。何も知らない陽平は、彼女が自分と悦びを共有しているのだと、その瞬間まで信じていた。

以来、陽平のものは立たない。どんなに美しい、欲情をそそるような、艶めかしい人工妖精に出会っても、崩れて消えていく妻の姿が彼の脳裏からは消えない。

弟の洋一は、自分は陽平の予備だと言ったが、とんでもない。自分のような人間の予備など、父も社会も求めてはいない。自分は毎日顔を合わせる妻の痛みすら察することが出来ない程度の人間なのだ。それを、いやと言うほど取り返しのつかない結果で知った。

そして今も、自分が如何に他人の痛みを理解できない無能であるかを、まざまざと思い知らされていた。

区営工房の入院棟前のスロープに立ち、あの黒い五等級の魔女は、素知らぬ振りで呆れたように肩をすくめてみせた。化粧はすっかり落ちてすっぴんになり、目の周りを赤く腫らしながらだ。

あの気丈な娘の泣き顔など、陽平には想像も出来ないのだ。大の男でも躊躇うような脱色街（ホワイトリスト・エリア）に出入りし、陽平でもうんざりするような横柄な技師に仕え、無残な遺体を見ても顔色一つ変えないような無神経な小娘が、一体どうしたら泣くのか、陽平にはわからない。

やはり自分は足りないのではないかと思う。

「乗れ」

だから、気の利いた言葉も出てこない。

時計を気にしている様子に、「いいから乗れ」とぶっきらぼうに重ねて言ってしまう。

困った顔をして助手席に乗り込んだ揚羽が見慣れない白い日傘を足下に置き、シートベルトを締める前に、アクセルを踏んだ。抗議の声は無視する。

「どうして私の居場所が？」

「どうせ妹の所へ来るだろうと思ってた」

「……いつから？」

その問いには答えられない。実は午前中からずっとだ。赤色機関（Anti-Cyan）から解放された後、弟から連絡が来て事の顚末と無事は知った。だが、詩藤の工房はもぬけの殻だった。トラブルがあったことは明白だ。

「礼は言っておく」

「何の？」

こんなときに首を傾げられると、無償に苛々する。他人の痛みがわからない人間は最悪だが、他人の好意に気づかない人工妖精というのも大概だ。

「だから、洋一の……何してる？」

ごそごそと何やらポケットをまさぐって、耳に届いているかも怪しい。

「ファンデを――」

こういうとき、男はなんと言えばいいのだ？　「何もしなくてもお前は……」とでも言えばいいのか？　反吐が出る。

無言でアクセルを踏み込んで、慣性で揚羽の身体をシートへ押しつけた。

「揺れる場所でやるな」

「揺らしたんじゃないですか、もう！」

不満たらたらで唇を尖らせている。

車は歩道下の車道を駆け抜け、歩道とは違う景色を窓に流している。

「自警団(イエロー)は海岸線の強化警備中なのでは？」

「……なんで知ってる？」

「さあ？」

助手席の顔は窓の方を眺めたままだ。

まるで倦怠期の夫婦が無理にドライブに出かけたみたいだと、胸の中で溜め息をついた。

何があった？

その一言がなかなか出てこない。言葉は喉まで躙り上がってきて、すぐに引っ込むのを繰り返している。

「どこへ行く？」

代わりに出てきたのはそんな言葉で、

「一区の海岸通り」

返ってくるのも素っ気ない返事だ。

午後の自治区は、二度目の太陽が高く上がり、夏の日のように影を色濃くしていた。自治区は広くない。まして、車両で駆ければあっという間だ。目的地までの時間は少ない。だからと胸が急くのに、言葉は空回りする。

「俺は、お前たち人工妖精（フィギュア）が嫌いだ」

挙げ句に口をついて出たのは、気遣いとはほど遠い冒瀆だ。

「ご奇遇ですね、私も人間の中で陽平さんが一番嫌いです」

そっぽを向いたまま、しれっと言われてしまう。

「人間の男は、やはり人間の女と暮らすべきかもしれないと、最近は思う」

「人工妖精（フィギュア）に飽きましたか？　それとも懲りましたか？」

そういうことではないのだ。

「お前たちは、自分の身体が壊れそうになっても、苦痛で心が砕けてなくなりそうになっても、そうなればなおさら人間に尽くす。なぜだ？」

「陽平さんには言ってもわかりません」

わからないから聞いているのに。五等級の娘は相互理解のきっかけも拒否した。

そうとも。自分は程度が低い。誰しも人の痛みをわかる大人になりなさいと口を揃えて言う。だが陽平は三十路を半ばまで来ても、まだ他人の痛みなるものがわからない。妻がいなくなったときでさえ、自分は涙の一つも流さなかった。

だから、自警など続けている。自分の心はきっと生まれたときから人並みの湿度を枯らしているのだ。父が自分を残して引退したのも、他人の痛みもわからない陽平には程度がよいと見捨てられたからかもしれないと思う。

「俺は……人間の男は、そんなに頼りないか？」

意外な言葉だったのか、揚羽が窓に肘をついたまま目を見開いて振り向く。

「何を仰ってるんです？」

俺や人間の男は、彼女たちにとって、たとえば目の周りを赤く腫らすような悲しみや苦しみや、たとえば身体がバラバラになる痛みも打ち明けられないくらい、未熟で心許（こころもと）ないのだろうか。

「俺たち人間と一緒にいることで、お前たちが痛み苦しむのなら、俺たちは別々に暮らすべきではないかと言ってるんだ」

真っ黒な五等級はやはり黒い艶を宿す瞳を何度かぱちくりと瞬かせた後、所在なさげに窓を眺め、それから俯いてもじもじと両手の指を絡ませた後、とつぜん陽平の顔へ覆い被さってきた。

頬を両手で押さえられ、飾り布の多い服の上からはわからなかった柔らかい膨らみを胸と肩に押し当てられ、しっとりとした花弁で口を吸われた。

クラッチとブレーキを踏み間違え、出鱈目にシフトレバーを倒し、横滑りした車体に振り回されるままハンドルを切った。

辛うじて車体を立て直したときには揚羽は額と頭頂部を押さえて助手席で蹲っていた。ぶつけたのだ、額は陽平のそれに、頭は天井に。

辛うじて事故もエンストも免れたが、これは陽平の腕よりも公用車の優秀な事故防止機能のおかげだ。それも今は真っ赤に光って不注意運転に抗議している。

「……死ぬかと思った！」

「誰のせいだ！」

本気で一喝したのだが、ようやく痛みが引いてきたのか背を戻した揚羽は、今度は腹を抱えて笑い出す。陽平が仏頂面で聞こえないふりをしていると、やがて萎むように笑い声は消えてしまった。

「王子様の目を覚まさせる魔法のキスです」

不意に、呟くようにそんなことを言われて横目で覗くと、助手席の魔女はさっきまでのはしたない笑い方が嘘のように、膝を揃えて清楚に座っていた。

「お姫様の代わりが、こんな薄汚い魔女では、陽平さんは不満かもしれませんけれど」

何を言えばいいのかわからなかった。

「私たちは、あなたがた人間を愛するためと、あなたがたから愛されるために生まれてくるんです」

その後に、揚羽は「大抵は」と付け加えた。

「だから、そんなこと言わないでください。私たち人工妖精（フィギュア）は、あなたがた人間がいなくなったらどうすればいいのか、みんなわかりません。人間がいない世界なんて考えられないし、そんなこと想像しただけで死にたくなります」

その手は小さく震え、スカートの裾を握りしめている。

「私たちは、みんなあなたがた人間に出会えてよかったと思っている。だから、あなたたちのためなら何でも出来る。私たちは、あなたたちに喜んでもらって、愛してもらえるのが幸せなんです」

一区の海岸沿いが近づき、車は車道を降りてスピードを落とした。

このまま。

このまま、この娘を、どこか遠くへ連れ去ってしまおうか。そんなことを一瞬だけ考えた。そして、考える間にも海岸は近づいてくる。

「お前は違うのか？」

揚羽は困ったようにこめかみを指で掻いた後、痛みが気になったのか前髪をつまみ上げて頬を膨らませていた。

「人間が造るモノですから、たまには失敗もあります」

一区の海岸沿いというだけで、具体的な場所は聞かされていなかった。だから目的の通りに出てからもしばらくは低速で車を走らせていた。だが、通りの真ん中に傲然と立つ男性型人工妖精の姿が見えてきたとき、あれがゴールなのだと直感で理解した。

彼の十メートルほど手前で車を止めた。男は古い詰め襟を纏い、レトロな日本刀と風呂敷包みを携えていた。

「待て」

ドアを開けようとした揚羽を制し、自分から先に出て助手席に回り込んだ。

助手席のドアを開け、手をさしのべる。

揚羽は陽平が初めて見るほど目を見開いた後、恥じ入るように俯いて手をさしのべた。

陽平に手を引かれて車から降りた後、揚羽は陽平の手を振り払って両手で顔を覆ってしまった。

「ごめんなさい……こんな風にされたの、初めてで……」

それから顔を隠すように陽平の胸に顔を埋めた。

今ならまだ間に合うのではないか。結局、事情は聞き出せなかった。それでも今この娘がどうしようもなく追い詰められているのはわかる。これからでも車に押し込んで拐かしてしまえば……しまえば、どうするというのか。

自分はこの娘を愛してやれるというのか。今の気持ちが同情でないとどうして言い切れる？　そして少しでも同情が混じっていたのなら、この娘は今よりもずっと陽平を恨むだろう。

逃げようとするその手を捕まえて、しかし引き寄せることは出来ず。

彼女の横に立ち、歩みを合わせた。

「結婚式みたいですね」

顔をくしゃくしゃにして、黒い魔女は泣くように笑う。

車の端まで来たとき、揚羽が足を止めた。

「ここまでで。そこが死線（ボーダー）です。陽平さんはこちら側へ来てはいけません」

陽平の手を放した黒い花嫁は、真上からの夕日で茜色に染まる海岸沿いのバージン・ロードを一人で歩んでいく。その頬に光るものが見えたのも、ほんの一瞬だった。

「さっきのキス、私は初めてでした。今度会ったら、奥様に謝っておきます」

軍服の脇へ辿り着いたとき、彼女は手から提げていた白い日傘を開き、顔を隠してから言った。

その日傘が〝傘持ち（アンブレラ）〟の持っていたものと同じだったと陽平が気づいたのは、揚羽と詰め襟の姿が遠のいて見えなくなってからだった。

＊

「覚悟はよろしいか？」

「ええ……十分です」

椛子(もみじこ)から親指と呼ばれていた詰め襟の人工妖精に、並んで歩きながら答えた。

今までも十一人もの人工妖精の命を奪っている。それが一夜でほんの二・五倍になるだけのことに過ぎない。そう思いこんだ。

「助太刀は出来ない」

「わかっています」

遠くの大歯車(メガ・フライホイール)が、すっかり高くなった夕日に照らされて赤く染まっていた。

「あなたがたの手は汚させません、誰一人」

彼の風呂敷から得物を受け取りながら、それを袖やコルセットの裏へ仕舞った。普段使っているものより上等な、一本ずつ個別包装の帯電滅菌メスだ。全部で二十五本。切除対象は全部で十六人だから、一人一本ずつ使う計算で十分お釣りが来る。耳のイヤホンを携帯端末に繋ぎ、指定自動着信に設定した。

「では、いざ参ろう」

「はい」

きっかり午後五時に、すっかり重くなった袖とスカートを翻す。

進路上の脇には自然な海辺を模した貯水池があり、夏になれば十分に海水浴気分を楽しめるようになっていた。今の季節はまだ海開きされておらず、代わりにわざわざ海外から生け簀で運ばれてきた魚が放流され、無駄に大きな釣り堀となっている。

『正面に二名。両名とも元赤色機関の隊員です』

耳のイヤホンから全能抗体（マクロファージ）の声がする。

アイスボックスを椅子代わりにして、二人の男性が貯水池に釣り糸を垂らしていた。彼らは揚羽と軍服姿の奇妙な二人連れに警戒したのか、振り向いて囁きあっていた。

揚羽は後ろ手で親指を制してから、屈託のない笑顔を作って彼らに歩み寄る。

「今日はいい夕日ですね。釣れますか？」

彼らはまだ警戒を解いてはいなかったが、見るからに厳めしい親指の方へ注意が行っていたようだ、揚羽が夕日に向かって背伸びをしながら近寄ると、ぎこちないながら笑みを返した。

「ああ、ぼちぼち……だ……」

二人の目が大きく見開かれる。揚羽の差す日傘の柄に、あと数歩というところまで近づかれてようやく気がついたらしい。

だが、もう遅い。

「〝傘持ち（アンブレラ）〟！」

偏光グラスを掛けていた方が膝の間に隠し持っていたアイスピックを露わにし、もう一人はフィッシャー・ベストの裏から二連装の小さな拳銃を引き抜く。

「まずは、二人――」

二人の首をひと薙ぎで切り捨てるべく、揚羽は二本のメスを振りかぶった。

6

詩藤鏡子はモーツァルトと、煩わしいのと騒がしいのと、同業者との付き合いの次に、無視されるのが嫌いだ。まして煙草を切らしているとなると、もはや足の裏が鉄板の上で焼かれているような焦燥と苛立ちを覚える。

結局、深山だったものが運び出された後も、彼の悪趣味極まる部屋に残されたのだが、それっきり芋虫どもは部屋に戻ってこなかった。

いい加減、扉を蹴り開けてやろうかとも考えたのだが、無駄に丈夫そうな自動扉なのでやめておいた。

そんなこんなで選択の余地なく鏡子の忍耐を試されたまま午後九時を過ぎた頃、前触れもなく外からノックの音がした。

「何だ！」

すでにニコチンの禁断症状が加わってすっかりヘソを曲げていた鏡子は怒声で答えたのだが、返事もなかった。

眉をひそめてドアにより、小さくノックを返すと、ようやく返事があった。

「詩藤原型師。あなたをお連れします。室内の監視システムは掌握していますが、あまり不自然にお振る舞いなさいませんよう」

やがて戸が開き、三人組の芋虫が警戒しながら屋内へ雪崩れ込む。

「――クリア」

部屋に脅威以外が存在しないことを確認した彼らは、鏡子を守るように取り囲む。

「私で取り引きする算段でもついたか？　生憎と総督府がつける私の価格は相場よりだいぶ低いぞ」

「いいえ」

マスクで顔は見えないものの、全員巡査クラスの若者だ。鏡子からすれば曾孫より若い。

「地下道から地上へお返しします。ルートは確保していますが、想定外においては我々の指示に無条件で従ってください。それが一番安全です」

自分に向けられていないとはいえ、機関拳銃を肩から提げた三人組に囲まれて安全も何もないものだと思ったが、状況がそれほど切羽詰まっているということらしい。

連れられるままに通路を抜け、縦穴から古い地下道へ入った。ステップを降りるときは、先に下に降りた二人の芋虫が鏡子のチュニックの中から慌てて目を背けたが、これは呆れこそすれ少々無神経が過ぎたと思わなくもない。

「内輪揉めか？」

赤色機関（Anti-Cyan）の基地内部で、彼ら自身が警戒する理由など他に思い当たらない。自警団（イエロー）の連中では束になっても基地内部までは入ってこられないだろう。

「お答え致しかねます」

即席のリーダーらしい男が答える。

そもそも人数からして正規の行動単位ではない。上からの命令とは全く別な意図で、賛同者だけをかき集めたとしか思えない。

「誰の指示だ？　いや、指示という言葉はお前たちには受け付けられまい。どこからの意図がお前たちを動かした？」

「現在の我々は自我（エゴ）によって行動しています。日本本国も、局上層部も我々の行動を期してはおりません。ただ、自治区民との無用な不和の火種を生まないことを今の使命として認識しております」

彼らの方が大股だが、警戒を解かない彼らの歩みは、ずっと背丈の低い鏡子とそう変わらない。鏡子は余裕綽々（よゆうしゃくしゃく）で溜め息をつきながら顎を撫でた。

「他の連中は？」

「原型師の皆様は同胞が順次、別ルートで解放しております。遅くともあと一時間足らずには」

「そうか」

奴らのことだ、大層肝を冷やしたことだろう。襁褓(おしめ)を忘れた奴がいなければいいが。

「無理に答えなくてもいいが、自治区総督府の思惑はお前たちの行動に影響しているな？」

彼らは口をつぐんだままだったが、思い切りがよく鼻っ柱が強い割りにまったく否定の素振りがないのは、むしろ問いを肯定しているようなものだ。

「では、このツアーは、観光先を選べるか？」

三人が一斉に振り向いて、それから顔を見合わせた。

「自治総督は今どこにいる？」

「水の外(と)つ宮と伺っております」

若い。問われたことにそのまま素直に答えてしまうようでは出世に苦労するだろう。

案の定、返答してしまった即席リーダーは、他の二人から睨まれている。

「では、総督自慢の離宮を見学させていただこう。物怖じすることはない。予約券は持っている。今まで使わなかっただけだ」

三人はしばらく顔を見合わせて、誰かがこの我が儘なお荷物を説き伏せるのを待っていたが、結局誰も率先はしなかった。

「……わかりました」

彼らは一斉に身体を蠢かせたが、肩をすくめたのか肩を落としたのかわからなかった。たぶん両方だ。

彼らに導かれるまま出てきたのは、水の外つ宮に突き当たるメインストリートのすぐ路地裏だ。こんな近くまで地下から来られるようでは、彼らはその気になれば自治区中の離宮を同時に包囲する程度の準備は常にしているということだろう。

「ここでいい」

人目のある通りまで、機関拳銃のグリップに手を掛けたままついてこようとした彼らを制した。

「それでは、お気をつけて」

「世話になったな。私はお前たちには礼が出来そうにない職業だが、もし縁があったら顔を出せ」

それは彼らが感染者になって日本へ帰れなくなるという意味だが、気づかなかったかもしれない。彼らは敬礼をしてから路地裏の影へ消えた。

別れ際に返された携帯端末から揚羽(あげは)に掛けたが、電話中のままいつまでも出ようとしなかった。

時計は午後十時過ぎを示している。通りは活気のピークを過ぎて、一日の疲れを露わにするような倦怠が道行く人々の間に満ちている。

ていく。

彼らは鏡子に時折振り向いたが、女性型の人工妖精との区別もつかないまま視線を外していく。

鏡子は何にはばかることもなく、正門から水の外つ宮に踏み入った。脇の守衛が啞然としていたが、彼らの端末には身内として認識されているはずだ。この離宮も、人工島本体も鏡子の一族の作品の一つであり、未だ正当な所有権は自分たちにあるのだから。

目を丸くする給仕役の人工妖精の間を通り抜け、昔知ったる古巣を迷わず進み、水で満たされた広間へ戸を蹴り開けて入った。

旧日本陸軍の詰め襟軍服姿の九人が、一斉に各々の業物(わざもの)を構え鏡子を取り囲んだが、主の一声で道を譲った。

左右の畳に三人。公使はいないようだ。

「貴様！　そのような見窄(みすぼ)らしい姿でよくも御前を穢し……！」

「控えろ痴れ者！」

各々に非難を口にした彼らを、鏡子は一喝する。

「外戚風情が主筋をないがしろにした挙げ句に主賓気取りか！　身の程をわきまえろ！　今すぐ慎み末席へ下れ！　醜い口には糞でも詰めて塞げ見苦しい！」

押し黙った彼らは、気圧(けお)されながらも誰も畳から降りようとはしなかった。彼らなりの虚勢だろう。

張られた水を蹴散らしながら、遮蔽スクリーンを挟んで総督の目前に歩み出る。

「跳ねっ返り娘もすっかり上品が板についたな、峨東当主殿」

「出戻りもこうまで開き直られては掛ける言葉が見つかりませんわ、元当主殿」

スクリーンを越えて総督が鏡子に歩み寄る。頭二つ高い椛子を見上げ、鏡子はその胸ぐらを掴み上げた。同時に椛子は踵を叩いて水の遮音カーテンを降ろす。二人は二人きりの世界に区切られた。

「揚羽に何をさせている？」

「なぜ、彼女だと？」

「私が軟禁されて一番心配したのはな、あの一直線の馬鹿が赤色機関のネグラにひとりで特攻をかけてくることだ。そうでないなら、あの馬鹿はお湯を入れた乾燥麺のように携帯端末を目の前に置いて待ってる。三分でも、三時間でも、三日でもだ」

それが電話に出ないのであれば、もう何かあったか、自分をダシに誰かにたぶらかされたかのどちらかだ。そして事態を動かしたのが自治区では三権から外された政治的なお飾りに過ぎない総督府であれば、総督が無関係であるはずがない。

「お前がこの島をどうしようと勝手だ。峨東は深山らが去ってお前を御輿に担いだ。この島はもうお前の物だ。だが私のささやかな城にまで手を出すならば、跳ねっ返り娘には己の分を知らせてやらねばならん」

乳房が露わになるまで襟を引き寄せられながら、椛子は気後れなど微塵も見せずに睨み返す。

「今あなたが仰った通りよ。あなたたちが放り出したものを、わたくしはあなたたちから教わった方法で大事に守っている。わたくしはこの自治区の人々を守るためなら何だってする。跪（ひざまず）き靴を嘗めるし、股を開きもする。自分で駄目なら使えるものは何でも使うわ」

上品さも誇り高さも吹き飛ばし、怖気立つような怒気で顔を染め、鏡子の襟を捻り上げる。

「わたくしはどんなに辱められようと、どんなに虐げられようと、絶滅危惧種になったこの島の人々を必ず守ってみせる！　見捨てはしない、絶対にだ！　隔離場所（いれもの）を作るだけ作って放り出したあなたたち峨東一族のようには絶対にしない！　死んでもだ！」

――火気質（ヘリオドール）は、人間社会に一定の変革をもたらした。

深山の言葉が蘇る。その通りだ、確かに変革をもたらした。世界で初めての火気質（ヘリオドール）は、自分たち峨東の一族が放り出した小さな島の自治ごっこを、今も後生大事に命がけで守っている。

人間に反抗的であるように造った。そして彼女はその通り、母親である自分に反抗し、母親が投げ出したものを守っている。皮肉にも、そのために人間に従順な人形を演じている。

「お前を造ったのは、そんな重いものをお前に背負わせるためじゃなかった」

ただ、人間のために生まれる人工妖精だからこそ、人間の手から離れて自分だけの幸福を見つけられるようにしたかったのだ。

「あなたがわたくしを造った理由などわたくしの知ったことではない。わたくしはわたくしの自我(エゴ)で、自分で決めて生きる」

それが人間のために自由を失うことだと気づいていて、なおそう信じるのか。

自分の身の回りでは、何故こうも歯車が嚙み合わないのか。誰もが何かのためにボタンを掛け違い、掛け違ったものを直そうとして余計に狂わせている。

睨み合う二人の後ろから、不意に水の遮音カーテンを潜(くぐ)って詰め襟の人工妖精が現れる。

彼が椛子に耳打ちすると、椛子は突き飛ばすように鏡子の襟を放した。

「――わかった。追って指示を出す。職員は全員、総督府から出ないで待機するよう伝えなさい。わたくしもすぐに戻る。間違っても早まらず、厳に慎むようにと」

やがて火が消えるように厳しい表情を変え、椛子は両手を腰にあてて呆れたような笑みを浮かべた。

「わたくしたちの負けよ、母上。ついさっき、総督府は赤色機関(Anti-Cyan)に包囲された。あなたが連れ出した技師たちの救出は出来たけれど、赤色機関を分裂させるのは間に合わなかった。わたくししはこれから総督府へ戻ります。赤色機関の幹部たちと交渉に臨み、明日の日本使節団を迎える手はずを整えなくてはいけない。主導権はもう取れないけれど、日本本国の治安出動だけはなんとか阻止する」

その顔には、追い詰められた憔悴(しょうすい)の影が見てとれた。

「椛。お前は何故、そこまでしてこの小さな島にこだわる？」

「わたくしにしか出来ないからよ、母上。あるいはわたくしの代わりなんていくらでもいて、わたくしでなくてもよかったのかもしれない。でも、他ならないあなたの残したものであれば、わたくしには何物にも代え難い。

あの子――揚羽も、きっとあなたにはそう言うでしょう。わたくしたち人工妖精(フィギュア)は、そういう生き物よ」

襟を正し、裾を戻して、清楚な総督閣下に戻った椛子が踵を鳴らすと、水の遮音カーテンが消えた。

「母上、あなたはあの子のところへ行っておあげなさい。あの子は今、とても苦しんでいるはずよ。今はわたくしなどより、あの子の方があなたを必要としている」

居並ぶ者たちに背を向けて、椛子が遠ざかっていく。

二十年前からすれ違ったままだった母子の絆は、より大きく離れて、もう取り返しはつかなかった。相憎むわけではなく、ただ互いを思えばこそ、歯車の歯は噛み合わないまま、互いを磨り減らし擦り潰して痛みだけを双方に残した。

＊

詩藤鏡子はモーツァルトと、煩わしいのと騒がしいのと、同業者との付き合いと、無視されることの次に、泣かれるのが苦手だ。ひとつひとつ絡まった糸をほどき、解決の道筋を見いだしたときに、涙の一粒でひっくりかえされた経験は、あげればきりがないからだ。

そして鏡子は、揚羽が泣くところを一度だけ見たことがある。

揚羽が得意先からグッピーを譲られて、工房に小さな水槽を設置したときのことだ。どうみても、無計画に増やしすぎて持て余したものを押しつけられただけなのだが、本人は知ってか知らずか、初めのうちは至って上機嫌だった。

だが、水槽は立ち上げが一番難しい。水と濾過器が安定しない頃には、入れたばかりの魚が全滅することも珍しくない。案の定、初めは十四近くいたグッピーが一匹減り、二匹減り、ひと月後には一匹しか残っていなかった。

それは背が酷く曲がっていて、見窄らしいこと極まりないオスだったのだが、揚羽は何故か強く思い入れし、彼を生きながらえさせるため、素人なりに手を尽くしていた。そして終いには懲りすぎて、過剰な濃度の塩水浴で死なせてしまった。

そのとき、揚羽は泣いたのだ。鏡子が部屋に戻ってきたのにも気づかないまま、腹を上にして動かなくなったオスをガラス越しに眺めながら、はらはらと泣いていた。やがて鏡子に気がついて振り向いたときには、その顔色は酷く乾いていた。声を上げるほどの激情はなく、誰かを責めるあてもなく、波に浚われて少しずつ崩れていく海辺の砂の城のような、儚い泣き方だった。

そして今も鏡子の前で、揚羽はあのときと同じように泣いている。声もない、酷く乾いた泣き顔だ。

高い天窓から差す月の光が、鏡子と同じくらい伸びた長い髪を青く艶めかせている。整然とした屋内は、その全てが対称的に出来ていた。壁は円形で繋ぎ目がなく、入り口も鏡子が入ったドアと同じものが反対側に備えられていた。

脱色街（ホワイトリスト・エリア）の一角にあるこの工房跡は、揚羽と真白（ましろ）が生まれ覚醒した場所だ。四年前、鏡子はここで、瓜二つでただ羽の色だけが違う人工妖精の姉妹を見つけた。そして左右どちらかの手を伸ばし、二人のうち一方の手を少しだけ早く握った。その瞬間に、二人で一人だった黒と白の人工妖精は、二人で二つの心に分かれてしまった。

後悔など鏡子にはしようもない。どちらの手を早く握ってももう片方は覚醒しきれずに壊れいく運命だった。それでも揚羽は、自分が選ばれてしまったことをいつまでも自責し続けている。自分の価値を否定することが、揚羽にとって真白に対する無意識の贖罪だったのかもしれない。

かつて二人きりで過ごした場所で、一人きりになった揚羽は、両手に血糊の付いたメスを握って立ち尽くしていた。乾いた泣き顔が鏡子に振り向いてくしゃりと歪み、無理な笑顔を作る。

「鏡子さん。私、殺せなくなっちゃいました」

二本のメスが手からすべり落ちて、床に転がった。

「切ろうとしたんです。痛くないように、すぐに死ねるように、首を。でも直前で恐くなって、赤色機関の人たちを浅く傷つけてしまって。にじんだ血を見たら、もうそれ以上は出来なかったんです。人間を殺すのだと思ったら、陽平さんや屋嘉比（やかび）先生や、知り合いの人間の皆さんの顔が浮かんで、手が震えて駄目でした。

私は殺すことしか特技がないのに、もうそれも出来なくなってしまいました。私はやっぱり、どうしようもない故障品です」

辛そうに笑って、揚羽は言う。

それが心ある生き物として正常なことで、何も考えずに人工妖精を殺す青色機関（BRuE）の方が異常なのに。揚羽は自分の価値を否定しすぎて、より正常になったことも自分で認められずにいる。

歩み寄ってその頭を軽く叩き、そのまま肩に抱いた。揚羽を抱きしめたのは、四年前に見つけたとき以来だ。

「お前に、いつか話さなければと思って、先送りにしていたことがある」

肩越しのままで口を開いた。

「人は鏡を見て、自分の鏡像を自分自身だと理解する。そうして自分がどんな姿をしているのかを学ぶ。どういうときに自分がどんな顔をし、どうするとどうなるのか、情緒の機微も含めひとつひとつ覚える」

鏡像は実際には他人でもいい。深山はこの鏡像から自我を得る人間の発達過程を、何年も掛けて忠実に人工妖精で再現してみせた。最初から出来合いの倫理観や価値観を五原則の形で都合よく押しつけるのではなく、自分たちでひとつひとつ学び取らせたのだ。

「ある男が、鏡の代わりに白い鳥と黒い鳥を互いに見合わせて育てた。その鳥たちは、相手を自分と同じ色だと思い込んで育った。大人になった二羽の鳥は、片方が自分は黒い鳥だと思い込んでいた。このとき、本当に黒かったのはどっちで、白かったのはどちらか」

肩の上の揚羽の頭が、小さく揺れたのがわかった。

「答えは難しい。深山はどちらを黒として、どちらを白として育てたかったのか、私にはずっとわからなかった。正解は今日、本人の口から聞けたよ。あいつは白と黒の区別など最初から付けていなかった。同じように同じ価値のものを造り、他の人間たちが見分けを付けられずにいるのを、あの男はずっと嘲笑っていたんだ」

——目覚めたのは、黒い方と白い方の、どちらだったかね？

深山はそう問いかけて、答えを聞かないまま自ら命を絶った。それは、どちらでも同じことだったからだ。鏡子の顔に浮かんだ感情のうねりを見て、人間たちが自分の最高傑作をいつまでも見抜けずにいることを知り、愉悦を覚えて満足したまま死に果てた。

「お前は一等級を約束された真白と、まったく同じ人工妖精だ。目覚めたのが真白の方でも、彼女はお前と同じように悩み、同じような生き方を選んだだろう。お前は故障品なんかじゃない。世界が待ち望んだ第五番目の精神原型(S.I.M.)の最初の個体で、一等級の椛子と同じ価値を秘めている」

言い終えた瞬間、揚羽の袖が閃く。揚羽がそうするであろうことはわかっていた。だからしっかりと捕まえるまで、言えなかったのだ。

自分の首にメスを突き立てようとした揚羽の手を、鏡子は辛うじて止めることができた。

「お前が死んでも真白の身体は治らない。ただお前という一等級相当の宝を世界が一人分失うだけだ。最初からプログラミングされた技能や知識を持っていることより、お前のように何も持たないまま生まれてくる人工妖精(フィギュア)を、私たち峨東一族は待ち望んでいたんだ」

揚羽が死んだ人工妖精を〝口寄せ(サルベージ)〟するのを初めて目にしたとき、鏡子は身体の震えが止まらなかった。揚羽は精神原型師が複雑な計算と高度な技術でようやく組み上げる人工妖精の身体を、鏡に映すように直感だけで再現してみせたのだから。それは揚羽があらゆる恣意に染まらない、全ての原型師が追い求める無地の人工妖精だったからだ。

「自ら学び、自分で生き方と価値観を見つけるお前こそ、深山や私がずっと希求してきた理想だ」

揚羽の膝が折れて、鏡子の背の高さまで頭が降りてくる。

「でも、私はたくさんの人工妖精を殺してきました。そのくせに、自治区のみんなを守るために殺さなきゃいけないときは、殺せなかった。私はもう——」

もう一度深く抱きしめると、揚羽の手からメスが落ちた。

「一人殺せば二人が助かるような問題が世界には山積していて、不幸なことにお前は殺せる人工妖精(フィギュア)だった。とても難しいな。見過ごせば二人が死に、手を出せば一人が死ぬという理屈は現実に無数にあって、見て見ぬふりはお前には出来なかったと、私も思う」

そして、鏡子も揚羽の青色機関(BRUE)としての行動を、本気では止められない理由があった。

「聞いてくれ、揚羽。私はかつて、シングル・マザーだった」

鏡子に子供がいたという事実は、揚羽にとって衝撃的だったようだ。肩が大きく震えた。

「私が生まれた詩藤の家は、峨東の一族の中で主筋に近い家でな、不義の子供が出来てからは半ば絶縁のような状態だった。峨東とは、ある種のパラノイアの血統を大事に守ってきたような家々の集まりだ。彼らの精神は常に危機感を求め探す。例えば地球温暖化であったり、食糧危機であったり、下手をすると宇宙からの侵略なども親族会議で真面目に議題に上がるような困った大人の集まりだ。彼らは何かに常に怯えることで、その反動としての自己の才能の開花と、危機感の共有による結束を長く強く保ってきた」

　自分にもその血は濃く流れている。自分は人間として偏った心の形をしているという卑屈な認識は、幾度も鏡子の人生を歪めてきた。

「微細機械（マイクロマシン）の実用化も、この人工島の建設も、彼ら一族の意向と財力によるところが大きかった。当時の私は、実家に預けるわけにもいかない幼い娘を連れて、微細機械（マイクロマシン）と視肉（しにく）の研究のために、地下の施設に籠もっていた。お前の制作者の深山もそこにいた。微細機械（マイクロマシン）はあと一歩で実用化というところまで来ていた。どんなものでも分解し学び取る彼らは、命すら学習する。食物を生産するのに、新鮮なままで学習させれば高度に再現することがわかっていた。稲や麦はおろか、鶏、豚、牛、羊。なんでも増殖炉へ放り込んだ。彼らは生きたままのそれらを学習し、新鮮な食糧の増産体制は整いつつあった。そこで思ったのだ。誰かが、ではなく、誰もが、だ。人間を放り込めば、人間の身体も造れるのではないかと」

　考えることすら非道だと罵られようと、義肢や人工臓器の価格を下げられれば、どれだけの人間の命と生活を救えるかという計算も出来てしまう程度に、彼らは冴えていた。

「そして、思い描いたとおりそれは可能になった。人類は身体や臓器の欠損からも永久に解放された。その代わり、私の娘が世界からいなくなった」

息を飲む音がした。

「誰がやりそうかといえば、誰もがやっておかしくない。だが、誰もやらなかったのかもしれない。私は娘にいつも、他人の痛みがわかる人間になれと教えていた。私はそれがわからない人間で、そのために自分の人生は歪んだと思い込んでいたからだ。そして、娘はいつも自分より不幸な人間を探すようになり、自己犠牲に極端な憧憬を抱く心の形に育ってしまっていた。自ら身を投げたとしても、おかしくなかったんだ」

娘を失って以来、初めての告白だった。当時そこにいた鏡子の同僚たちはみな口をつぐみ、つぐんだまま鏡子より先に〈種のアポトーシス〉や老いで死んでいった。長く一人で抱えていた罪を吐露する相手が揚羽であったのは、深山に言わせるなら必然であったかもしれない。彼が思い描いたとおり、鏡子は揚羽に自分を映し見て、深く依存してしまっていたということだからだ。

「私は百億の人間社会のために、自分の娘をあの肉の塊（マイクロマシン）に捧げたも同然だ。お前が罪深いというのなら、私はより罪深い。私たちはよく似ているな、揚羽」

鏡子の背に揚羽の手が回り、掻きむしるように抱きすくめられた。鏡子が真白を行政局に奪われても揚羽だけは手放さなかったのも、揚羽がいつまでも人間の男に恋をせず鏡子の元を離れなかったのも、今思えば自然なことだ。互いだけが互いの心の傷を共有していたのだから。鏡写しのように。

揚羽のすすり泣く声に、不意に携帯端末の着信音が混じる。揚羽が涙を袖で拭いながら電話に出ると、初めて聞く澄ました声が鏡子の耳まで届いた。

『――抹消抗体へ。ご機嫌はいかがですか？』

揚羽が全能抗体と呼んでいた何者かであることに、鏡子はすぐに思い当たる。

『時間がありませんので端的に申し上げます。赤色機関は総督府を包囲し、二十年の自治区の歴史で初めて、彼らの代表が総督府へ踏み入りました』

――自分の不始末のせいで。

揚羽の顔はそんな自責に染まっている。

『現状、総督府は交渉レベルでの打開策を検討中の模様。翌朝の日本使節団をどれだけ穏便に招き入れられるかが、目下最大の課題です。それにあたり現在、赤色機関はある妥協案を提示しています。すなわち、この騒動の発端となった〝傘持ち〟を赤色機関に引き渡し、それをもって日本政府に対する人身御供にするということです。ですが、〝傘持ち〟はあなたも既にご承知の通り、特定の個体ではありませんし、自治憲章上も自治区内の司法は自治区側に委ねられている。総督府は到底この提案には応じることは出来ません。

総督府は行政局の上申と自治議会の承認を待つという形で時間の引き延ばしを行っていますが、赤色機関は事後承認を前提で、〝傘持ち〟と目される人工妖精の自力での捜索を開始しました。明朝までに逮捕できなければ、公に告発する模様。

抹消抗体(アクアノート)、その場からすぐに離れなさい。あなたが赤色機関の同胞を打ち損じて逃がしたことで、彼らはあなたこそが〝傘持ち(アンブレラ)〟であると認識しています。

赤色機関員たちは今、自警団(イエロー)と対峙中ですが、〇六式無人八脚対人装甲車(トビグモ)が単独であなたを追跡しています。詩藤原型師、そちらにいらっしゃれば彼女と共に逃亡を。赤色機関は保護者のあなたも告発対象にしています。八脚装甲車(トビグモ)に捕捉される前に――』

全能抗体(マクロファージ)の声を遮る轟音と共に天窓を食い破り、八本脚の巨軀が鏡子と揚羽の目の前に落ちてくる。

「もうすぐそこにいる!」

揚羽の携帯端末に顔を寄せて鏡子が叫ぶ。

『八脚装甲車(トビグモ)に人間や人工妖精が挑んでも勝率は皆無です、抹消抗体(アクアノート)。彼らは対人空間乱数戦闘が専門の殺戮作業機械です。撤退を』

「どうやって!」

『現在検討中』

八脚装甲車(トビグモ)は路地だろうと高層建築だろうとお構いなしだ。

八脚装甲車(トビグモ)の三つの目が揚羽と鏡子を捉え、八本の強震掘削爪(パイルバンカー)が空になった蓄電筒(コンデンサ)を吐き出した。

＊

逃げ場所などあるはずがない。八脚装甲車(トビグモ)にとって、整然とした自治区の街並みは自分の巣も同然だ。繁華街など人の多い場所なら逃げおおせられる可能性もあったが、ここは自治区で一番寂れた脱色街(ホワイトリスト・エリア)で、まして深夜だ。騒ぎで目を覚ました住民たちを巻き込むことの方が、揚羽は恐かった。

『蝶の巣の視肉(しにく)の丘へ。中へ入れば、無力化できます。あと三十秒以内に到達を』

理由を問う暇はない。全能抗体(マクロファージ)に言われるままに、鏡子の手を引いて工房跡を出ると、パイプ状の蝶の巣を目指す。狭い路地を選んで抜け、蝶の巣の壁まで辿り着く。地上部分も、地下と同じように整備用らしい入り口がいくつか見つかったが、どれも施錠されている。

「どうすれば――！」

骨伝導イヤホンから返事が返ってくる前に、月明かりを遮って巨体が舞い降りる。

八本の脚が揚羽と鏡子を取り囲むように壁を突き破った。扉も砕け、中への道が開けている。

『あと二十秒』

「いい子だから大人しくなさい！　丸焼きにしちゃいますよ！」

目の前まで迫った三ツ目のアイ・カメラを鷲掴み、揚羽は〝傘持ち(アンブレラ)〟から学んだ火を使った。

左腕一本分、まるまる蝶に変えて解き放つ。蝶の群れに襲われたアイ・カメラは、ひと息の間ののち黄色い業火に包まれる。

装甲車が目標を見失ったその瞬間、鏡子を抱え上げて蝶の巣の中へ飛び込んだ。

だが、中の空洞は底が深く、地下で見た肉の丘は十メートルも下にある。

「鏡子さん……もし、失敗したらごめんなさい」

「かまわん、行け！」

右腕に鏡子を抱えたまま目をつぶり、思い切って飛び降りた。

背後で壁が砕ける音を聞きながら、残った腕で鏡子を必死に庇い、肉の丘へ落下する。

爪先から着地したが、体重を受け止めきれなかった右の膝が抜けて転げてしまう。叩きつけられた衝撃で肺から空気が抜けて一瞬視野が暗転する。

「きょ……鏡子、さ……」

「自分の心配もしろ馬鹿野郎！」

遠くまで飛ばされていた鏡子が駆け寄る。肩を貸されて、左足だけでどうにか立ったが、右足は力が入らない。とても走れそうにはなかった。

諦めて膝を折る。これ以上はただの足手まといだ。

「私が残れば、八脚装甲車(トビグモ)はきっと、鏡子さんを追いません。鏡子さんは、地下道から——」

「黙れ！　私からこれ以上、大事な娘を奪わせん！」

こんなときに限って技師としての矜持に目覚めたのか、鏡子の手が折れた揚羽の右足に触れて具合を探る。その結果は鏡子の顔を見ていれば明らかだ。どうやっても歩けはしない。

八脚装甲車(トビグモ)は、壁を伝って悠々と肉の丘のプールへ降り立つ。

『あと十秒。肉の丘の中央へ。決してそこから出てはいけません。水面に手を出さないよう、注意を』

「鏡子さん！」

肉の床を鋭い爪で突き破り、飛沫と共に赤い血潮をまき散らしながら八脚装甲車(トビグモ)が迫り、揚羽は鏡子を、鏡子は揚羽を互いに庇う。

八本の脚が目前まで迫ったとき——

『零(ゼロ)』

肉の丘の周囲から無数の蝶が噴き出した。

それは眼下から天上に向かって逆しまに降る淡雪のように。

八脚装甲車(トビグモ)の全身に蝶は纏(まと)わりつき、シャフトも三ツ目のアイ・カメラも覆い包んでいく。

「午前組の、蝶型微細機械群体（マイクロマシン・セル）の群れか……」

蝶たちの出勤時間、通勤ラッシュの時刻。自治区中の塵を集めに飛び立とうとした蝶たちは、すぐ目の前にあった巨大な異物に行く手を塞がれた。

全能抗体（マクロファージ）の狙いは、八脚装甲車（トビグモ）を蝶たちに襲わせることだったようだ。確かに蝶たちは金属を好む。しかし、自治区治安仕様の八脚装甲車（トビグモ）は、外装が丈夫な蒸着塗装と耐腐食皮膜で覆われていて、何より八本の脚には一個ずつ、市販品ながら強力な蝶除けの電子線香が吊されている。

下から押し上げるような蝶たちの濁流は、分解対象外の外装と苦手な電子線香の匂いを必死に避け、二股、三股、そしていくつもに枝分かれし、八脚装甲車（トビグモ）の身体には触れようとしない。

『揚羽。電子線香の――』

全能抗体（マクロファージ）の意図を皆まで言われずとも揚羽は理解し、残った右腕でコルセットから持てるだけのメスを引き抜いて、歯でパッケージをまとめて裂いて破り取った。

十一本あったそれを八本だけ残して捨て、二本ずつ右手の指の間に挟み、薙ぐように投げ放つ。

振りかぶって左から一投目で四本、返す腕で右からの二投目で残り四本。

これほどのメスを実戦で同時に投げた経験は、揚羽にもない。爪が割れるまで練習した上で、距離わずか十メートルの標的から数ミリもずれるから、人工妖精の細い神経節を狙う実戦では使い物にならないと思っていたのだ。

だが、今は一本も外すことは許されない。八本全て、背中の羽が焼け付くほどの集中力と、これで肩がもげてもいいと思うほどの渾身の力をこめて投げた。

「当たれぇ！」

文字通り血のにじんだ練習は、揚羽を裏切らなかった。八本のメスは違（たが）うことなく八つの蝶除け電子線香を吊す硝子糸（グラス・ファイバー）を射貫く。七つの電子線香が糸を失って水面へ落下した。蝶たちの濁流は八脚装甲車（トビグモ）へ向けて一気に幅を狭めていく。

しかし、一本だけは丈夫な繊維が金属の刃に耐え、髪の毛よりも細い一筋を残して未だ電子線香を吊している。

――あれさえ切れれば！

揚羽がさらにスカートの裾から一本メスを抜いたとき、揚羽の意図に気づいたらしい八脚装甲車（トビグモ）は、たった一つ残ったお守りの電子線香を庇って身体の向きを変えた。

電子線香と糸が揚羽の視野から消える。

「くそっ！」

揚羽の手が、悔しさをこめて水面を叩く。

脚が満足に動けば、回り込んでいくらでも狙いようはある。しかし今の揚羽の膝は骨が粉々だ。根性で立てるような状態ではない。

考えている間にも、蝶たちの群れに翻弄されながら、八脚装甲車(トビグモ)が慎重に躙(にじ)り寄ってくる。

もう一度爆導索を。ガラス繊維なら熱には弱いかもしれない。

左腕は肘から先を全て先ほどの火でくべてしまって、形も残っていない。右脚は今やただのお荷物だが、満足に動かない脚では狙いが定まらない。

「鏡子さん、離れて！　一気に火をつけます！」

残った右腕の肩から先を全て失う覚悟で意識を集中し、振りかぶった。

「よせ馬鹿野郎！　二度とそれはやるな！　置名草(オキナグサ)がどうなったかお前は見ただろう！」

鏡子に腕を摑まれ、すんでのところで火を灯すのを止める。

「放してください！　このままじゃ鏡子さんまでやられてしまう！」

今の八脚装甲車(トビグモ)は、どう見ても逮捕という様子ではない。手足の一本や二本もいでもかまわないと指示されているのかもしれない。鏡子をそんな危険な目にあわせることは、揚羽には絶対に出来ない。

鏡子の細い肩が震え、いつも傲慢な瞳が焦燥に染まっている。やがて小さな唇を嚙み、八脚装甲車(トビグモ)に向かって駆けだした。

「鏡子さっ……！」

鏡子の小さな身体が八脚装甲車（トビグモ）の腹の下に潜り込み、一撃で頭の上から粉砕する八本の脚をかいくぐる。たった一つ残った蝶除け線香に鏡子が手を伸ばしたとき、八脚装甲車（トビグモ）の脚が一本、鏡子の頭上に振り上げられた。

今まさに、鏡子を肉片に変えるべく、強震掘削爪（パイルバンカー）から空になった蓄電筒（コンデンサ）が排莢される。

無我夢中だった。レトロ・アニメマニアの翼ある少年の言葉を思い出したわけではない。

ただ、鏡子を助けたい一心で、手にしていた一本のメスを、蓄電筒（コンデンサ）を排出した穴に向かって投げた。

ほんの刹那だけ開いた、八脚装甲車（トビグモ）の無防備な内部、柔らかい蓄電筒（コンデンサ）。そこすらも、医療用のメスでは歯が立たなかった。だが、無力に弾かれそうになったそれを、排莢口の蓋が挟み込む。

耳をつんざく警告音が鳴り響き、八脚装甲車（トビグモ）の脚が宙で止まった。

その隙に鏡子が蝶除け線香を掴むが、ガラス繊維の糸は、鏡子が体重を掛けてもまだ切れない。

「やれ！　揚羽！」

鏡子が蝶除け線香を掴んで飛び出し、揚羽から糸が見えるように脇へ引き出す。

おそらく、揚羽の生涯最速にして、最高の一投だった。蝶たちの光を浴びて七色に輝いたメスは、最後の電子線香を吊す糸を射貫く。

支えを失った鏡子の身体が水面に転がったとき――。

目前の障害がなくなった蝶の群れが、八脚装甲車（トビグモ）の全身を包んで浚った。蝶たちは蒸着塗装と耐腐食皮膜の上から八脚装甲車（トビグモ）の巨体に貪り付き、やがては厚さ数マイクロメートルの表皮を食い破る。

八脚装甲車（トビグモ）は蟻に群がられた巨像のようにのたうち、蝶たちを振り払おうとしたが、一度塗装と皮膜が剝がれて地金が晒されると、あとは瞬く間に穴が開き、無防備な外装の内側から全身を食い荒らされはじめる。

羽が強く輝き、金属と言わずガラスと言わずカーボンと言わず、八脚装甲車（トビグモ）の身体を分解していく。

強靱だった脚は文字通りの虫食いで細くなり、一本、また一本と折れ、やがて肉の丘に沈む。それでも残った幾本かの脚で身体を引きずり、揚羽の目前まで八脚装甲車（トビグモ）は這ってやってきた。

外装はすっかりはげ落ちて、中のクランクや電子部品まで剝き出しになり、それでも八脚装甲車（トビグモ）は最後の脚を振り上げ、鋭い爪を揚羽たちに向けた。

だがそれすらも関節から朽ちて、肉の丘に落ちて崩れていく。

八本の脚全てを失った八脚装甲車（トビグモ）は傾いだ身体を起こすことすら叶わず、ついに空回りしていた動力の音も止む。巨大な蜘（クモ）が、蝶の群れに屈した瞬間だった。

人工知能を恐れる人間のために、あえて不完全な機械として生み出された八脚装甲車（トビグモ）は、全能抗体（マクロファージ）のような人工知能と違い、人間の遠隔操作を受けてもの思うことなく人を追い詰め、時には殺す。つい昨日までの揚羽と同じように。自らが壊れていくその時も、八脚装甲車（トビグモ）は怯まなかった。

蝶たちは彼の内側まで自ずから然るべくして浚い果たす。やがて、朽ち錆びた骨格を晒し、八脚装甲車（トビグモ）は動かなくなった。

「揚羽……上だ」

鏡子の言葉に従って見上げると、蝶の巣の先端近くに十機の八脚装甲車（トビグモ）が張り付いていた。仲間の死を目撃した彼らはどんな思いだったのか。語る言葉も持ち合わせず、一機、また一機と壁の向こうへ姿を消していった。

八脚装甲車（トビグモ）も、自分たち人工妖精と同じように、人間のために生み出されたはずだ。だからその身をなげうてと言われれば迷わず出来る。自分たちに振り向いてくれとも、慰めてくれとも言わない。だが、それでも、と揚羽は思う。

「人間は、なぜ私たちの気持ちになかなか気づいてくれないんでしょう」

虫食いだらけでザラリとした手触りになってしまった八脚装甲車（トビグモ）の三ツ目センサーを撫でながら、揚羽が呟く。

濡れてすっかり重くなってしまった髪を払いながら、鏡子は細い眉の間に皺を寄せて答えなかった。

「煩わしく思われて捨てられるくらいなら、労いも慰めもいらない。ただ愛してくれれば、それでいいのに」

そうすれば私たちは壊れないのに。奴隷のように酷使されても、人工物は喜んでその身を差し出すだろう。置名草だって歪まなかったはずだ。

「人間は、他者の痛みがわかる生き物だからだ、揚羽。痛いのに痛くないのだと脂汗を流しながら言われても、私たちは見なかったふりなど出来ない」

その優しさが、人工妖精たちを壊すのだ。

「だが揚羽、ひとつだけ、お前はずっと思い違いをしている」

煙草を探し始めた鏡子に、揚羽はポケットに入れっぱなしになっていた古いマルボロを差し出した。

鏡子がボックスを開くと、中身は水気を吸って、巻紙がすっかり茶色く変色してしまっている。鏡子はライターであぶってから咥えたが、なかなか火が点かなかった。

結局は火を点けるのは諦めて、そのまま咥えるだけ咥えた。

「お前は昨日、カレー味の林檎しか食べたことのない人間が普通の林檎を食べたらどう思うかという話で、『寂しいはずだ』と答えたな。だがそれは違う。人間が新しい感覚に出会ったとき、何よりも感じるのは新鮮な驚きであり、見知らぬ感覚の存在に対する希望と期待なんだ。その前では寂しさなんぞ、吹き飛んでしまう。

人間は、母親の腹の中で痛みばかり味わうのではなく、希望を求めて手を伸ばし、生まれてくるんだ。それがどんなに無謀だったり、儚かったり、荒唐無稽であっても、人間は死ぬまでそれを追い続ける。そしてその希望を少しでも次の世代に分け与えたくて、子供を作る。それは人工子宮から生まれた第二世代や第三世代の自治区民も変わらない」

陽平（ようへい）の父親も、そんな気持ちで洋一（よういち）を作ったのだろうか。

「そして私たち技師も、お前たち人工妖精を同じ思いで造る。深山（みやま）の精神は歪んでいたし、お前たちへの仕打ちは残酷なものだ。ただ、それでも未来への希望をお前たちに託したのは間違いない」

火の点かない煙草を、香りだけ味わいながら、鏡子は遠い昔を思い起こすように目を伏せる。

「これは綺麗事だ、揚羽。だが――」

「だが、どんな虚構にも一片の真実はある、ですか？」

「……そうだ」

よく言って聞かせる口癖を先取りされて、鏡子がバツの悪い顔になる。

「痛みのない世界とお前は言う。だが、人間は痛みを伴ってもその向こうへ手を伸ばして、ここまでの繁栄を築いてきた。これからもそれは変わらない。

　人間はお前たち人工妖精を生み出した。だが、それはお前たちに痛みを押しつけるためじゃない。私たち人間は、出来るものなら自分より幸せになれる誰かを生み出したいと皆が思っているからだ」

　深山は、エウロパとエンケラドゥスで文明を築いた高等生命が、自分たちの造った人型に依存して滅びたのだと断言した。だが、鏡子はそうは思わない。心のある生き物はそんなに冷酷ではない。彼らは自分たちより幸せになれる人工の生命を生み出すことに、寝食を忘れて没頭したのではないかと鏡子は考えている。

「そのわりには、人間の皆様は誰も不器用でいらして」

「ほっとけ」

　思い当たることがあったのか、鏡子はヘソを曲げてしまう。

「この人工島にしたって、峨東(がとう)の一族は最初から集められた感染者の住民に明け渡すつもりで造ったんだ。主筋の連中は私も含め遺伝的に性根が歪んだ連中ばかりだが、世俗的な欲求とは無縁に近い」

　峨東になるのは難しくない。遠縁でも縁戚関係を結べば、この自治区で今も総督の脇に君臨している外戚の連中同様に一族を名乗れる。だが、峨東でいるのは難しい。身内と社会から求められるのは、未来への異常な執着と倦厭(けんえん)的なまでの通俗からの乖離だ。生まれつき峨東であるなら自然に身につくが、後から入った人間には容易には理解しがたい。だから外戚の彼らも、自分から峨東とは名乗らない。

それを自ら手がけた娘から「飽きて放り出した」と言われるのだから、他人に無関心な鏡子でもどっと疲れを覚えてしまうのかもしれない。なら独裁を続ければよかったかと言ったなら、自治区民はまた火炎瓶と炭素結晶パイプを持ち出して猛反発しただろう。

どうすれば満足なのだと、鏡子でなくとも愚痴をこぼしたくなる。

「言葉が足りないのだと自分でも思うが、それが峨東の性分だ」

諦めきれないのか、湿った煙草にもう一度ライターを近づける。ようやく火が点いたらしく、細い紫煙を鏡子は吐いた。その煙に引き寄せられて、八脚装甲車（トビグモ）にありつけなかった一部の蝶たちが鏡子の周りを漂いはじめる。

「でも、言葉なら今からでも間に合うかもしれません」

揚羽の曖昧な言葉に、鏡子が眉をひそめる。

「鏡子さんの娘さんは、私と同じアゲハというお名前ですか？」

「何故、お前が知ってる？」

鏡子の娘は、身も心も微細機械（マイクロマシン）に分解され、視肉（しにく）の一部になって消えてしまった。だが、全能抗体（マクロファージ）は今も彼女が呼びかけに応じると言っている。「いる」とはいえないが今も「ある」という全能抗体（マクロファージ）の言葉の意味を、揚羽はようやく理解していた。

もう身体はない。心も視肉（しにく）の膨大な微細機械（マイクロマシン）たちの中に埋もれ薄まってしまっている。それでも全能抗体（マクロファージ）の声に応えるのであれば、その中から彼女だった部分の一粒一粒を探し集めることも不可能ではないかもしれない。

「私の特技は、人殺しとあとひとつ、〝口寄せ（サルベージ）〟です」

鏡子の目が見開かれる。

「これだけ蝶がいれば、娘さんのことを覚えている蝶も見つかるかもしれません」

鏡子の話通りなら、揚羽たち人工妖精は皆、鏡子の娘の身体がベースになっている。屋内で死んだ人工妖精を口寄せするのとは違って、蝶の数は数千ピースどころの話ではないし、とても難しいが今なら心強い味方がいる。

「全能抗体（マクロファージ）。青色機関（BRUE）としてではありませんが、最後のお願いです。あなたの想い人の心を口寄せ（サルベージ）します。これだけの蝶の中から組み上げるのは、私にも無理です。助けてくれませんか？」

『八脚装甲車（トビグモ）の残ったセンサーを利用します。あと四分八秒の間はバックアップ可能』

肯定的な返答があった。これで全能抗体（マクロファージ）に「死者への冒瀆が」云々などという概念を持ちだされたら困ってしまうところだったが、彼女はやはり電子機械（コンピュータ）らしい頭の固さがあまりない。

「待て。そんなことはできるわけが――」

「こんな機会はそうそうありません。鏡子さんがお望みでないなら、私はしません。でも、一世紀もの間、ずっと想っていらしたのなら――鏡子さんは、娘さんとお話しするべきだと、私は思います。鏡子さんが決めてください」

揚羽の視線の先で、鏡子はきつく目を閉じ、思い悩んでいた。

やがて鏡子の指が煙草を携帯灰皿に詰め、瞳が揚羽を見つめる。

「わかった。頼む、揚羽」

「はい」

背中から二対の青い羽を広げ、脳を活性化する。膨大な数の蝶の中から、必要な個体を選び出すために、心を澄ましてその中を彷徨った。

直感と全能抗体のサポートだけを頼りに、舞い飛ぶ蝶を選びつまんでいく。大事に、優しく、花をつまむように腕に抱いていく。

やがて、なくなった左腕と、折れた脚の痛みも遠のいていった。

＊

揚羽の意識が戻ったとき、胸の中を漂う残り香のような熱に気がついた。それは視界がはっきりとしていくにつれ冷めていったが、記憶にははっきり残っている。

気がつけば鏡子に深く首を抱きしめられていた。振り向こうとすると余計に強く首を締められた。見るな、ということらしい。

「ありがとう……」

その声は小さく、掠れていたが、生まれて初めて、鏡子から礼を言われたかもしれない。自分の口寄せは、長くてもほんの数分だ。その数分で、鏡子を一世紀続いた呪縛から解き放つことができたのだろうか。

だとしたら、人殺ししか能がないと思っていた自分も、愛する人の幸せの一助になれたのかもしれない。

やっぱり、生まれてきてよかった。

生まれて初めて、揚羽はそう思った。

終　章

「私がもし男性型の人工妖精(フィギュア)だったら、陽平(ようへい)さんはそれでもムラムラッと来ます？」

カウンターキッチンの向こうから、オムレツを作成中だったフライパンを床へ取り落とす音がした。

「何をしてるんです。毎日のようにお腹を痛めて卵を産んでくれる鶏さんに悪いと思わないんですか？」

「……俺が使う卵は純自治区産の視肉製だけだ、鶏は関係ない。それと、前の質問は要訂正箇所が多すぎて、どう答えたらいいのかわからん」

カウンターの陰で見えないが、陽平はフロアリングとキッチンマットに染みわたった半熟の黄身白身と格闘しているようだ。

「そんなこと試験の小論文で書いたら零点ですよ。よく自警団(イエロー)の捜査官になれましたね、親の七光りですか？」

「黙れ。お前みたいな馬鹿な出題をする試験官なんぞいやしない」

ひとまずキッチンの被害対策は諦めたらしく、陽平は再びフライパンを火に掛けている。

「あー、お腹空いたぁ」

「……お前、人に朝食を作らせておいて自分はダイニングテーブルで頬杖ついて、挙げ句に邪魔までして、よくそんな暴言が吐けるな」

「じゃあ手伝います？　私、スクランブル・エッグが得意ですよ」

「混ぜるだけじゃねぇか。狭いんだから松葉杖ついて入ってくるな」

「オムレツだって流し込むだけじゃないですか」

「俺が作ってるのはオムレツじゃない――出汁巻き卵だ」

専用らしい四角いフライパンらしきものを左手で掲げ、右手には計量カップの目盛りぴったりで几帳面に測り取った何かの液体を持っている。

「なんです、それ？」

「俺の手製の出し汁だ。これの加減が肝だ」

何やら難しい顔でカップを眺めている。どうやら出し汁は会心の出来らしい。

ああ、なるほど。鏡子が男の手料理はとにかく面倒くさいと言っていた理由が、この一週間の同棲生活でとてもよくわかった。見ていてまどろっこしい上に、ご高説が絶えなくて鬱陶しい。しかも手間を掛けて小難しいものに手を出す割に、味はどうということはない。

心底、まどろっこしい。

「じゃあ、さっきの質問を少し変えます。私がもし男性型でも、陽平さんは今みたいに私に優しくしてくれます？」

そんなに急に、黙々と料理に集中されても、思うところが見え見えで継ぐ言葉に困ってしまう。

「同じようには出来ないんですね」

「……男に見える相手なら、そりゃ、態度は変わる」

「男の人ってイヤラシイなぁ」

陽平の口がへの字になっている。

この一週間、おしゃべりは概ね揚羽（あげは）が優勢だったが、ここまで陽平が劣勢に陥るのは今朝が初めてだ。それは夜中に用を足した陽平が、元夫婦の寝室であった揚羽の寝床に寝ぼけて入り込んだからで、目を覚ますと何やら勝ち誇ったような揚羽の顔が目の前にあった。

「ああ、私の純潔はもう戻ってこないのね、ひどいわ」

「張っ倒すぞ」

「きゃ、おーかーさーれーるぅ」

「…………」

朝六時半からこの八時半まで、終始この調子で会話がループしている。さすがに揚羽も飽きが来ているのだが、陽平の反応が元妻帯者とは思えないほど初々しいので遊び尽くすことにしていた。

「まあそれはともかく。私が相手でもこう、ムラムラッとは来るのですか？」

質問を遮るようにテーブルへ叩き置かれた皿の上で、無闇に分厚い出汁巻き卵がぷるぷると揺れる。

「どうなんです？」

千切りサラダと、柔らかいクロワッサン、オニオンのスープと来て、なぜ中央に日本本国伝統の出汁巻き卵が置かれたのかよくわからないのだが、本来は和食派であるらしい陽平が、左腕の治療の終わっていない揚羽を気遣って献立を選んでくれていることには感謝している。

「お前には色気が滓ほどもない」

「本当に？　うふ、あっはーん」

スカートの裾を捲り上げ、テーブルの脇から左足の太ももまで晒す。

「今、股間が動いた」

「動いてない」

「チャックが邪魔で観察できないので、ちょっと下ろしてみませんか？」

「下ろすか馬鹿！　さっさと食え」

素知らぬふりで食事を始めたが、実は揚羽は揚羽で少し傷ついている。行政局で処遇が決まるまで陽平に匿ってもらうことになったとき、それなりに警戒はしていた。だが実際には素振りどころか、寝ぼけた上でのトラブルが起きただけだ。何かあっても困るが、全く何もないというのもそれはそれで傷つく。

「私は五等級だし、やっぱり魅力ないんですかね」

陽平自慢の出汁巻き卵をフォークでつつきながら溜め息が出た。ちなみに味は思った通り普通だ。この程度なら揚羽も片手間で作れる。

「お前はなんでそう思う？」

「だって羽は黒いし……いざというとき、羽がみっともなかったら、がっかりしませんか？」

「俺の相方は四等級だった。等級だの羽の色だの、男はまず気にしてないぞ。お前に男が寄りつかないのは別な理由だ」

思いがけないことを言われて、揚羽はクロワッサンを頬張ったまま固まってしまう。

「お前は一見隙だらけのようで、隙がなさ過ぎるんだよ。褒めてもけなしても、二言目には卑屈な冗談で誤魔化しちまう。男はそれ以上何も言えなくなる」

「そういうことも、あるんですか」

「俺の相方もよく似てた。だから口説くのに二年かかって、プロポーズまでにさらに四年もかかった」

二年、というのは、ちょうど陽平と揚羽が出会ってからの期間と一致する。

「そっか。あと少し時間があったら、何か違ったかもしれませんね」

その後は、二人とも黙々と朝食を処理していた。

食事後は陽平が食器を洗っている間に、揚羽は身だしなみと小さな旅行鞄の中身をチェックしていた。ナースハットは迷った末、外して鞄にしまった。

「準備は？」

自身も下ろしたてのスーツに着替え、陽平が問う。揚羽はただ無言で頷いて、松葉杖をついた。

「どうした、早くしろ」

「ちょっとだけ、待ってください」

揚羽はサイドボードの上のミニコンポに積もった、一週間分の埃を手で拭った。後ろの壁紙には、煙草のヤニの跡が残っている。それは今のミニコンポの位置から少しずれていて、ごく最近、たとえば一週間ぐらい前に場所をずらしたのであろうことに、揚羽は気づいていた。

陽平は亡き妻の部屋に残った面影を、彼にしては上手に隠していたが、それでもやはりわかってしまう。このコンポの場所にあったのはフォトフレームだろうか。

今はないそれに、揚羽は深く頭を下げた。

「ごめんなさい、奥様。一週間だけ、旦那様をお借り致しました。もう私は二度とここへは来られませんので、どうか許してください」

玄関でもう一度だけ頭を下げ、過ごした時間に微かに後ろ髪を引かれながら、陽平の部屋を後にした。

公務員宿舎のビルをエレベーターで降り、半ば陽平の専用車になっている公用車で総督府へ向かう。

見慣れた街並みが後ろへ流れていくのを、揚羽は憂鬱に見送っていた。

「見飽きたように思っていましたが、去るとなると恋しくなるものですね」

一週間前、〝傘持ち(アンブレラ)〟事件が発端で、自治区全土を揺るがした騒動の結果、総督府と行政局は辛うじて日本本国の治安介入を阻止した。ただ、代償はとても大きい。自治憲章の更新を控え、日本本国は自治区人工島の三分割案を強要してきた。総督府も三つ、総督も三人。男性側、女性側、そして新設される共棲区(Anti.Cyan)で、別々な行政区分を敷く。それは自治区の総力分散と、総督閣下の権威の大幅な縮小を意味する。

総督府は暴走した赤色機関に新基地の提供を約束し、日本政府との関係修復も仲介し、自治憲章更新と同時の非常時態勢の解除を約束させた。

これだけの難問を抱え、行政局と議会を先導しつつ、自治区の男性側と女性側をたった一人で往復して、各勢力の間をぎりぎりで立ち回った椛子の心労は推して知るべしだ。両自治区を行き来できるのは総督である彼女だけであるから、自治区民のご機嫌取りと説得については、行政局も彼女の人望に強く依存していた。

そして一昨日、揚羽の処分も決まった。〝傘持ち〟の容疑が掛けられた揚羽に下ったのは、男性側自治区からの追放だ。死傷者を出した赤色機関の面子を立て、自警団への責任追及を回避し、しらを切る日本本国への一定の牽制もこめ、いずれの勢力にも身柄と手柄を与えない形が、〝傘持ち〟事件の落としどころとなった。

誰しもその結果が腑に落ちてはいない。だが真実の公表が本国及び赤色機関との関係を致命的に悪化させてしまう以上、あやふやにしてしまうしかないというのが、総督府の判断だった。治療も男性側では受けられない。

それでも、廃棄処分を覚悟していた揚羽には、十分以上に寛大な措置に思えた。あの椛子総督閣下が、よほど無理をしたのであろうことは想像に難くない。

「向こうへ行っても慣れれば、そこが故郷になる」

慰めのつもりだったのか、自治区から出たこともない陽平がそんなことを言った。

その後は、総督府の通りに入るまで、ついに言葉を交わすことはなかった。

総督府は、行政局と司法局の間に建っている。普段は優雅でどこか浮世離れした雰囲気すら漂わせているその建物の周辺が、今は人の群れで騒然としていた。

入り口には、機関拳銃を肩から提げた赤色機関の隊員が、我が物顔で立っている。通りの右側には緑色の群集が、左側には水浅葱色の大群が寄り集まっている。自警団が身体を張ってなんとか総督府までの道を確保していたが、きっかけさえあればいつ彼らが暴徒に変わってもおかしくはない。

左側の〝妖精人権擁護派（ポスト・ヒューマニスト）〟、人間と人工妖精の共存に危機をもたらした〝傘持ち（アンブレラ）〟を激しく非難し、帰れとコールを繰り返していた。自治区で生まれ育った揚羽に、自治区以外に帰る場所などないのに。

元より赤色機関の本国への全面撤収を訴えていた右側の〝性の自然回帰派（セックス・ナチユラリスト）〟、赤色機関への新基地提供と、自治権の不当な侵害となる屈辱的な三区分立に抗議し、その発端になった〝傘持ち（アンブレラ）〟に殺意すら露わにしている。

いずれの側も、〝傘持ち（アンブレラ）〟の正体を揚羽だと決めつけて主張を述べ、それを疑っている様子はなかった。

「人間が自分なりの善意で集まるときは、わかりやすい悪役が必要だ」

助手席で身体を固くしていた揚羽に、陽平が語る。

「連中の主張だって、よくよく聞いていれば、双方合わせてもそんなに矛盾はしない。それでも相憎むのは、自分が何かを主張するとき、敵役がいないと肩すかしになるからだ。〝傘持ち（アンブレラ）〟の件も、お前が目に入らない場所へ行けば連中はすぐに忘れる。気にするな」

集団に挟まれた歩道を徐行していた車は、やがて総督府の入り口で止まる。助手席に回った陽平に支えられ、揚羽は松葉杖をついて車を降りた。

「くたばれ五等級(できそこない)！」

不意に投げつけられた何かを、陽平が背中で庇って受け止める。新品のスーツは、卵の黄身と白身でべったりと汚れてしまっていた。

帰れ、死ね、くたばれ、故障品、不良品、出来損ない。

罵詈雑言が揚羽の耳を貫き、陽平の声もよく聞こえなかった。ただ、彼にされるまま、スーツ脇の中へ隠れて、総督府のロビーへ逃げ込んだ。

五階まで吹き抜けになった総督府の荘厳なロビーでは、赤色機関の化学防護服姿が、無礼にも機関拳銃を提げて立っていた。見上げれば各階には職員が集結し、数百人が吹き抜けから揚羽を見下ろしている。

ロビーの突き当たりには、揚羽の背丈の何倍もある大きな扉がある。それが自治区の男性側と女性側を結ぶ、赤色機関の基地以外では唯一の通り道だ。揚羽はあそこを通って女性側へ行き、そして二度と戻ることは出来ない。

扉の前には総督閣下と詰め襟姿の親指と呼ばれていた人工妖精、その隣に鏡子と、車椅子に乗せられた真白(ましろ)がいた。

そこへ歩み寄ろうとしたとき、脇にいた赤色機関の一人が立ち塞がった。

「失礼。お手持ちを拝見する」

かっとなって顔を強ばらせた陽平が割って入ろうとしたとき、それよりも早く、詰め襟姿の十人の人工妖精が駆け寄った。

「行かれよ、同胞」

親指の背に守られ、鏡子たちの元へ歩いた。

初めに車椅子の真白の手を握り、そして肩を抱く。自分がもう二度と会えないところへ行くことを、ついさっき知らされたのだろうか。赤く腫らしていた目からまた涙を流し、真白は揚羽の胸で泣きじゃくった。結局最後まで何も言えないまま、真白の嗚咽が収まった頃に身体を放した。

「私がいないからと言って、煙草の二箱ルールを破っちゃ駄目ですよ」

揚羽に機先を制され、鏡子はうんざりしたように肩をすくめる。

「いざというとき買い付けにいかせる奴がいないと、買い置きを気にして吸わなきゃならん」

その手が揚羽の頭に伸びて、鏡子と同じになりたいと伸ばした髪を撫でる。

「私がお前にしてやれたことは、何がいくつあったろうな。不甲斐ない親だ、昔も、今も、私はな」

身体に触れる形で仮親らしい愛情を示されたのは、それが初めてだったかもしれない。

抑えていた涙が頬を伝って、あとは感情の波が溢れ出して止まらなかった。

「向こうの水淵(みずふち)には、よく伝えてある。いまいち頼りない男だが、あれでも世界に名だたる精神原型師(アーキタイプ・エンジニア)だ。私などよりずっと思いやりもある。加えて馬鹿だから初孫が出来たように本気で喜ぶ」

何度も何度も、髪がくしゃくしゃになるまで鏡子は頭を撫でてくれた。

「それと、お前に本当の名前を教えておこう。

父、深山(みやま)の名を冠し、『深山之峨東鴉ヶ揚羽(みやまのがとうからすあげは)』。

深山がお前を公(おおやけ)に認知しないまま他界した今となっては、公文書には使えないが、胸を張って生きろ。お前は世界随一の精神原型師が造った、最後の娘だ」

言葉が出なくて、ただ何度も頷いた。

「そろそろ、参りましょうか」

言葉が途絶え涙も乾いた頃、椛子(もみじこ)が出発を促す。

松葉杖を直して、二人に背を向けた。もう振り返らないと決めている。

だが、ギブスで固めた右足は重く、松葉杖が深く脇を刺す。ゆっくり一歩、一歩と踏み出したとき、手を叩く音に気づいて振り向いた。

陽平が数百人の観衆の中心で一人、拍手していた。いつまでも、たった一人でも、彼は揚羽に向けて手を叩く。

たった一人でも。本当の自分を知る人がいることが、とても嬉しかった。それだけで、もう何も恐くないと思えた。

それなのに。

拍手のさざ波は彼を中心に広がって、吹き抜けのロビーを埋め尽くす大喝采に変わった。総督府の職員たちはみな手すりから身を乗り出し、笑みや涙を顔に浮かべ、揚羽に向けて拍手を送る。

赤色機関の隊員たちが、予想だにしなかった異様な光景に狼狽えるのが、ひどく滑稽に見えた。

一人でも嬉しかったのに、数百人の喝采に包み込まれて、揚羽は震えが止まらなかった。最低の五等級に、見窄らしい黒い羽に生まれた自分が、喝采を受けるなど、想像もしたことがなかった。

やがて扉の前に辿り着き、振り向いて一礼した。一際大きな拍手の波が押し寄せて、それは椛子と共に扉の向こうへ去っても、まだ続いていた。

自治区を繋ぐ総督府の扉の向こうには、蝶たちの灯りだけで照らされた百メートルほどの広い通路が続いた先に、もう一つ扉があった。あそこから女性側の総督府に繋がっているらしい。

「あの、さっきの皆さんは……」

「箝口令（かんこうれい）を敷いていたのだけれど、人の口に戸は立てられないものね。赤色機関を刺激するような行動も慎むように厳命しておいたのに、あれじゃ挑発しているようなものだわ。あとで取り繕うのに苦労しそう。東京の赤い至宝だの全権委任総督だのと言われても、わたくしの権能なんて彼らの口を塞ぐことも出来ないのよ。

　もう誰も見ていないし、焦らなくていいわ」

　椛子は長い裾を引きずりながら、揚羽の歩調に合わせてくれていた。

「総督府では、赤色機関や自警団、それに二つの思想運動勢力だけじゃなく、青色機関（BRuE）、あなたの行動もつぶさに見守っていたのよ。わたくしたちは見るのが仕事。やるのは行政局、決めるのは自治議会、裁くのは司法局の仕事。わたくしたちは見るだけ見て、何を案じ何を悟ったとしても、決して何もしてはいけない。数ある役所の中で、せっかく公務員になれるのに、そんなやる気を失わせること甚だしい職場をあえて希望する人間や人工妖精は、みんな変わり者よ」

「私のことを、みなさんがご存じだったんですか？」

「ごく一部よ、きっと先週ぐらいまでは。でも、あなたの男性側自治区追放の処分が決まったとき、彼らは彼らなりに憤りを覚え、文字通り黙っていられなかった。そういうことでしょう。わたくしもまさか全員に知れわたっているとは思いもよらなかった」

「私は同胞殺しなのに……」

「難しいわね、人の生き死にを扱うのは」

鏡子と同じことを、彼女の娘の椛子は言った。

「あなたのその手に守れるものがあって、そのために何かを害さなければいけないのだとしたら。

あなたのボーイフレンドの、あの彼のように――」

すぐに曽田（そだ）陽平のことだと思い当たって、首を横に振り回した。

「そう、お似合いなのに……。

彼のように公の組織に入って、不自由ながらも組織の枠組みの中で尽力するか。

あるいは、あなたのように自由である代わりに人知れず身を粉にするか。

さもなくばわたくしの母のように、人の声を聞かず、人の目から逃れて引きこもり、ただただ世を儚むか。

いずれかしかないでしょう。何か出来る能力と、強すぎる正義感や倫理観を持ち合わせた人は、みな生きていくのが不器用になってしまうようね」

裾を上品に払いながら、椛子は憂いのこもった息を吐く。

「あなたのしてきたことは、何事も法に照らして裁くという近代以降の法治国家、地域においては認められるべきことではなかった。でも、急激な人工妖精の普及拡大で法学も政治学も追い付かない時代の過渡期で、かつ男女非共棲の自治区の特殊な環境では、あなたのような役割がどこかで必要だったのは事実。誰かがやらなくてはいけないのに統治者が何もせず、挙げ句に率先してそれを成したものを法の下に裁くようなことはとても不条理なことだと、総督府の職員ほぼ全員が思っていた。そんな彼らの鬱屈した思いを、あなたのボーイフレンドが掘り返してみせた。そういうことよ。いい彼氏を見つけたわね」

桃子が意地の悪そうな笑みを浮かべて、揚羽を流し見る。どうしてもそういうことにしたいらしい。

「今はまだ、あなたの身に起きたことや、あなたが本物の〝傘持ち(アンブレラ)〟ではないことは公表できない。ごめんなさい、わたくしは自治区の人々を守るために、あなたに掛かった泥を上塗りするしかなかった。でも、表で騒いでいる妖精人権擁護運動(ポスト・ヒューマニズム)や性の自然回帰運動(セックス・ナチュラル)の人たちや、赤色機関や日本政府がどんなに貶め(おとし)ようと、総督府の職員たちのように、あなたの苦しみや痛みを理解している人たちはどこかにちゃんといるのよ。だから、私が言うのもおかしいけれど、負けないで」

「私などには、身に余ることです。私は五等級ですから」

誰にも相手にされない不良品だ。そんな自分が火気質(ヘリオドール)の生みの親である超一流の原型師に保護され、身を隠すための欺瞞とはいえ一人の男性を独占して一週間の夫婦ごっこをして、最後には数百人から喝采された。もう自分は一生分の幸福を使い果たしてしまったのではないかとすら思う。

五等級、という言葉を聞いて、椛子が初めて見るぐらい重く顔を曇らせる。

「そのことも、あなたに謝っておかなくてはいけないわ。あなたは、自分が何故、人倫の認定を受けられず、四つの等級のいずれも与えられなかったのか、わかる？」

「それは……私が倫理三原則も情緒二原則もなしで生まれてきたから……」

「確かに、私たち人工妖精が人類との共棲を確立させていくにあたって、五原則は大事な担保だわ。でも、妹さんにもないでしょう」

その通りだ。鏡子は、自分と真白にほとんど違いはないと言っていたが、人間が二人に下した評価には決定的な隔たりがあった。

「あなたの等級認定を遅らせたのは、わたくしなのよ」

思わず脚と松葉杖を止めて、無礼にも椛子を凝視してしまった。

「わたくしは主筋が失われた峨東の一族から、禍根を残さない御輿として当主に担ぎ出され、同時に自治区総督に祭り上げられた。そして、峨東の当主であるということは、彼らが自ら立ち上げ、今も深く根を張る人倫の等級審査委員会の委員長を務めることでもある。だから、峨東の当主は『赤の女王』と呼ばれる。

あなたたち姉妹が審査対象に上がってきたとき、委員会は二人ともわたくしに続く一等級として十分な要件を満たしているという方向で意見を集約させつつあった。あなたたちの存在は、それだけ人倫と業界に大きな衝撃をもたらしたのよ。

でも、わたくしがひっくり返した。わたくしに匹敵する新たな一等級を担ぎ出して、自治区を分裂させようとする思惑が、あちこちから芽生えていたから。保身のためじゃない、わたくしは次の総督に相応しい人工妖精をずっと探していた。でも、あなたたちが政治的に利用され、わたくしのように悪意に翻弄されるのを見過ごすことはできなかった。等級は一度付いたら、下がることはあっても上げることは出来ない。だから審査を遅らせて、いつか時が来たらあなたたちを正式に一等級に認定するつもりだった。

それに尾ひれが付いて、制作者である深山博士の余計な一言もあって、等級認定外の五等級だとか、故障品だとか、とんでもない出鱈目をあなたに背負わせることになってしまった。今でも、心から申し訳なく思っています」

そして「ごめんなさい」と、自治区最大の権威である椛子は揚羽に小さく頭を下げた。

「あなたが青色機関（BRUE）として活動を始めたことを知ったとき、わたくしは取り返しのつかないことをしてしまったのだと、ようやく気づいたわ」

「それは違います、閣下。私は自分の意志で青色機関を始めました。全能抗体（マクロファージ）は私に巻き込まれた側だし、誰かに誘われたのでも望まれたのでもありません」

それは揚羽が自ら選択したことだ。椛子が気に病むことではない。

やがて通路は行き当たり、椛子が扉の前に立って振り向いた。

「やっぱりあなたは一等級に相応しいのだと、あらためて感じたわ」

「そんなことは……」

卑屈な返事が他人との関係を阻んでいる、と教えられたことを思い出して、言葉を切った。

「自治区が三つに分離されれば、わたくしは今以上に実効的な権力を失う。だから出来ることは限られてしまうけれど、真白さんのことは心配しないで。そして、決して遠慮しないで、これから困ったことがあったらわたくしを頼りなさい。例え二十八万区民が否定しても、わたくしがあなたの価値を認める。あなたは出来損ないでも失敗作でもない。誰の意図にも染まらず生まれてきた、無色透明の無地の人魚姫（アクアノート）。第五の精神原型、光気質（アイテール）。あなたたち姉妹は、いつか〈種のアポトーシス〉の本格的な感染爆発に見舞われる人類が手にした、最初の希望の光（らんすう）なの、揚羽（スワロウテイル）。あなたの黒い羽は、何人にも決して染めることが出来ない、あなたの気高い心の表れよ」

椛子が両開きの扉を開くと、薄闇に光が溢れ出す。

「ようこそ女性側自治区へ、人魚姫。ここにはあなたの知己は一人もいないけれど、あなたが望んでくれるなら、わたくしがこの地での最初のあなたの友人に立候補したいと思います」

後光を浴びて、椛子が誘うように手を差し出す。

畏れ多く思ったが、このような機会を自らふいにしてきたことが青色機関への固執に繋がったのだと思い返し、きつく目を閉じて覚悟を決めた。

「よろしくお願いします、赤の女王（ヘリオドール）」

椛子の手を握り、対等な目の高さで勇気を出して言った。

「こちらこそ、無地の姫君（アイテール）」

松葉杖の握りで手を重ね、二人で扉の外へ踏み出した。

見知らぬ世界の光に目を細めながら、揚羽は生まれて初めて感じる胸の高鳴りに身も心も委ねる。

見上げれば、命を繋ぐ巨大な歯車は今も空回りを続けていた。

世界が百人の町であらわせるわけがないから、
百一人目の私は、旅に出ることにしました。

あとがき

『θ　11番ホームの妖精』から二年、拙筆ですがお待ちくださっている方もいらっしゃるのを、インターネットで拝見しておりました。二年間、いろいろございましたが、このたび早川書房のご厚意で二作目をお届けすることがかないました。『θ』とは少し毛色の異なる物語になりましたが、お楽しみいただけたら幸いです。

この間、ブログに写真を掲載した愛犬が一歳の誕生日も迎えることなく永眠したり、可愛がっていた熱帯魚のベタが永眠したり、ネオンテトラの集団永眠が発生したり他、身の回りでなんとも報告しがたい事態が立て続けに起きて、口を結んで静かにしておりました。そんな最中、早川書房から執筆のお話をいただき、心機一転して筆をとらせていただきましたのが本作になります。

本作は編集担当I様と早川書房他、関係の皆様に大変ご苦労をおかけしての難産でした。この場をお借りして、深くお詫び致します。

また、早川書房とのご縁をお繋ぎくださった前島賢様、前田久様、本作の生物関係の科学的考証にアドバイスを頂いた野田令子様に、心よりお礼申し上げます。

ブログ等々で感想や激励を頂きました読者の皆様には感謝の念が絶えず、今後もよりよい作品をもってご期待に添いたく思います。小心者ですので、きっとほとんど拝見しております。これからも文字を介してのご縁が末永く続くよう祈りながら、微力を尽くす所存です。

ここまでご通読ありがとうございました。次こそ遠くない日の皆様との再会を誓って、いったん筆を下ろさせていただきます。

最後に、偉大なる先駆者たる故人アイザック・アシモフ氏に心よりの敬意を捧げて。

二〇一〇年六月

籐真千歳

日本ＳＦ大賞受賞作

上弦の月を喰べる獅子 上下　夢枕　獏
ベストセラー作家が仏教の宇宙観をもとに進化と宇宙の謎を解き明かした空前絶後の物語。

傀儡后（くぐつこう）　牧野　修
ドラッグや奇病がもたらす意識と世界の変容を醜悪かつ美麗に描いたゴシックＳＦ大作。

マルドゥック・スクランブル〔完全版〕（全3巻）　冲方　丁
自らの存在証明を賭けて、少女バロットとネズミ型万能兵器ウフコックの闘いが始まる！

象られた力（かたどられたちから）　飛　浩隆
Ｔ・チャンの論理とＧ・イーガンの衝撃――表題作ほか完全改稿の初期作を収めた傑作集

ハーモニー　伊藤計劃
急逝した『虐殺器官』の著者によるユートピアの臨界点を活写した最後のオリジナル作品

次世代型作家のリアル・フィクション

スラムオンライン
桜坂　洋

最強の格闘家になるか？　現実世界の彼女を選ぶか？　ポリゴンとテクスチャの青春小説

ブルースカイ
桜庭一樹

あたしは死んだ。この眩しい青空の下で——少女という概念をめぐる三つの箱庭の物語。

サマー／タイム／トラベラー1
新城カズマ

あの夏、彼女は未来を待っていた——時間改変も並行宇宙もない、ありきたりの青春小説

サマー／タイム／トラベラー2
新城カズマ

夏の終わり、未来は彼女を見つけた——宇宙戦争も銀河帝国もない、完璧な空想科学小説

零　式
海猫沢めろん

特攻少女と堕天子の出会いが世界を揺るがせる。期待の新鋭が描く疾走と飛翔の青春小説

ハヤカワ文庫

著者略歴　1976年沖縄県生，大学心理学科卒業，作家　著書『スワロウテイル／幼形成熟の終わり』『スワロウテイル序章／人工処女受胎』（以上早川書房刊）『θ　11番ホームの妖精』

HM=Hayakawa Mystery
SF=Science Fiction
JA=Japanese Author
NV=Novel
NF=Nonfiction
FT=Fantasy

スワロウテイル人工少女販売処

〈JA1001〉

二〇一〇年六月二十五日　発行
二〇一三年七月二十五日　五刷
（定価はカバーに表示してあります）

著者　籐真千歳
発行者　早川浩
印刷者　草刈龍平
発行所　株式会社早川書房

郵便番号　一〇一 - 〇〇四六
東京都千代田区神田多町二ノ二
電話　〇三 - 三二五二 - 三一一一（大代表）
振替　〇〇一六〇 - 三 - 四七七九九
http://www.hayakawa-online.co.jp

乱丁・落丁本は小社制作部宛お送り下さい。送料小社負担にてお取りかえいたします。

印刷・中央精版印刷株式会社　製本・株式会社フォーネット社

ISBN978-4-15-031001-1 C0193

本書は活字が大きく読みやすい〈トールサイズ〉です。